BASTEI
LÜBBE

BASTEI LÜBBE Ian Irvine im Bastei Lübbe Taschenbuchprogramm:

DIE DREI WELTEN:

20 569 Bd. 1: Der Spiegel der Erinnerung
20 576 Bd. 2: Das Magische Relikt
20 581 Bd. 3: Der Turm von Katazza
20 585 Bd. 4: Die Festung der Macht

Weitere Bände in Vorbereitung

Über den Autor:

Ian Irvine, geboren 1950, ist Meeresbiologe und zählt inzwischen zu den absoluten Top-Autoren aus Australien. Mit der Arbeit am Zyklus DIE DREI WELTEN begann er schon während seiner Studienzeit. Nach dem Studium arbeitete er als Berater für Umweltfragen, ehe er sich ganz dem Schreiben widmete.

Ian Irvine

DIE FESTUNG DER MACHT

Aus dem australischen Englisch von
Rainer Schumacher

BASTEI
LÜBBE

BASTEI LÜBBE TASCHENBUCH
Band 20 585

1. Auflage: Januar 2008

Vollständige Taschenbuchausgabe

Bastei Lübbe Taschenbücher in der Verlagsgruppe Lübbe

Deutsche Erstausgabe

Titel der australischen Originalausgabe:
»The Tower on the Rift« (Teil 2)
Originalverlag: Penguin Books, Australia

Titelillustration: Marc Harrison/Agentur Schlück
Umschlaggestaltung: Bettina Reubelt
Satz: Urban SatzKonzept, Düsseldorf
Druck und Verarbeitung: Ebner & Spiegel, Ulm
Printed in Germany
ISBN: 978-3-404-20585-1

Kapitel eins

Als Fälscher verhaftet

Die Heimatlose geisterte gerade in die Bucht hinein, als Pender ein Boot am Ufer entlangtreiben sah. Er beobachtete, wie es unbeholfen zu der Felsspitze unterhalb des Lagers gerudert wurde. Dort ließ es dann im Mondschatten den Anker fallen. Wolken zogen am Mond vorbei. Kurz blitzte ein Licht am Ufer auf.

Eine Minute verging. Einmal blinken, noch einmal und noch einmal ... Das Signal! Pender bestätigte es nicht.

»Zeit zu gehen«, sagte er zu seiner Mannschaft.

Tallia stieg über den rutschigen Felshang, zwischen den Teichen hindurch und hielt aufs Unterholz zu. Sie humpelte furchtbar. An den Büschen angekommen hielt sie an. Sie wusste, dass Mendark und Lilis in der Nähe sein sollten, es sei denn, irgendetwas war mit ihnen geschehen.

»Wo?«, fragte sie leise.

»Hier«, ertönte Mendarks Stimme keine zwanzig Schritt von ihr entfernt.

Tallia schob sich durch das Gestrüpp. Mendark saß auf einem Felsen. »Wo ist Lilis?«, fragte Tallia, und Kälte breitete sich in ihrem Herzen aus.

»Da unten ist ein Boot auf Grund gelaufen. Sie ist runtergegangen, um es ins Wasser hinauszustoßen, und nicht wieder zurückgekommen.«

Tallia war sprachlos vor Zorn. Sie wirbelte herum, doch Mendark packte sie an der Schulter. »Sei nicht dumm! Osseion ist sie suchen gegangen, aber ich weiß, wo sie ist. Sie halten sie auf der Landspitze fest.«

»Cherts Halsabschneider! Und du hast *nichts* getan!«

»Es ist erst vor ein paar Minuten passiert. Sobald Osseion wieder zurückkommt ...«

»Jetzt!« Tallias Stimme knallte förmlich wie eine Peitsche. »Pender ist auch da draußen.«

»Ich habe gerade das Signal gegeben.«

»Gut. Ich gehe sie holen. Wenn ich Lichtzeichen gebe, kommt, und holt uns. Bis dahin solltest du lieber dein ach so wichtiges Zeug zusammensuchen«, sagte sie giftig. Sie lief zu Osseion.

»Sie haben Lilis«, zischte sie.

»Aber nicht lange.« Sie konnte nur seine Augen und die gefletschten Zähne sehen.

»Was ist passiert?«

»Zwei Boote sind kurz nacheinander gekommen: erst Cherts Bande, dann Yggurs Seeleute. Ich habe Yggurs Boot verbrannt; dann haben die beiden Gruppen miteinander gekämpft. Ich glaube, Cherts Leute haben sich durchgesetzt. Jetzt versuchen sie, das Gold runterzuschaffen – oder zumindest glauben sie das.«

»Wie viele?«

»Vielleicht zehn, aufgeteilt in zwei Gruppen.«

Sie schlichen am Rand des Gestrüpps entlang bis zu einer Stelle, von wo aus sie das Boot sehen konnten. Ein Mann stand dort Wache. Irgendjemand lag auf den Felsen – Lilis! Mehrere Männer versuchten gerade, zwei ungeheuer schwere Truhen den Pfad hinunterzuwuchten.

Der Mond schien inzwischen hell. »Wir brauchen eine Ablenkung«, sagte Osseion. »Hast ...?«

»Warte«, unterbrach Tallia ihn. »Schnapp dir Lilis, sobald

wir loslegen. Ich werde sie aufhalten. Nein ... wenn du Gelegenheit hast, zerstöre als Erstes ihr Ruder, damit sie nicht mehr zurückkönnen.«

Eine Zeit lang geschah gar nichts. Dann hörten sie einen dumpfen Schlag, als wäre eine der Kisten fallen gelassen worden, gefolgt von einer wahren Flut von Flüchen. Tallia wurde ungeduldig. »Ich kann das nicht länger ertragen. Lass uns sie durchs Unterholz umgehen.«

Leise setzte sie sich in Bewegung. Osseion folgte ihr. Sie näherten sich Lilis so weit sie konnten. Tallia erinnerte sich daran, dass sie noch immer Karans Lichtkugel in ihrer Tasche hatte. Sie kramte sie heraus, berührte sie, sodass sie zu leuchten begann, und hob den Arm, um Mendark das Zeichen zu geben. Sie erhielt keine Antwort. »Was ist denn jetzt schon wieder los?«, knurrte sie. »Ich hoffe, Pender ist nichts passiert.« Sie gab erneut Signal, und fast sofort wurde es beantwortet.

»Gaspard, wir könnten hier Hilfe brauchen!«, rief jemand vom Pfad; dann lief die Wache vom Boot dorthin.

»Jetzt!«, zischte Tallia.

Osseion beugte sich über einen Felsbrocken, halb so groß wie eine Schubkarre. »Hilf mir mal.«

Das tat Tallia. Osseion wankte mit seiner Last aufs Boot zu. Tallia humpelte zu Lilis, die krampfhaft zitterte. Als Tallia ihr die Fesseln durchschnitt, stieß Lilis einen leisen Schrei aus.

»Ich bin es. Tallia«, sagte sie und hob das Kind hoch. Lilis schlang die Arme um Tallias Hals und klammerte sich weinend an sie.

Tallia hörte einen mächtigen Schlag; dann kam Osseion wieder zurück. Er hielt das Ruder des Boots in der Hand. Sein Lächeln strahlte in der Dunkelheit.

»Da sind sie!«, schrie jemand. Yggurs Seeleute stürmten über den Kamm auf sie zu. Nahezu beiläufig schlug Osseion mit dem

Ruder nach dem Ersten, traf den Angreifer über dem Ohr und schleuderte ihn kopfüber auf die Felsen. Die Diebe kamen den Pfad hinuntergelaufen. Tallia, mit Lilis in den Armen, war sich unangenehm bewusst, dass sie stark in der Unterzahl waren. Rasch zogen sie sich auf die Landspitze zurück, wobei Osseion das Ruder schwang wie eine Sense.

Plötzlich ertönte das laute Krachen von Holz hinter ihnen. Tallia wirbelte herum und sah, dass *Die Heimatlose* sich ihnen leise genähert und das kleinere Boot gerammt und zur Seite geschoben hatte.

»Osseion! Nimm Lilis!«, rief Tallia.

Osseion schlug mit dem Ruder in Yggurs Haufen und streckte zwei von ihnen nieder. Die Diebe griffen sie von der anderen Seite her an. Sie wurden von einem schlanken, haarigen Kerl angeführt, der drohend die Lippen hochgezogen hatte, um einen schwarzen Gaumen zu entblößen. Lilis versteifte sich und stöhnte. Entsetzt reichte Tallia sie an Osseion und sagte: »Geh!« Dann trat sie vor.

Der haarige Kerl lachte böse. »Diesmal eine schwarze Ratte!« Als er erkannte, dass ihm eine Frau gegenüberstand, geiferte er sie lüstern an. »Dass macht ja doppelt sso viel Sspaß … Du gehörsst mir!« und schlug mit der Keule nach ihr.

Tallia duckte sich, und noch bevor er den Schlag durchgezogen hatte, trat sie ihm derart heftig unters Kinn, dass er vom Boden hochgehoben wurde. Er fiel mit dem Rücken auf die Felsen und rührte sich nicht mehr. Tallia schaute sich um. Die anderen Diebe hielten sich zurück.

Osseion reichte Lilis in *Die Heimatlose* hinein. Die Seeleute stießen das kleine Boot vom Bug weg. Es begann zu sinken. Tallia hangelte sich über das untergehende Gefährt hinweg und kletterte an Bord *Der Heimatlosen.* Das Segel blähte sich, und sie lösten sich vom Ufer.

An Land entbrannte ein Kampf zwischen den beiden Gruppen; dann war *Die Heimatlose* außer Reichweite und hielt mit dem zunehmenden Wind auf Ganhafen zu.

»Das war gute Arbeit«, sagte Mendark und lachte leise. Nun da er nicht nur sein Gold, sondern auch wieder ein Boot und eine Mannschaft hatte, war er sichtlich gut gelaunt. Tallia funkelte ihn angewidert an und ging dann unter Deck, um nach Lilis zu schauen. In Decken gewickelt und mit einer Flasche heißen Wassers zu ihren Füßen saß das Mädchen auf der einzigen Koje. Sie zitterte noch immer.

»Mir will einfach nicht warm werden«, sagte sie und versuchte sich an einem Lächeln. Ihre Haut war voller blauer und purpurner Flecken.

Pender kam mit einem großen Becher und einem Stück gebutterten Brots herunter. »Heiße Suppe hilft am besten«, sagte er. »Mit Räucherschinken, Erbsen und Kartoffeln. Ich habe sie heute Abend selbst in der Kombüse gemacht, äh! Ja, wir haben eine echte Kombüse, Lilis!« Er grinste breit. »Es ist ein Wunder! Morgen früh zeige ich sie dir. Was du da gemacht hast, war übrigens sehr tapfer.« Er schüttelte ihr die Hand.

Lilis nahm den schweren Becher. Ihre Hand zitterte. Sie nippte daran. Die Suppe war dick, würzig und heiß und geradezu unerträglich köstlich.

»Er hat dir doch nicht wehgetan, Kind, oder?«, fragte Tallia.

»Nein.« Sie schauderte. »Aber wenn du nicht gekommen wärst …«

»Vergiss das jetzt alles. Schau. Hier ist dein Rucksack. Ich habe ihn im Lager gefunden.«

»Oh!«, sagte Lilis, und ihre Augen leuchteten. »Ich dachte, er wäre für immer weg.« Sie nahm den kleinen Rucksack und schaute nach, ob noch alles drinnen war; dann stopfte sie ihn neben sich wie ein Lieblingsspielzeug.

»Iss deine Suppe. Und dann … schlaf!«

Tallia und Mendark standen an der Reling und betrachteten den Sonnenaufgang. Keiner von beiden hatte mehr als eine Stunde geschlafen. »Ich habe zu erwähnen vergessen, dass ich bei meinem Aufbruch aus Ganhafen drei Boote mit Yggurs Flagge gesehen habe«, sagte Tallia mit leiser Stimme.

»Und wie viele ohne Flagge? *Pender*!«

Pender tauchte am Bug auf, wo er die Planken untersucht hatte. Nur seine Augen waren über einen großen Becher Suppe hinweg zu sehen, an dem er beim Gehen nippte.

»Es hat kaum Schaden davongetragen«, sagte er. »Was für ein wunderbares Boot!«

»Du hast gesagt, dass es ein Problem mit unseren Vorräten gegeben hätte«, begann Mendark. »Ich habe mir gedacht, dass wir vielleicht noch einmal in Ganhafen vorbeifahren sollten, aber ...«

Pender schüttelte den Kopf. »Das *ist* ein großes Problem. Ich habe weder Ersatzsegel noch Taue, Sparren oder Nägel; keine Werkzeuge und kein Proviant mit Ausnahme des frischen. Die Händler von Ganhafen sind allesamt Lügner und Betrüger – selbst das Wasser in den Fässern war faul.« Schwungvoll drehte er sich zu Tallia um. »Ich habe dir ja gesagt, dass dieses Boot Ärger bedeutet. Jetzt schau es dir an.«

»Und vielleicht hast du noch immer Feinde in Ganhafen.«

Pender schaute mürrisch drein. »Sie hassen Leute von außerhalb, obwohl sie vom Handel leben.«

»Das ist jetzt egal«, warf Mendark rasch ein. »Können wir diese Dinge anderswo bekommen?«

»Das Problem sind die Segel«, erklärte Pender, lehnte sich an die Reling und schlürfte den Rest seiner Suppe. »Die, die wir haben, sind alt, und Ersatztuch haben wir schlicht nicht. Wenn eines reißt, sind wir lahmgelegt.«

»Dann ist es wohl besser, es hier zu riskieren«, beschloss Mendark. »Ja, besorg, was du kannst, solange sie nicht wissen, dass ich dieses Boot habe. Sobald die Nachricht die Runde macht, was an unserem Lager geschehen ist, wird es keine Zuflucht mehr für uns am Meer von Thurkad geben. Tallia, begleite Pender, und stell sicher, dass wir heute noch alles bekommen, was wir brauchen. Wir dürfen nicht später aufbrechen als Spätnachmittag. Tu, was auch immer notwendig ist.«

Ein wenig später standen sie an der Reling, während *Die Heimatlose* gelassen gen Norden segelte. Delfine spielten im Wasser, folgten dem Boot und glitten bisweilen auf der kleinen Bugwelle dahin. Die Sonne schien an einem wolkenlosen Himmel.

Lilis wunderte sich laut über die Truhen. »Hat Mendark sie mit einem *Zauber* oder so was belegt?«, fragte sie mit großen Augen.

Mendark antwortete nicht darauf; er war tief in Gedanken versunken. »Nein, Lilis«, sagte Tallia und lächelte ob der Vorstellung. »Die Geheime Kunst ist ein ernstes und schwieriges Ding, das man nur in größter Not verwenden darf. Was Mendark getan hat, war Folgendes: Er hat das Gold herausgenommen und in einem der Teiche versteckt. Die Truhen hat er dann mit Steinen gefüllt und die Griffe so weit beschädigt, dass sie brachen, als sie angehoben wurden, und als die Diebe schließlich kamen, hat er die Truhen schwerer wirken lassen, als sie tatsächlich waren. Aber das war nicht wirklich ein Zauber, sondern nur ein *Schein*. Das war auch der Grund, warum er zurückbleiben musste. Er musste sehen, wer kommt, um diejenigen mit dem Schein zu belegen.«

Die Zeit verging. Lilis wanderte zum Ruderhaus; offenbar war sie mit der Erklärung nicht vollends zufrieden. Pender aß noch immer: zwei dicke Scheiben Brot mit Käse und Zwiebeln dazwischen; eine dicke Paste tropfte von seinen Fingern herunter. Er winkte das Mädchen auf den Segeltuchstuhl. Lilis setzte sich und ließ die Füße baumeln.

»Pender?«, sagte sie nach einer Weile.

»Ja, Lilis?« Pender leckte sich die Finger, wischte sich die Krümel vom Kinn und begann, vor sich hin zu pfeifen.

»Hast du je einen Seemann mit Namen Jevi oder Jevander getroffen?«

Pender rieb sich die Bartstoppeln. »Könnte sein. Ich habe Tausende getroffen. Wie sieht er denn aus?«

»Wie ich.«

Pender hörte auf zu pfeifen. Das weckte seine Aufmerksamkeit. »Wer ist dieser Jevi?«

»Mein Vater. Ich habe ihn vor sieben Jahren verloren.« Lilis erzählte ihm die Geschichte.

»Und jetzt möchtest du, dass ich mich nach ihm erkundige. Je-van-der. Ich werde nach ihm Ausschau halten. Das sind dann schon eine ganze Menge Leute, nach denen man die Augen offenhalten muss, äh! Dein Vater, Tensor und dieser elende Llian.«

»Sei nicht so gemein. Du bist nicht mein Freund«, erwiderte Lilis wütend.

Pender sah verletzt aus. »Ach, Kind, sag doch so was nicht. Llian ... Llian ... Es heißt, er sei ein wunderbarer Erzähler.«

Das besänftigte Lilis wieder ein wenig. »Ich weiß, dass er das ist. Er hat mir eine Geschichte erzählt. Ich werde sie nie vergessen.«

»Er hat dir eine Geschichte erzählt?«, rief Mendark, der gerade mit Tallia vorbeikam. »Warum sollte er *dir* eine Geschichte erzählen? Er ...« Er hielt unvermittelt inne, als Tallia ihm den Ellbogen in die Rippen stieß.

Lilis drehte sich zur Reling um und zog die Kapuze ins Gesicht. Tallia trat neben sie und schaute aufs Meer hinaus. Lilis' Schultern zitterten. »Bist du in Ordnung?«, fragte Tallia. »Mendark ...«

»Natürlich«, antwortete Lilis fröhlich, und Tallia erkannte, dass das Kind nur mit Mühe ein Lachen unterdrückte; es bebte förmlich vor Freude.

»Ich habe etwas, das er nie haben wird«, sagte Lilis mit lauter Stimme, und ihr helles Lachen hallte über das Boot hinweg bis zu den Delfinen, die in der Kielwelle spielten. Eines der Tiere wählte just diesen Augenblick, um unmittelbar neben dem Boot aus dem Wasser zu springen und sein Delfingrinsen zu grinsen. Der Delfin schlug mit dem Schwanz und bespritzte alle zu Lilis' großer Freude mit Wasser; dann war er verschwunden.

Eine Stunde später legten sie an der Mole an. Mehrere Boote mit Yggurs Flagge lagen ebenfalls im Hafen vor Anker; auf ihren Decks wimmelte es nur so von Soldaten.

»Das ist seltsam«, sagte Mendark. »Ich frage mich, warum sie nicht an Land gegangen sind.«

»Es sieht so aus, als würden sie auf etwas warten«, sagte Osseion und betrachtete die Soldaten mit berufsmäßigem Interesse.

»Nun, lasst uns unsere Angelegenheiten erledigen, solange wir noch können.«

Tallia und Pender gingen zusammen mit allen Seeleuten bis auf einen zu den Kaufleuten. Beim Stoffhändler mussten sie feststellen, dass die Segel noch immer nicht zugeschnitten waren.

»Was brauchst du für Stoff?«, fragte Tallia. »Und wie viel?«

Pender deutete auf einen Tuchballen. »Das ist erstklassiges Segeltuch. Ich habe es mir vorgestern genau angeschaut. Zwei wären genug. Wir werden es selbst zurechtschneiden.«

»Und der Preis?«

»Sechsundachtzig Tell der Ballen – wenn es denn ein ganzer ist.«

»So viel? Und wie viel ist ein ›ganzer‹?«

»Vierzig Spannen.«

Tallia drehte sich zu der dicken, säuerlich dreinblickenden Frau um. »Ist das dein bester Preis?«

Gier flackerte in ihren Augen auf. »Ja.«

»Gut! Prüf die Länge, Pender.«

»Das ist nicht nötig«, sagte die Händlerin. »Das Maß ist gut.« Tallia ließ sie mit ihrem Blick erstarren.

Pender sang die Maße vor sich hin.

»Das macht dann einhundert Tell und zweiundsechzig Tell und sieben Tar«, sagte Tallia.

Die Händlerin schüttelte die Zöpfe und runzelte die Stirn. »Das ist korrekt.«

Tallia kehrte ihr den Rücken zu, zählte das Geld ab und bezahlte. Lilis, die im Hintergrund herumlungerte, staunte. Bisher hatte sie sich noch nicht einmal im Traum vorstellen können, dass solch ein Vermögen auf der Welt existierte, ganz zu schweigen davon, dass Tallia es auch noch in der Tasche trug.

»Rustibel, lass das zum Boot bringen«, sagte Tallia.

Rustibel beugte sich über den ersten Ballen. Krauses blondes Haar ragte hinter seinem Ohr hervor wie das Vlies eines Schafs.

»Das ist nicht nötig«, sagte die Händlerin. »Ich werde das arrangieren.«

»Dann aber sofort«, erwiderte Tallia. »Rustibel, lass den Stoff nicht aus den Augen. Und komm auf direktem Weg wieder zurück.«

Auf die gleiche Art kauften sie Taue, Teer, Werkzeuge und weitere Vorräte, die absolut notwendig waren. Keine der Entschuldigungen, Lügen, Verzögerungsversuche oder kleinen und großen Täuschungsmanöver hatte auch nur die geringste Wirkung auf Tallia. Unter ihrem durchdringenden Blick ließen sich selbst die ermüdendsten, ungehobeltsten und regelrecht hinderlichsten Händler zur Zusammenarbeit bewegen. Falls Waren in entsprechender Qualität vorhanden waren, ließ Tallia sie sofort zum Boot bringen; war dies jedoch nicht der Fall, machte sie auf der Stelle kehrt und ging zum nächsten Kaufmann. Gegen Mittag war ihre Börse fast leer, doch sie hatten alles, was sie für eine mehrwöchige Seereise brauchten.

Pender zog daraufhin mit einem Seemann los, um weitere Einkäufe zu tätigen, während Lilis und Tallia in einer Taverne nahe dem Segelmacher ein spätes Mittagessen einnahmen. Hinterher gingen sie wieder in den Hafen zurück. Lilis lief ein kleines Stück voraus; sie hatte nicht bemerkt, dass Tallia am Stand eines Seidenhändlers stehen geblieben war. Plötzlich hörte sie eine Rauferei und einen erstickten Schrei. Sie drehte sich gerade noch rechtzeitig um, um zu sehen, wie zwei Mann Tallia festhielten, während ein dritter ihr einen Jutesack über den Kopf zog und an der Hüfte zuband. Derart zu einem Bündel verschnürt warfen sie Tallia auf einen Karren und fuhren ratternd davon.

Lilis starrte ihnen hinterher wie auch die anderen Passanten, nur dass Letztere alsbald wieder ihrer Wege gingen. Dieses Problem war zu groß für Lilis; doch bevor Mendark irgendetwas unternehmen konnte, musste er wissen, wer Tallia hatte, und wohin sie gebracht worden war. Das herauszufinden war leicht, denn der Karren fuhr langsam am Ufer entlang und dann den Hügel zum Zollhaus hoch, in das die noch immer verschnürte Tallia getragen wurde, und nicht nur Tallia! Nahezu zeitgleich brachten die Kerle auch Pender, den sie anderswo erwischt haben mussten.

Lilis rannte zur *Heimatlosen* zurück, sprang aufs Deck und stürmte durch die Tür in die Kajüte.

»Hey!«, rief sie, als sie in vollem Lauf gegen Osseion stieß. »Tallia …!«

»Was ist denn los?«

»Tallia ist verhaftet worden, und Pender auch. Sie haben sie gefesselt und ins Zollhaus gebracht. Rasch!«

Mendark kam just in diesem Augenblick durch die andere Tür. »Tallia? Gefangen?«, sagte er und hockte sich vor Lilis. »Erzähl mir genau, was passiert ist.«

Sie erzählte es ihm. Er stand auf. »Da steckt mehr dahinter, als es den Anschein hat. Warum Tallia? Und warum Pender? Wegen der gefälschten Papiere, nehme ich an. Als Nächstes werden sie versuchen, *Die Heimatlose* in Verwahrung zu nehmen. Pender hatte recht, was dieses Boot betrifft. Wie viele Mannschaftsmitglieder sind noch an Bord?«

»Drei«, antwortete Osseion, »und ich.«

»Da geht irgendetwas vor. Yggurs Soldaten sind an Land gegangen.«

»Wo?«

»Vor dem Palast des Gouverneurs.«

»Hm! Sie können nicht wissen, dass ich an Bord dieses Bootes bin. Nun, pass in jedem Fall gut auf. Osseion, du hast das Kommando. Macht die Leinen los, und segelt hinter die Landspitze, wo euch niemand sehen kann. Halte nicht nach Feinden von Land, sondern auch weiter von See Ausschau, besonders falls Yggurs Boote ablegen oder sich euch sonst jemand nähern sollte. Falls nötig, flieht. Man hat mir gesagt, Rustibel sei ein hervorragender Seemann. Wenn ihr fahren müsst, dann haltet jede Nacht pünktlich nach meinem Signal Ausschau. Es wird von der Südspitze kommen. Lilis, du kommst mit mir. Hast du Geld?«

»Nein«, piepste sie.

»Streck die Hand aus.«

Lilis tat wie ihr geheißen, und Mendark holte Münzen aus seiner Tasche: Kupfer, Silber, und auch ein wenig Gold blitzte auf. Die ließ er in einen kleinen braunen Lederbeutel gleiten, zog ihn zu und legte ihn Lilis in die ausgestreckte Hand. Lilis nahm die Hand nicht weg. Sie starrte den Beutel an und schaute dann zu Mendark hinauf. Mendark schloss ihre Finger um den Beutel.

»Du hast bereits bewiesen, dass du eine meiner Tapfersten bist«, sagte er. »So etwas vergesse ich nicht. Das hier ist eine Menge Geld. Sollte ich gefangen genommen werden, wirst du es brauchen, um Osseion zu finden und alles zu tun, was nötig ist, um Tallia, Pender und mich zu befreien. Oder falls man uns töten oder verschleppen sollte, wirst du es zum Leben brauchen.«

»Ich könnte einfach weglaufen«, flüsterte Lilis.

»Das wirst du nicht. Steck es gut weg, und knöpf deine Tasche zu. Halt es verborgen. Hast du ein Messer?«

»Ja.«

»Und wagst du auch, es zu benutzen, wenn du musst?«

Lilis nickte. Sie sah sich bereits wieder auf der Straße, wo man ihr Messer und Geld schon bald abnehmen würde. Ihr schmales Gesicht war völlig starr.

»Ich sehe, was du denkst, Kind, aber ich glaube nicht, dass es so weit kommen wird. Wie du schon im Lager gesagt hast, ich bin nicht wehrlos. Und jetzt bleib dicht bei mir. Gib mir deine Hand.«

Langsam gingen sie die Straße zum Zollhaus hinauf. Trotz seiner eigenen Worte sah Mendark hilflos aus – wie ein alter Mann mit seiner Enkelin. Irgendwie war es ihm gelungen, plötzlich wie ein sanftmütiger, freundlicher alter Herr auszuschauen, ohne sein Äußeres auch nur im Geringsten zu verändern. Zudem war er noch gut gekleidet, wirkte reich und verfügte vermutlich auch über Einfluss.

Sie bogen zum Zollhaus ein, wo Mendark die Stufen hinauf- und in einen großen Raum mit einem Tresen keuchte, hinter dem mehrere Leute arbeiteten und Dokumente überprüften. Er stützte sich mit beiden Ellbogen auf den Tresen, schnappte nach Luft, schaute in den Raum dahinter, blickte zu Lilis und schüttelte den Kopf.

Ein großer Mann trat zu ihnen und rieb sich die Augen. Er sah erschöpft aus. »Was führt Euch hierher, alter Herr?«

»Ich …«, hustete Mendark, und der Hustenanfall dauerte so lange an, dass es schon peinlich war. Schließlich kam er wieder zu Atem und wischte sich das rote Gesicht mit einem Stück schneeweißen Stoffs ab. »Verzeihung.«

»Ist alles in Ordnung, mein alter Herr?«

»Jaja«, keuchte Mendark. »Ich würde Euch nicht belästigen, doch dieses Kind hat ihren Vormund verloren, und sie glaubt, dass sie vielleicht hierhergekommen ist. Ich glaube nicht … Sie hat keine …«

Der Mann schaute über den Tresen hinweg zu dem kleinen Kind, das ebenfalls gut gekleidet war und ungewöhnlich blondes Haar besaß. Das Veilchen war vollkommen verblasst.

»Wie heißt dein Vormund, Kind?«, fragte der Mann müde.

»Ihr Name ist Tallia. Sie ist dunkel und sehr groß, und ihr Haar ist schwarz.«

Der Mann runzelte die Stirn, wandte sich ab und flüsterte lange mit einem der Leute hinter dem Tresen. Schließlich kam er wieder zurück und sagte zu Mendark:

»Die Frau, die Ihr sucht, wird hier festgehalten. Ihr wird vorgeworfen, mit gefälschten Papieren ein Boot erworben zu haben. Das ist ein schweres Verbrechen, in Kriegszeiten sogar ein Kapitalverbrechen.«

»Darf das Kind sie sehen?«

»Das ist nicht länger möglich. Sie muss nach Thurkad zurückgebracht werden, damit man ihr dort den Prozess machen kann.«

»Thurkad! Ist Gannish kein souveräner Staat?«, fragte Mendark.

»Nicht mehr. Seit heute Mittag ist dieses Territorium eine

Provinz von Orist. Es ist gerade offiziell verkündet worden.« Sein Gesichtsausdruck verriet, dass ihm diese Veränderung nicht gefiel.

»*Was?*« Mendark drohte zu ersticken.

»Unsere Versammlung ist zu der Ansicht gelangt, dass wir einen Krieg gegen Yggur nicht gewinnen können, dass Widerstand unseren Untergang bedeuten würde. So haben wir nun unsere Freiheit verloren, aber unser Leben behalten. Yggurs Garde ist bereits unterwegs, um die Gefangene abzuholen ... Oh, das werden sie wohl sein.«

Draußen waren schwere Schritte auf den Stufen zu hören. »Und die Versammlung bleibt an der Macht?«, fragte Mendark.

»Marionetten!«, spie der Offizier. »Yggurs Truppen werden in ein paar Tagen hier sein, und dann werden alle Befehle aus Thurkad kommen.«

Lilis traten die Tränen in die Augen und tropften zu Boden; doch sie machte kein Geräusch.

»Es tut mir leid, Kind«, sagte der Mann und ließ sich auf einen Stuhl fallen. »Wir sind jetzt ein erobertes Volk. Wir müssen tun, was man uns sagt. Warte hier, und du wirst sie wenigstens noch einmal sehen, wenn man sie fortbringt.«

Die Tür öffnete sich; ein Offizier und vier Soldaten marschierten herein. Der Offizier legte am Tresen sein Beglaubigungsschreiben vor und schaute sich vorsichtig im Raum um, doch in dem klapprigen alten Mann und dem dürren Kind neben dem Fenster sah er keine Gefahr. Als Lilis den Blick hob, stellte sie fest, dass Mendarks Gesichtszüge sich kaum merklich verändert hatten. Zwar sah er noch immer wie ein alter Herr aus, nur als Mendark war er nicht mehr zu erkennen.

Der Offizier und die Soldaten gingen hinter den Tresen und dann hinaus. »Willst du denn gar nichts tun, um sie zu retten?«, flüsterte Lilis Mendark erregt ins Ohr.

»Oh doch, das werde ich und zwar schon bald. Jetzt tu genau, was ich dir sage. Lauf zur Landspitze, und wink Osseion. Er muss das Boot langsam in den Hafen bringen. Pass auf, dass dich niemand sieht. Dann komm sofort wieder zurück. Wenn ich dir ein Zeichen gebe, lauf weinend zu Tallia und schling die Arme um sie. Schneid ihr die Fesseln mit deinem Messer durch. Klar?«

»Ja«, flüsterte Lilis. Sie hatte schreckliche Angst. Wie sollte sie zwischen diesen Soldaten durchkommen? Sie würden sie töten und Tallia auch.

»Geh. Fang erst an zu rennen, wenn du die Treppe runter bist.«

Lilis verschwand. Bevor die Gefangenen herausgebracht wurden, war sie schon wieder da. Ihr Gesicht war knallrot. »Das Boot kommt.«

»Gut. Jetzt warten wir. Wenn Tallia an uns vorbeikommt, schrei ihren Namen.«

Kurz darauf kam der Offizier wieder zurück, gefolgt von zwei Soldaten und Tallia, die noch immer den Sack über dem Kopf hatte. Pender wurde ihr hinterher geführt. Er schwitzte und sah aus, als wäre er bereits tausend Mal gestorben. Die anderen beiden Soldaten folgten ihnen dichtauf. Lilis wusste, wie hoffnungslos es war. Pender schaute sie an, ohne sie zu erkennen. Mendark stieß Lilis mit dem Ellbogen in die Rippen.

»*Tallia!*«, heulte sie.

Tallia setzte sich zur Wehr, doch die Soldaten zerrten sie hinaus und warfen die Tür hinter sich zu.

Kapitel zwei

Die Große Bibliothek

»Bist du bereit, Lilis?«, flüsterte Mendark, als die Soldaten Pender und Tallia fortschleppten.

»Ja.«

»Komm mit mir.«

Sie folgten ihnen die Stufen hinunter und um eine leichte Kurve zum Ufer hinab. *Die Heimatlose* befand sich auf halbem Weg die Bucht hinauf, am Ende der ersten Mole, und trieb kaum merklich dahin. Obwohl ein Seemann eifrig das Deck schrubbte, war bei genauerem Hinsehen zu erkennen, dass sie jederzeit zum Aufbruch bereit war. Weiter die Bucht hinunter, an der dritten Mole, lagen Yggurs Boote vorne und hinten vertäut, und ihre Segel waren eingerollt.

Die Soldaten stapften an der ersten Mole vorbei und auf die zweite zu. Lilis fühlte sich plötzlich benommen. Die Szenerie vor ihr verschwamm, und die Straße schien zur zweiten Mole hin nach unten abzubiegen. Die Soldaten blieben unvermittelt stehen und liefen dann herum, als wären sie verwirrt. Mendark richtete sich zu voller Größe auf und blickte den Männern nacheinander in die Augen. Plötzlich wirbelte der Offizier herum und marschierte strammen Schrittes die Mole hinunter.

»Geh! *Jetzt*!«, sagte Mendark. Er war vor Anstrengung kreidebleich.

Lilis flitzte los, schloss zu den Soldaten auf und klappte staunend den Mund auf, als der Offizier geradewegs vom Ende der Mole ins tiefe Wasser ging.

»Tallia, bleib stehen!«, schrie sie. Tallia hielt sofort an, während die anderen unbeirrt an ihr vorbeigingen und ebenfalls ins Wasser fielen.

»Halt still«, sagte Lilis drängend. »Ich habe ein Messer.« Sie sägte das dicke Seil durch und ritzte dabei Tallias Hand auf. Die blutigen Fesseln fielen herunter. Tallia kämpfte mit dem Sack über ihrem Kopf. »Unser Boot kommt«, sagte Lilis. Als sie ein verzweifeltes Heulen hörte, schaute sie hinunter und rief: »Oh! Pender ertrinkt! Ich habe den armen Pender vergessen.« Und sie sprang ins Hafenbecken.

Die Soldaten klammerten sich an die Stützpfeiler, doch Pender ging unter. Er war derart in Panik, dass ihm Wasser in den offenen Mund schwappte, und er schlug so heftig mit den gefesselten Händen, dass Lilis ihn nicht losschneiden konnte. Mit den Knöcheln traf er Lilis am Kinn, sodass ihre Zähne aufeinanderschlugen. Sie biss sich auf die Zunge, als Sterne vor ihren Augen explodierten. Eine Welle schlug ihr ins Gesicht.

Lilis duckte sich unter Wasser und kam hinter Pender wieder hoch; doch kaum berührte sie seinen Mantel, da wand er sich herum, packte sie wie eine Rettungsboje und zog sie mit sich nach unten. Blasen strömten aus ihrem Mund.

Langsam drehten sie sich im Wasser, Lilis unten. Pender war schier unglaublich stark; Lilis musste feststellen, dass sie seinen Griff unmöglich lösen konnte. Voller Angst, dass er sie beide ersäufen würde, rammte sie ihm das Knie in den Bauch. Die verbliebene Luft platzte förmlich aus seinem Mund, und Lilis strampelte sich frei und tauchte keuchend auf. Kurz darauf durchbrach ein braungewandeter Wal mit dem Rücken die Wasseroberfläche, rollte herum und schnappte nach Luft. Lilis hielt sich an dem Mantel fest, bis *Die Heimatlose* herantrieb und Osseion Pender mit einem Bootshaken aus dem Wasser fischte. Ihr wiederum ließ man die Würde eines Taus. Sie klammerte sich daran fest und wurde an Bord gezogen.

»Wo ist Tallia?«, rief sie, als sie schwankend und zitternd auf dem Deck stand.

Als *Die Heimatlose* wendete, warf Tallia den Sack beiseite und sprang an Bord. Mendark, der die Mole heruntergeeilt kam, wartete, bis der Bug nahe genug war, dann sprang auch er geschickt hinüber.

»Los!«, befahl er.

Einer der frisch angeheuerten Seeleute stieß das Boot ab; die Segel wurden gesetzt, und langsam fuhren sie in die Bucht hinaus. Sie hatten die Bucht bereits hinter sich gelassen und waren ein gutes Stück auf der offenen See, als die Soldaten schließlich ebenfalls gerettet und Yggurs Boote zur Jagd bereit waren.

»Tallia!«, rief Lilis und lief auf sie zu, um sie zu umarmen. Tallia hob das Mädchen in die Höhe, lachte und weinte, und aus Lilis' Augen ergoss sich eine Flut von Tränen auf ihre Stirn. »Oh, Tallia, ich war sicher, dass sie dich wegbringen und töten würden.«

»Wären du und Mendark nicht gewesen, dann hätten sie das auch getan«, sagte Tallia. »Sie haben mich vollkommen überrascht. Aber jetzt lass uns erst einmal nach dem armen Pender sehen.«

Der arme Pender erholte sich bereits bestens, obwohl sein fettes Gesicht blau und sein Blick gehetzt war. Als er Lilis sah, brach er zusammen und heulte an ihrer Schulter.

»Lilis, Lilis, ich habe keine Worte für dich. Das werde ich dir niemals vergessen. Niemals!«

»Meine Kunst ist also doch von Wert«, bemerkte Mendark bissig; doch dieses eine Mal wusste Pender keine Antwort darauf.

Nachdem sie die nassen Kleider abgelegt, sich abgetrocknet und frische Kleidung angezogen hatte, ging Lilis mit der Börse in der Hand zu Mendark, der über einem Haufen Karten hockte. Er nickte gedankenverloren und stellte die Börse zur Seite. In diesem Augenblick kam Tallia, die sich gerade das Haar mit einem Handtuch trocknete, in die Kajüte.

»Was tust du da, Lilis?«

»Ich gebe ihm sein Geld zurück.«

»Mendark«, sagte Tallia in scharfem Ton.

»Hm?« Er schaute nicht auf.

Tallia klopfte auf den Tisch und deutete auf die kleine Börse. Mendark ließ sich aus seinen Gedanken reißen.

»Oh! Die gehört dir, Kind. Steck sie in deinen Rucksack. Du wirst sie eines Tages brauchen.« Er drückte Lilis die Börse wieder in die Hand und wandte sich ab. Dann fiel ihm ein, dass er sich in seiner Geistesabwesenheit noch gar nicht bei ihr bedankt hatte, und so sagte er barsch: »Danke. Du gehörst in der Tat zu meinen Besten.«

»Komm, Lilis«, sagte Tallia. »Lass uns rausgehen und aufs Meer schauen. Vielleicht sind ja wieder Delfine da.«

Eine Stunde später sahen sie zwei Boote hinter sich, und Pender ließ alle Segel setzen. Das schlanke Fahrzeug raste los wie ein Rennpferd. Nach zwei weiteren Stunden waren sie wieder allein auf dem Meer, und den Rest des Tages sahen sie keine Spur mehr von ihren Verfolgern. So fuhren sie weiter das Meer von Thurkad hinauf und wendeten dann gen Westen ins Meer von Qwale. Fast segelten sie bis in den Großen Ozean, und die ganze Zeit über war das Wetter schön.

Vierzehn Tage später, nach einer langsamen, aber ereignislosen Reise, auf der sich ihnen nur Wind und Strömung entgegengestellt hatten, segelten Mendark, Tallia und Lilis gemächlich die Mündung des Flusses Zur hinauf in Richtung der uralten Stadt Zile. Der alte Kanal von Zur, für Tausende von Jahren das Rückgrat des Handels in dieser Region, war mit Schlick verstopft.

Noch nicht einmal das kleine Fahrzeug der Gefährten vermochte hier noch durchzukommen, und so mussten sie *Die Heimatlose* in Framan zurücklassen, dem neuen Hafen, gut dreißig Meilen flussabwärts von Zile. Framan war ein geradezu vulgärer Ort, den die alten Aristokraten und selbst das einfache Volk von Zile mit Verachtung straften.

Pender blieb in Framan, um sich um all die bürokratischen Hindernisse zu kümmern, die er unheilvoll voraussagte. Osseion blieb ebenfalls dort, da Mendark einen Leibwächter hier für unnötig hielt. Pender war in besonders guter Stimmung, denn Mendark hatte ihm für die Fahrt das Doppelte von dem gezahlt, was er versprochen hatte: achthundert Tell. Das war ein kolossales, atemberaubendes, undenkbares Vermögen, mehr als Pender in zehn Lebzeiten hätte verdienen können, wäre da nicht der Krieg mit seinen Gelegenheiten gekommen. Und noch etwas hatte er herausgefunden: Selbst jetzt noch öffnete Mendarks Name Türen, die bis dahin verschlossen gewesen waren.

Sie hatten sich alle von ihren Verletzungen erholt. Alle drei gingen sie zu Fuß durch die einst große Stadt Zile, über breite, von mächtigen Säulen gesäumte Straßen und unter Bögen aus Granit hindurch, die schon seit zweitausend Jahren standen, seit den goldenen Tagen der Stadt. Doch Zile war schon vor langer Zeit dahingeschwunden. Das einst fruchtbare Land am Zur war ausgetrocknet und die alten Bewässerungskanäle mit Salz verkrustet. Die meisten Menschen waren woanders hingezogen. So war Zile mit seinen Ruinen und seinen Erinnerungen allein – und natürlich mit der Großen Bibliothek, jenem großen Wunder der Alten Welt.

Die Bibliothek erhob sich aus dem Staub vor ihnen, ein riesiges Rechteck. Es war das größte Gebäude, das Lilis je gesehen hatte, und das imposanteste. Es war weit größer als selbst die extravagante Zitadelle des Magisters in Thurkad. Die Bibliothek war ein altmodisches, klassisches Gebäude, ein Rechteck aus rotem Marmor mit Kolonnaden an allen vier Seiten. Vier Stockwerke ragte sie in die Höhe, und unter der Erde schlossen sich noch mehrere Ebenen an. In schlichter Strenge gestaltet waren kaum Verzierungen zu sehen.

»Wo kommt sie her?«, fragte Lilis auf dem scheinbar unendlichen Marsch zu dem Gebäude.

»Die Bibliothek von Zile war die allererste der großen Bibliotheken«, erklärte Tallia. »Sie ist von den Zain gegründet worden, sogar noch vor der Entstehung des Zureanischen Reiches. Das ursprüngliche Gebäude wurde von Larria der Zain errichtet; das war vor gut dreitausend Jahren. Doch seitdem ist die Bibliothek drei Mal geplündert und ein Mal niedergebrannt worden. Was wir hier sehen hat das ursprüngliche Gebäude vor etwa zweitausenddreihundert Jahren ersetzt, als Zur eines der wohlhabendsten Reiche in ganz Santhenar war und die Zain auf dem Höhepunkt ihrer Macht und ihres Einflusses. Einst konnte die Bibliothek sich rühmen, alle Historien von ganz Santhenar zu beherbergen.«

»Aber jetzt nicht mehr«, warf Mendark ein. »Der Bibliothek geht es bei weitem nicht mehr so gut, und Nadiril ist nicht mehr der, der er einst war.«

»Wer ist Nadiril?«, fragte Lilis.

»Na-di-ril!« Mendark betonte jede einzelne Silbe.

»Er ist *der Bibliothekar*«, sagte Tallia mit deutlicher Betonung. »Manche sagen, Nadiril der Weise sei der größte Bibliothekar aller Zeiten. Und er ist ein Mitglied des Rates von Santhenar, wovon Mendark der Magister ist – oder zumindest war er das, als es noch einen Rat gegeben hat. Er ist ein sehr weiser, alter Mann.«

»*Zu* alt«, sagte Mendark gereizt. »Er ist ein ungebärdiger, alter Mann, der seit zehn Jahren an keinem Ratstreffen mehr teilgenommen hat. Es ist an der Zeit für ihn abzutreten. Die Bibliothek braucht junges Blut.«

»Was heißt ›ungebärdig‹?«

»Das ist so was Ähnliches wie ›übellaunig‹«, erklärte Tallia verärgert, »so wie Mendark.«

Lilis schaute zu Mendark hinauf. Der Magister legte wütend die Stirn in Falten. Lilis verstärkte ihren Griff um Tallias Hand und rückte näher an sie heran. »Der Bibliothekar erwartet euch«, sagte eine Dienerin. »Hier entlang, bitte.«

Sie führte die Besucher durch einen breiten Gang, bog in einen schmaleren ein, ging dann eine Treppe hinunter in einen noch schmaleren und blieb schließlich vor einer schlichten Tür stehen. Die Dienerin klopfte kurz an und winkte die Besucher respektvoll in einen kleinen Raum; dann schloss sie die Tür wieder. Der Raum war karg. Außer einer hohen Bank voller Manuskripte, einem kleinen, harten Bett in der Ecke und ein paar Regalen war nichts zu sehen. Es war kalt.

Nadiril kauerte auf einem Hocker vor der Bank wie ein altersschwacher Vogel. Die Gliedmaßen, die aus seiner grauen Robe ragten, waren klapperdürr, und fleckige Haut spannte sich über seinem gewölbten Schädel wie auch über seine Hände. An den Seiten wucherten noch immer ein paar weiße Haarbüschel. Seine Lippen waren grau, und als er den Kopf hob, waren seine Augen grau und trübe, als würde er in die Tiefen der Zeit schauen.

Die grauen Lippen teilten sich zum Hauch eines Lächelns. »Hallo«, sagte er. »Wen haben wir denn da?« Seine Stimme klang wie ein Windhauch, der durch Spinnweben fährt.

Er stand auf. Mendark warf Tallia einen Blick zu, als wolle er sagen: »Der alte Narr ist senil geworden«; dann ging Nadiril geradewegs an ihm vorbei und hockte sich mit knirschenden Knochen vor Lilis.

»Mein Name ist Lilis«, quiekte das Mädchen. Instinktiv wich sie einen Schritt zurück, hielt es dann jedoch für besser, wieder vorzutreten.

»Gib mir deine Hand, Lilis«, sagte Nadiril. Sie streckte die winzige Hand aus, und er nahm sie in seine knochige Klaue und betrachtete sie eingehend, erst den Handteller, dann den Handrücken. Schließlich ließ er sie wieder los und musterte das Gesicht des Mädchens. »Warum bist du zu mir gekommen, Lilis? Was willst du mich fragen?« Hinter ihm räusperte Mendark sich wütend.

»Tallia hat mich hergebracht«, sagte Lilis.

»Ja, aber was willst *du* mich fragen? Was musst du wissen?«

»Kannst du meinen Vater finden?« Lilis' zaghaftes Flüstern war kaum zu hören.

»Vielleicht. Hast du eine Mutter?«

»Nein«, antwortete Lilis. »Sie ist gestorben.«

»Das tut mir leid zu hören. Was willst du sonst noch wissen?«

»Kannst du meinen Freund Llian finden?«

»Llian auch! Llian, der Chronist aus Chanthed? Sorgloses Kind ... Was machst du nur mit deinen Freunden?«

»Sie verlieren mich. Kannst du ihn auch finden?«

»Vermutlich. Ich werde später nach ihnen fragen. Jetzt muss ich mich erst einmal um meinen Gast kümmern. Er sieht *sehr* wichtig aus.« Er rappelte sich wieder auf und wandte sich Mendark und Tallia zu. Mendark funkelte ihn wütend an, doch Tallia lächelte verschmitzt.

»Mendark«, sagte Nadiril schließlich. »Wann bist du zum letzten Mal zur Bibliothek gekommen? Das muss jetzt mehr als fünf Jahre her sein, stimmt's?« Er streckte seine schrumpelige Hand aus.

»Fünf Jahre, in der Tat«, erwiderte Mendark kalt. »Ich war mit einem jungen Meister der Erzählkunst hier, wie du dich vielleicht erinnerst.« Er sprach, als wäre Nadirils Geist genauso verfallen wie sein Leib; vielleicht wollte er ihn auf die Probe stellen. »Allerdings war er damals noch kein Meister.«

»Es gibt keinen Grund, mich so herablassend zu behandeln, Mendark. Ich erinnere mich sehr wohl.« Seine Stimme wurde ein wenig kräftiger. »Llian von Chanthed, Lilis' Freund. An *ihn* erinnere ich mich sehr gut. Ich habe einmal darüber nachgedacht, ihn hierher zu holen, aber dann sind mir andere Dinge dazwischengekommen. Ob er jetzt wohl noch kommen würde? Was meinst du? Da ist so wenig Zeit ...«

»Ich glaube, er ist nun seinen eigenen Weg gegangen. Das ist einer der Gründe, warum wir hier sind.«

»Ja. Dazu werden wir noch kommen.« Nadiril wandte sich Tallia zu, die schweigend ein Stück abseits stand und geduldig wartete, wie es so typisch für sie war. »Du bist Tallia bel Soon«, sagte Nadiril in feierlichem Ernst. Tallia nickte knapp. »Wie geht es deiner Familie?«

»Meiner Mutter geht es gut«, antwortete Tallia. »Sie arbeitet härter denn je. Sie ist Bergbauingenieurin.« Sie erklärte es Lilis. »Sie weiß zum Beispiel, wie man Wasser aus einer Mine pumpt. Sie ist eine sehr kluge Frau.«

»Ich habe die Mutter deiner Mutter gut gekannt«, fuhr Nadiril fort. »Sie ist oft hierhergekommen. Eine große Gelehrte. Heutzutage sehen wir nur wenige Leute aus Crandor.« Er streckte die Hand aus.

Tallia ergriff die kalten Finger. »Meine Großmutter hat manchmal von dir geredet«, sagte sie und schaute Nadiril in die Augen, denn sie waren gleich groß.

Das musste eine lang vergessene Erinnerung geweckt haben, denn Nadiril lachte doch tatsächlich, ein tiefes, schepperndes Kichern. »Ich kann mir vorstellen, was sie gesagt hat«, sagte er. »Wir hatten den größten Respekt voreinander, aber wir konnten nie Freunde sein. Doch wie auch immer ... das ist längst Vergangenheit, und sie liegt schon lange in ihrem Grab. Ihr habt eine lange Reise hinter euch, und wie ich sehe, seid ihr auch hier in Zile noch nicht zur Ruhe gekommen. Kommt ... Wir werden gemeinsam zu Abend speisen und über die neuen Dinge reden, die ihr gesehen habt.« Er wandte sich zur Tür.

»Die Angelegenheit ist äußerst dringend«, sagte Mendark von hinten.

»Ohne Zweifel. Es ist immer dringend, wenn du zu mir kommst, Mendark. Aber es kann warten. Heutzutage esse ich meist allein; deshalb werdet ihr mir das nicht verwehren. Außerdem weiß ich, warum ihr gekommen seid. Wie sollte ich auch nicht?«

Sie gingen durch eine andere Tür zu einer schmalen Wendeltreppe, die hoch hinaufführte. »Nimm meinen Arm«, sagte Nadiril zu Tallia. Dann nahm er Lilis an die andere Hand, und langsam stiegen sie immer höher und höher bis zu einer breiten Plattform, von wo aus sie die Stadt überblicken konnten. Eine sanfte Brise zog an Nadirils Gewand, doch der Wind war warm, und die Sonne sank an einem wolkenlosen Himmel.

»Früher bin ich jeden Abend hier rauf gekommen und manchmal auch morgens«, flüsterte Nadiril; er war außer Atem vom Aufstieg. »Einfach nur um meinen Blick über die Stadt schweifen zu lassen ... um nachzudenken, zu planen und zu träumen. Am Morgen hüllt die Sonne die Berge im Westen in flüssiges Feuer, und am Abend gleichen die Ebenen von Zur einem Wandteppich.

Doch diese Träume werden nicht mehr geträumt. Zile schrumpft, und auch die Bibliothek verfällt, denn es mangelt ihr an den Tributen, die einst so regelmäßig kamen wie der Sonnenaufgang. In einer Zeit, da wir wertvoller sind denn je, sucht man uns so selten auf wie nie. Meine eigenen Träume werden sich nie erfüllen, und mein Leben ist ein einziger Kampf, nur um das zu bewahren, was die Vergangenheit uns gegeben hat. Wie kann ich da abtreten und all das hier unbeaufsichtigt lassen? Also werde ich das auch nicht tun, bis ich jemand Vertrauenswürdigem den Schlüssel übergeben kann.«

Damit beendete er seine Rede, und da er offenbar nicht weiterzusprechen gedachte, wandte Tallia sich nach angemessener Zeit von ihm ab, ging zur Brüstung und schaute auf die Stadt hinaus. Die Sonne stand ein kleines Stück über den Gipfeln der Berge. Ein Hauch von Staub hing in der Luft, und das Licht des Sonnenuntergangs färbte die Ziegel rot. Schon auf dem kurzen Weg zur Bibliothek hatten sie gesehen, dass die Stadt im Sterben lag. Tausende der prachtvollen Häuser standen leer inmitten überwucherter Gärten.

Erneut kam eine kühle Brise auf. Nadiril führte sie zu einem Alkoven, in den der Südwind nicht eindringen konnte, und dort brachte ihnen ein Diener etwas zu essen. Es war nicht das scharfe, würzige Essen, für das Zile berühmt war, sondern simplere Kost: Brot, Obst, Käse und grüner Wein. Mendark und Tallia setzten sich einander gegenüber an den Tisch, und Nadiril winkte Lilis auf den freien Platz neben sich. Dann nahm er Mendark geschickt das Käsetablett aus der Hand und bot es ihr an.

»Das ist eine meiner Lieblingssorten«, sagte Nadiril und deutete auf einen dunklen und übelriechenden Käse, grüngelb und mit brauner Kruste. »Allerdings könnte er ein wenig zu stark für dich sein. Ich kann ihn heutzutage kaum noch schmecken – tatsächlich schmecke ich so gut wie gar nichts mehr. Selbst das Essen ist für mich zu einer unangenehmen Arbeit geworden.«

»Ich werde ihn versuchen«, sagte Lilis. Ihre Augen leuchteten – doch nicht unbedingt aus Vorfreude für das Essen. Sie dachte: *Ein neuer Freund! Was habe ich für ein Glück!* »Ich kann alles essen.«

»Ja, ich nehme an, das kannst du wohl«, sagte Nadiril, der dank seiner allessehenden Augen ihre ganze Geschichte hätte erzählen können. Er schnitt eine große Ecke ab und legte sie ihr mit dem Messer auf den Teller. Bläschen im Käse sonderten eine beißend riechende Flüssigkeit ab. Tallia rümpfte die Nase. Nadiril schlug die zurückgebliebenen Krumen vom Messer und zog das Tablett näher zu sicher heran. »Was ist mit den anderen?

Dieser Blauschimmelkäse zum Beispiel …« Er deutete mit dem Messer auf einen rautenförmigen cremeweißen Klumpen, der von blauen Adern durchzogen war wie Marmor. »Er schmeckt zunächst ein wenig streng, gleitet aber cremig den Schlund hinunter. Willst du davon auch ein kleines Stück?«

»Ja, bitte«, quiekte Lilis, hungrig wie eine kleine Maus. Sie hatten keine Mittagspause gemacht, und nun war es fast Abend. Auf der anderen Seite des Tisches räusperte sich Mendark vernehmlich, und Lilis sagte: »Aber erst nach Tallia und *ihm.*« Mendarks Namen wollte sie nicht aussprechen.

»Unsinn«, erwiderte Nadiril. »Sie sind alt und das Warten gewöhnt.«

Mendark funkelte den alten Bibliothekar noch wütender an als zuvor und klopfte mit der Messerspitze auf den Tisch. Auch Tallia runzelte die Stirn – allerdings vermutlich, weil man sie als ›alt‹ bezeichnet hatte. Nadiril fuhr fort, Lilis jeden einzelnen Käse zu erklären: hier ein feuchter weißer Ziegenkäse, da ein mit braunen Körnern gespickter, die an Reis erinnerten, und dort einen, der im Inneren schon fast flüssig war.

»Und der hier ist mit Schnittlauch und Pfeffer gewürzt«, sagte Nadiril, doch als er ihn anschnitt, wurde ein überwältigender Geruch nach Knoblauch freigesetzt.

»Das ist jetzt wohl wirklich der Tiefpunkt«, bemerkte Mendark aus dem Mundwinkel heraus zu Tallia.

Schließlich ordnete der alte Mann je ein Stück eines jeden Käses kreisförmig auf Lilis' Teller an. Dann gab Nadiril den Teller Tallia und griff nach der ovalen Obstschüssel. »Um diese Jahreszeit gibt es nicht viel frisches Obst«, sagte er, obwohl neben den Trockenfrüchten auch Äpfel, Birnen und unterschiedliche Arten von Nüssen lagen.

»Was ist denn das hier?«, erkundigte sich Lilis und deutete auf eine dunkelbraune pflaumenförmige Frucht, die ein wenig an Hundekot erinnerte.

»Das«, antwortete Nadiril, »ist eine Dattel. Zile ist berühmt für seine Datteln. Versuch sie einmal. Sie ist sehr süß.«

Vorsichtig nahm Lilis sich die Dattel. Sie fragte sich jedoch, ob Nadiril ihr vielleicht einen Streich spielen wollte, und so legte sie die seltsame Frucht wieder auf den Teller und schnüffelte hinterher an ihren Fingern. »Und das?«

Das war eine große, flache, getrocknete Frucht, die an ein abgeschnittenes Ohr erinnerte, das man zum Trocknen in die Sonne gelegt hatte. »Das ist eine getrocknete Gellon, die Königin aller Früchte. Sie kommt von sehr weit her, von fast so weit weg wie Thurkad.«

»Gellon ...«, sagte Lilis und schmeckte das Wort förmlich. Sie schaute noch immer misstrauisch drein. »Und von wo genau?«

Nadiril schaute sie kurz an; dann hustete er und sagte schlicht: »Sie kommt aus den Bergen nahe Chanthed. Ich nehme an, dein Freund Llian mag Gellon. Ein alter Freund von mir schickt mir jedes Jahr eine Kiste davon, obwohl ich sie kaum noch schmecken kann.«

Lilis nahm sich die Gellon und noch ein, zwei andere Dinge, und die Schüssel wurde weitergereicht. Tallia wählte eine Dattel und aß sie mit Genuss. Lilis knabberte vorsichtig an ihrer eigenen, befand sie für gut, und nachdem sie sich unbewusst umgeschaut hatte, als wäre sie wieder in ihrer Gasse in Thurkad, griff sie nach einer weiteren.

»Hier, nimm eine Handvoll«, sagte Tallia und hielt ihr die Schüssel hin.

Nadiril verdünnte etwas Wein für Lilis, reichte ihr den Brotkorb, und nachdem alle genug hatten, nahm er sich auch selbst eine winzige Portion Brot und Käse.

»Dieser ›alte Freund‹ ist nicht zufällig Shand, oder?«, fragte Tallia, während sie eine Quitte schälte.

Nadiril grübelte kurz nach. »Shand! Ja, so nennt er sich heutzutage, obwohl ich ihn in meinen Gedanken nie so nenne.

Er ist einer der größten ...« Er hielt kurz inne und schaute seine Gäste von der Seite her an. »Er ist einer der größten Kartenmacher, den ich je getroffen habe – eine aussterbende Kunst. Kennst du ihn? Wie geht es ihm?«

»Ich habe ihn zum ersten Mal vergangenen Herbst in Tullin getroffen. Auf mich hat er den Eindruck gemacht, als ginge es ihm gut. Ich habe ihn auf Anhieb gemocht. Später habe ich ihn dann kurz in Thurkad gesehen nach den Ereignissen dort. Er hat mir geholfen, ein Boot zu finden.«

»Ich habe ihn auch in Thurkad getroffen«, sagte Mendark und biss die Zähne aufeinander. »Er hat sich in alles eingemischt und so geheimnisvoll getan wie eh und je. Der alte Narr!«

»Er hat Pender für uns gefunden«, sagte Tallia. Obwohl sie nur kurz seine Bekanntschaft gemacht hatte, betrachtete sie Shand als Freund, und daher gefiel es ihr nicht, wenn schlecht über ihn geredet wurde. »Du hast mir ja gar nicht erzählt, dass du ihn in Thurkad getroffen hast.«

»Shand ist offenbar nicht der Einzige, der hier geheimnisvoll tut«, bemerkte Nadiril.

»Ich treffe mich mit Hunderten von Leuten«, knurrte Mendark. »Er hat mir nichts Nützliches gesagt.«

»Wenn du dich ein wenig mehr ans Protokoll halten, die Sitten beachten oder auch nur *etwas* höflicher sein würdest, dann würdest du vermutlich feststellen, dass andere weitaus hilfsbereiter sind«, erklärte Nadiril. Dann wandte er sich unvermittelt wieder Lilis zu und fragte sie in allen Einzelheiten nach ihrem Vater, ihrem Leben in Thurkad und wie sie Llian kennengelernt hatte. Schließlich wurden die leeren Teller weggeschafft und Becher mit Tee aus gerösteter Gerste gebracht; braune Körner trieben auf der Oberfläche.

Nadiril sagte nichts weiter zu Mendark, der inzwischen erkannt hatte, dass er sich wohl oder übel den Launen des alten Mannes würde unterwerfen müssen. Nachdem Mendark seinen Tee getrunken hatte, nahm er Tallias Arm, und gemeinsam schlenderten sie zur Brüstung, um über die Stadt hinauszuschauen. Es wurde allmählich dunkel, und die Sterne kamen heraus. Die Dienerin kehrte mit Lampen zurück, die sie hinter ihnen in Halterungen steckte, sodass gelbes Licht flackernd auf den Tisch fiel.

An einem Punkt in ihrer recht weitschweifigen Erzählung unterbrach Nadiril Lilis. »Willst du mir damit etwa sagen, dass du lesen *und* schreiben kannst?«, fragte er.

»Ich kann ein paar Dinge lesen«, antwortete das Mädchen. »Schilder, Notizen und Briefe. Mein Vater hat mir das beigebracht. Und einmal, als ich klein war, habe ich sogar ein *Buch* gelesen. Aber ich kannte es bereits, denn Jevi hatte mir die Geschichten daraus schon oft erzählt. Schreiben kann ich nicht viel – nur die Buchstaben und meinen Namen ... und Jevis ... und noch so ein paar andere Dinge. Ich hatte allerdings nie was, womit ich schreiben konnte, außer mit einem Stock im Schlamm. Ich wünschte, ich könnte schreiben.«

»Warum, Kind? Was nützt dir das?«

»Weißt du, was mit Straßenmädchen und -jungen passiert, wenn sie alt genug sind und nichts können?«

»Ja, das weiß ich«, antwortete Nadiril ernst.

»Das will ich aber nicht. Ich will kluge Sachen machen – wie Llian, Tallia und du.«

»Und wie Mendark?«

»Er ist zu klug für mich. Ich will die Geschichten lesen. Llian hat mir mal eine erzählt«, sagte sie, und ihre Augen leuchteten. »Sie war wunderbar. Noch wunderbarer sogar als die, die Jevi ...« Sie unterbrach sich, da sie das Gefühl hatte, ihrem Vater irgendwie untreu zu werden. »Ich möchte Bücher lesen. Ihr müsst doch viele Bücher hier haben, *hunderte.*«

»Ja, das haben wir«, sagte Nadiril, doch ohne zu lächeln. »Vielleicht hundert mal hundert mal hundert. Mehr als sonst wo in Santhenar.« Er hielt kurz inne und starrte Lilis dann hart an. »Was willst du mich fragen?«

Sie schluckte, schwieg und wandte sich ab. »Ich ... Ich kann nicht«, stammelte sie.

»Komm schon, Kind, natürlich kannst du. So böse bin ich doch nicht, oder?«

»Ich will richtig lesen und schreiben lernen, mehr als alles andere ... aber ich kann dich nicht bezahlen, und ohne Bezahlung gibt es nichts.«

Die Augen des alten Mannes schienen geradewegs durch sie hindurchzublicken. »Du hast überhaupt kein Geld?«

»Doch, doch, ein wenig habe ich«, erwiderte Lilis vehement. »Aber das ist für die Suche nach meinem Vater. Ich werde nicht ein Kupferstück für mich ausgeben, solange er nicht gefunden ist.«

»Nun gut. Du willst richtig lesen und schreiben lernen. Komm her, und ich will dich prüfen.« Nadiril holte ein schmales Buch aus der Manteltasche, schlug die erste Seite auf und reichte es dem Mädchen. »Das ist die *Geschichte der Geschichten* von Jadia Gerenji – eine alte Geschichte aus Zur. Kennst du sie?«

»Nein.«

»Lies sie mir vor.«

Stockend las Lilis mit ihrer piepsigen Stimme. Immer wieder blieb sie an Namen und Wortbetonungen hängen, doch nach gut fünf Minuten erreichte sie den Fuß der Seite und blätterte um.

»Genug«, sagte Nadiril. »So geht das nicht.« Mit strengem Gesichtsausdruck kramte er in seiner anderen Manteltasche herum. »Wohlan, hier ist ein Stück Papier und hier ein Holzkohlestift. Schreib nieder, was du gerade gelesen hast.«

Lilis schaute ihn entsetzt an, senkte dann jedoch den Kopf über das Papier und begann, in großen, kindlichen Buchstaben zu schreiben. Zehn Minuten vergingen. Immer wieder wurde das Schreiben von ersticktem Schluchzen und Faustballen unterbrochen, und einmal schlug sie sogar mit dem Kopf auf den Tisch. Schließlich reichte sie Nadiril das Papier. »Ist das alles?«, fragte er und sah sich das Chaos an: ineinander verschlungene Linien, häufig durchgestrichen und von Tränen verschmiert.

»Nein, aber das Papier ist alle.«

»Papier ist sehr kostbar, Kind. Allein für den Preis dieses Blattes könntest du eine Woche lang essen. Das reicht nicht.«

Lilis erstarrte so vollkommen, als hätte sie in das Auge eines Basilisken geblickt. Tränen klebten an ihren Wimpern, fielen aber nicht.

»Das reicht ganz und gar nicht«, wiederholte Nadiril schroff. »Ich muss dich lehren, es besser zu machen ... und das werde ich.«

»*Du wirst?*«, rief Lilis, packte die schrumpelige Hand des alten Mannes und küsste sie. Tallia und Mendark drehten sich ob des Aufruhrs um. »Aber ich kann dich nicht bezahlen!«

»Kannst du hart arbeiten?«

»Niemand wird härter arbeiten. Ich werde die Böden schrubben, die Latrine putzen ...«

Nadiril hob die Hand, und Lilis verstummte. »Das reicht nicht. Ich will, dass du härtere Arbeit tust.«

»Mehr kann ich aber nicht«, erwiderte Lilis, und wieder erschienen Tränen in ihren Augen.

Nun kam Tallia herbei, die bis jetzt nur zugehört hatte, setzte sich neben Lilis und nahm sie in den Arm. »Nadiril, du bist gemein«, sagte sie. »Lilis, kannst du Bücher tragen und Bücher lesen, und kannst du dann die Titel der Bücher niederschreiben?«

»Ja«, quiekte Lilis. »Aber ...«

»Gut, denn das ist die harte Arbeit, die Nadiril als Bezahlung von dir verlangt. Er braucht dich, Lilis. Habe ich nicht recht, Bibliothekar?«

»Tut mir leid, Kind. Ich bin es gewohnt, mir mit grantigen, alten Männern wie Mendark Gefechte zu liefern. Ich wollte dir keine Angst einjagen. Tallia hat in der Tat recht. Ich brauche dich, weil Bücher dir am Herzen liegen und du bereit bist, hart dafür zu arbeiten. Also ... willst du für mich arbeiten im Tausch für das, was ich dir beibringen kann, und Unterkunft und Verpflegung?«

»Ja, das will ich«, antwortete Lilis leise.

»Gut. Dann gib mir deine Hand. Tallia, bezeuge unseren Kontrakt.«

Lilis und Nadiril schüttelten sich die Hand. »Es ist bezeugt«, sagte Tallia. »Sollte einer von euch Grund zur Klage haben, so will ich unvoreingenommen schlichten ohne jemanden zu bevorteilen.«

»Dann hast du *deine* Zukunft ja geregelt«, sagte Mendark zu Lilis, als er wieder an den Tisch kam. »Wie schön.«

»Ah, ja«, bemerkte Nadiril. »Ist ihre Zukunft denn unwichtig? Gänzlich ohne Bedeutung?«

»Jedenfalls, was die Zukunft betrifft, die ich sehe, aber wer weiß ...? Ich kann nicht die Last der ganzen Welt auf meinen Schultern tragen.« Er wandte sich an Lilis. »Ich wünsche dir nichts Schlechtes, Kind, aber auf unserer nächsten Reise ist dein Platz nicht an unserer Seite.«

»Ich werde traurig sein, wenn ich mich verabschieden muss«, erwiderte sie, »aber ich habe meinen Platz gefunden.«

Kapitel drei

Aschenstadt

Karan wünschte sich nichts sehnlicher, als sich zu strecken, zu niesen und sich zu räuspern. Stattdessen kauerte sie jedoch in ihrem Korb und wagte kaum zu atmen.

»Kommt schon! Beeilt euch!«, hörte sie den Offizier brüllen.

Tess sagte etwas, das Karan nicht verstand, denn just in diesem Augenblick rollte das Boot herum, und irgendein klebriges Zeug rann ihr aus einem Fischmaul ins Ohr. Es juckte fürchterlich.

»Ja, mehr! Bis ganz nach unten. Leert sie alle!«

Karan erschrak. Ergab es überhaupt noch einen Sinn, sich zu verstecken? Ihren rasenden Herzschlag konnte er doch unmöglich überhören. Sie war versucht, laut zu schreien: »Hier bin ich! Holt mich einfach nur hier raus!«

Das Rascheln und Platschen ging noch lange Zeit weiter. Inzwischen war es hell genug, dass Karan das Flechtwerk ihres Korbes erkennen konnte, und das bedeutete, dass man den Korb unmittelbar über ihr entfernt hatte. Kurz sah Karan wieder vor ihrem geistigen Auge, wie Yggur in Fiz Gorgo bedrohlich über ihr aufgetaucht war. Für was würde er sie benutzen?

Karans Korb knarrte, als sich jemand auf ihn stellte. Sie schauderte und rührte sich nicht mehr.

Shand war mit Deckschrubben fertig und machte sich daran, den Oktopus weiter zu zerteilen. In genau diesem Moment kam Benn die Leiter raufgerannt. Er sah besorgt aus.

»Mehr Körbe!«, bellte er, und die Mannschaft rannte los. »Wir stecken in Schwierigkeiten«, sagte er zu Shand aus dem Mundwinkel heraus, als er an ihm vorbeiging. »Er will, dass der gesamte Laderaum leergeräumt wird.«

»Ich komme«, sagte Shand und beendete seine Arbeit. Beim Aufstehen zog er einen Strohhalm aus dem Besen und spielte damit herum.

Als er die Leiter hinunterstieg, sah er den spitzbärtigen Offizier Befehle erteilen. Selbst Tess' ansonsten so unerschütterliches Gesicht zeigte erste Anzeichen von Nervosität. Obwohl das Meer theoretisch betrachtet neutrales Gebiet darstellte, würde man die gesamte Mannschaft und auch deren Familien bestrafen, sollte Karan entdeckt werden. Yggur stand nicht umsonst in dem Ruf, gerne Exempel zu statuieren.

Die untere Korbreihe war bereits freigelegt. Karan musste Höllenqualen leiden. Shand trat von der Leiter und ging durch den Laderaum, während die goldenen Fische von einem Korb in einen anderen verladen und aus dem Weg geschafft wurden.

»Was ist das?«, zischte Zareth und drehte den Kopf hierhin und dorthin.

»Ich habe nichts gehört«, antwortete Tess ruhig.

Shand hatte – ein leises Wimmern. Der Druck war zu viel für Karan. »Das sind nur die Körbe, die knarren, wenn du gehst«, sagte er, und dann: »Aaah!« Er schlug sich aufs Ohr und tanzte ein paar Schritte näher an Zareth heran, sodass die Körbe unter seinem Gewicht noch lauter knirschten als zuvor.

»Was ist mit dir los?«, fragte Zareth kalt.

»Irgendetwas hat mich gestochen«, antwortete Shand und rieb sich wild das Ohr.

Zareth wandte sich wieder der Suche zu. »Öffnet diesen Korb als nächsten!« Das war Karans.

Shand trat bis auf zwei Schritte an den Offizier heran. Dann hob er den Strohhalm an die Lippen und blies. Zareth rieb sich den Nacken, als hätte ein Insekt ihn gestochen. Irgendetwas fiel auf den Korb. Shand hielt den Atem an, und als der Mann zur Seite trat, stieß er rasch mit dem Fuß einen kleinen Holzsplitter in die Bilge. Zareth schaute sich verärgert um.

»Wo ist der Rest der Flotte?«, fragte er Tess.

»Ein gutes Stück südöstlich, würde ich meinen.«

»Es gibt eine Belohnung für das rothaarige Weib: einen Goldtell. Komm schon! Mach das Ding auf!«

»Einen Goldtell!«, rief Tess und fummelte am Korbdeckel herum. »Was hat sie denn getan? Das große Zepter von Thurkad gestohlen?«

»Du solltest lieber mehr Respekt zeigen, Fischerin!« Zareth warf den Deckel auf, holte einen der goldschuppigen Fische heraus und hielt ihn auf Armeslänge vor sich. »Das ist deiner Meinung nach also bester Bamundi, ja?«

»Nun«, erwiderte Tess und rieb sich das Kinn, »die haben ein paar Schönheitsfehler. Die besten Fische sind da drüben. Fenn!«, rief sie und deutete in eine andere Ecke des Laderaums. »Hol den Korb da drüben.«

Fenn stellte Zareth den schweren Korb auf den sandalenbewehrten Fuß und stieß dabei gleichzeitig den Deckel von Karans Versteck wieder zu.

»Blöder Kerl!«, fluchte Zareth und schlug mit der Faust nach dem Seemann, der den Schlag gegen sein Ohr ohne mit der Wimper zu zucken hinnahm.

Tess holte Bamundi aus dem neuen Korb, einen nach dem anderen. Jeden einzelnen hielt sie am Schwanz in die Höhe und beschrieb äußerst detailfreudig, warum das hier Fische von bester Qualität waren. »Es reicht!«, schrie Zareth schließlich. »Wo war ich?«, fragte er und schaute sich verwirrt um.

»Bei diesem hier«, meldete Shand sich hilfreich zu Wort und deutete von Karans Korb weg.

»Nein, es war der da, du alter Narr«, sagte Tess, versetzte Shand eine Ohrfeige und deutete in die entgegengesetzte Richtung.

Es folgte ein wilder Streit. Beide beharrten eisern auf ihren jeweiligen Meinungen und bedachten einander mit zunehmend schöpferischen Beleidigungen. »Seid still!«, brüllte Zareth, der inzwischen vollkommen von Schweiß überströmt war. »Macht sie beide auf!«

Die Körbe wurden geöffnet und die wertvollen Fische auf andere Körbe verteilt und über die Leiter nach oben getragen. Plötzlich begann Zareth zu schwanken, und das Blut wich ihm aus dem Gesicht. An seinem Nacken hatte sich eine kleine Schwellung gebildet mit einem winzigen Tropfen Blut in der Mitte. Zareth setzte sich auf Karans Korb und rieb sich den Nacken.

»Ich ... Ich fühle mich so benommen«, sagte er und ließ den Kopf zwischen die Knie hängen. »Aaah!«

»Alles in Ordnung?«, fragte Tess.

»Das ... Das ist der schlimmste Schmerz, den ... den ich je gehabt habe. Muss ... der Fisch sein, den ich ... gegessen habe.« Zareth zupfte an seinem Spitzbart. Mit großen, leeren Augen schaute er sich im Laderaum um, als könne er nicht mehr richtig sehen. Seine Wangenmuskeln zuckten; dann klappte er plötzlich in sich zusammen und erbrach sich in die Bilge. »Genug ... gesehen!« Mühsam rappelte er sich auf und wankte zur Leiter.

»Lass mich dir helfen«, sagte Tess.

»Geht schon«, erwiderte Zareth und fiel gegen die Wand. Tess zeigte ihm den Weg zur Leiter, die er wie ein Betrunkener hinaufstieg. Oben angekommen taumelte er übers Deck, rief nach seinen Seesoldaten und stöhnte. Dann entleerte er seinen Magen auf die Planken, rutschte auf dem Dreck aus und wäre fast über die Reling gefallen.

Tess rannte zur Seite und rief zu dem anderen Schiff hinüber. Sie erklärte, dass Zareth krank geworden sei. Zwei Seeleute wuchteten ihn über die Reling, und die beiden Schiffe lösten sich wieder voneinander. Kaum war die Galeere verschwunden, da packte Tess Shands Hand und schüttelte sie so heftig, als wolle sie Wasser aus einem Brunnen pumpen. Tränen der Erleichterung und des Überschwangs schimmerten in ihren Augen.

»Sollte ich je in große Not geraten«, sagte sie, »gibt es niemanden, den ich lieber an meiner Seite haben würde, als dich. War das das Gift des Oktopus?«

»Auf einem Zahnstocher.«

»Was, wenn du danebengeschossen hättest?«

»Ich habe noch einen«, sagte Shand und tastete gutgelaunt in seiner Tasche herum. »Ups!«, machte er und runzelte die Stirn, als er seine Fingerspitze betrachtete.

»Du hast doch nicht ...!«, rief Tess entsetzt.

»Das war nur ein Scherz.« Shand grinste, holte den Holzsplitter aus der Tasche und warf ihn in hohem Bogen über Bord.

Tess schlug ihm so kräftig auf den Rücken, dass er fast nach vorne gefallen wäre. »Dann sollten wir jetzt wohl mal nach deiner kleinen Freundin sehen«, grölte sie fröhlich.

Stiefel stapften laut die Leiter hinunter. Irgendjemand rief in weiter Ferne; dann setzten wieder die üblichen Geräusche der Fischerarbeit ein.

Karan konnte nur einen Teil von dem hören, was dort vor sich ging. Irgendwie war sie den Fängen von Yggurs Männern noch einmal entkommen, doch sie wusste nicht wie. Es dauerte noch sehr lange, bis jemand kam, um sie herauszuholen. Sie nahm an, Tess wollte sichergehen, dass die Galeere nicht noch einmal zurückkam. Karan fühlte sich schrecklich unwohl. Sie war über und über von Fischschleim bedeckt, und allmählich keimte ob der Enge Panik in ihr auf. Außerdem schmerzte ihre Zunge.

Schließlich kamen sie jedoch, die Brüder Benn und Fenn,

beide gutgelaunt wie zuvor, um sie aus ihrem stinkenden Gefängnis zu befreien. Ihre Beinmuskeln waren so verkrampft, dass sie kaum gehen konnte, und als sie an Deck kam, ärgerte sie sich wieder einmal über das Lächeln auf Shands Gesicht.

»Du siehst wirklich wie ein trauriges, kleines Straßengör aus«, sagte er und lachte, während er ihr Schuppen aus den Haaren schnippte.

»Mit dir zu reisen, ist wahrlich eine Aneinanderreihung von Demütigungen«, erwiderte sie; aber auch sie sah mittlerweile das Komische an der ganzen Sache, und es war besser als die Alternative. Sie trat vor, um Tess zu danken.

Tess winkte ab. »Wir schulden Thurkad keine Treue, geschweige denn solch einem Emporkömmling wie Yggur. Zum Glück für dich sind wir auf sie gestoßen, bevor sie in Ganhafen waren. Hätten sie gewusst, dass der Rotschopf mit der Flotte gefahren ist, hätten sie unser Boot bis auf die letzte Planke auseinandergenommen. Nun ... was soll ich bloß mit euch tun? Und warum wollt ihr überhaupt zur Horninsel?«

»Wir sind auf der Suche nach einer Passage übers Meer«, antwortete Karan.

»Ist das alles? Ich kann euch auch rüberfahren.«

»Wir können aber nicht bis nach der Fischsaison warten«, sagte Shand. »Uns drängt die Zeit.«

»Das ist mir klar. Ich werde euch sofort dorthin bringen.«

»Jetzt?«, sagten Karan und Shand im Chor. »Was wird uns das kosten?«

»Einen weiteren Tar plus das Geld für den Korb Fische. Das macht insgesamt sechs.«

»Oh«, sagte Shand. »In Ganhafen hat man mir gesagt fünf Tell, wenn die Fische unterwegs sind.«

»Fünf Tell! Wer hat euch das gesagt? Ein Mann mit weißem Haar und ohne Zähne? P'seerol ist ein Scherzbold. Nein, sechs Tar sind ein angemessener und guter Preis.«

»Ich habe gehört, wie der Soldat einen Tell Belohnung für mich geboten hat«, sagte Karan und schaute besorgt zu Shand. »Ich will dir das Gleiche bieten.«

»Das ist nicht nötig«, erwiderte Tess. »Wäre ich eine Gaunerin, würde ich dein Gold nehmen und dich dann ausliefern, um auch noch die Belohnung zu kassieren.« Sie dachte kurz nach. »Ich werde euch südlich von Granewys an Land setzen. Das liegt so um die fünfundvierzig Meilen von hier entfernt. Je nach Wind sind wir in acht bis zehn Stunden da. Dann wird es zwar schon dunkel sein, aber vielleicht zieht ihr das ja vor.«

»Und was ist, wenn er wieder zurückkommt?«, fragte Karan.

»Wer? Zareth? Das Meer von Thurkad ist groß. Er könnte hier einen Monat erfolglos nach uns suchen. Aber wie auch immer ... Wir befischen das gesamte Meer, und wir fahren hin, wo wir wollen.«

»Heute wird er jedenfalls nicht mehr zurückkommen«, bemerkte Shand.

Sie schlugen einen neuen Kurs an: Ostnordost. Karan schöpfte Meerwasser, wusch sich und ihre Kleider und zog sich etwas Sauberes an. Dann ging sie zu ihrer Hängematte, um den unterbrochenen Schlaf fortzusetzen, und tatsächlich schlief sie auch den ganzen Tag durch.

Als sie schließlich die Felsenküste erreichten, von wo aus sie ihren eigenen Weg gehen würden, hatte sich schon lange Dunkelheit über das Land gesenkt. »Näher können wir nicht heran. Das ist zu unsicher«, erklärte Tess und befahl lautstark, den Anker zu werfen. Karans und Shands Sachen wurden in ein winziges Beiboot geladen; die Brüder Benn und Fenn halfen ihnen von Bord, und Tess ruderte sie persönlich an Land.

»Tut mir leid, dass wir nie dieses Bamundi-Essen gehabt haben«, sagte sie und umarmte Karan. »Solltest du je wieder auf die Horninsel oder nach Ganhafen kommen, besuch mich, und wir werden Bamundi essen, bis du platzt.«

»Danke, das werde ich. Ich werde nie vergessen, was du für mich getan hast.«

Tess winkte ab. »Es hat mich nichts gekostet. Wenn wir unser Festessen haben, kannst du mir ja deine Geschichte erzählen. Das wird Belohnung genug sein. Leb wohl.«

Karan und Shand warfen sich ihre Rucksäcke über die Schulter, die ihnen nach all den Tagen des Nichtstuns plötzlich unerwartet schwer vorkamen; dann machten sie sich auf den Weg über die Felsen ins Unterholz.

Es kostete sie zwei Tage steten Marschierens, bis sie Granewys erreichten. Für Karan waren das keine angenehmen Tage, denn sie konnte einfach nicht aufhören, daran zu denken, wie knapp sie entkommen und wie wahrscheinlich eine weitere Verfolgung war. Sie schlief schlecht, wachte bei jedem nächtlichen Geräusch auf und wurde ständig von Bildern heimgesucht, wie sie gejagt wurde. Auch hatten sie nicht den Luxus eines Feuers – Shand hatte Angst, unnötig Aufmerksamkeit zu erregen.

Granewys stellte sich als die übelste Stadt heraus, in der Karan je gewesen war. Es war schlicht eine Ansammlung verfallender Hütten am Rand eines Sumpfes, der allen möglichen Arten von Mücken und Fliegen als Heimstatt diente. Die Menschen waren schmutzig, träge und mürrisch.

In Ganhafen hatten sie eine große Menge Räucherfleisch, geräucherten und gepökelten Fisch sowie Trockenobst und Schwarzbrot gekauft. Nichts davon hatten sie bis jetzt angebrochen, weshalb sie sich in Granewys nur Frischfleisch, Gemüse und zwei zusätzliche Wasserschläuche besorgen mussten. Kaum hatten sie diese Sachen gefunden, da wandten sie sich gen Norden. Jeder war in seine eigenen Gedanken versunken und sehnte sich nach der Einsamkeit des Wanderns.

Die Ostküste des Meers von Thurkad unterschied sich deutlich von der Westküste. Sie war flacher, sandig und trocken. Vor ihnen erstreckten sich baumlose, steinige Ebenen bis zum Horizont; außer genau im Norden, wo eine niedrige Hügelkette wie Warzen aus dem braunen Fleisch der Erde ragte.

»Es war hier nicht immer so«, sagte Shand, als sie die Hügel auf der landeinwärts gelegenen Seite umgingen, denn an der Küste gab es nur Salzmarschen und Dünen, wo das Gehen mühselig war. Außerdem wimmelte es dort nur so von beißenden und stechenden Insekten sowie winzigen Fliegen, die sich um Augen, Nase und Mund sammelten. »Früher war das hier fruchtbares Land durchsetzt mit dichten Wäldern ... vor der Zeit der Spaltung.«

Shand würgte, spie Fliegen wie schwarze Johannisbeeren aus und schwieg. Karan war so sehr mit ihren eigenen Problemen beschäftigt, dass sie noch nicht einmal daran dachte, ihn zu fragen, was er damit meinte. Vergangene Nacht hatte sie wieder von den Ghâshâd geträumt, und nun konnte sie an nichts anderes mehr denken als an den Schrecken, abermals von ihnen gejagt zu werden. Weder bei Tag noch bei Nacht konnte sie ihren Ängsten entfliehen.

Vier Tage lang zogen sie nach Nordwesten. Das Land stieg stetig an und wurde zunehmend trockener, je weiter sie nach Norden und landeinwärts kamen. Die ersten paar Tage sahen sie manchmal Menschen in der Ferne, die ihre Herden von einem Wasserloch zum nächsten trieben, doch später nicht mehr. Das Gras war dünn, und die grauen Stängel kratzten an ihren Stiefeln. Das Land war mit Ameisenbauten übersät, die größer waren als Karan. In der Ferne wuchsen die purpurnen Jelbohnhügel langsam zu einer Barriere an, die ihnen den Weg versperrte. Riesige Raubvögel kreisten über ihnen in der Luft: mit mächtigen Hakenschnäbeln bewehrte Skeet, die die Reichen oftmals als Botenvögel benutzten, aber auch weit bösartigere Kreaturen.

»Es ist heiß!«, sagte Karan, setzte sich in den Schatten eines Ameisenbaus und quetschte die letzten Tropfen aus ihrem Wasserschlauch.

Shand nahm einen der neuen Schläuche von der Schulter und reichte ihn ihr. Karan trank einen Schluck und spie ihn sofort wieder aus. »Bäh!«, sagte sie und schniefte. »Das stinkt.«

»Leder muss anständig gegerbt werden«, sagte Shand. »Wie ist der andere?«

Karan probierte ihn. Der Geruch war wie ein Schlag, und die anderen beiden waren auch nicht besser. »Was sollen wir jetzt tun?«

»Schütt es aus. Vermutlich werden wir sie die nächsten ein, zwei Wochen ohnehin nicht brauchen. Im nächsten Ort werden wir uns neue besorgen.«

Nichtsdestotrotz war das eine zusätzliche Sorge, und sie waren sehr erleichtert, als sie am Nachmittag desselben Tages die Hügel erreichten und unmittelbar am Fuß des ersten Hanges eine Frischwasserquelle fanden.

»Das ist in dieser Gegend hier die beste Jahreszeit«, sagte Shand. »Am Ende des Winters gibt es jede Menge Wasser. Später hört der Regen dann jedoch auf, und Wasser ist nur noch schwer zu finden – es sei denn, ein Sturm fegt vom Golf von Rahdar herein. Das ist übrigens etwas, das du auch nicht wirst erleben wollen, glaub mir.«

Sie füllten die sauberen Schläuche und stiegen dann über einen Pfad in die niedrigeren Regionen der Jelbohnhügel hinauf. Dort, in einem kleinen geschützten Tal, fanden sie einen Bach, der in einen Teich floss, aber nicht wieder hinaus. Moos und große Bäume wuchsen an den Flanken der roten Kalksteinhügel. Karan und Shand schlugen ein Lager am Teichufer auf, um sich eine Zeit lang auszuruhen.

Während Shand im Schatten döste, kletterte Karan ein Stück den Hügel hinauf. Sie setzte sich unter einen Sandsteinvorsprung und malte mit einem ockerfarbenen Stein auf dem Fels, während sie über sich die Skeet beobachtete und sich wünschte, sie könnte genauso leicht vor ihren Sorgen davonfliegen. Einer der Vögel schwebte nicht weit entfernt in der Luft. Er war vollkommen regungslos, abgesehen von einem Vibrieren der Flügelspitzen. Den Hals nach unten gereckt schaukelte er leicht hin und her. Dann schlug er mit den mächtigen Flügeln und glitt abwärts. Karan schaute dem Vogel zu und bewunderte die Leichtigkeit, mit der er seinen Flug steuerte. Schließlich verlor sie ihn inmitten des braunen Gestrüpps aus dem Blick. Dann tauchte er wieder auf und kämpfte mit etwas, das noch immer in seinen Klauen zappelte. Auf halbem Weg nach oben gelang es dem Hasen – oder was auch immer das sein mochte –, sich zu befreien. Kopfüber stürzte das Tier nach unten und schlug begleitet von einer Staubwolke auf dem Boden ein. Der Skeet wirbelte herum, glitt nach unten und stieg mit der sich nun nicht mehr rührenden Kreatur wieder nach oben. Er flog dicht an Karan vorbei – so dicht, dass sie die Knochen der Beute in dem eisernen Griff brechen hören konnte. Ein Drama, das sie an ihr eigenes Leben das vergangene Jahr über erinnerte.

Die schmale Sichel des Neumonds versank, und die beiden Gefährten setzten sich an ein kleines Feuer, das erste seit Ganhafen. Es tat gut, nicht länger dem unablässigen Südwind ausgesetzt zu sein, und noch besser war es, an einem prasselnden Lagerfeuer zu sitzen und warmes Essen zu essen, auch wenn es wieder einmal nur Eintopf war.

Der Wind rüttelte an den vertrockneten Ästen über ihnen. Karan leckte sich einen Rest Eintopf vom Griff ihres Löffels, legte ihn neben ihren blank geputzten Teller und seufzte. Ein eisiger Luftzug wehte in ihre Zuflucht. Karan zog die Schultern an, schlug den Kragen hoch und seufzte erneut. Zum ersten Mal seit einem Monat verspürte sie den Wunsch zu reden. Sie wollte Shand nach Llian fragen, um dabei etwas Trost zu finden, und sie wollte ihn auch wieder über ihren Vater sprechen hören.

»Wie hast du meinen Vater kennengelernt?«, fragte sie vorsichtig.

Shand schien zu fühlen, was sie durchmachte. »Das war in Tullin, im Gasthof dort, um genau zu sein. Ich muss Galliad vor ... ja, vor gut vierzig Jahren kennengelernt haben. Er ist mehrmals auf dem alten Südweg aus Shazmak durch Tullin gekommen, den auch du letztes Jahr genommen hast. Einmal waren wir eingeschneit, und er hat eine ganze Woche bei uns verbracht. Abends haben wir immer Würfel gespielt. Und später bin ich dann mit ihm nach Zile runtergezogen. Ich erinnere mich noch gut daran, wie ich ihn dem alten Nadiril vorgestellt habe. Das war, nachdem Galliads erste Frau ihn verstoßen hat, aber natürlich lange vor der Ehe mit deiner Mutter. Für unsere Verhältnisse war er damals schon alt, aber nicht für jemanden seines Volkes.«

»Erzähl mir von ihm.«

»Das erste Mal war er mit einer Aachim verheiratet, doch das war keine glückliche Beziehung – tatsächlich haben ihnen die Aachim jeden Stein in den Weg gelegt, den sie konnten.«

»Bei mir und Rael war es genauso«, sagte Karan, »obwohl wir nie so weit gekommen sind.«

»Er hat gelitten«, fuhr Shand fort, »aber er war nicht verbittert. Er besaß eine scharfe Zunge, aber er war auch großmütig in Wort und Tat ... tatsächlich war er dir darin nicht unähnlich.«

Karan lächelte ob des Vergleichs.

»Und du warst die Freude seines Lebens, mehr noch als deine Mutter.« Karans Gesicht erstarrte bei der Erwähnung ihrer Mutter. Vuula war noch sehr jung gewesen, als sie Galliad geheiratet hatte. Ihre Familie hatte ihn gehasst, was sie natürlich nur noch in ihrer Entschlossenheit bestärkt hatte.

Shand fuhr fort: »Alle Halbaachim leiden, nehme ich an,

denn sie sind nirgends wirklich daheim. Das ist ein großer Fehler der Aachim: Sie akzeptieren ihre Mischlinge nur halb und trauen ihnen auch nicht wirklich.«

»Das habe ich nie so empfunden, als ich dort gelebt habe«, sagte Karan.

»Aber du bist zum größten Teil Altmensch, und das ist dein Leben. Ich bin sicher, dass du nie wirklich eine Aachim hast sein wollen.«

»Nein, das stimmt. Aber sie haben mich sehr freundlich behandelt, als Gast und als Verwandte.«

»Wie auch immer ... Ich bin sicher, das ist der Grund, warum Galliad zum Wanderer geworden ist und sich in den arkanen Künsten versucht hat.«

»Das habe ich nicht gewusst.«

»Oh, er hat immer nach dem Schlüssel zu irgendeinem großen Mysterium gesucht.«

»Was für ein Mysterium?«

»Das weiß ich nicht – er war sehr verschlossen, was das betraf. Vielleicht hat er geglaubt, die Aachim würden ihn als einen der ihren akzeptieren, wenn er es ihnen anbot.«

»Emmant hat das auch geglaubt«, sagte Karan leise, »doch das würden sie nie tun.«

Shand schwieg. Er dachte über Galliads Worte nach, dass Karan etwas Besonderes sei, und er fragte sich, was er wohl damit gemeint hatte.

»Ich vermisse Gothryme so sehr«, sagte Karan. »Es ist schon komisch ... Ich habe es zwar von der Seite meiner Mutter her geerbt, aber wann immer ich daran denke, sehe ich meinen Vater. Er hat immer irgendetwas damit gemacht: den Herd repariert oder undichte Wasserleitungen ... Manchmal hat er sogar irgendwelchen Blödsinn mit den Latrinen gemacht.«

»Die Aachim sind die größten Ingenieure in allen Drei Welten«, bemerkte Shand.

»Du solltest mal den Herd in unserer Küche sehen«, sagte Karan verträumt. »Er ist so groß wie ein Karren und erhitzt das Wasser für das ganze Haus. Bisweilen träume ich von ihm. So etwas wie ihn habe ich sonst bisher nirgends gesehen.«

»Wovon träumst du sonst noch?«

»Meinst du meine guten Träume?«

»Hm!«

»Ich träume oft von Llian, davon, wie ich ihn mit zu mir nach Hause nehme. Aber das macht mir Angst. Ich habe Angst, ihn zu verlieren, Angst, dass er sich in meiner kleinen, ländlichen Welt langweilen wird. Und ... « Sie hielt unvermittelt inne und wandte sich ab.

»Ja?«, hakte Shand nach einer Weile nach. »Worüber machst du dir wirklich Sorgen?«

»Ich wage es kaum zu sagen«, antwortete sie leise. »Es ist unglaublich vermessen von mir, denn Llian und ich, wir haben nie über solche Dinge geredet. Aber ich will ein Kind, einen Erben für Gothryme. Ist das mehr, als ich erhoffen darf?«

»Das ist, was die Welt am Leben erhält«, erwiderte Shand. »Aber dafür bleibt dir noch Zeit genug.«

»Und genau das weiß ich nicht.«

»Warum?«

Karan schwieg eine Zeit lang. Sie hatte noch nie zuvor mit jemandem über solche Dinge geredet. Und sie war nicht sicher, ob man überhaupt über so etwas sprechen sollte ... und noch dazu mit *ihm.* »Die Frauen meiner Familie sind nicht sehr ... fruchtbar. Ihre Fruchtbarkeit hält schlicht nicht lange an. Meine Mutter hatte nur zehn Jahre. Ich bin jetzt vierundzwanzig, und ich habe das Gefühl, mir läuft die Zeit davon.«

»Oh!«, sagte Shand, und sie schwiegen beide.

»Ich kannte auch deine Mutter«, sagte Shand einige Zeit später.

»Ich möchte nicht über sie sprechen«, erklärte Karan in

scharfem Ton. Sie hatte gemischte Gefühle, was ihre Mutter betraf. »Sie muss mich gehasst haben. Warum hätte sie sich sonst umgebracht und mich allein gelassen?«

»Die Verzweiflung lässt uns bisweilen seltsame Dinge tun«, entgegnete Shand. »Auch ich habe von dieser Frucht gekostet.«

Doch Karan konnte es nicht länger ertragen zuzuhören und ging in die sternenklare Nacht hinaus und weg von allem, was mit ihrer Mutter zu tun hatte.

Nach den Jelbohnhügeln setzten sie ihren Weg nach Nordosten fort. Es ging über eine steinige Ebene voll Grasbüschel und Salzbüsche, die sie beim Vorübergehen an den Beinen kratzten. Hier war es wieder trockener als in den Hügeln, obwohl zweimal ein Schauer niederging, und eines Abends brachte der Südwind sogar Eis und Schnee, genug, um den Boden einen Finger tief zu bedecken. Wie sich herausstellte, war das jedoch das letzte Aufbäumen des Winters. In der Folge drehte der Wind auf Westen. Es war ein warmer, feuchter Wind, der Regen versprach, dieses Versprechen aber nur selten einhielt. Wasser wurde für die beiden Wanderer nun mehr und mehr zum Problem, sodass sie schließlich auf den Inhalt der fauligen Schläuche zurückgreifen mussten.

Der Mond war inzwischen fast drei Viertel voll; allerdings zeigte er größtenteils seine dunkle Seite. Ein-, zweimal wachte Karan des Nachts aus einem Albtraum auf und sah, dass Shand sie in dem trüben Licht besorgt beobachtete.

»Wovon träumst du?«, fragte er.

»Eigentlich von nichts. Ich habe nur so eine dunkle Vorahnung ... als wäre alles, was ich liebe, dem Untergang geweiht.«

»Ja, das ist ein Problem; aber so fühlt man immer, wenn man sich um jemanden sorgt«, entgegnete Shand und winkte ab. »Schlaf weiter. Wir müssen morgen früh raus.«

Ich habe dieses Gefühl jede Nacht, seit wir vom Boot runter sind, dachte Karan. *Irgendetwas verändert sich dort draußen.*

Jenseits der Ebene erwartete sie eine weitere Hügelkette, und in ihrem steten Marschtempo erreichten sie sie nach drei Tagen. Passenar hieß dieser Ort, und auch hier hatten sie zunächst Glück mit Wasser. Als sie dann kurz davorstanden, wieder auf die fauligen Schläuche zurückgreifen zu müssen, wehte ein Sturm von Westen heran und übergoss die Hügel mit Regen, sodass jede noch so kleine Felsrinne zu einem reißenden Strom wurde. Danach fanden sie in jeder Vertiefung Wasser. Auf der anderen Seite der Hügel von Passenar kamen sie wieder auf eine Ebene, die ebenfalls mit Gestrüpp bedeckt war. Nur hatte sich hier Wasser in jeder Tonpfanne gesammelt, und auch Kleinwild gab es genug. Dann war das Gestrüpp plötzlich verschwunden, und sie trotteten eine Kalksteinrampe voll dürren Grases hinauf.

Sie kletterten über eine kleine Anhöhe, und plötzlich war da nichts mehr vor ihnen – gar nichts! Das Land fiel steil ab, Klippe auf Klippe, Terrasse auf Terrasse, Hang auf Hang. Es ging so weit nach unten, dass sie das Gefühl hatten, von einem Berggipfel hinabzuschauen.

»Oh!«, rief Karan voller Staunen. Das war weit mehr, als sie sich je hätte vorstellen können.

Sie standen am Rand einer hohen Klippe, die sich weiter nach Osten und Westen erstreckte, als das Auge sehen konnte. Die Klippe war mindestens hundert Spannen hoch, und überall an ihrem Fuß lagen haushohe Kalksteinbrocken. Unterhalb davon befand sich ein schmaler Sims, der in einen steilen, von Spalten durchzogenen Hang überging, durchbrochen von weiteren Klippen. Dieser wiederum lief in eine kalte, weiße Ebene aus, die in weiter Ferne im Dunst verschwand. Eine riesige Leere, ein gewaltiger Spalt, tief wie das Meer ... nur ohne Wasser.

»Die See von Perion«, erklärte Shand. »Das Meer der Trockenheit.«

Karan erwiderte nichts darauf, sondern schaute nur auf die gewaltige Ödnis hinaus.

Shand setzte sich auf einen Fels am Klippenrand und beobachtete Karan aus dem Augenwinkel heraus. Sie starrte auf das Meer hinaus, und zum ersten Mal seit einem Monat zeigte sich eine Regung in ihrem Gesicht. Sie ging ein paar Schritte am Klippenrand entlang und wieder zurück. Dann blieb sie verwirrt stehen und schaute den Weg zurück, den sie gekommen waren.

Shand saß geduldig da und behielt seine Blicke und Gedanken für sich, obwohl er eine gewisse Aufregung empfand. Es war fast so, als würde er darauf warten, dass sie die Führung übernahm, nachdem sie richtungslos bis hierhergekommen waren. Dass sie *ihn* führte! Wenn sie nur wüsste … Nun, vielleicht würde sie das eines Tages. Was hatte sie nur an sich? Warum war sie der Schlüssel zu allem? Shand war sich von Tag zu Tag sicherer, dass sie das war. Und was machte er überhaupt hier? Er, der geschworen hatte, sich nie wieder in die Angelegenheiten von Santhenar hineinziehen zu lassen?

Karan kam langsam wieder zurück und setzte sich neben Shand ins dünne Gras. Sie zog die Knie unters Kinn und schaute wieder aufs Meer hinaus.

»Was ist da draußen?«, fragte sie schließlich.

»Größtenteils Wüste. Im Westen ist die große Insel Faranda vollständig ausgetrocknet – bis auf die Küste und den Norden. Im Osten besteht Lauralin vorwiegend aus Savanne und Wüste, auf dieser Seite der *Wahn Barre*, der Krähenberge. Jepperand liegt in dieser Richtung – das ist die Heimat der Zain.«

»Ich weiß. Ich bin schon durch Lauralin gezogen. Allerdings war das ein gutes Stück weiter südlich.«

»Auf der anderen Seite der *Wahn Barre* liegen die fruchtbaren Länder und Wälder von Crandor, einem Ort, halb so groß wie unsere Insel, Meldorin. Aber von hier bis nach Crandor ist es eine Reise von vier, fünf Monaten.«

»Und das Meer der Trockenheit?«

»Das ist eine Wüste, wie du sie noch nie gesehen hast. Der Grund der See von Perion liegt zweitausend Spannen unter uns. Zweitausend *Faden* sollte ich wohl besser sagen, da ...«

»Zweitausend Spannen! Selbst die großen Berge von Shazmak können nicht so hoch sein!«

»... und dort, im Zentrum, regnet es niemals – oder genauer gesagt regnet es höchstens einmal in fünfzig Jahren. Im Sommer ist es dort schier unerträglich heiß und im Winter elend kalt. Der Boden selbst besteht aus einer viele Spannen dicken Salzschicht. Nichts wächst oder lebt dort; nur an den Ufern findet sich Leben, wo es Sickerwasser und Salzteiche gibt, und auf den Gipfeln der höchsten Berge, die einst Inseln in diesem schönsten aller Meere gewesen sind, denn dort schneit es im Winter.«

»Es war nicht immer so«, sagte Karan zu sich selbst.

»Nein! Vor der Spaltung war die See von Perion ein wahres Juwel. Aber das war vor Tausenden von Jahren. Es gibt eine Erzählung darüber – *Die Geschichte der Spaltung* –, eine der Großen Geschichten. Du solltest sie dir bei Gelegenheit einmal von Llian erzählen lassen.« Kaum hatten die Worte seinen Mund verlassen, da bereute er sie auch schon, doch Karan schaukelte weiter verträumt vor und zurück.

»Das werde ich«, sagte sie.

»Dann ist das Meer also nicht unpassierbar?«, fragte Karan einige Zeit später.

»Nein, nicht um diese Jahreszeit; allerdings wird das nur selten versucht.«

»Was ist da draußen in der Mitte?«

»Die Inseln, die ich erwähnt habe, ganze Ketten von ihnen. Heutzutage bilden sie riesige Gebirge. Auf ein paar von ihnen befinden sich die Ruinen von Städten, allesamt aus einer Zeit, als die Gipfel noch echte Inseln in einem echten Meer waren.

Auf jenen, die hoch genug sind, gibt es Wasser, wenn der Schnee schmilzt, und es finden sich Quellen an ihren Füßen. An den großen Bergen gibt es vielleicht sogar das ganze Jahr über Wasser, nur wäre es gefährlich, sich darauf zu verlassen. Im einen Jahr ist das vielleicht so, im nächsten vielleicht nicht. Aber auf den Ebenen gibt es gar nichts – weder Wasser, noch Nahrung oder Unterschlupf.«

»Könnte Tensor diesen Weg genommen haben?«

»Unter Umständen ja. Ich glaube, bevor das Meer ausgetrocknet ist, waren sämtliche Inseln bewohnt. Das war in der Zeit von Kandor, dem dritten der drei Charon, die auf der Jagd nach der Goldenen Flöte nach Santhenar gekommen sind. Er hat das Reich von Perion gegründet. Seine Festungsstadt lag auf Katazza, der größten und höchsten der Inseln. Die drei Gipfel von Katazza ragen so weit empor, dass bisweilen ein halbes Jahr lang der Schnee auf ihnen liegt. Manchmal kann man sie von Faranda aus sehen.« Er dachte nach. »Katazza! Jemand, der die Einsamkeit sucht, könnte sich dort eine wahrlich unvergleichbare, uneinnehmbare Festung errichten.«

»*Katazza!*« Karan zuckte unwillkürlich zusammen. »Katazza. Ka-taz-za ...« Da war irgendetwas mit dem Wort ... Keine Erinnerung, aber irgendetwas rührte sich in ihr ... ihr lange verlorenes Talent. Karan legte die Hände auf die Augen, und während Shand zuschaute, versuchte sie, Llian zu *fühlen*, seinen Namen über die Entfernung zwischen ihnen hinweg zu rufen.

Karan bemühte sich so sehr, dass es schmerzte, und sofort zeigten ihre Bemühungen beängstigende Ergebnisse. Einen Augenblick lang konnte sie ihn fast sehen – die Gestalt in ihrem Geist war eindeutig Llian, der sich hinter einer weißen Säule verbarg, während zwei Schatten aus der anderen Richtung auf ihn zuschlichen. »Llian!«, rief Karan; dann verblasste das Bild wie ein Traum, und je mehr sie sich bemühte, es aufrechtzuerhalten, desto weniger blieb davon übrig. Sie kämpfte weiter und versuchte verzweifelt, ihn zurückzuholen und herauszufinden, in was für Schwierigkeiten er steckte.

»Argh!«, schrie Shand und riss Karan damit wieder in die Gegenwart zurück.

»Was ist los?«

»*Was machst du da, Karan?* Ich habe plötzlich ein furchtbares Stechen im Kopf verspürt.«

»Tut mir leid«, sagte Karan, als sie erkannte, dass sie unbeabsichtigt ihre Gefühle in alle Richtungen gesandt hatte; das war gefährlich. Andere Empfindsame konnten sie auf diese Art aufspüren – die Whelm hatten das schon getan. »Was weißt du über Katazza?«

»Eine Menge. Was willst du denn wissen? Was in den Historien verzeichnet ist? Oder willst du etwas über die Menschen hören?«

Karan winkte ab. »Nein. Was gibt es dort jetzt?«

»Es ist schon viele Jahre her, seit ich zum letzten Mal dort war, doch damals haben die großen Türme von Katazza noch gestanden. Sicherlich werden sie auch noch weitere tausend Jahre standhalten. Der Berg von Katazza ist zum größten Teil eine Wüste; aber es gibt dort auch Wasser und tiefe Täler, in denen Bäume wachsen, bewässert von Schmelzwasser. Vielleicht gibt es sogar Menschen dort – groß genug ist er –, obwohl ich keine Spur von ihnen gesehen habe. Ich habe einmal eine Karte davon gezeichnet, doch die habe ich schon vor Jahren verschenkt.«

Karan schloss die Augen und ging langsam auf und ab. Mehrere Male machte sie das; dann öffnete sie die Augen wieder. Sie blickte über das Meer der Trockenheit hinweg in Richtung Zentrum. »Ich *muss* da raus. Kannst du mich dorthin bringen?«

»Das kann ich ... falls du denn *wirklich* gehen musst. Zweimal habe ich es schon überquert. Es ist jedoch eine grausame Reise, selbst um diese Jahreszeit. Dann glaubst du also, Tensor hat Llian dorthin gebracht?«

»Ich weiß nicht, was ich glauben soll. Vielleicht werde ich ja gar nichts dort finden, aber ich muss gehen.«

»Hm«, sagte Shand.

»Was soll das denn heißen?«

»Solch eine Reise unternimmt man nicht einfach so. Da draußen darf man sich *keinen* Fehler leisten. Selbst der kleinste Unglücksfall kann sich schon als tödlich erweisen. Wir müssen uns sorgfältig vorbereiten; vor allem brauchen wir neue Wasserschläuche. Früher gab es gut dreißig, vierzig Meilen östlich von hier einen Ort mit Namen Aschenstadt. Ich glaube, dorthin zu gehen, wäre das Beste.«

»Hier draußen gibt es eine Stadt?«

»Warum nicht? Das Land ist fruchtbar, und im Winter regnet es. Es gibt hier weit mehr Viehhirten, als du glaubst, und in den Tälern wird Ackerbau betrieben. Außerdem finden sich hier überall Minen. An den Rändern des Meeres werden Salz und andere Mineralien abgebaut, die dann in ganz Lauralin gehandelt werden. Weiter östlich gibt es sogar richtig große Städte – größer als Thurkad. Und schau!« Er nahm Karan am Arm und führte sie zum Klippenrand. »Schau den Hang hinunter. Siehst du das Grün? Da sind überall Quellen, und der Grundwasserspiegel ist hoch. Unterirdische Flüsse rauschen wie Wasserfälle aus Marmorhöhlen, und sie können nie austrocknen, denn das Wasser sickert von den Gipfeln der großen Berge zu ihnen hinunter. Irgendwohin muss es dann ja.«

Noch immer leicht abgelenkt schaute Karan hinab und sah überall am Fuß der Klippen und auf dem langen Hang dahinter grüne Flecken, dunkel und hell, klein und groß.

»Weiter östlich«, fuhr Shand fort, »münden Flüsse ins Meer. Einige davon haben tiefere Schluchten gegraben, als du je gesehen hast. Die größten Schluchten von ganz Santhenar liegen am Südrand des Meers der Trockenheit, und jenseits davon haben Flüsse tiefe Kanäle ins Salz gegraben; ihr Wasser sammelt sich in Seen und ist fast frisch. Tatsächlich finden sich einige der großartigsten Landschaften von ganz Santhenar an den hohen Ufern des Meers der Trockenheit. So gibt es dort kalte und heiße Quellen, deren Wasser bis zu zwanzig Spannen in die Luft schießt, und Höhlen so groß, dass ganz Thurkad in sie hineinpassen würde. Das sind die wundersamen Höhlen von Aschenstadt.«

»Dann lass uns gehen«, sagte Karan ungeduldig. »Ich mache mir Sorgen um Llian.« Die flüchtige Vision, die sie von ihm gehabt hatte, hatte ihre gelassene Reise in eine dringende Queste verwandelt.

Die Stadt lag drei Tagesmärsche gen Osten, die Klippen entlang. Karan war angenehm überrascht, als sie dort ankamen. Sie hatte eine heruntergekommene Grenzstadt wie Granewys erwartet, aber Aschenstadt erwies sich als große, großzügig angelegte Stadt mit Blick auf das Meer der Trockenheit. Im Osten und Westen wurde sie von sanften Hügeln eingerahmt, und im Süden befand sich ein kleiner See, so tief, dass das Wasser blau war. Die Stadt war aus blau-weißem Marmor erbaut, und große Feigenbäume und Palmen säumten die Straße. Es war eine alte Stadt, die trotz ihrer isolierten Lage offenbar gut gedieh. So sah Karan, dass die Hügel unterhalb der Klippen in Terrassen unterteilt waren; sie bildeten einen leuchtend grünen Flickenteppich, der mehr als drei Meilen in die Ferne reichte.

»Was für ein hübscher Ort«, bemerkte sie. Der Anblick ließ sie sogar kurz die Dringlichkeit ihrer Suche nach Llian vergessen.

»Gut! Lass uns einen Gasthof suchen.«

Es gab nur zwei Gasthöfe in Aschenstadt, und schon der erste sah so einladend aus, dass die beiden Gefährten gar nicht mehr weiter suchten. Von hier hatte man eine wunderbare Aussicht die Klippen hinunter, und auf allen Seiten gab es von Marmorsäulen gezierte Veranden.

»Er sieht aus wie die Villa eines reichen Kaufmanns«, sagte Karan.

»Nun, Holz ist sehr wertvoll hier, und Brennstoff zum Ziegelbrennen gibt es auch nicht. Marmor gibt es jedoch überall, und er lässt sich leicht bearbeiten. Vielleicht ist dieses Haus aber auch nur zu einer reicheren Zeit gebaut worden. Aschenstadt ist eine sehr alte Stadt. Ich glaube, es gab sie schon, bevor das Meer ausgetrocknet ist.«

Die Zimmer im Gasthof waren nur zur Hälfte belegt, sodass Karan und Shand sich je eins nehmen konnten. »Zuallererst werde ich baden«, verkündete Karan und bereitete sich auf eine Diskussion mit Shand vor. Er enttäuschte sie nicht.

»Schon wieder baden? Wieso denn schon wieder?«

»In Shazmak haben wir jeden Tag gebadet, solange es nicht zu trocken war«, erklärte sie in affektiertem Ton. »Und jetzt ist mein letztes Bad schon zwei Wochen her.«

»Jeden Tag! Das ist sehr ungesund.«

»Pfui, sag ich da nur«, entgegnete Karan grob und ging nach unten, um nach einem Bad zu fragen.

Der Wirt war ein großer, kahler Mann mit einer runden Narbe auf dem Kopf, einer weiteren auf seiner Wange und einer schmalen am Hals. Auf seinem Kinn wucherte eine purpurne Geschwulst, die aussah, als sollte sie mal aufgeschnitten werden. Seine Stimme war nur ein heiseres Flüstern. »Natürlich haben wir Bäder – allerdings ist das Wasser heute nicht heiß.«

So badete Karan in lauwarmem Wasser, doch das kümmerte sie nicht. Sie fühlte sich zum ersten Mal sauber seit jenem unglücklich verlaufenden Bad in Ganhafen. Anschließend wusch sie ihre verdreckten Kleider, hing sie an eine Leine und ging nur in Hose und Hemd gekleidet, denn es war warm und sonnig, auf die Veranda. Außer ihr war niemand dort, obwohl drinnen ein paar Gäste zu sehen waren.

Das Essen war anders als das, woran Karan gewöhnt war. Es gab würzige Ziegenfleischstreifen, serviert auf einem glühend heißen Teller, mit Zwiebeln, riesigen Knollen gegrillten Knoblauchs, einem grünen Gemüse, das sie nicht erkannte, und einem Berg von gelbem Reis. Und da sie sich ausgesprochen wohl fühlte, bestellte sich Karan einen Krug Schwarzbier dazu. Sie hatte ihre Mahlzeit fast beendet, lehnte sich zurück, stocherte in den letzten Reiskörnern herum und genoss Bier und Aussicht, als Shand zu ihr kam. Karans Haar leuchtete feuerrot im Licht der Nachmittagssonne, und der Duft von Limonenblüten hing in der Luft.

»Da bist du ja«, sagte sie. »Ich dachte schon, du wärst ohne mich weitergezogen.«

»Ich habe mich mit dem Wirt über das Meer der Trockenheit unterhalten. Er hat es vor vielen Jahren durchquert.«

»Oh?«

»Er gehörte zu einer Gruppe von insgesamt zwölf – drei Familien. Außer ihm sind alle dort draußen gestorben – Männer, Frauen und Kinder –, und auch ihn hätte die Sonne fast verbrannt. Er ist nie darüber hinweggekommen.« Er winkte der Bedienung.

Karan schwieg. Shands Worte ließen ihr das Blut in den Adern gefrieren.

Es kostete sie den ganzen nächsten Tag, die Vorräte zusammenzubekommen, die sie brauchten: Trockenfleisch, Trockenobst und andere Nahrungsmittel sowie weite Wüstengewänder mit Kapuze, um Sonne und Staub vom Körper fernzuhalten. Außerdem ließen sie noch ihre Stiefel reparieren und besorgten sich Augenschilde mit Sehschlitzen zum Schutz vor Salzblindheit.

Währenddessen wurde Karan immer begieriger darauf loszuziehen; die flüchtige Rückkehr ihres Talents hatte ihre Sorge um Llian neu geweckt. Sie wusste, dass er in Schwierigkeiten steckte, aus denen er sich nicht selbst befreien konnte, und dank seiner rastlosen Neugier würden sie sich nur noch vergrößern.

Ich weiß, dass du da draußen bist, Llian. Ich weiß es! Der Gedanke wärmte sie wie die Sonne, deren Strahlen durch die Winterwolken brachen. *Und ich werde dich finden, und nichts – gar nichts – wird mich davon abhalten!* Langsam fühlte sie jenen unbändigen Willen wieder zurückkehren, den sie bis Narne gehabt hatte.

»Brauchen wir die wirklich?«, fragte sie ungeduldig und befühlte den Stoff der Gewänder, die Shand gerade kaufte.

»Da draußen brennt die Sonne ständig. Man kann an Sonnenbrand sterben, weißt du, oder aber eine raue und faltige Haut bekommen. Wenn du also nicht so aussehen willst wie ich, solltest du lieber so eine Robe anziehen.«

Karan schauderte theatralisch. »Wie schrecklich! Ich zieh sie an. Was brauchen wir sonst noch?«

»Zwei neue Wasserschläuche pro Person, um die aus Granewys zu ersetzen, und etwas um die Sonne auszusperren, wenn wir am Tag rasten – und leicht muss es sein. Bei alldem Wasser, das wir mitnehmen müssen, ist unser Zelt zu schwer.«

Als Karan sich bückte, um sich einen Stoffballen anzusehen, fiel ihr Hut herunter, und ihr leuchtend rotes Haar, das sie seit einem Jahr nicht mehr geschnitten hatte, breitete sich in alle Richtungen aus.

Der Ladeninhaber, der Shand und Karan schon seit einiger Zeit neugierig beäugte, rückte nun ein Stück näher heran. Karan fiel das nicht auf. Shand hob den Hut auf, steckte ihre Haare hinein und drückte ihn ihr auf den Kopf.

»Ein Stück hiervon könnte geeignet sein«, sagte Karan und fingerte an dem hauchdünnen Stoff herum, der durchaus für ein Nachtgewand geeignet war, wenn auch nicht für ein sittsames. »Aber dann brauchen wir auch noch Stäbe, um es aufzuspannen.«

»Zu dünn! Lass uns eine Tasse Tee trinken, während wir darüber nachdenken«, sagte Shand. Er packte sie unvermittelt am Arm und zog sie aus dem Geschäft. »Wir kommen dann am Nachmittag wieder«, rief er dem Kaufmann über die Schulter hinweg zu.

»Lass los! Du tust mir weh«, sagte Karan wütend.

Shand ließ aber nicht los, sondern lockerte nur seinen Griff ein wenig. »Komm«, sagte er. »Für meinen Geschmack hat er dich ein wenig zu eingehend beäugt.«

Als Shand noch einmal zurückblickte, sah er, wie die Läden des Geschäftes geschlossen wurden. Ein Schild mit der Aufschrift »Geschlossen« wurde vor die Tür gehängt, und kurz darauf schlüpfte der Ladenbesitzer zur Hintertür hinaus und machte sich auf den Weg ins Stadtzentrum.

»Du leidest unter Einbildungen«, sagte Karan. Sie war verärgert, doch just in diesem Augenblick überkam sie wieder eine eisige Vorahnung, und sie folgte Shand über die Straße zum Markt, einem Labyrinth aus kleinen Ständen, in dem man sich leicht verirren konnte.

Kapitel vier

Frauensachen

Shand führte sie über den Markt zu einem Essensstand mit Tischen und Bänken davor, jeder von einem Sonnenschirm aus Palmwedeln geschützt. »Mach das *nie* wieder«, zischte Karan wütend und riss sich los.

Die Bedienung, eine mollige, fröhliche, junge Frau mit schwarzem Haar und roten Wangen, wischte flüchtig über den Tisch, trat einen Schritt zurück und wartete mit unter dem ausladenden Busen verschränkten Armen auf die Bestellung.

»Mein Freund nimmt einen Rettichtee mit Senf und ich einen kalten Pfefferminztee mit Honig und Zimt«, sagte Karan mit einem gehässigen Grinsen.

»*Rettichtee!*«, rief Shand.

Die Schankmaid lächelte geheimnisvoll. »Er ist sehr . . . Ah, ja! Rettichtee und Senf, sehr gut für einen alten Mann. Besonders wenn der alte Mann Probleme mit ... einer jungen Freundin hat.« Sie lachte laut. Karan drohte, vor Lachen zu platzen, als sie Shands Gesichtsausdruck sah. »Rettichtee, kommt sofort«, sagte die junge Frau und wandte sich ab.

»Nein, verdammt!«, schrie ein cholerischer Shand. »Ich will keinen Rettichtee, weder mit noch ohne Senf. Ich bin zu alt für diesen Unsinn. Bring mir süßen Ingwertee, und mach schnell.« Er stand auf und funkelte Karan wild an. Karan konnte nicht länger an sich halten. Sie lachte laut auf.

»Zu alt! O Gott. Tut mir leid«, sagte die Schankmaid und klopfte Karan mitfühlend auf die Schulter. »Das muss sehr . . .«

»*Tee!*«, brüllte Shand über Karans Lachen hinweg, und die Schankmaid eilte mit beleidigtem Blick davon.

»Als der Scherz auf meine Kosten ging, hast du es noch komisch gefunden«, sagte Karan nach wie vor mit einem breiten Grinsen auf dem Gesicht, und nach einem kurzen Augenblick lachte auch Shand.

»Ich nehme an, das habe ich nicht anders verdient. Es ist schon lange her, seit sich jemand zum letzten Mal einen Scherz auf meine Kosten erlaubt hat.«

Die Tees wurden gebracht. Die Schankmaid knallte Shands derart vor ihm auf den Tisch, dass es spritzte.

»Nun, du hast mich recht grob über die Straße gezerrt«, sagte Karan. »So etwas mag ich nicht.«

»Tut mir leid. Wir dürfen keine Aufmerksamkeit auf uns lenken.«

»Warum? Hier sucht uns doch niemand.«

»Yggur hat in ganz Meldorin Spione, und wenn er sich einmal etwas in den Kopf gesetzt hat, gibt er nicht auf. Ich wünschte, du würdest dein Haar bedeckt halten.« Er nippte an seinem Tee und verzog das Gesicht. »Oh, das ist furchtbar! Was hat sie nur da rein getan? Hier. Probier mal.«

Karan trank einen winzigen Schluck. Der Geschmack war in der Tat eklig. »Sie hat irgendwelche Wüstenkräuter benutzt, würde ich sagen, irgendeine Frauenmedizin. Sie versucht nur zu helfen – mir zu helfen, heißt das. Hier, tu etwas Honig hinein.« Sie nippte an ihrem Tee und schnalzte laut mit der Zunge. »Aaah, der ist *gut.*«

Ungnädig trank auch Shand seinen Tee. »Wie auch immer ... Ich habe über diese Reise nachgedacht. Wir könnten in einen Salzsturm geraten.«

»In einen *Salz*sturm?«

»Stürme voll aufgepeitschtem Salzstaub. Salz kann tödlich sein, wenn man genug davon einatmet.«

»Salz kann töten. Sonne kann töten. Wie es aussieht, kann im Meer der Trockenheit alles Mögliche töten.«

»Das stimmt, nahezu alles. Wir werden das Zelt doch brauchen, egal wie viel es wiegt, und eine Zeltklappe, die wir gegen den Staub versiegeln können.«

»Dann trägst du es aber.«

Sie tranken ihren Tee, und Shand ging an den Tresen, um zu bezahlen. Als er das tat, glitt die Schankmaid neben Karan auf die Bank und flüsterte ihr etwas ins Ohr. Sie hatte ein kleines Päckchen in der Hand. Karan lachte lauthals auf und schüttelte den Kopf; dann kam ihr ein Gedanke, und sie flüsterte zurück. Die Schankmaid starrte Shand an, zuerst verwirrt, dann erstaunt, und schließlich steckte sie das Päckchen wieder in ihre Tasche und lief davon. Shand hatte das Ganze vom Tresen aus beobachtet. Karan ging zu ihm.

»Ich brauche einen Tar, wenn es dir nichts ausmacht.«

Shand holte eine Silbermünze aus seiner Börse und legte sie ihr in die Hand. »Sollen wir gehen?«

Karans Wangen waren leicht gerötet. »Nur eine Minute. Ich treffe dich dann auf der anderen Straßenseite.«

Shand zuckte mit den Schultern und wandte sich ab. Kurz darauf kehrte die Schankmaid wieder zurück. Sie reichte Karan ein anderes Päckchen, die ihr daraufhin den Silbertar gab, sie umarmte und Shand hinterher eilte.

»Was sollte das Ganze?«

»Das geht dich nichts an. Jedenfalls hat es nichts mit dir zu tun. Frauensachen. Gehen wir.«

Just in diesem Augenblick blitzte das Sonnenlicht auf den silbernen Schwingen eines großen Vogels, eines Botenskeet. Das Tier kreiste über der Stadtmitte und ging dann an der Stelle nieder, von der Shand wusste, dass sich dort das Rathaus befand. Ihm sträubten sich die Nackenhaare. Er schaute zu Karan, um zu sehen, ob sie vielleicht *gefühlt* hatte, dass etwas nicht stimmte. Sie hatte jedoch überhaupt nichts bemerkt. Sie pfiff vor sich hin und warf das Päckchen von einer Hand in die andere.

»Frauensachen«, sagte Shand. »Wie geheimnisvoll! Nun, ich habe Männersachen zu erledigen.«

»Du meinst, du willst einen trinken gehen«, schnaubte Karan.

»Wenn du meinst. Kannst du dich für ein, zwei Stunden allein amüsieren? Den Rest können wir ja heute Abend kaufen.«

Karan schnaubte erneut. »Du bist nicht der Mittelpunkt meines Universums. Ich werde ein wenig spazieren gehen. Ich sehe dich dann im Gasthof zum Abendessen.«

Shand hätte nicht sagen können, warum er vor Karan verbarg, was er beobachtet hatte; allerdings war er sich ihrer beängstigenden Träume nur allzu bewusst, und er wollte sie nicht weiter beunruhigen. Nachdem sie sich getrennt hatten, ging er in Richtung Rathaus. Aschenstadt lag isoliert; höchstwahrscheinlich setzten sie häufig Skeet zur Nachrichtenübermittlung ein. Doch andererseits taten sie das vielleicht auch nicht – die großen Botenvögel waren berüchtigt für ihre Unberechenbarkeit und Wildheit und nahezu unmöglich zu trainieren. Skeet waren sehr teure Boten!

Shand ging um das Rathaus herum zur Rückseite, wo er Ställe und Schuppen fand. Vor der Stalltür schaufelte ein Mann mittleren Alters energisch Mist neben einen Wassertrog.

Shand schlenderte an ihm vorbei, stellte den Stiefel auf den Rand des Trogs und band sich die Schnürsenkel. »Schöner Tag«, sagte er.

Der Stallbursche war offenbar froh um die Gelegenheit für eine Pause, denn er lehnte sich auf seine Mistgabel, als bereite er sich auf ein längeres Gespräch vor. Er war ein großer Kerl mit deutlichem Bauchansatz und breitem roten Mund – ein

Mann, der Bier und Gerüchte genoss. »Einer der schönsten«, stimmte er Shand zu. »Der Frühling ist meine Lieblingsjahreszeit. Kommst du von weit her?«

»Es war schon ein gutes Stück. Von jenseits des Meeres. Ich lebe in der Nähe von Thurkad.«

»Thurkad! Das ist ein übler Ort, wie ich höre, und es heißt, nun tobe dort auch noch Krieg.«

»Ich fürchte, das stimmt«, bestätigte Shand. »War das ein Skeet, den ich vor einer Weile gesehen habe?«

»Weiß ich nicht«, antwortete der Mann und strich sich über den Bauch. »Ich war drinnen. Aber der Bürgermeister benutzt sie.«

»Üble Kreaturen, diese Skeet«, erklärte Shand. »Jedenfalls hat man mir das erzählt. Ich habe noch nie einen aus der Nähe gesehen. Allerdings würde ich das mal gerne.« Er log; er wusste alles über Skeet und wie man mit ihnen umging.

»Ja, das sind wirklich bösartige Viecher. Der Bürgermeister hält sich welche in einem großen Käfig. Wenn du willst, zeige ich sie dir.« Er stellte die Mistgabel an die Stallwand.

»Und dem Bürgermeister macht das nichts aus?«

»Natürlich nicht! Warum auch? Außerdem ist er bis morgen ohnehin unterwegs. Er ist fischen. Falls also wirklich eine Nachricht gekommen sein sollte, wird sie wohl warten müssen.«

Shand ließ sich von dem Mann zum Käfig führen. Als sie den mit Kies eingestreuten Hof überquerten, ertönte ein wildes Kreischen aus einem Schuppen, und eine junge Frau in zerrissenem Kleid stolperte heraus und trat die Tür hinter sich zu.

»Was ist los, Crace?«, fragte der Stallbursche.

Crace warf ihre blonden Zöpfe über die Schultern und schaute ihn wütend an. Ihr Ärmel war von der Schulter bis zum Ellbogen aufgerissen. »Dieser verdammte Vogel! Sie ist wirklich die bösartigste, mit der ich es je zu tun gehabt habe. Ich bekomme einfach nicht die Brieftasche ab.«

»Darf ich mal sehen?«, fragte Shand und spielte weiter den Unwissenden.

»Schau durch das Guckloch da«, sagte der Mann.

Das tat Shand. »Sie ist groß«, sagte er ehrfürchtig. »Mit was füttert ihr sie?«

»Mit Ratten und Hasen«, antwortete Crace.

Just in diesem Augenblick ertönte ein beängstigendes Kreischen, und Shand sprang rasch zurück. Das Skeetweibchen begann, mit Krallen und Schnabel auf das Holz um das Guckloch herum einzuhacken. Crace lachte. »Mach das ruhig noch einmal, alter Mann, wenn du dich traust«, sagte sie fröhlich. »Das wird sie müde machen.«

Shand hob die Hände, wich zurück und spielte den Entsetzten. Er hatte erfahren, was er hatte wissen wollen. Auf der Brieftasche war ein schwarzer Tiegel auf weißem Grund zu sehen: Yggurs Wappen.

Nachdenklich ging Shand zum Gasthof zurück. Karans Träume, das Verhalten des Ladenbesitzers, die Nachricht von Yggur ... Natürlich konnte das alles Zufall sein, aber Shand glaubte nicht daran.

Er erreichte den Gasthof ein gutes Stück vor Einbruch der Nacht. Karan war nicht in ihrem Zimmer; also ging er in sein eigenes, legte sich hin und schlief prompt ein. Später wachte er erschrocken auf. Er glaubte, jemand habe seinen Namen gerufen. Draußen war es inzwischen dunkel. Shand ging in den Schankraum hinunter, doch Karan war nicht da – tatsächlich war sie laut Aussage des Wirtes seit diesem Morgen nicht mehr da gewesen. In ihrem Zimmer war es dunkel. Shand schnüffelte an der Kerze und stellte fest, dass sie an diesem Tag noch nicht angezündet worden war.

Trotzdem, so spät war es noch nicht. Vermutlich erledigte Karan noch ein paar Einkäufe. *Noch mehr Frauensachen,* dachte Shand. Er aß gemütlich zu Abend, doch als er fertig und Karan noch immer nicht aufgetaucht war, machte er sich Sorgen. Inzwischen hatten die Marktstände bestimmt geschlossen. Außerdem, erinnerte er sich, hatte sie so gut wie kein Geld.

Shand ging zu der Stelle zurück, an der sie sich getrennt hatten. Die Geschäfte und Stände hier waren tatsächlich geschlossen, die Straßen leer. Offenbar ging man in Aschenstadt früh zu Bett. In einem Laden brannte jedoch noch Licht, und nach hartnäckigem Klopfen kam auch jemand an die Tür: ein älterer Mann in rotem Nachthemd. Er war verärgert, blieb aber höflich. Er hatte niemanden gesehen, auf den Karans Beschreibung passte.

Shands weitere Bemühungen zeitigten das gleiche Ergebnis, und als er wieder die Stufen zum Gasthof hinaufstapfte, verrieten ihm die Sterne, dass es schon fast Mitternacht war. Drinnen hatte man noch immer nichts von Karan gehört. Sie war verschwunden.

Shand kaufte einen Krug Wein und setzte sich damit auf die kühle Veranda. Der nächste Schritt wäre, die Büttel aufzusuchen, doch diesen Schritt wollte er nicht wirklich gehen. Angesichts der Botschaft, die auf den Bürgermeister wartete, wollte Shand nicht unnötig Aufmerksamkeit auf sie lenken.

Mehrere Stunden später war der Krug leer, und Shand ging auf sein Zimmer. Karan war einst sehr einfallsreich gewesen, doch diese Fähigkeit hatte sie in Wahnsinn und Krankheit eingebüßt. Und sie war auch nicht mehr so stark wie früher. Allmählich bekam Shand schreckliche Angst.

Nachdem Shand sie allein gelassen hatte, wanderte Karan eine Zeit lang über den Markt. Sie sah viele Dinge, die sie gerne gekauft hätte – einschließlich einiger prächtiger Wasserschläuche –, aber sie hatte nur ein paar Kupferstücke, Wechselgeld von Einkäufen früher am Tag.

Während sie durch die Straßen schlenderte, entdeckte sie unten in einem Tal einen Park mit großen Palmen. Sie hielt darauf zu. Als sie durch das Parktor ging, rief ihr jemand einen Gruß zu. Sie drehte sich um und sah einen schlanken, jungen Mann in Uniform – ein Parkwächter offenbar –, mit sommersprossiger Haut und karottenfarbenem Haar. Vor allem dank Letzterem mochte sie ihn sofort.

»Hallo«, sagte sie und lächelte freundlich. »Ich will nur ein wenig im Park spazieren gehen.«

Er erwiderte das Lächeln. »Um die Ecke hängt eine Karte an der Mauer. Möchtet Ihr, dass ich Euch die Sehenswürdigkeiten zeige?«

»Ja, bitte.«

Er zeigte ihr mehrere Attraktionen auf einem farbigen Plan: Wasserfall, Lichtung, Höhlen ...

»Höhlen?«, fragte Karan und erinnerte sich an Shands lyrische Beschreibung.

Der Jüngling schaute zur Sonne hinauf, die schon bald hinter dem Tor untergehen würde.

»Es sind die schönsten Höhlen der Welt«, sagte er voller Ernst. »Allerdings habt Ihr heute nicht mehr genug Zeit, sie Euch anzuschauen. Ihr solltet besser am Morgen wiederkommen.«

»Am Morgen bin ich wieder weg«, erwiderte Karan. Ihr war klar, dass er übertrieb; sie war dennoch interessiert. »Schade. Zeig mir einfach, wo sie sind, dann kann ich ja wenigstens mal den Kopf reinstecken.«

»Ich verleihe Laternen für je ein Kupferstück«, sagte er. »Ich kann Euch nicht raten, ohne zu gehen.«

Karan gab ihm eine Münze, und er reichte ihr eine Laterne. »Dort entlang«, sagte er und deutete auf einen gewundenen Pfad zwischen den Bäumen hindurch. »Es ist nicht weit.«

Karan dankte ihm und machte sich auf den Weg. Der Pfad

schlängelte sich an den Bäumen vorbei und fiel manchmal auch steil ab. Links und rechts wuchsen die Flanken des Tals zu steilen Kalksteinwänden an. Nach gut fünf, zehn Minuten endete der Pfad vor einer zerklüfteten Öffnung in eben solch einer Wand. »Die schönsten Höhlen der Welt«, schnaubte Karan. »Na ja, wenn ich schon einmal hier bin, kann ich auch einen Blick hineinwerfen.«

Sie entzündete die Laterne und ging hinein. Am Eingang platschte sie durch kleine Pfützen. Es war eine recht kleine Höhle, das Gestein graubraun, und es stank nach Fledermauskot. Karan bog um eine Ecke, duckte sich unter der niedrigen Decke in eine weitere Höhle und blieb unvermittelt stehen. Karan hatte auch früher schon Höhlen gesehen – nicht zuletzt, als sie mit Llian aus Shazmak geflohen war –, doch das waren allesamt nur graue Tunnel durch feuchten Fels gewesen. Nichts davon hatte sie auf die Pracht vorbereitet, die sich nun vor ihr eröffnete.

Karan hob die Laterne, und sie hatte das Gefühl, in einem Palast aus Glas zu stehen. Wo sie auch hinschaute, wurde das Licht reflektiert, und die Wände schimmerten in tausend Farben. Zwar hatte sie nun schon einige Geschichten über diese Wunder gehört, aber die Wirklichkeit dieser kleinen Höhle war einfach nur überwältigend.

Draußen wurde es allmählich dunkel. Karan trat einen Schritt vor, dann noch einen, und schwenkte die Laterne sanft hin und her, um die Muster über die Wände tanzen zu sehen. Die Zeit verging wie im Rausch. Karan ging noch ein kleines Stück weiter. Die nächste Kammer war genauso wunderschön wie die erste. Sie trat in eine dritte und sah dunkle Öffnungen, die in drei Richtungen aus ihr hinausführten. Staunend schaute Karan sich um.

Als sie das tat, schlüpfte eine schlaksige, vermummte Gestalt in die Höhle hinein, gefolgt von fünf weiteren. Karans unzuverlässiges Talent warnte sie nicht. Sie war so fasziniert, fast wie hypnotisiert, dass sie alles um sich herum vergaß und nur noch das Lichter- und Farbenspiel auf den unterschiedlich geformten Höhlenwänden sah.

»Oh«, sagte sie, tat einen Schritt, hüpfte, wirbelte mit der Laterne in der Hand herum wie eine Tänzerin . . . und erstarrte.

Ein halbes Dutzend Gestalten standen mit vor der Brust verschränkten Armen am Ausgang. Kapuzen umschlossen ihre Gesichter und tauchten sie in Dunkelheit; nur gelegentlich wurde ein Lichtstrahl von den Augen reflektiert. Es gab keinen Weg an ihnen vorbei.

Karan wich zurück; die sich bewegenden Farben waren mit einem Schlag vergessen. Sie versuchte, mit ihren Sinnen etwas zu erfühlen, doch abermals ließ ihr Talent sie im Stich. »Was wollt ihr?« Ihre Stimme zitterte; sie konnte nichts dagegen tun.

Die Gestalten sprachen nicht, doch jene ganz rechts warf die Kapuze zurück, sodass das Licht auf graue vernarbte Wangen fiel, kantig wie ein Kristall, und eine gebogene Nase so schmal wie eine Klinge. Karan kannte die Augen der Gestalt nur allzu gut.

»Idlis!«, sagte sie. Es war Idlis der Heiler, jener Whelm, der sie letzten Herbst monatelang gejagt hatte, nachdem sie mit dem gestohlenen Spiegel aus Fiz Gorgo geflohen war.

Karan geriet nicht in Panik – ja, sie hatte noch nicht einmal Angst. Sie empfand nur eine überwältigende, leere Verzweiflung und Hilflosigkeit. Sie war so allein.

»Was wollt ihr jetzt von mir?«, fragte sie leise.

Idlis versuchte sich an einem Lächeln – ein grotesker Anblick. »Wir wollen dir kein Leid zufügen«, sagte er heiser. Seine Stimme klang so zäh, dass Karan ihm kaum folgen konnte. »Hab keine Angst. Wir werden gut auf dich achtgeben.« Er streckte eine knochige Hand aus. Seine Haut war so grau wie die eines Fisches. Karan erinnerte sich noch genau daran, wie tot und gummiartig sie sich anfühlte.

»Ich habe den Spiegel nicht«, sagte sie.

»Wir sind jetzt Ghâshâd«, erwiderte Idlis. »Wir wollen nicht den Spiegel, wir wollen dich!«

Fast hätte Karan die Laterne fallen lassen. Jetzt *hatte* sie Angst. Sie wich einen weiteren Schritt zurück.

»Es gibt keinen Weg hinaus«, sagte Idlis.

Das ist Unsinn, dachte Karan. *Höhlen können mehrere Ausgänge haben.*

Idlis stürzte sich auf sie. Karan sprang aus dem Weg. *Shand!*, schrie sie in ihrem Geist – oder zumindest versuchte sie es; sie hatte keine Ahnung, ob es funktionierte oder nicht. *Shand, wo bist du? Hilfe!* Sie versuchte, zu ihm zu senden, doch ihr Talent war nicht da.

Sie rannte, sprang über Pfützen, duckte sich unter Stalagmiten und seltsam geformte Felsen, schlängelte sich durch die Höhle und folgte dem verschlammten Pfad zur nächsten. Die Lichtmuster zitterten und tanzten noch faszinierender über die Wände und Decken als zuvor, aber Karan hatte jetzt kein Auge mehr für ihre Schönheit.

Schnell stellte sie fest, dass sie nicht mehr so ausdauernd war wie damals, als Idlis sie zum ersten Mal gejagt hatte. Die kopflose Flucht durch eine Höhle nach der anderen ermüdete sie rasch. Schließlich wurde Karan langsamer und schaute zurück.

Sie konnte nichts sehen, aber soweit sie wusste, hatte das nichts zu bedeuten. Sie waren langsamer als sie und eher unbeholfen, denn geschickt, aber sie würden sie zermürben. Die Ghâshâd waren geradezu verbissen. Und sie konnten besser im Dunkeln sehen als Karan. Das Licht ihrer Laterne würde ihnen mehr als reichen, sie selbst aus der Ferne zu verfolgen, doch Karan wagte nicht, sie zu löschen, aus Angst, in irgendein Loch zu fallen.

Dann fühlte Karan ein leises Lachen am Rand ihres Geistes.

Einige der Ghâshâd waren Empfindsame wie sie. Sie hatten sie auch früher schon über ihre Träume aufgespürt, und sie konnten ihre Gedanken benutzen, um sie zu schwächen, ihr Angst zu machen. Auf der Flucht durch die Sumpfwälder von Orist hatte Karan ihre Gefühle gezielt unterdrückt, damit sie sie nicht verfolgen konnten. Eine Zeit lang hatte es funktioniert; dann hatte sich ihre Angst wieder Bahn gebrochen, und Idlis hatte sie gefunden.

Karan erinnerte sich an jene Nacht im Wald bei Narne, als sie die Whelm *gefühlt*, ihnen jedoch nicht hatte widerstehen können; sie war nur noch in der Lage gewesen, Llian fortzuschicken. Was, wenn sie *diese* Macht wieder gegen sie einsetzten?

Die Ghâshâd besaßen Macht über die Aachim, vergleichbar mit der hypnotisierenden Macht, die eine Schlange über einen Hasen hat. Das war auch der Grund, warum sie Shazmak so leicht hatten einnehmen können – *und* warum Karan in jener Nacht so hilflos gewesen war, denn sie war zu einem Viertel Aachim.

Karan stapfte durch einen schmalen Tunnel, dessen Wände man mit ausgestreckten Armen beide zugleich berühren konnte. Sie hatte alles Gefühl für Entfernung und Zeit verloren, aber sie musste schon Stunden unterwegs sein; das Öl in der Laterne war fast verbrannt. Es war sinnlos weiterzugehen. Karan hielt an einer Stelle an, wo die Höhle breiter wurde, und stellte die Laterne ab.

Ich werde hier warten, dachte sie. *Wenn sie mich schon holen, will ich sie wenigstens kommen sehen.*

Das beruhigte sie: der Gedanke, sich mit Würde zu ergeben. Und sie fühlte sich dadurch auch stärker. Sie hatte noch immer eine gewisse Macht über ihr Schicksal.

Das Licht begann zu flackern; die Flamme leuchtete auf und fiel wieder in sich zusammen. *Da muss Wasser im Öl sein,* dachte

Karan und wirbelte die Laterne herum, bis die Flamme wieder gleichmäßig gelb brannte.

Ein Kieselstein rollte klappernd über den Boden ein Stück den Tunnel hinauf. Sie kamen! Karan hielt die Laterne in die Höhe. Ein Schatten bewegte sich in der Dunkelheit. Sie kämpfte mit ihrem Arm, doch dessen Zittern untergrub ihre Entschlossenheit, und sie musste die Laterne wieder abstellen. Idlis, der sich auf die typisch abgehackte Art der Whelm und Ghâshâd bewegte, schälte sich aus der Finsternis. Die anderen waren sich bewegende Schatten hinter ihm. Die Flucht hatte Karan gar nichts gebracht.

Karan zitterten die Knie. Sie musste sich auf einen Felsen stützen, einen Pfeiler, der wie ein Priester mit Gewand und Mitra geformt war. Wieder ertönte dieses kranke Lachen in ihrem Geist. Sie konnte bereits Idlis' Gummifinger an ihrem Hals spüren.

Idlis stürzte sich auf sie, und im letzten Augenblick verlor Karan die Beherrschung. Sie riss die Laterne in die Höhe, wirbelte herum und rannte in die Dunkelheit.

Als sie in die nächste Höhle sprang, blieb ihr nur ein Moment, um sich überrascht zu zeigen, denn das Licht enthüllte eine wahrhaft riesige Kammer; dann hatte sie plötzlich keinen Boden mehr unter den Füßen. Karan hatte das Gefühl, ewig zu fallen. Sie war fest davon überzeugt, dass der Sturz sie töten würde; doch dann fiel sie platschend in einen eisigen Teich. Die Laterne verlosch; Karan schlug mit dem Hinterkopf auf etwas; das Licht kehrte als leuchtend rote Flamme wieder zurück, und das war alles, woran sie sich erinnerte.

Kapitel fünf

Stigmata

Das Rennen ging weiter, und gut drei Wochen nach dem Konklave brachen die Aachim aus dem dichten Wald und stürmten an eine felsige Küste. Llian hatte das Gefühl, als wäre er sein ganzes Leben lang gerannt.

»Nicht weit von hier liegt ein Fischerort mit Namen Siftah«, sagte Tensor. »Dort werden wir ein Schiff nehmen.« Er führte sie über eine mit Felsen übersäte Landspitze die lange, schmale Flussmündung hinauf und in ein Tal, dessen mit Kies durchsetzte Sandsteinwände steil nach oben ragten. Dort lag die Stadt.

Die Stadtbewohner wussten, wer sie waren; ohne Zweifel waren sie auf irgendeinem schnellen Nachrichtenweg – vermutlich per Skeet – bereits gewarnt worden. Aber ebenso klar war, dass man sich an einem solch abgelegenen Ort nicht um fremde Herren kümmerte, und als Tensor nach einem Boot fragte und gutes Gold auf den Tisch legte, machten sie bereitwillig Geschäfte mit ihm. Sie waren ein mürrischer Haufen, dieses stämmige, dunkle Fischervolk, doch Tensor wusste, dass sie ein einmal gegebenes Wort stets hielten.

An jenem Abend wurde der Handel bei einem schlichten Festmahl besiegelt. Sie saßen an langen Tischen auf dem Hügel und genossen gebackene Pastinaken, gelbes, in Olivenöl getränktes Brot und mit Rosmarin gegrillte Sardinen. Llian konnte sich an dem öligen, stark gewürzten Fisch gar nicht satt essen. Als er sich dann irgendwann doch die Finger leckte, stand ein alter Mann auf und hob einen Krug mit Wein.

»Heil, Tensor!«, rief der alte Mann und leerte den Krug mit einem einzigen, gewaltigen Schluck.

»Heil, Siftah«, erwiderte Tensor, leerte seinen eigenen Krug, und die Aachim folgten seinem Beispiel.

Zum ersten Mal in seinem Leben hatte Llian kein Interesse an einem Wetttrinken. Er wollte einfach nur noch baden und schlafen. Aus Höflichkeit trank er dann aber doch einen kräftigen Schluck Wein, und ihm drehte sich der Kopf.

Nun erhob sich eine alte, runzelige Fischerin und hielt ebenfalls ihren Becher in die Höhe. Llian glaubte schon, dass sie einen Toast auf jeden Mann in der Stadt ausbringen würden. Er stöhnte, nippte diesmal nur an seinem Becher und legte den Kopf auf die Arme. Beinahe sofort stieß ihm jemand auf schmerzhafte Art in die Rippen.

»Wo sind deine Manieren, Chronist?«, sagte Shalah, die Zwillingsschwester von Xarah, die in Thurkad geblieben war.

Llian hob benommen den Blick und sah, dass sein Krug wieder gefüllt wurde. Man erwartete tatsächlich von ihm, noch einen Toast zu trinken. Llian streckte die Hand nach dem Krug aus, und plötzlich kam er auf eine Lösung. Er stieß den Krug um, ließ sich zur Seite fallen und glitt unter den Tisch. Dort streckte er sich unter allgemeinem Gelächter auf dem spitzen Gras aus und schlief lächelnd ein.

Am Morgen erwachten die Aachim mit dicken Köpfen und mussten feststellen, dass der Wind sich gedreht hatte. Er wehte nun so stark von Nordost, dass die Flotte nicht auslaufen konnte. Sie nutzten die Zeit, um Geräte aus Holz und Metall herzustellen, leichte, aber stabile Dinge aus vielen polierten Einzelteilen, die sich nahtlos zusammenlegen ließen wie ein Schirm oder zu solch gewöhnlichen Gebilden gefaltet werden konnten, dass nicht mehr zu erkennen war, was für eine Konstruktion sich in ihnen verbarg.

»Was ist das?«, fragte Llian.

»Das sind Trazpare«, antwortete Asper, was nicht sehr erhellend war. Niemand wollte sagen, welchem Zweck die Geräte dienten, und Llian konnte sich nur vorstellen, dass es sich um Waffen handelte, mit denen die Aachim sich auf ihrer Reise verteidigen wollten.

Je weiter der Tag voranschritt, desto nervöser wurde Tensor aufgrund der Verzögerung, während sich Llian dadurch zum ersten Mal seit Wochen die Gelegenheit bot, sich auszuruhen und nachzudenken. Entweder spazierte er alleine auf die mit Kräutern und Gestrüpp bewachsene Landzunge und blickte auf das Meer von Thurkad hinaus, oder er machte sich Notizen für seine *Geschichte des Spiegels.* Die Aachim respektierten sein Verlangen nach Einsamkeit, nur sein Feind Hintis war nie weit entfernt; dessen war Llian sich durchaus bewusst. Aber obwohl Llian noch immer seine Börse und damit genug Geld vom alten Wistan für eine Rückkehr nach Thurkad hatte, machte er keinerlei Anstalten zu verschwinden. Er wusste nicht wohin. Es gab niemanden mehr, der ihm am Herzen lag.

Außerdem wusste Llian, dass man ihn nie fliehen lassen würde. Tensor hatte irgendetwas mit ihm vor, irgendetwas, das mit dem Spiegel in Verbindung stand; allerdings hatte er seit dem Konklave nicht mehr darüber geredet. Und der Machtzauber, den Tensor auf dem Konklave gewirkt hatte, der Geist zerstörende Zauber ... Warum war er, Llian, als Einziger davon nicht betroffen gewesen?

Und wo lagen seine eigenen Pflichten? Llian schuldete Mendark viel, denn der Magister hatte fünfzehn Jahre lang seine Studien am Kollegium der Historien bezahlt. Llian hatte sich oft gefragt, was Mendark wohl als Gegenleistung von ihm verlangen würde. Aber soweit er wusste, war Mendark beim Konklave gestorben. Also hatte er keinen Herrn mehr.

Am Tag nach ihrer Ankunft in Siftah ging Llian auf den Hügeln spazieren und nahm eine Abkürzung durch einen Limonenhain. Ein Hauch von Limonenduft zog an ihm vorbei. Das Bild von Karan war so stark, als hätte man ihn mit einem Kübel Eiswasser geweckt.

»Karan!«, schrie er in den leeren Himmel hinauf, erhielt aber keine Antwort. Er brach einen Ast ab, riss die Blätter ab, zerquetschte die Zweige und verletzte sich dabei an den Dornen. Der Duft stieg ihm nun verstärkt in die Nase, doch Karan brachte er nicht zurück.

Fruchtlose Reue drohte Llian im Innersten zu zerreißen. Warum hatte er beim Konklave nur diesen nutzlosen Angriff auf Tensor unternommen und so die Aufmerksamkeit auf sich gelenkt? Doch selbst wenn er hätte entkommen können, Thurkad und alle Länder ringsum waren fest in Yggurs Hand. Und sollte Karan doch überlebt haben, so gab es im Augenblick nichts, was er für sie hätte tun können. Er hatte keine Kraft und keinen Willen mehr. Auch das hielt Tensor gefangen.

So blieb ihm nur eines in seinem Leben: die Historien. Jahrelang war Llian geradezu besessen von der Idee gewesen, seine eigene Große Geschichte zu erschaffen. Eine Geschichte konnte nur durch einstimmige Akklamation der Meisterchronisten zu einer Großen Geschichte werden – eine Ehre, die nur widerwillig vergeben wurde. Erst zweiundzwanzig Geschichten waren je auf diese Art zu Großen Geschichten ernannt worden, die letzte vor vielen hundert Jahren. Falls es Llian gelingen sollte, dem Kanon eine dreiundzwanzigste hinzuzufügen, so wäre er der größte Erzähler seines Zeitalters.

Die *Geschichte des Spiegels* würde fortan sein Leben sein. Was den Spiegel selbst betraf, so kümmerte Llian es nicht, *wer* ihn besaß; ein Eigentümer war nicht besser als der andere. So machte er also weiter und beobachtete Tensor abwechselnd mit Freude und Angst vor dem, was er als Nächstes tun würde, während er sich gleichzeitig Notizen für seine Geschichte machte und seine Aufzeichnungen in Ordnung brachte.

Tensor ging oft allein in die Nacht hinaus. Er schien sich weder ausruhen, geschweige denn schlafen zu müssen. Um Mitternacht am zweiten Tag ihres Aufenthalts in Siftah kehrte er mit glühenden Augen und grimmigem Lächeln ins Lager zurück.

»Ich glaube, ich kann es tun!«, rief er. »Aber wir brauchen eine sichere Zuflucht – das könnte einige Zeit dauern.«

Es folgte ein langes Schweigen. *Was tun?*, fragte sich Llian.

»Ich sage, wir gehen nach Osten zurück«, sagte Malien. »Es ist schon vor langer Zeit vorhergesagt worden, dass wir den Westen aufgeben sollen. Shazmak wird nie mehr unser sein. Lasst uns nach Stassor zurückkehren und uns dort ein neues Leben aufbauen. Um die Wahrheit zu sagen, mir tut das noch nicht einmal leid. In Shazmak waren unsere Träume stets hoffnungslos.«

»Ja«, sagte Asper der Heiler und stimmte eine melancholische Melodie auf einem Saiteninstrument an. »Die Zeit ist gekommen, da wir uns entscheiden müssen. Wir werden nie wieder die Kraft haben, unsere alten Ziele zu verfolgen. Wir müssen uns in der Gegenwart neu erschaffen, um auf die Zukunft vorbereitet zu sein ... Tun wir das nicht, werden wir untergehen.«

Blase stimmte auf einer Flöte in die Melodie mit ein und verwandelte sie in etwas derart Trauriges, dass Llian die Tränen in die Augen traten. Er schaute zu Tensor. Auf *dessen* Gesicht zeigte sich nicht die geringste Regung. Stattdessen ließ Tensor seinen Blick über die kleine Gruppe schweifen und wartete, bis jeder gesagt hatte, was er sagen wollte.

»Wenn wir das doch nur könnten«, sagte er schließlich. »Aber wir sind nicht irgendein Barbarenstamm, der aus den

Bergen stürmt, fünfzig Jahre Ruhm genießt und dann wieder zu seinen Herden zurückkehrt, um vergessen zu werden.« In einer flehentlichen Geste riss er die Arme hoch. »*Wir sind Aachim!* Denkt doch nur einmal an unser edles Erbe. Unsere Größe liegt nicht in Stärke begründet oder der Fähigkeit, andere mit Waffengewalt zu beherrschen. Wenn das alles wäre, um Größe zu erlangen, dann würde es viele große Völker auf dieser Welt geben. Unsere Größe ist unsere Zivilisation, unsere Kultur, unsere Kunst und unsere Architektur, unsere Musik, unsere Literatur und unsere Philosophie. Selbst unter dem Joch der Charon haben unsere Arbeiten *sie* geadelt! Und wir, die wir nach Santhenar gekommen sind, waren ihnen ebenbürtig. Tar Gaarn! Shazmak! Es ist einfach undenkbar, dass wir mit einem Mal *nichts* werden.«

»*Alcifer!*«, sagte Malien mit kaum verborgenem Sarkasmus. »*Hochmut! Der Marsch der Narren!* Wir haben uns übernommen, und nun bricht das ganze Gebilde in sich zusammen. Wir müssen einen bescheidenen Neuanfang wagen und alles von Grund auf neu errichten.«

So zog sich die Diskussion in die Länge, die ganze Zeit über begleitet von der traurigen Musik. Die Aachim diskutierten häufig miteinander, präsentierten Argumente und Alternativen und bezogen sich dabei oft auf ihre Vergangenheit, ihre Ehre, ihre Zivilisation und ihre Kultur – Dinge, an die sie sich gebunden fühlten. Llian frustrierten diese Diskussionen jedoch nur, denn am Ende waren sie nie auch nur einen Schritt vorangekommen, und wann immer Tensor sie unter Druck setzte, gaben sie nach.

»Wir sind nur ein Bruchteil der Aachim«, sagte Asper, »nur ein Staubkorn, das vom Wagen hochgeschleudert wird. Weit mehr von unserem Volk ist auf Aachan geblieben. Selbst auf Santh haben wir noch größere Städte als Shazmak: Tirthrax und Stassor. Wir haben nur eine Chance: Wir müssen uns mit den Aachim des Ostens zusammentun.«

Tensor richtete sich zu voller Größe auf. »Unser Volk auf Aachan wird in die Sklaverei geboren. Ihre Kultur ist nur ein Flüstern im Wind der Zeit. Und die Aachim des Ostens haben den Weg der Dekadenz beschritten, ihre Art mit der Art der Völker um sie herum verschmolzen. Nur wir haben die Kraft – den *Willen*!«

Malien wurde allmählich wütend. »*Dekadent?* Mein Volk ist kein Gefangener der Vergangenheit. Wir sind gediehen. Wann immer ihr Probleme habt, wendet ihr euch an uns.«

»Aber euch kümmert die Vergangenheit nicht, und was sind wir schon ohne sie?«

»Oh doch, sie kümmert uns; aber wir lassen uns nicht von ihr verkrüppeln. Einst waren wir groß, und das war gut. Und es ist auch gut zu wissen, was wir einst waren, doch das ernährt uns nicht. Ihr müsst euch von der Vergangenheit lösen, so wie wir es im Osten auch getan haben. Wir vergessen nicht ... *aber* wir nähren auch keine nutzlosen Leidenschaften.«

»Ich werde nicht wanken«, erklärte Tensor. »Die Bedrohung durch Rulke muss zum Wohle aller Drei Welten beseitigt werden. Dann folgt unsere Wiedergeburt. Aber sollten wir scheitern, *dann lasst uns wenigstens glorreich untergehen!*«

Das verschaffte Llian einen weiteren Einblick in den Charakter der Aachim: Es ist entscheidend, *wie* man scheitert! Es folgte ein entsetztes Schweigen. Irgendjemand stöhnte, und dann, als breite sich eine düstere Vorahnung aus wie ein Buschfeuer, sprangen sie alle auf.

»Nein!«, sagte die kleine Shalah. »Malien, ich habe Angst. Das Schicksal, das Shazmak befallen hat, folgt uns.«

Shalahs Gefühlsausbruch hatte etwas Erschreckendes, denn es war die Art der Aachim, dass die Jüngsten den Ältesten Respekt entgegenbrachten, und Tensor war weit älter als alle anderen. Er war als Einziger noch auf Aachan geboren; doch dieses eine Mal stellten sich die anderen Aachim hinter Shalah.

»Selbst das Kind vermag die Torheit dieses Plans zu erkennen«, sagte Asper, obwohl Shalah in Llians Augen eine erwachsene Frau war. »Wir sind alle bestürzt vom Untergang Shazmaks. Solange wir die Wahrheit nicht kennen, hat sonst nichts eine Bedeutung.«

Das Feuer flackerte rot auf ihren Gesichtern. Tensor sah grimmiger und mörderischer aus denn je. Llians Angst vergrößerte sich noch. Wer auch immer diesen Streit gewann, für ihn würde nichts Gutes dabei herauskommen.

»Der Wunsch nach Rache ist alles, was ich brauche! Aber ich höre zu. Wenn ihr mir nicht folgen wollt, wo wollt ihr dann hin?«

»Ja. Wohin?«, echote Llian mit dünner Stimme. »Ihr seid nur acht. Ihr könnt unmöglich darauf hoffen, Shazmak zurückzuerobern.«

»Wir brauchen eine Zuflucht, wo man uns nicht mehr in die Falle treiben kann«, sagte Tensor. »Es heißt, du kennst die Historien besser als jeder andere lebende Mensch, Chronist. Wo würdest *du* hingehen, wenn du in meiner Situation wärst?«

»In die Berge von Zile?«

»Yggur könnte innerhalb von nur sechs Wochen eine Armee aus Orist dorthin führen.«

»Dann vielleicht in die Großen Berge oder in den fernen Osten.«

»Das ist zu abgelegen«, entgegnete Tensor. »Außerdem müssten wir dafür durch von Yggur kontrollierte Gebiete oder die Ländereien irgendeines anderen Kriegsherrn, der genauso schlimm ist. Nein! Wenn wir verschwinden, muss es so aussehen, als hätten wir Santhenar ganz verlassen. Somit bleibt uns nur eine Möglichkeit: Wir gehen nach Norden.«

»Aber es gibt nichts nördlich von Meldorin.«

»Nein?«

»Nur die Wüsten von Faranda und das Meer der Trockenheit.«

»Da ist auch Katazza, und nach Katazza werden wir gehen«, sagte Tensor. »Dabei entbehrt es nicht einer gewissen Ironie, dass wir Katazza zu unserer Feste machen und sie gegen unsere Feinde richten werden.«

»Katazza?«, sagte Hintis, und sein Staunen spiegelte sich auch auf den Gesichtern mehrerer junger Aachim. »Was ist Katazza?«

Katazza ist wahrlich eine Ironie, dachte Llian, *oder eine große Torheit?* »Wer erinnert sich heute, nach dem Untergang seines Reiches, schon noch an Kandor? Die Geschichte ist fast vergessen.«

»Du, Chronist. Du erinnerst dich daran«, sagte Tensor. »Erzähl von diesem Ort. Von allen hier haben vermutlich nur du, ich und Malien davon gehört.«

»Auch ich kenne ihn«, sagte Asper, »aber ich will hören, wie der Chronist davon erzählt.«

Llian schaute sich nach einem Platz um, wo er sich hinstellen konnte. Es würde schwer werden, einem solch feindseligen Publikum etwas zu erzählen, besonders hier. Wo auch immer er sich hinstellte, das Flackern und Knistern des Feuers würde sie ablenken. Schließlich entschied er sich für einen Felsen in Form eines aufgeschlagenen Buches und sprang darauf.

»Die *Geschichte der Spaltung* ist unvollständig und unbefriedigend«, begann Llian, »die unbedeutendste der Großen Geschichten.« Inzwischen betrachtete er das Ganze als Gelegenheit. Er würde seine Geschichte um Kandor und dessen mysteriösen Tod herum aufbauen, und vielleicht würden die Reaktionen der Aachim ihm etwas verraten, das ihm bei der Lösung des Rätsels behilflich sein könnte.

»Dann mach!«, schnaubte Tensor. »Wir wollen nicht die ganze Geschichte hören, sondern nur, was es über Katazza zu berichten gibt – nur die Fakten und auch keine Kostprobe deiner *Stimme.*«

»Ich lasse mir von niemandem sagen, wie ich meine Geschichten zu präsentieren habe«, entgegnete Llian kalt. »Allerdings werde ich die Geschichte ein wenig zusammenfassen, sodass selbst *du* sie wirst zu schätzen wissen.

Die Geschichte beginnt, kurz nachdem Shuthdar nach Santhenar gejagt worden ist. Kandor, der Niederste der Charon, wurde der endlosen Jagd rasch müde. Getrieben von seinem Ehrgeiz sah er die Gelegenheit, seine eigenen Ziele ungehindert zu verfolgen, während der Rest der Welt mit der Jagd beschäftigt war. Kandor erkannte, dass die See von Perion der Schlüssel zu ganz Lauralin war. Wer das Meer kontrollierte, beherrschte den Osten, den Westen und den Norden. Und der Norden war reich. Katazza im Zentrum konnte dank des Handels zu wahrer Größe wachsen.

Von Katazza aus riss Kandor die Herrschaft über die anderen Inseln und damit über das gesamte Meer an sich. Er nahm sich die gewaltigen Reichtümer von Faranda, und seine Macht war gesichert. Dann kam eine Zeit, vor gut dreitausend Jahren, da selbst Rulke sich von ihm bedroht fühlte. Doch noch nicht einmal Rulke wagte es, sich offen gegen ihn zu stellen. Kandor prahlte damit, dass sein Reich genauso lange Bestand haben würde wie die See von Perion.«

»Es ist eines der großen Mysterien, warum die Charon Krieg gegen einen der ihren führten«, warf Malien ein.

»In der Tat«, sagte Tensor und schloss nachdenklich die Augen. »Die Charon sind extrem stammesbewusst und pflegen einander stets zu beschützen.«

»Schließlich«, fuhr Llian fort, »wurde Kandor so mächtig, dass er das Gleichgewicht der Welt bedrohte, und eine Allianz wurde gegen ihn geschmiedet. Es hieß sogar, dass Yalkara sich dieser Allianz angeschlossen habe, um ihn zu brechen – obwohl andere behaupten, dass Yalkara, die Herrin der Täuschung, ihn benutzt habe, um Rulkes Pläne zu durchkreuzen.

Der letzte Kampf fand auf Foshorn statt, der Halbinsel am nördlichen Zufluss der See von Perion. Schon damals war das ein sehr unsicherer Ort. Täglich bebte die Erde, und heißes Gestein quoll aus langen Rissen im Boden.

An jenem Tag bebte die Erde nun so heftig, dass es sich in furchtbaren Wellen über die gesamte Küste hinweg fortpflanzte. Selbst das weit entfernte Thurkad wurde von einer Flutwelle heimgesucht. Als das Wasser sich schließlich wieder beruhigte, musste Kandor feststellen, dass sich der Meeresgrund aus dem Wasser erhoben hatte. Der Zufluss vom Meer war versperrt; kein Wasser kam mehr herein, und so ist es bis zum heutigen Tag.«

»Wie hat Rulke solch eine Macht heraufbeschwören können?«, fragte Malien voll Staunen.

»Das kann niemand«, antwortete Tensor in beißendem Ton. »Er hat nur *behauptet,* die Macht der Erde beschworen zu haben, und die Leichtgläubigen haben ihm das abgenommen.«

»Innerhalb nur eines Jahres sank der Wasserspiegel drastisch, und nach zehn Jahren war jeder Hafen an der See von Perion ruiniert. Dann kam eine Dürre, die schlimmste, die Faranda je gesehen hat. Und diese Dürre hielt an, sodass die Menschen nach dreißig Jahren zu der Erkenntnis kamen, dass sie nie aufhören würde. Das Klima hatte sich vollkommen verändert. Aus Wäldern wurde Grasland und aus Grasland Wüste, und die Wüste war so trocken, dass nichts dort leben konnte. Millionen sind in Faranda verhungert und unzählige mehr an den Küsten.

Kandor versuchte, die Folgen der Dürre wieder rückgängig zu machen. So ließ er eine gewaltige Zahl von Sklaven einen Kanal in Foshorn graben. Sie hackten und gruben und zerbrachen Fels mit Maschinen, die extra für diesen Zweck gebaut worden waren. Mehr als hundert Jahre quälten sie sich so und waren dabei ständigen Angriffen von Rulkes Männern ausgesetzt, sodass Kandor schließlich eine neue Armee aufstellen musste, um die Arbeiter zu schützen. Und schließlich schafften sie es – das größte Werk, das je auf Santhenar unternommen wurde.«

»Und dafür sind viele unseres Volkes gestorben«, knurrte Tensor.

»Sehr viele«, pflichtete ihm Asper traurig bei. »Zwei unserer Städte sind allein dafür vollständig versklavt worden.«

»Kandor hat sogar darüber nachgedacht, von allen Schiffen Zoll zu verlangen, die den Kanal durchfahren. Zu diesem Zweck ließ er am West- und Ostende je ein großes Eisentor errichten – zwei große Portale aus nicht rostendem Stahl an mächtigen Stahlscharnieren, die tief in den Felsen eingelassen waren. Man konnte sie heben und senken wie ein Schleusentor. Zu diesem Zweck wurden Taue mit gewaltigen Rädern verbunden, die wiederum von noch größeren Wasserrädern angetrieben wurden. Es war ein prachtvolles Tor, aber auch eine große Dummheit, denn es sah nicht so aus, als würde das Meer der Trockenheit sich je wieder mit Wasser füllen. Um das zu erreichen, hätte der Kanal noch hundert Mal größer sein müssen; aber solch ein Unterfangen hätten noch nicht einmal alle Menschen von Santhenar gemeinsam zustande gebracht.

So wurde der Kanal zum Hornstrom, einem furchtbaren Wildwasser, das über riesige Klippen hinwegströmte, vollkommen unpassierbar. Im Laufe der Zeit wurde die Klamm immer tiefer, denn das Wasser grub sich durch den Fels, doch im Vergleich zur See von Perion, die sich dadurch wieder füllen sollte, war das nur ein armseliges Rinnsal.

Über einhundert Jahre hinweg war der Wasserspiegel um achtzig Spannen gefallen, nach fünfhundert Jahren um vierhundertfünfzig Spannen. Inseln wuchsen als Gebirge hervor, und die See von Perion zerbrach in drei versalzte Seen: einen im Westen, einen im Osten und der größte im Norden. Salzkämme trennten sie voneinander, die später die Wüste wurden.

Tausend Jahre vergingen. Das Meer war schon zur Hälfte

verschwunden. Das Land war öde, die Wälder tot. Auf den Ebenen wuchs kein Getreide mehr; nur Nomaden lebten noch hier. Selbst die berühmten Minen von Faranda lagen brach, denn es gab kein Wasser mehr, um die Maschinen anzutreiben.

Kandor war noch immer der Herr der See von Perion, doch die See war nur noch Salz und Staub. Er war der Herr von Nichts. Auch der Handel war zusammengebrochen, denn es gab keine Möglichkeit mehr, von außen in die See von Perion hineinzugelangen. Der Hornstrom wurde zu einem gewaltigen Wasserfall, und die einstigen Ufer bildeten nun Klippen so hoch wie Berge.

Kandor versuchte es mit jeder Form von Zauberei, die ihm zur Verfügung stand, doch niemand hatte je solch eine Macht besessen. Die Natur regierte über alles; das Meer fiel rascher denn je. Schlussendlich gezwungen, sein Reich aufzugeben, zog Kandor voller Wut nach Süden gegen die Länder der Aachim. Damit nahm der Kataklysmus seinen Anfang. Doch die Torheit des Hornstroms hatte den Reichtum seines Reiches aufgebraucht, und in den unzähligen Kriegen hatte es deutlich an Kraft verloren. So fiel er dann zu guter Letzt. Er war der einzige Charon, der je auf Santhenar gestorben ist.«

Llian drehte sich zu Malien und Asper um, die nebeneinandersaßen. »Ich frage mich oft, wie Kandor wohl gestorben ist. Haben die Aachim ihn getötet?«

»Nein, das haben wir nicht«, antwortete Tensor, »obwohl wir das gern getan hätten. Sein Tod ist ein Rätsel, das nie gelöst werden wird. Fahr mit deiner Geschichte fort, Chronist!«

»Nun sind weitere tausend Jahre vergangen«, schloss Llian. »Die meisten Seen existieren nicht mehr. Der Meeresgrund ist eine glitzernde Ebene aus Salz, viele Spannen dick. Nur wenige leben noch in Faranda, und wenn, dann meist im tropischen Norden. Und das unvergleichliche Katazza liegt vergessen inmitten der See von Perion.«

»Diese Geschichte kann uns etwas lehren«, bemerkte Malien, »wenn wir denn bereit sind zuzuhören.«

»Ich höre es klar und deutlich«, erwiderte Tensor. »Die Charon können geschlagen werden. Das ist das Zeichen, auf das wir gewartet haben.« Er nickte Llian zu; das war der einzige Dank, den er je bekommen würde.

»Und? Gehen wir jetzt nach Katazza?«, fragte Tensor und ließ seinen Blick über die Aachim schweifen. Niemand widersprach ihm.

Wie sich doch alles wendet, dachte Llian. *Katazza war mein Traum, und nun bin ich auf dem Weg dorthin. Ich frage mich, was wir dort wohl finden werden.*

Zu guter Letzt war Tensor froh über die Verzögerung in Siftah, denn am dritten Tag ihres unfreiwilligen Aufenthalts tauchte die kleine, gelbhaarige Xarah wieder auf. Ihre Schwester begrüßte sie mit freudigen Rufen, und Xarah folgten noch mehr Aachim, Überlebende aus den Ruinen von Shazmak, ein kleiner, grimmiger Haufen; und sie sagten, dass noch mehr auf dem Weg hierher seien. Das war eine frohe Nachricht, auf die niemand zu hoffen gewagt hatte. Tensor sah aus, als hätte er gerade unerwartet ein großes Vermögen geerbt. Dann, als die Überlebenden erzählten, was mit Shazmak und den Bewohnern geschehen war, nachdem die Ghâshâd es überrannt hatten, wurde Tensor so starr und still, dass niemand ihn anzusprechen wagte; doch nicht nur einer von ihnen fragte sich, wie er Faelamor hatte glauben können und Karan nicht.

»Ach, es war schrecklich«, sagte Selial, die silberhaarige Frau, welche den Syndikatoren bei Karans Prozess vorgestanden hatte. »Sie hatten eine Macht über uns, der wir nicht zu widerstehen vermochten. Sie waren wie ein alles vernichtender Heuschreckenschwarm.«

Llian erinnerte sich noch sehr gut an Selial, denn sie hatte große Würde und Gerechtigkeit ausgestrahlt. Doch nun war sie vollkommen ausgemergelt, förmlich in sich zusammengefallen; das Fleisch schien unter ihrer Haut verdorrt zu sein.

»Wie sind sie hineingelangt?«, krächzte Tensor. »War es Karan, die uns verraten hat?«

»Karan!« Selials Lachen war ein spöttisches Bellen. »Natürlich nicht! Die Ghâshâd wussten, wie sie die magischen Wächter deaktivieren konnten, und das hätte Karan ihnen unmöglich erklären können. Es war der Verräter Emmant ... und mein Fehler.« Sie verzog das Gesicht, konnte jedoch nicht weinen; sie hatte schon längst keine Tränen mehr.

»Wie?«, fragte Malien, die hinter den anderen stand.

»Malien, es ist schön, dich zu sehen. Es ist meine Schuld. Ich habe Emmant erlaubt, mit Faelamor zu sprechen, und sie hat ihn verführt. Ah, sie ist die reine Bosheit! Emmant hat uns verraten, und die Ghâshâd sind gekommen wie ein Albtraum aus der Erinnerung.«

»Was ist mit Shazmak?«, rief Asper. »Können wir es wieder zurückfordern?«

»Es ist auf ewig befleckt«, sagte ein anderer der Neuankömmlinge, ein großer Mann mit Namen Basitor. Sein Kinn war lang und schmal und sein Gesicht rot vom Sonnenbrand. Kleine gelbe Augen lugten daraus hervor. »Der Turm von Trakst ist gefallen und verbrannt. Auch vieles andere ist beschädigt worden, aber ich glaube, nicht so sehr, dass es nicht repariert werden könnte. Aber wer würde schon an einen Ort zurückkehren, der mit unserem Blut befleckt ist?«

Und wieder bekam Llian einen Einblick in den Charakter der Aachim. Jedes andere Volk hätte um seine Stadt gekämpft und sie größer und stärker wieder aufgebaut.

»Wie viele haben wir verloren?«, fragte Asper.

»Hunderte«, antwortete Selial und schüttelte den Kopf.

»Viele Hundert! Doch es haben weit mehr überlebt, als ihr glaubt.«

»Und wo sind sie, wenn ich sie brauche?«, schrie Tensor.

»Sie sind nach Osten gegangen«, sagte Selial und senkte die Stimme zu einem Flüstern. »Sie haben dich verflucht und geschworen, dir nie wieder zu folgen.«

Tensor sah aus, als hätte er einen Schlag ins Gesicht bekommen; doch er erholte sich rasch. »Ja, verflucht mag ich sein, dreimal verflucht«, brüllte er, »aber ich bin überzeugter denn je, dass mein Weg der richtige ist. Kommt mit mir«, sagte er zu den zwei Anführern der Überlebenden. »Wir haben viel zu bereden.«

Basitor und Selial gingen mit ihm in die Nacht hinaus und kamen für viele Stunden nicht zurück. Was sie sagten, erfuhr nie jemand, oder ob sie Tensor die Schuld an allem gaben; doch schließlich kehrte Selial allein wieder zurück und nahm Malien und Asper beiseite, die innerhalb der Gruppe hohes Ansehen genossen.

Später kam auch Basitor wieder und noch später Tensor. Er sah aus, als wäre er binnen Stunden um dreißig Jahre gealtert – nach den Maßstäben der Altmenschen. Anstatt stark und voller Leben wirkte er alt, müde und abgehärmt. Mit weit aufgerissenen Augen stolperte er ins Lager zurück.

»Aus dem Weg, verräterischer Zain«, sagte er mit einer Stimme so trocken wie die See von Perion. Er trat nach Llian, der instinktiv zurücksprang und dabei fast ins Feuer gefallen wäre.

Tensor schaute den Aachim nacheinander in die Augen, und nicht einer von ihnen vermochte seinem Blick standzuhalten. »Wir sind am Ende!«, rief er. »Wir werden nie wieder auferstehen. Uns bleibt nur die Rache, *und diese Rache werde ich mir nehmen!*« Mit seinem Blick fesselte er Llian an Ort und Stelle, packte ihn am Haar und zog ihn in die Höhe.

»Beim Blut und dem Kopf dieses verfluchten Zain schwöre ich, dass ich nicht ruhen werde, ehe nicht auch der letzte Ghâshâd tot ist – jeder Mann, jede Frau, jedes Kind und jedes Baby im Mutterleib.«

Llian drohte vor lauter Angst den Verstand zu verlieren. Erfolglos versuchte er, sich zu befreien; dann drehte Tensor die Finger in Llians Haar, packte ihn mit der anderen Hand am Schienbein und begann zu ziehen. Llians Kopfhaut brannte vor Schmerz.

»Stell den Zain wieder hin, Tensor«, sagte Malien in sanftem Tonfall.

Tensor zitterte vor Wut. »Skalpieren ist nicht tödlich. Selbst wenn ich ihm das Gesicht über den Kopf ziehen und abschneiden würde, bliebe noch genug übrig, um mir am Ende nützlich zu sein.«

Selial und Asper stellten sich auf Maliens Seite; gleiches taten die anderen Aachim nacheinander – alle bis auf Basitor und Hintis.

»Lass ihn los«, forderte Malien abermals. »Wo bleibt deine Ehre?«

»Meine Ehre liegt tot in den Ruinen von Shazmak«, tobte Tensor. »Ich werde meine Rache haben. Ich werde die Ghâshâd zu Brei zerquetschen und Rulke die Eingeweide aus dem Leib reißen.« Diese Litanei der Gewalt und der Grausamkeit setzte er fort, sodass alle Aachim bis auf zwei vor ihm zurückwichen. Angewidert von sich selbst brach Tensor plötzlich zusammen.

»Aaah! Weg von mir, widerlicher Zain!«, heulte er und weinte. Seine Tränen sahen im Feuerschein aus wie Blut. Schaudernd warf er Llian aufs Feuer, und Funken stoben umher.

Llian lag auf dem Rücken und spürte, wie die Glut in seinem Rücken brannte, doch er konnte sich nicht bewegen. Es war, als wäre er erneut ein Gefangener von Tensors Willen. Die Aachim starrten ihn an; dann erkannte Asper, was los war. Er sprang vor, riss Llian in Sicherheit und schlug die Flammen an dessen Hemd aus.

Die Aachim teilten sich bereits in zwei Lager: Eine Gruppe, geführt von Selial und Malien, erkannte, dass sie die Katastrophe selbst heraufbeschworen hatten, und dass es den Untergang aller Aachim bedeuten würde, sollten sie Tensors törichtem Plan folgen – was auch immer das genau sein mochte. Die andere, kleinere Gruppe unter Tensor, Basitor und Hintis war so voller Hass und Angst – und in Tensors Fall selbstmörderischer Selbstverachtung –, dass nichts und niemand sie von ihrem Weg würde abbringen können.

Nach diesem Ereignis bemerkte Llian oft, wie Tensors Blick auf ihm ruhte. Es schien, als würde der große Aachim ihn abschätzen, doch Tensor sagte kein Wort zu ihm. Hintis und Basitor beobachteten ihn ebenfalls ständig, und ihre Blicke waren voller kalter Rachsucht. Llian achtete sorgfältig darauf, dass er nie allein mit einem von ihnen war, wohl wissend, dass sie ihn aus dem nichtigsten Grund niederstrecken würden. Hätte er nicht gewusst, dass Malien und Asper ein Auge auf ihn hatten, er wäre vor Angst gestorben.

Als sie am nächsten Tag aufwachten, war es böig, und der Wind hatte auf Westen gedreht. Am frühen Vormittag ging die Flut zurück, sodass kleine Strudel in der Mündung entstanden, über denen sich die Möwen sammelten. Die Aachim drängten sich in das Fischerboot, ließen sich von den Gezeiten aufs Meer tragen und setzten Segel in Richtung der Südspitze von Faranda. Tensor ließ einen der Neuankömmlinge zurück, um eventuellen Nachzüglern das geheime Ziel ihrer Reise mitzuteilen. Der Wind blähte die Segel und trieb sie so schnell übers Meer, dass sie ohne Zwischenfälle nach nur anderthalb Tagen das jenseitige Ufer erreichten.

Foshorn wurde dieses Land genannt, eine Ebene von einhundertfünfzig Meilen Durchmesser von Nord nach Süd und neunzig von Ost nach West, geformt wie ein Löffel. Den Griff dieses Löffels bildete ein Isthmus, so zerklüftet, dass er unpassierbar war. Er verlief in Richtung Nordwest und verschmolz schließlich mit dem nördlichen Faranda.

Die Westseite von Foshorn war nur eine Sandrampe vor der mächtigen Brandung des westlichen Meeres. Schon vom Boot aus konnten sie sehen, wie öde das Land war: Größtenteils bestand es aus Salzmarschen und Salzbüschen; die wenigen, kleinen Flüsse waren durch Dünen vom Meer getrennt und flossen in flache, versalzte Seen. Allerdings, so erklärte die Mannschaft aus Siftah den Aachim, wimmele es hier nur so von Fischen.

Sie luden ihr Beiboot schon eine gute Meile vor der Küste aus, denn das Wasser war hier so flach, dass sie nicht näher herankommen konnten. So waren sie gezwungen, die letzten paar hundert Schritt zu waten. Llian rutschte aus, als er aus dem Boot kletterte, fiel mit dem Gesicht voran ins Wasser und wäre von seinem Rucksack ertränkt worden, hätte Tensor ihn nicht gepackt und wieder hochgezogen.

»So einfach kommst du mir nicht davon, Chronist«, sagte Tensor, und das Zerrbild eines Lächelns erschien auf seinem Gesicht.

Sie landeten an der Spitze von Foshorn und marschierten in solch einem Tempo in die Dünen, dass das Beiboot gerade die letzten Passagiere holte (denn sie waren inzwischen zweiundzwanzig), als die Anführer bereits die Kuppe des ersten Hügels Richtung Osten erreicht hatten. Weiter landeinwärts liefen die Hügel in ein ödes, steiniges Flachland aus. Es war ein trockenes Land; nur hier und da standen dürre Bäume oder Dornsträucher.

In der Richtung, in die sie gehen wollten, lagen zerklüftete Berge, sodass sie nach Südosten, auf die Ebenen an der Küste ausweichen mussten. Einen ganzen Tag lang marschierten sie durch einen toten Wald, dessen silberne Stämme wie Bohnenstangen in den Himmel ragten. Jenseits davon, am Morgen des dritten Tages, bot sich ihnen einer der großartigsten Anblicke ganz Santhenars.

Die Südspitze von Foshorn wurde von der nordöstlichen Halbinsel von Lauralin durch die unpassierbare Kluft des Hornstroms getrennt. Tief unten in diesem schmalen, steilen Abgrund von noch nicht einmal drei Meilen Breite, aber fünfhundert Spannen Tiefe, tosten die Wasser des Meers von Thurkad und des Meers von Qwale. An seinem Ostende stürzte der Hornstrom dann noch einmal tausend Spannen oder mehr hinab. In einer schier endlosen Flut donnerte er auf den Grund des Meers der Trockenheit – der größte Wasserfall aller Drei Welten. Am Grund bildete die Flut einen langen See, der immer salziger wurde, je weiter er nach Osten ging, wo er schließlich ganz vertrocknete und einer Salzwüste wich.

Sie hörten den Hornstrom, lange bevor sie dort ankamen. Es war ein dumpfes Grollen, das zu einem Donnern anschwoll und schließlich zu einem alles zerschmetternden Brüllen, das die Erde unter ihren Füßen beben ließ. Der Dunst ließ Himmel und Erde miteinander verschmelzen. Sie traten bis dicht an den Rand der Kluft, und Llian drehte sich der Kopf. Er wankte gefährlich an der Kante, bis Tensor ihn wieder zurückzog.

»Ich werde dich das nicht tun lassen!«, schrie er Llian ins Ohr. »Basitor, behalt ihn im Auge!«

Basitor hielt Llian schmerzhaft am Ellbogen gepackt, während er in die Tiefe starrte. Llian spürte das Zittern des Aachim, und nur mit Mühe konnte er der Versuchung widerstehen, ihn über die Kante zu stoßen. Als Zain war er Vorurteile und Diskriminierung gewohnt, aber mit diesem unbändigen Hass kam er einfach nicht zurecht.

Sie kamen am östlichen der eisernen Tore vorbei. Es war

schon vor langer Zeit zerbrochen; nur noch die mächtigen Scharniere waren zu sehen, drei, vier Spannen im Durchmesser. Sie gingen weiter, marschierten mehrere Stunden am Strom entlang, und sie sprachen nicht ein Wort, denn über das Tosen des Wassers hinweg hätten sie ohnehin nichts hören können. Schließlich hielten die Aachim bei zwei gigantischen schwarzen Säulen an, die den Hornstrom bewachten. Aachim-Muster waren in sie gemeißelt, die jedoch von Wetter und Zeit verblasst waren. Gischt wirbelte von den Fällen herauf, und die Sonne schien durch sie hindurch, sodass ein schwacher Regenbogen entstand, der Faranda mit Lauralin zu verbinden schien. Als die Gischt kurz nachließ, sahen sie zwei weitere Säulen, klein wie aufrecht stehende Schreibstifte, auf der anderen Seite.

»Einst stand hier die Regenbogenbrücke«, sagte Selial zu Llian. »Die größten Ingenieure und Kunsthandwerker unseres Volkes haben einhundert Jahre gebraucht, um sie zu bauen. Sie war sogar noch schöner als der Regenbogen, den du gerade vor dir siehst.«

»Es gibt doch sicherlich eine Geschichte über ihren Bau«, sagte Llian fasziniert. Oh, wie beschränkt die Historien doch waren, die er in Chanthed gelernt hatte. In der echten Welt gab es noch so viel mehr zu lernen und so viel zu erzählen.

»Ja, es gibt eine Geschichte dazu«, sagte Selial, »und vielleicht werde ich sie dir eines Tages erzählen. Die *Geschichte der Regenbogenbrücke* sollte eigentlich zu den Großen Geschichten dieser Welt gehören. Die Brücke war das perfekteste Gebilde, das wir je gebaut haben – auch wenn ich vielleicht ein wenig voreingenommen bin, was das betrifft. Meine Urgroßmutter hat sie entworfen.«

»Ich brenne schon jetzt darauf, sie zu hören«, sagte Llian.

»Mit Sicherheit war sie unsere größte Errungenschaft hier auf Santhenar«, sagte Malien, »aber sie ist schon lange weg, zusammengebrochen und in den Abgrund gestürzt.«

»Was ist passiert?«

»Der Freund der Zain, euer Rulke, der euch die Gabe gegeben hat, hat die Erde hier gezwungen, sich zu bewegen, auf dass die Brücke zusammenbrechen möge«, knurrte Tensor, als er an ihnen vorüberging.

»Vergiss nicht, dass er auch uns Zain hintergangen hat«, schrie Llian, »und wir haben genauso dafür gelitten wie die Aachim.«

Tensor öffnete und schloss seine außergewöhnlich langen Finger, als hätte er am liebsten einen Hals darin. »Lasst uns gehen«, sagte er. »Die Regenbogenbrücke hat uns einst inspiriert wie sonst nichts auf dieser Welt, doch nun erinnert sie mich nur daran, was wir verloren haben.«

Sie marschierten weiter, doch nicht ohne häufige Blicke zurück, bis Einbruch der Nacht. Schon lange bevor sie Siftah erreicht hatten, hatte es keinerlei Hinweise mehr auf Verfolger gegeben; dennoch entspannte Tensor sich nicht im Mindesten. Jede Nacht stellten sie Wachen auf, und alle außer Llian beteiligten sich daran, obwohl er stets bei einem der Aachim saß, der ihm freundlich gesinnt war. Inzwischen fürchtete er sich vor der Dunkelheit.

Sie gingen an den Fällen des Hornstroms vorbei, einer derart wundersamen Strömung, dass noch nicht einmal Llian mit seiner Erzählkunst Worte fand, sie zu beschreiben. Auf der Ostseite des Felskamms kamen sie in Länder, die im Regenschatten lagen und somit öd waren – nichts wuchs hier außer ein paar dürren Sträuchern in kleinen Rinnen. Sie überquerten eine schmale Ebene von gerade mal ein paar Meilen Breite, die von tiefen Rinnen begrenzt wurde, welche schließlich zu mächtigen Schluchten zusammenliefen. Dann, plötzlich, gegen Mitte des Nachmittags standen sie am Rand einer steil abfallenden Klippe. Eine Treppe führte dort den ganzen Weg zum Grund des Meers der Trockenheit hinunter. Tensor stand an der Kante der gewaltigen Kluft und starrte hinab.

»Das ist ein Anblick, der mich selbst in meiner gegenwärtigen Stimmung rührt«, sagte er. »Wir werden hier unser Lager aufschlagen, wenn wir denn Wasser finden können, und morgen früh den Sonnenaufgang über der See von Perion beobachten. Ich habe ihn nicht mehr gesehen, seit das Meer ausgetrocknet ist.« Seine Augen waren feucht. »Einst war dies der schönste Ort in ganz Santhenar. Schaut ihn euch jetzt an.«

Llian schaute voller Ehrfurcht hinab, aber auch voller Unruhe. Die See von Perion kam in vielen Geschichten vor, doch keine dieser Geschichten hatte ihn auf die Realität vorbereitet – die Größe, die Trockenheit, die Trostlosigkeit. Llian hatte Angst, auf die Salzebenen hinunterzugehen, selbst in der Kühle des Winters. Seine Familie lebte noch immer in Jepperand auf der anderen Seite des Meers der Trockenheit. Er erinnerte sich noch gut daran, wie viel Mühe es die Zain gekostet hatte, dem unfruchtbaren Land etwas zum Leben abzuringen. Ständig wurde Salz vom Meeresboden auf die Felder von Jepperand geweht. Dass irgendjemand so töricht sein konnte zu versuchen, das Meer zu überqueren und auch noch Zuflucht in dessen Zentrum zu suchen, überstieg Llians Vorstellungsvermögen. Das hatte er auch zu Tensor gesagt, nachdem dessen Zorn in den letzten Tagen ein wenig abgeebbt war. Der Aachim war so launisch, dass Llian nie wusste, was er von ihm zu erwarten hatte.

Tensor wiederum betrachtete ihn gleichermaßen mit Unverständnis. »Aber wir sind verzweifelt, Chronist. Wir brauchen eine sichere Zuflucht, wo wir ohne Furcht arbeiten können. Einen Ort, der einen Monat, ein Jahr, ja sogar hundert Jahre standhalten wird, sollte es notwendig sein. Wir sind nicht genug, um uns zu verteidigen; also muss die Natur die Verteidigung für uns übernehmen. Die Durchquerung des Meeres wird hart werden – kein Zweifel – und die Rückkehr sogar noch härter … *falls* es denn je zu einer Rückkehr kommen wird! Aber wir *müssen*, und deshalb *werden* wir auch.«

Sie standen lange Zeit einfach nur da. Die windstille Luft war sehr klar, obwohl die Ferne noch immer im Dunst verschwamm. Der Meeresgrund wies keinerlei Konturen auf außer im Nordosten, wo ein Felskamm sich als brauner Fleck von der weißen Salzoberfläche abhob. Einer der Aachim deutete dorthin, und Tensor nickte.

»Dieser Kamm ist auf den Karten verzeichnet, die wir in Shazmak gehabt haben; aber es ist schon viele Jahre her, seit ich sie zum letzten Mal studiert habe. Ich erinnere mich allerdings daran, dass er gut hundert Meilen nach Norden verläuft. Irgendwo dort werden wir mit Sicherheit auch Sickerwasser finden.«

»Und was dann?«, fragte Llian. »Wie weit ist es dann noch?«

»Das kann ich nicht sagen. Sicher mehr als dreihundert Meilen, vielleicht auch vierhundert ... Auf dem Stück werden wir in jedem Fall noch einmal doppelt so viel Wasser brauchen.«

An der Stelle, an der sie sich gerade befanden, gab es kein Wasser, doch gut eine Meile entfernt stießen sie auf eine der unzähligen steil abfallenden Spalten, in denen noch ein kleiner Süßwasserbach floss – Schmelzwasser vermutlich. Dort schlugen sie ihr Lager auf und bereiteten sich auf die Weiterreise vor. Essen hatten sie genug, alles haltbar gemacht und gut verpackt. Sie füllten ihre großen Wasserschläuche und banden sie an die Rucksäcke. Zur Gänze gefüllt waren die Schläuche so schwer, dass Llian sie noch nicht einmal hochheben konnte (sein eigener war weit kleiner). Schließlich war alles bereit, und die Sonne schien noch. Zum ersten Mal seit Siftah hatten sie Zeit, sich ein wenig zu erholen.

Llian setzte sich auf einen Fels am Spalt – allerdings nicht so nahe, dass sich seine Höhenangst bemerkbar machte – und schrieb in sein Tagebuch, solange er noch Licht hatte. Zu seiner Überraschung, denn sie war ihm seit einer Woche aus dem Weg gegangen, setzte Malien sich neben ihn.

»Was hältst du von diesem Unternehmen, Chronist?«

»Hätte ich auch nur den Hauch einer Ahnung, was Tensor vorhat, sobald wir da sind, wäre mir wohler.«

»Das bezweifele ich. Ich glaube, wenn du das wüsstest, würdest du dich kopfüber in den Spalt stürzen.«

»Wohl kaum. Solch eine Versuchung kann ich für mich ausschließen.«

»Ich für mich auch – jedenfalls jetzt. Doch als Tensor vorhin dort stand, habe ich tatsächlich kurz darüber nachgedacht, mich gemeinsam mit ihm in die Tiefe zu werfen. Er wird dein Volk ebenso in den Ruin treiben wie meines. Aber ich habe es einfach nicht über mich gebracht.«

Als sie sich zurücklehnte, flammten ihre Haare im Sonnenlicht feuerrot auf. Llian wäre vor Schmerz fast erstickt.

»Was ist los, Chronist?«

»Die Sonne in deinem Haar ... Einen Moment lang hätte man dich für Karan halten können.«

Malien beugte sich wieder vor, und der Effekt verschwand. »Hier«, sagte sie und wischte ihm die Augen mit einem Stück blauen Stoff ab. »Halt ... Was ist das?« Sie nahm sein Gesicht in die Hände und drehte es hierhin und dorthin. »Mach die Augen auf!«

Llian blinzelte in die Sonne. »Aaah!« Malien seufzte. »Es ist in der Tat so, wie ich geglaubt habe, als du den Traum erwähnt hast.«

»Was?«, rief er besorgt.

»Das Braune in deinen Augen bekommt weiße Flecken, und weiße Flecken finden sich auch auf deinen Händen ... Hier, hier und hier. Du *hast* Rulkes Gabe – die Stigmata kommen zum Vorschein.«

Llian erbleichte. »Wir Zain nennen es ›Rulkes Fluch‹. Es sind schon so viele von uns deswegen gestorben.«

»Und du wirst einer von ihnen sein, sollten die Überlebenden aus Shazmak das herausfinden. Das wäre zwar grausam und ungerecht, aber wer könnte ihnen einen Vorwurf daraus machen?«

»Dieser Verrat der Zain – falls es denn wirklich ein Verrat und nicht einfach nur ein Fehlurteil war – ist schon lange her. Sollen wir deshalb etwa bis ans Ende aller Zeiten verfolgt werden?«

»Ich würde sagen ja, Chronist! Wir haben den Zain vergeben, aber du und Karan, ihr seid mit dem Spiegel nach Shazmak gekommen, und Shazmak ist gefallen.«

»Das ist nicht meine Schuld.«

»Aber du warst darin verwickelt! Und jetzt hast du Rulkes Stigmata, die Zeichen unseres uralten Feindes. Die Ghâshâd waren in alter Zeit ebenfalls Rulkes Diener. Wie sollen wir da *nicht* glauben, dass ihr Auftauchen und deine Stigmata seine Rückkehr ankündigen? Wie sollen wir uns da *nicht* darüber sorgen, für was Tensor dich benutzen will?«

»Ihr solltet eure Zeit lieber darauf verwenden, das Nachtland abzusichern, anstatt mich zu schikanieren! Ich bin ausgiebig geprüft worden, bevor ich Jepperand verlassen habe«, sagte Llian. »Das werden wir *alle*!«

»Du hast gesagt, als Tensor das Konklave zerschlagen hat, hättest du Schmerzen gehabt und wärst blind gewesen, doch plötzlich war das alles wie weggeblasen. Du musst schon immer latent über die Gabe verfügt haben, und Tensors Machtzauber hat sie freigesetzt. Jetzt schwebst du in der größten Gefahr deines Lebens.«

Das Tagebuch rutschte Llian vom Schoß und fiel in den Staub. Müßig blätterte der Wind die Seiten um. Llian bemerkte das nicht. Er starrte Malien an. »Hilf mir! Ich werde heute Nacht fliehen. Kannst du ... ?«

»Man würde dich nach nur wenigen Stunden wiederfinden, und dann wüsste jeder, warum du weggelaufen bist. Lass mich nachdenken.«

Sie untersuchte ihn erneut. »Die Stigmata sind schwach. Als

du von dem Traum erzählt hast, habe ich gezielt nach ihnen gesucht, denn das ist ein weiteres Zeichen: das Teilen von Träumen. Ich glaube nicht, dass deine Augen irgendjemandem auffallen würden, es sei denn, derjenige ist dir sehr nahe, und selbst dann auch nur bei Tag. Zieh immer deinen Hut tief runter. Ich werde dicht bei dir bleiben, damit niemand sonst Grund hat, zu dir zu gehen.«

»Was ist mit Tensor?«

»Vielleicht ist das ja der Grund, warum er dich mitgenommen hat. Falls ja, dann wird er nichts sagen. Sei trotzdem vorsichtig bei ihm. Nun, sobald wir unten auf dem Salz sind, wirst du ohnehin einen Augenschild brauchen, um nicht zu erblinden; das sollte erst mal reichen, bis wir in Katazza sind ... und das liegt noch ein gutes Stück entfernt. Was die Hautflecken betrifft, so werde ich sie einfach einfärben.«

Llian ergriff ihre Hand; seine Dankbarkeit war geradezu erbärmlich. Malien löste sich aus seinem Griff. »Lass das lieber. Sollte jemand dich beobachten, wird er sich über solches Verhalten wundern«, erklärte sie. »Tu nichts, was unnötig Aufmerksamkeit auf dich lenken könnte.«

»Warum hilfst du mir gegen dein eigenes Volk?«

Malien musterte ihn aufmerksam; dann lächelte sie wieder. »Weil ich dich trotz allem mag, Chronist. Weil wir aus Elienors Linie dazu neigen, exzentrische Ziele zu verfolgen. Und vor allem, weil meine Verwandte Karan dir ihr Zeichen aufgedrückt hat. Es ist so deutlich zu sehen wie die anderen Stigmata, und es verpflichtet mich, jene zu beschützen, die sich nicht selbst verteidigen können.«

Sie ging weg. Staunend und verwirrt saß Llian an der Felskante, bis es dunkel wurde; er bemerkte noch nicht einmal die erstaunlichen Farbtöne der untergehenden Sonne hinter ihm. Erst als es vollständig dunkel war, rappelte er sich auf, nahm sein Tagebuch und schlurfte zum Lagerfeuer zurück.

Am nächsten Tag, bei Sonnenaufgang, kam Malien in sein Zelt. Sie hielt einen kleinen Krug in der Hand, der nach Lanolin roch.

»Reib eine winzige Menge davon jeden Morgen auf dein Gesicht und deine Hände. Die Salbe enthält einen Farbstoff, der die Flecken verbergen wird – außerdem hält sie deine Haut jung, falls dich so etwas interessiert. Und vergiss nicht, den Hut runterzuziehen und keine unnötige Aufmerksamkeit zu erregen.« Sie warf ihm den Krug zu und war verschwunden.

Kapitel sechs

Stalaktiten

Idlis kam rutschend zum Stehen. »Licht«, krächzte er drängend.

Die Frau hinter ihm öffnete die Abblendlaterne und trat vorsichtig an den Rand des Abgrunds heran, der in alter, feuchterer Zeit ein Wasserfall gewesen war. Die Pracht der Höhle, ein natürlicher Tempel, ging völlig an den Ghâshâd vorbei. Der Spalt war tief.

»Ich habe ein Platschen gehört«, sagte Idlis. »Karan könnte noch leben. Ein Seil. Rasch!«

Die Ghâshâd drängten sich an der Kante und leuchteten mit ihren Laternen nach unten. Irgendjemand ließ ein Seil hinunter. Idlis zog seinen Mantel aus, wickelte sich Stoff um die Hände und glitt am Seil in die Tiefe. Unten angelangt, begann er, im Kreis zu schwimmen und schaute durch das Wasser nach unten.

»Mehr Licht!«, rief er. »Kommt runter!« und mehrere andere landeten mit einem Platschen im Teich.

»Ich habe sie!«, rief Jark-un und kam mit Karans schlaffem Leib in den Armen wieder an die Oberfläche.

Sie trugen sie aus dem Wasser auf einen glatten Felstisch, legten sie auf die Seite und pumpten mit Karans Armen und Beinen, um das Wasser aus ihr herauszubekommen. Karans Brust hob sich; ein Rinnsal rosafarbenen Wassers lief ihr aus dem Mund.

Idlis tastete ihren Kopf ab. Ihr Hinterkopf war geschwollen, und sie hatte einen kleinen Schnitt unter dem Haar; allerdings blutete sie offenbar nicht. Mit seinen Heilerfingern strich Idlis über Karans Knochen; dann tastete er ihren Bauch ab, legte das Ohr an ihre Brust und hielt ihr die Laterne vor die Augen.

»Sie lebt!«, verkündete Idlis schließlich. »Und sie ist nicht schwer verletzt. Der Schock muss ihr den Atem geraubt haben, denn es ist auch kein Wasser in ihr.« Er öffnete ihren Mund, um hineinzuschauen. »Sie hat sich auf die Zunge gebissen, aber nicht schwer. Trocknet sie ab, wickelt sie ein, und setzt Wasser zum Kochen auf.«

All das wurde mit mechanischer Effizienz erledigt. Es dauerte nicht lange, und Karan war in einen Mantel gewickelt. Die Ghâshâd versammelten sich um sie, starrten auf sie hinab und warteten darauf, dass sie wieder zu Bewusstsein kam.

Karan stöhnte leise und öffnete die Augen. Dann kniff sie sie sofort wieder zu und kämpfte gegen die Panik an. Sie lag auf einer Felsplatte, die an einen Opferaltar erinnerte, und mindestens sechs Ghâshâd ragten über ihr auf. Sie verspannte sich und dachte darüber nach, aufzuspringen und wegzurennen, was ihr jedoch nur Kopfschmerzen bescherte.

»Du kannst uns nicht entkommen, Karan von Bannador«, sagte eine Stimme, die Karan nicht erkannte, ein trockenes Rascheln wie eine Schlange, die durch einen Eimer voll Käfer kriecht. »Unterwirf dich uns freiwillig, und dir wird kein Leid geschehen. Tatsächlich wird der Herr dich sogar belohnen. Doch sei gewarnt: *Wenn wir müssen, werden wir dich zwingen!*«

»Was wollt ihr von mir?«, krächzte Karan. Auch ihre Kehle schmerzte.

»Was glaubst du?«, erwiderte Idlis.

Karan schloss die Augen wieder. Was konnten sie nur von ihr wollen? Warum hatten sie sie den weiten Weg verfolgt?

»Ich nehme an, ihr wollt euch mein Talent zunutze machen«, flüsterte sie.

»Wie zuvor, so auch jetzt.«

»Zuvor?«

»Es war deine Verbindung, die unser vollkommener Herr aufgefangen und benutzt hat, um uns an unsere wahre Identität zu erinnern«, erklärte eine hagere Frau.

Plötzlich brachen die lange unterdrückten Erinnerungen an jene schrecklich Nacht wieder hervor, die Karan in der Nähe von Narne durchlebt hatte – damals, als sie Llian fortgeschickt hatte, kurz bevor die Whelm gekommen waren. Sie erinnerte sich an die Verbindung zu Maigraith, und unerklärlicherweise war sie dabei in Dimensionen gelangt, die sie sich noch nicht einmal hatte vorstellen können.

»Ihr wollt mich benutzen, um Kontakt zu *Rulke* aufzunehmen!« *Jetzt* erinnerte sie sich wahrlich perfekt an jene Nacht, und ihr wurde eiskalt. Das war der Grund, warum sie sich auf dem Weg nach Sith von ihrem Talent gelöst hatte: um die furchtbaren Erinnerungen auszusperren.

Die Folgen jener Nacht waren schlimmer als alles, was sie erlitten hatte. Rulke hatte ihre Verbindung genutzt, um die Whelm zu wecken und ihnen die Erinnerung zurückzugeben, die man ihnen vor dreißig Generationen geraubt hatte: dass sie die Ghâshâd waren, seine Diener aus uralter Zeit, erschaffen nach dem Sturz der Zain.

Dann war Shazmak also wegen *ihr* gefallen! *Sie* war schuld am Tod all ihrer Freunde unter den Aachim, die dort gelebt hatten! *Meine Schuld! Meine Schuld!*, hallte es immer und immer wieder in ihrem Kopf wie Glocken, und jeder Glockenschlag verkündete den Tod von jemandem, den sie gekannt und der ihr am Herzen gelegen hatte.

Nie wieder!, dachte sie. *Ich werde euch* nie wieder *helfen, sei es nun freiwillig oder unfreiwillig.* Kurz öffnete sie die Augen wieder und schaute zur Decke hinauf. Eine gewaltige Masse von Stalaktiten hing dort, die an den Euter einer Kuh erinnerten, nur haushoch. Die Ghâshâd starrten noch immer auf sie hinab. Karan schauderte. Sie musste alles in ihrer Macht Stehende tun, um das Vorhaben der Ghâshâd zum Scheitern zu bringen.

Etwas Gummiartiges berührte sie am Hals. Sie riss die Augen weit auf. Eine alte Frau beugte sich über sie. Das Weib war noch dürrer als Idlis, und ihre Augen wirkten seltsamerweise freundlich. »Lass uns beginnen«, sagte sie. »Du wirst die Verbindung wiederherstellen, die du schon einmal aufgebaut hast.«

»Ich kann nicht! Maigraith – falls sie denn lebt – muss weit weg von hier sein. Eine Verbindung funktioniert nur, wenn ich demjenigen nahe bin.«

Die Ghâshâd traten ein Stück zurück und drängten sich aneinander, doch Karan schnappte Bruchstücke ihrer Sprache auf. »Vielleicht lügt sie ja«, sagte die Frau mit den sanften Augen.

»Vielleicht, Quissan«, erwiderte Idlis, »allerdings verhält es sich mit unserer Gedankensprache genauso. Wenn sie überhaupt funktioniert, dann nur auf kurze Entfernung.«

»Und die Frau Maigraith war etwas Besonderes«, warf der hagere Thassel ein. »Das war keine gewöhnliche Verbindung.«

Sie kamen wieder zurück. »Stell eine Verbindung zu dem alten Mann her«, forderte Idlis Karan auf.

»Das kann ich nicht. Shand ist nicht empfindsam. Außerdem habe ich mich nach Narne von meinem Talent gelöst; ich kann nicht mehr nach Belieben darüber gebieten.«

Darauf folgte eine weitere Diskussion; dann rief die Frau: »Rebban, tritt vor!«

Ein junger Mann mit vollkommen bleicher Haut und Haar und rosafarbenen Augen trat in Karans Sichtfeld. »Rebban ist unser mächtigster Empfindsamer«, sagte Quissan. »Er wird dir helfen, dein Talent wiederzufinden.«

Karan schaute dem Albino in die Augen. Die Vorstellung, eine Verbindung zu ihm aufzubauen, war schrecklich. Sie wehrte sich, doch die Ghâshâd hielten sie an Händen und Füßen fest und banden sie schließlich an den Fels. Rebban legte seine farblosen Hände auf Karans Stirn und schloss die Augen. Karan warf den Kopf hin und her in dem Versuch, die Hände abzuschütteln, doch sie hielten auch ihren Kopf fest.

Dann spürte Karan einen leichten Druck im Inneren ihres Schädels und eine aufkeimende Wärme in ihren Ohren und ihrer Stirnhöhle. Sie konzentrierte sich auf nichts, tat alles, was sie konnte, um die Sequenz zu vermeiden, aus der eine Verbindung hervorging. Dabei tröstete sie sich mit dem Gedanken, dass es ihr ohnehin nur selten gelungen war, eine Verbindung aufzubauen. Dann fühlte Karan, wie sich etwas sanft in ihren Geist schlich, ein winziger Gedanke, der Vorbote einer Verbindung. Aber es war ein fremdartiger Gedanke, nichts, was sie selbst je hätte haben können. Voller Panik schlug sie zu; der Gedanke verschwand, und auch die Hände wurden zurückgezogen.

Karan öffnete die Augen. Der Albino war sogar noch bleicher geworden. Schweiß lief ihm über das Gesicht. »Sie ist stark«, sagte er. »Wir werden auf das *Karree* zurückgreifen müssen.«

Alle sechs standen um Karan herum. Idlis holte ein paar Objekte aus einer Tasche, wog sie in der Hand, schnitt kleine Stücke von zweien, die ein wenig größer waren und reichte sie herum, jedem der Ghâshâd eines. Sie kauten, schluckten und nahmen sich dann an den Händen.

Karan wusste, dass dies die einzige Gelegenheit war, die sie bekommen würde. Sie versuchte sich herumzurollen, musste aber feststellen, dass sie dafür zu fest gebunden war. Das kranke Lachen, das sie schon vorhin gefühlt hatte, begann erneut; es war wie ein Jucken tief in ihrem Kopf.

»Geht weg!«, schrie sie. »Raus aus meinem Kopf!« Aber sie machten weiter.

Dann spürte sie ein raues Kratzen, als würde man ihr mit einer Drahtbürste über das Rückgrat fahren. Es begann zu schmerzen, erst wie Nadelstiche, doch mit jeder Minute wurde es schlimmer. Karan versuchte, all ihre Sinne abzuschotten, sich in einen gefühllosen Fleischklumpen zu verwandeln, wie sie es nach dem Konklave gewesen war; aber der Schmerz und das Jucken erinnerten sie ständig daran, wer sie war.

»Die Verbindung!«, flüsterte Quissan.

»Nein!«, kreischte Karan und spie der alten Frau ins Gesicht.

Die Verbindung! Stell die Verbindung her!, ertönte ein Flüstern in ihrem Geist. *Schau. Wir sprechen mit deinem Geist. Antworte uns. Stell die Verbindung her.*

»Neiiin!«, schrie Karan und wand sich auf der Steinplatte. »Das werde ich niemals tun!«

Doch noch während sie das sagte, formten sich die Gedanken, die sie für eine Verbindung brauchte ... und dann kamen auch die Bilder des Herrn der Ghâshâd, Bilder von seiner Majestät, seinen Zielen, seines Schmerzes und seiner Qualen, die er über tausend Jahre hinweg im Nachtland hatte erdulden müssen. *Stell die Verbindung her! Befreie den Herrn!*

Karan fühlte, wie ihre Entschlossenheit ins Wanken geriet. Ihr Geist verbog sich unter dem Druck der sechs Ghâshâd, verbog sich wie ein Balken unter einer enormen Last. *Frei, frei, frei!* Der Druck war unerträglich.

Wie konnte sie dem ein Ende bereiten? Hätte sie die Möglichkeit gehabt, sie hätte sich sogar wieder dem Wahnsinn ergeben, doch selbst diese Zuflucht war ihr versperrt. Oder sie hätte mit ihrem Geist zuschlagen können, wie es Maigraith immer getan hatte, wenn sie derart bedrängt worden war, doch Karan verfügte nicht über die Geheime Kunst.

Stell die Verbindung her! Stell die Verbindung her! Stell die Verbindung her! Stell die Verbindung her!

Karan schnappte nach Luft. Die Verbindung nahm Gestalt an. So sehr sie auch kämpfte, sie konnte sich dem Zwang nicht widersetzen. *Ich werde das nicht tun!*, dachte sie. *Ich werde das nicht tun! Kann ich diese Macht gegen sie richten und wenn ja, wie? Was kann ich tun? Wenigstens wissen sie nicht, was ich denke. Niemand kann Gedanken lesen.*

Sie wand sich weiter, stöhnte und warf den Kopf von einer Seite zur anderen. Verzweifelt wehrte sie sich gegen die Fesseln an ihren Händen und Füßen und versuchte, den Eindruck vollkommener Panik zu erwecken, bevor sie schließlich nachgab. Als sie das tat, verstärkten die Ghâshâd ihren Druck und zwangen ihr die Verbindung auf, bis ihr gesamter Geist damit erfüllt war. Karan erschlaffte. Dann ging ein Schauder durch ihren Leib; sie drehte den Kopf zur Seite, und die Zunge fiel aus ihrem Mund. Speichel rann ihr über die Wange.

Der Druck ließ nach. Das war die Gelegenheit, auf die Karan gewartet hatte. Sie schleuderte den Zwang in die Köpfe der Ghâshâd zurück und benutzte dafür das seltsame Talent, das sie entwickelt hatte, um Llian in der Nacht vor dem Prozess in Shazmak den Traum zu schicken.

Jark-un schrie auf. Idlis riss entsetzt die Hände hoch. Rebban, der Albino, wirbelte herum, taumelte davon und fiel ins Wasser. Zwei andere rannten los und fischten ihn wieder heraus. Der Druck verschwand nun ganz, und Karan richtete all ihre verbliebene Kraft darauf, einen Hilferuf an Shand zu senden. Eine Verbindung vermochte man nur mit einer besonderen Art von Mensch herzustellen; doch Karan konnte zu nahezu jedem senden, wenn die Not nur groß genug war.

Shand, hilf mir!, schrie sie, öffnete die Augen und sandte ihm alles, was sie sah, nur eine Momentaufnahme: die Höhle mit dem Stalaktiteneuter, die benommenen Ghâshâd und das tausendfache Glitzern an den Wänden. Dann beendete sie die Sendung und lag keuchend da.

Karan musste ihre Gegner härter getroffen haben, als sie gedacht hatte, denn sie bildeten wieder ein Karree und versuchten, Rebban aus einer geistigen Verwirrung zu holen. Karan fühlte sich wie erschlagen; das waren die Nachwirkungen dessen, was sie getan hatte. Nachdem Rebban wieder einigermaßen hergestellt und auf den Boden gelegt worden war, um sich zu erholen, holten die Ghâshâd Essen und Trinken hervor. Auch Karan wurde gefüttert; dann legten sich einige zum Schlafen nieder, während andere Wache standen. Karan hatte keine Ahnung, wie spät es war, aber sicher waren seit ihrer Gefangennahme schon mehrere Stunden vergangen. Bis Tagesanbruch war es bestimmt nicht mehr weit hin. Schließlich döste sie ein. Als sie kurz aufwachte, hatten die Wachen gewechselt, und sie schlief weiter.

Später wurde sie geweckt und wieder mit Brei und Tee gefüttert. Inzwischen waren alle Ghâshâd wieder wach, selbst Rebban. Sie standen im Kreis und redeten miteinander, doch diesmal konnte Karan nicht hören, was gesprochen wurde. Dann hob jemand die Stimme, vielleicht absichtlich.

»Ich sage, wir geben ihr Hrux«, sagte Quissan. »Wir werden sie zwingen!«

»Nein«, widersprach Idlis. »Hrux kann für Menschen tödlich sein, besonders für Mischlinge. Es ist nur noch so wenig von ihr übrig, dass man die Dosis schwer bestimmen kann.«

»Ist es nicht unwichtig, ob sie stirbt oder lebt? *Ich* würde mit Freuden mein Leben geben, wenn ich dadurch den Herrn befreien könnte.«

»Ah«, sagte der stämmige Jark-un, »aber tot nutzt sie uns gar nichts mehr. Lebend könnte sie dem Herrn noch fünfzig Jahre dienen. Ihr Talent ist wertvoll.«

»Aber dafür müssen wir ihn erst einmal befreien«, sagte die alte Frau. »Solange er nicht befreit ist, werden wir in unsere Gräber gehen, ohne unsere Pflicht erfüllt zu haben. Das ist das Risiko wert.«

»Das stimmt«, bestätigte Idlis. »Wir dürfen unser großes Ziel nicht aus den Augen verlieren. Bindet sie los.«

Karans Fesseln wurden gelöst, und Idlis hob sie hoch und wog sie in den Armen. Er runzelte die Stirn, zog sie nackt aus und, zu Karans Entsetzen, zwickte sie in Schenkel, Bauch, Brust und Arme.

»Was tust du da?«, schrie sie, denn Idlis schaute sie an wie ein Metzger, der ein Stück Fleisch begutachtete.

Idlis strich mit den Fingern über ihren Unterarm und drückte bis auf die Knochen zu. Gleiches machte er dann mit ihren Beinen, bevor er sie umdrehte, ihren Hintern befühlte und den Rücken abtastete, als wolle er sie in handliche Portionen zerlegen.

»Ich messe Fett, Fleisch und Knochen«, erklärte er und nahm wieder ihr Handgelenk. »Was für schmale Knochen du hast ... Wie kannst du damit nur aufrecht stehen?«

»Das geht schon!«, schnappte sie.

Idlis drehte sich zu seiner Heilertasche, wandte sich dann aber noch einmal um. »Du bist doch nicht schwanger, oder?«

Karan schnaubte. »Ist das, was ihr vorhabt, etwa gefährlich für Babys?«

»Im Gegenteil«, antwortete Idlis zweideutig. »Zieht sie wieder an, und fesselt sie«, sagte er über die Schulter hinweg. »Ich werde dir eine kleine Portion Hrux verabreichen«, wandte er sich wieder an Karan. »Wir benutzen es im Karree, um unsere Gedanken miteinander zu verbinden und unseren Willen zu stärken. Ich hoffe, dass es dich nicht töten wird. Bei deiner Art kann es zu ... zu unerwarteten Nebenwirkungen kommen.«

»Noch vor einem Monat war ich dem Wahnsinn verfallen«, sagte Karan in der Hoffnung, ihn von seinem Vorhaben abzubringen. »Vermutlich wird es mich wieder in diesen Zustand versetzen.«

»Vielleicht. Allerdings wird uns das nicht davon abhalten, dich zu benutzen. Tatsächlich würde die von dir aufgebaute Verbindung dadurch sogar noch stärker werden.«

»Oh!«, sagte Karan.

»Du könntest auch ein Verlangen danach entwickeln. Hruxsucht ist etwas Trauriges. Aber auch das könnte sich für uns als nützlich erweisen. Natürlich würdest du nie darauf verzichten müssen, *solange du uns treu dienst!*«

Karan schwieg dazu. Sie fühlte sich verloren und hoffnungslos. »Mach den Mund auf«, sagte Idlis.

»Nein!«

Idlis versuchte, sie zu zwingen, aber sie biss ihm in die Finger. Idlis jaulte auf. »Haltet sie fest!«, befahl er, und einer der Ghâshâd packte Karans Kopf. »Mach den Mund auf.«

»*Nein!*«, kreischte Karan, doch es gab nichts, was sie tun konnte.

Shand war auf einem Stuhl eingedöst, als er plötzlich von Karans Schrei geweckt wurde: *Shand, hilf mir!* Und er sah das Bild einer von Laternen erhellten Höhle. Shand sprang auf und steckte den Kopf zur Tür raus. Nach diesem verzweifelten Schrei rechnete er damit, ein Dutzend Leute aufgeregt umherrennen zu sehen, doch der Flur war leer und der Gasthof still.

Das erste Morgenlicht fiel durch die Fenster herein. Die Straßen waren bereits voll, doch die Menschen hatten es nicht eilig, sondern gingen schlicht ihrem Tagwerk nach. Erst da erkannte Shand, dass der Schrei und das Bild ihm gesandt worden waren. Shand versuchte, das bereits verblassende Bild wieder heraufzubeschwören. Er sah die Höhle, das in tausend Facetten reflektierte Licht, einen Wulst von vielfarbigen Stalaktiten und etwas, das eine verschwommene Gruppe von Leuten zu sein schien. Dann war das Bild verschwunden.

Irgendjemand hatte Karan gefangen genommen, aber wer? Falls das eine Reaktion auf die Nachricht von Yggur gewesen sein sollte, dann war sie verdammt schnell gekommen – *zu* schnell, selbst wenn der Bürgermeister inzwischen zurückgekehrt sein sollte.

Shand ging nach unten, wo der Wirt bereits in der Küche stand und das Tagesgericht auf eine Schiefertafel schrieb.

»Höhlen?«, sagte der Mann und rieb sich die Narbe am Kinn. »Hier in der Gegend gibt es überall Höhlen. Ich könnte dir ein Dutzend nennen.«

»Was ist die nächstgelegene?«, fragte Shand in beiläufigem Ton.

Die Antwort fiel indirekt aus. »Die beste liegt nicht weit von hier entfernt, am Fuß der ersten Klippe, fünf, sechs Meilen. Die Küche kann dir einen Fresskorb packen, wenn du da hinwillst. Allerdings ist es recht gefährlich dort; wir haben da schon eine ganze Reihe von Körben verloren. Deshalb müsste ich dich darum bitten, ein Pfand zu hinterlegen ... für den Fall, dass du nicht mehr zurückkommst.«

Einen Augenblick lang glaubte Shand, der Wirt erlaube sich einen Scherz mit ihm, doch der Mann sah nicht so aus, als würde er Humor besitzen. »Ich habe eigentlich an etwas mehr in der Nähe gedacht«, sagte Shand. »Gibt es da keine? Sagen wir zwischen hier und dem Markt?«

»Nein, allerdings gibt es ein paar vom Park aus runter. Es heißt, sie seien auch ganz hübsch. Ich selbst war jedoch noch nie da.«

»Und gibt es noch andere in der Nähe?«

»Keine innerhalb von ein, zwei Stunden Marsch, aber ... «

»Das reicht schon«, sagte Shand. »Kannst du mir ein Proviantpaket und eine Laterne geben? Mach dir keine Sorgen wegen dem Korb«, fügte er rasch hinzu, als der Mann den Mund öffnete.

»Ich wollte eigentlich sagen, dass du dir da eine Laterne mieten kannst«, sagte der Wirt. »Wann willst du den Proviant haben?«

»In zehn Minuten«, antwortete Shand. Er ging wieder die Treppe hinauf und nahm dabei zwei Stufen auf einmal. Zehn Minuten später holte er sich wie vereinbart den Proviant ab.

Auf dem Weg in den Park kaufte er noch ein paar andere Dinge, einschließlich eines Seils und eines Hammers mit langem Griff und schwerem Kopf, wie man ihn benutzte, um Steine zu zertrümmern – für den Fall, dass er sich seinen Weg durch Fels bahnen musste.

Im Park klopfte er an die kleine Tür der Hütte hinter dem Tor. Ein Jüngling kam heraus und rieb sich die Augen.

»Ist das der Weg zu den Höhlen?«, fragte Shand und rückte seinen Rucksack zurecht; der Hammer war extrem schwer.

»Das ist er in der Tat, Herr«, antwortete der junge Mann. »Wollt Ihr eine Laterne leihen?«

»Zwei«, sagte Shand, »und einen Extraschlauch Öl. Hast du hier viele Besucher?«

»Nicht um diese Jahreszeit; im Sommer sind die Höhlen allerdings sehr beliebt. Gestern war eine junge Frau hier; sie kam ziemlich spät. Sie hat meine Laterne gestohlen«, sagte er traurig. »Jetzt muss ich für den Verlust aufkommen. Und dabei schien sie so eine nette Person zu sein.«

»War sie die Einzige?«

»Kurz darauf kam noch eine ganze Gruppe. Sechs an der Zahl. Aber sie haben sich keine Laternen geliehen.« Er beschrieb sie.

Whelm!, dachte Shand. *Was tun die denn hier?*

Er gab dem Jüngling das Pfandgeld, nahm die Laternen und machte sich auf den Weg ins Tal hinunter. Am Höhleneingang untersuchte er sorgfältig den Boden, doch in dem weichen Untergrund waren viel zu viele Abdrücke, als dass man sich über irgendetwas hätte sicher sein können. Shand ging hinein und suchte sich einen Weg mit fast gänzlich geschlossener Laternenklappe. Er würde ihre Lichter schon von weitem sehen, und natürlich würden auch sie es bemerken, sollte plötzlich der Tunnel hinter ihnen hell erstrahlen.

Da er sich derart vorsichtig vorantasten musste, vergingen Stunden, ohne dass er sonderlich weit gekommen wäre. Mehrmals bog er falsch ab und musste wieder umkehren, denn an vielen Stellen fanden sich gar keine Spuren, und er musste raten, welche Richtung Karan und die Whelm eingeschlagen hatten. An einer Stelle war ein Großteil der Decke eingestürzt, und auf einen Fels neben den Trümmern standen die Namen von drei Menschen eingraviert: zwei Frauen und ein Kind, die vermutlich bei dem Einsturz ums Leben gekommen waren. Daneben befanden sich ein paar grob gemeißelte Blumenbilder und ein schlichter Vers. Shand verneigte sich und ging weiter.

Schließlich wurde seine Vorsicht von einem schwachen Leuchten weiter vorne belohnt, einem erhellten Oval. Shand schloss seine Laterne und schlich näher heran. Kurz darauf öffnete sich der Tunnel in eine Höhle. Shand schlich hinein und fand sich auf einem erhöhten Sims wieder. Weiter unten lag ein großer Teich. Auf der anderen Seite davon sah Shand sechs Gestalten um einen Steintisch.

Karan lag auf dem Stein. Von seinem Standort aus vermochte Shand nicht zu erkennen, ob sie lebte oder schon tot war. Er ließ seinen Blick durch die Höhle schweifen. Es war ein fantastischer Anblick – hätte er denn Zeit gehabt, ihn zu genießen –; die Wände glitzerten in unzähligen Farben. Der Boden um den Teich herum war von zertrümmerten Steinen übersät, die aus der Decke gebrochen waren. Jenseits davon sah Shand eine weitere Höhle, in die vermutlich das Wasser floss, sollte der Teich überquellen. Als er nach oben schaute, sah er eine Stalaktitformation, die an einen riesigen Kuheuter erinnerte. Er erinnerte sich daran aus Karans Sendung.

Shand richtete seinen Blick wieder auf die Szene unten.

Eine der vermummten Gestalten ging zum Wasser hinunter. Shand lief ein Schauder über den Rücken. Der abgehackte Gang war typisch – Whelm oder Ghâshâd, wie auch immer man sie nennen mochte.

Sicher waren sie nur aus einem Grund so weit gereist: Karan! Wie sollte er gegen sie kämpfen? Schon zwei von ihnen würden es mühelos mit ihm aufnehmen können, vielleicht sogar einer, dachte er reumütig. Einst war das anders gewesen, vor langer Zeit; jetzt konnte er sich noch nicht einmal mehr daran erinnern, wann er zum letzten Mal mit einer Waffe *geübt* hatte.

Shand drückte sich mit dem Rücken an die Wand und verbarg das Gesicht im Schatten. Es gab nicht viel zu sehen: Die sechs drängten sich aneinander; dann legten sich vier zum Schlafen auf den Boden, während zwei Wache standen. Und es waren sehr aufmerksame Wachen. Zu Shands Erleichterung bewegte sich Karan ein-, zweimal.

Shand ging seine Möglichkeiten durch. Es waren nicht viele. Entweder nahm er es allein mit den Whelm auf – was ein unvermeidliches Ergebnis zeitigen würde –, oder er rief die Büttel. Allerdings sagte seine Intuition ihm, dass die Büttel bereits nach Karan suchten. Dass es in Yggurs Nachricht um sie ging, stand außer Zweifel.

Abermals ließ Shand seinen Blick über die Decke schweifen, und die Euterformation erregte seine Aufmerksamkeit. Er wusste, dass man Stalaktiten leicht abbrechen konnte. Auf seiner Seite sah er einen Riss im Fels, der teilweise sogar durch das Fundament der Formation lief. Schade, dass er nicht einfach ein Stück abbrechen konnte. Das würde sie erschrecken und ihm vielleicht eine Gelegenheit geben.

Hm? Warum nicht?, dachte Shand und versuchte abzuschätzen, ob er dort hinaufklettern konnte. Der Teil der Höhle über dem Sims, auf dem er hockte, lag im Schatten verborgen. Shand zog seine Stiefel und Socken aus, band das Seil um einen Stalagtiten in der Nähe, stellte sicher, dass der Hammer fest in seinem Rucksack saß und machte sich an den Aufstieg.

Der Aufstieg war nicht schwer, denn ein Steinschlag hatte erst vor kurzem genug Spalten erzeugt, und Shand konnte sich überall festhalten. Doch sein unhandliches Gepäck machte ihm zu schaffen, und Shand hatte Angst, Stellen zu überqueren, wo die unermüdlichen Wachen ihn sehen konnten. Außerdem fürchtete er ständig, dass einer der Griffe abbrechen könnte.

Oben angekommen schaute Shand nach unten und sah, dass die vermummten Gestalten sich wieder um Karan versammelt hatten. Was wollten sie von ihr? Er hatte einen äußerst unangenehmen Verdacht.

Shand inspizierte den Riss zwischen den Stalaktiten und der Decke. Es war ein schmaler Riss, gerade groß genug, um den Hammergriff hineinzubekommen. In der einen Richtung ging der Riss um die Formation herum, in der anderen endete er genau vor Shand.

Er band das Seil fest, hing den Rucksack an einen Stalaktiten und holte den Hammer heraus. Dann kletterte er weiter hinauf, quetschte sich zwischen zwei Stalaktiten, steckte den Hammergriff in den Riss und drückte.

Nichts geschah – er hätte genauso gut versuchen können, einen Hügel wegzuschieben. Er drückte stärker. Noch immer nichts. Dann steckte er den Griff an einer anderen Stelle hinein und versuchte es immer wieder, bis sich Blasen an seinen Händen bildeten und seine Schultern vor Anstrengung brannten. Es war nutzlos.

Shand zog den Hammer heraus und hing keuchend an einem Stalaktiten. Als er wieder zu Atem gekommen war, schaute er erneut nach unten. Fünf der Gestalten standen noch immer um Karan herum, während die sechste am Teich hockte und in einer Tasche kramte.

Shand kletterte höher, bis er gefährlich auf einem Sims kauerte und sah, dass der Riss auf der anderen Seite der Formation weiterging. Wenn er dort zuschlug, würde er vielleicht ein größeres Stück abbrechen können, groß genug, um den Whelm Angst einzujagen. Just in diesem Augenblick hörte er Karan schreien: »Nein!«

Jemand hielt ihren Kopf, und jemand anders kam auf sie zu. Karan schrie laut und voller Angst. Shand blickte blinzelnd nach unten und verfluchte seine alten Augen. Er musste irgendetwas tun, um die Whelm abzulenken. Shand drückte den Fuß auf einen schmalen Stalaktiten. Der Stalaktit brach wie eine Karotte und fiel ins Wasser.

Die Whelm wirbelten herum und starrten auf die Einschlagstelle und die Wellen, die davon ausgingen. Laternen wurden in die Höhe gehoben, und kantige Gesichter suchten die Höhle ab, doch sie konnten Shand hoch droben nicht sehen. Rasch besprachen sie sich am Wasserrand.

Das war die einzige Gelegenheit, die Shand bekommen würde. Er nahm den schweren Hammer, schwang ihn ein paarmal probeweise durch die Luft und schlug dann mit aller Kraft auf die Stelle, wo der Riss endete. Die Wucht des Aufpralls fuhr ihm durch den Arm bis in die Schulter. Der Schlag verursachte einen schrecklich lauten Lärm, und ein paar Splitter fielen hinab – das war alles. Das Geräusch hallte in der Höhle wider.

Jetzt richtete sich die Aufmerksamkeit der Ghâshâd nach oben. Sie wussten, dass dort jemand war, aber sie konnten ihn noch immer nicht sehen. Die Echos verhallten; dann hörte Shand ein mehrfaches leises Knirschen. Der Riss schien ein wenig breiter geworden zu sein.

Shand schaute zu, wie der Riss langsam um die Formation herumwanderte, bis schließlich das ganze Gebilde mit einem gewaltigen Krachen von der Decke stürzte.

Entsetzt beobachtete Shand, wie die Stalaktitenmasse mit solch einem Knall in den Teich schlug, dass ihm das Trommelfell zu platzen drohte. Wasser explodierte in alle Richtungen, eine gewaltige Welle, die über die Whelm und den Stein hinwegspülte, auf dem Karan lag. Ein gewaltiger Windstoß schüttelte Shand. Die Flut rauschte halb die Wände hinauf, und Tropfen schlugen Shand schmerzhaft ins Gesicht. Dann verloschen auch die letzten Laternen, und er kauerte hoch oben allein inmitten der Dunkelheit.

Kapitel sieben

Obsessionen

Maigraith erwachte in Yggurs Bett und streckte die Hand nach ihrem Geliebten aus, dem ersten Mann, den sie je in den Armen gehalten hatte. Das Bett war leer, Yggur geflohen.

Sie war enttäuscht, wenn auch nicht überrascht. Sie wusste, wie besessen er von seiner Arbeit und dem Willen war, Mendark zu fangen. Nach einem Bad und Frühstück von einem Tablett, das Dolodha ihr gebracht hatte, ging Maigraith nach unten, um nach Faelamor zu sehen.

Faelamor war noch immer sehr schwach, doch ihre Zunge war so scharf wie eh und je. »Warum trägst du deine Brille nicht?«, fragte sie. »Willst du, dass jeder deine schändlichen Augen sieht?«

»Ich bin stolz auf meine Augen«, entgegnete Maigraith lächelnd und streckte das Kinn vor. Heute würde sie sich von niemandem die gute Laune verderben lassen.

»Was führst du im Schilde?«, schrie Faelamor in hilflosem Zorn.

»Ich habe mir einen *Geliebten* genommen!« Maigraith durchlief ein freudiger Schauder, als sie diese Worte sagte, wenngleich ihr das gestern noch viel zu peinlich gewesen wäre.

Faelamor schien förmlich in ihrem Bett zu versinken. »Yg ... Yg ...«, würgte sie.

»Ja, Yggur!«, rief Maigraith ausgelassen und freute sich an ihrem Trotz. »Mein Geliebter, mein Geliebter, mein Geliebter!« Sie tanzte aus dem Raum, ohne auch nur einen Blick zurückzuwerfen.

Hinter ihr schlug Faelamor schwach um sich. Ihre Beine zuckten; ihr Nacken verspannte sich, und Schaum trat ihr vor den Mund. Sie ballte die Fäuste so fest, dass sich die Nägel durch ihre Haut bohrten.

»Nein ... das ... wirst du nicht ...«, würgte sie hervor, und klebrige Blasen troffen aus ihrem Mund und hingen ihr wie ein Spitzbart vom Kinn. Langsam, quälend zwang Faelamor sich zum Sitzen. »Du gehörst mir! Wenn ... ich fertig bin ...!« Keuchend hing sie halb aus dem Bett heraus. »Wenn ... ich fertig bin ... wird er ... dich nie ... wieder ansehen.«

Maigraith war ein entscheidender Teil des großen Plans, an dem sie nun schon seit Jahrhunderten arbeitete: die Düsternis zu zerschmettern und die Faellem nach Tallallame zurückzuführen. Ihre Welt brauchte sie, und sie würde sich von nichts und niemandem aufhalten lassen – bestimmt nicht von diesem Emporkömmling Yggur. Faelamor atmete tief durch, um sich wieder zu beruhigen und suchte nach den Kräften, die sie im Konklave verloren hatte. *Nein, nicht »verloren«*, dachte sie verzweifelt, *nur »verlegt«. Sie sind vorübergehend vor mir verborgen. Aber wo sind sie? Ich muss sie mir zurückholen. Tallallame weint um uns. Ich bin* die *Faellem. Ich muss! Ich* werde*! Und wenn ich mir bei dem Versuch eigenhändig die Eingeweide aus dem Leib reißen muss.*

Faelamor zwang sich zu handeln. Der Schmerz war so groß, als würden ihr tatsächlich die Eingeweide herausgerissen, doch das kümmerte sie nicht. Von irgendwoher holte sie noch einen letzten Rest an Kraft, und langsam, ganz langsam, erschien ein Bild von Maigraith in ihrem Geist. Faelamor konzentrierte sich darauf und gestaltete es so perfekt, dass niemand den Unterschied zwischen Bild und Realität hätte erkennen können. Dann beschwor sie das Bild herauf und malte es in die Luft.

Die Illusion drehte sich langsam, während Faelamor noch hier und da ein Detail richtete – die Rundung eines Ohrs, das

Schimmern des Haars, die Neigung einer Schulter. Noch bevor es ganz fertig war, fühlte Faelamor sich leicht benommen – das waren die ersten Anzeichen der Nachwirkungen ihrer Magie, als wenn es ihr nicht so schon schlecht genug gehen würde. Faelamor verdrängte das Gefühl und vollendete ihr Werk.

Dann nahm sie bestimmte, kleine Veränderungen an Maigraith' Ebenbild vor. Sie verbreiterte die Nase ein wenig, schob die Augen tiefer in die Höhlen und ließ sie glühen wie Feuer. Die Haut machte sie ein wenig dunkler. Als sie das Haar von Haselnussbraun in das glänzende Blauschwarz der Charon veränderte, begann sich erneut alles vor ihr zu drehen. Faelamor wusste, dass es ihr an Kraft mangelte, um sich den Nachwirkungen noch länger zu widersetzen.

Wo war Maigraith jetzt? Faelamor suchte sie mit immer stärker nachlassenden Kräften, fand sie aber schließlich, wie sie die Treppe zu den Wehrgängen der Festung hochstieg.

»Geh!«, krächzte sie zu der veränderten Illusion von Maigraith. »Tu deine Arbeit, und tu sie gut ... Eine weitere Chance werde ich nicht bekommen.«

Die Illusion verschwand. Faelamor lenkte sie mit ihrem Geist durch Gänge und über Treppen. Die Anstrengung war so groß, als hätte sie die echte Maigraith den ganzen Weg auf dem Rücken tragen müssen. Erst als sie sicher war, dass die Illusion ihr Ziel erreicht hatte, ließ sie los. Faelamor fiel zu Boden und rührte sich den ganzen restlichen Tag nicht mehr.

Maigraith ging zu Yggurs Kriegsraum, doch er war nicht dort. Niemand wusste, wo er war, und sie verbrachte Stunden damit, ihn zu suchen – ohne Erfolg. Vielleicht war er auf den Wehrgängen. Als sie die Treppen hinaufstieg, um ihn dort zu suchen, empfand Maigraith eine seltsame Unruhe, ein Gefühl, das sie kurzzeitig benommen machte ... ein Gefühl, als könnte das, was sie vergangene Nacht erschaffen hatten, unmöglich von Dauer sein. Maigraith schüttelte das Gefühl ab und setzte ihren Weg fort, auch wenn ihr die Schritte nun schwerer fielen.

Sie fand Yggur auf der Mauer der alten Festung. Maigraith stand da und beobachtete, wie er erregt auf und ab schritt: die ruckartige Bewegung seiner Glieder, das nachziehende Bein, den Blick nach unten gerichtet. Am anderen Ende angekommen machte er wieder kehrt.

Erst als er nur noch ein paar Schritte von Maigraith entfernt war, hob er den Blick. Als er ihren Umriss vor dem Wachhaus sah, blieb er mitten im Schritt stehen, und sein Gesicht verkrampfte sich.

»Oh, Maigraith«, begann er. »Ich bin ein Narr. Vergangene Nacht habe ich gedacht ...«

Maigraith sprang aus den Schatten ins helle Sonnenlicht und streckte die Arme aus. Faelamors Illusion wankte nervös und straffte sich dann. Ihre Augen brannten wie Leuchtfeuer.

Yggur erstarrte. Einen Augenblick lang sah Maigraith wie eine kleinere, hübschere, weiblichere Form von Rulke aus. Doch sie war nicht weniger schrecklich, nur weil sie eine Frau war, im Gegenteil: Sie war umso furchtbarer, da Yggur die vergangene Nacht schutzlos an ihrer Seite verbracht hatte. Er stellte sich vor, dass sie gekommen war, um ihn zu quälen und Besitz von seinem Geist zu ergreifen, wie auch Rulke es getan hatte.

»Aaah! Geh weg!«, schrie er und beschirmte sein Gesicht mit den Armen.

Nun erstarrte Maigraith. Ihr Gesichtsfeld verschwamm, sodass sie das Gefühl hatte, durch einen Hitzeschleier zu blicken. Dann, als Faelamor unten in ihrem Zimmer zusammenbrach, glitt die Illusion wie ein seidenes Nachthemd von ihren Schultern.

»Yggur, was ist los?«, flüsterte sie.

Maigraith sah wieder aus wie vorher, doch ihre karmesinroten Augen schienen ihn noch immer zu verspotten. Yggur ließ die Arme sinken, und sein Gesicht nahm einen leeren Ausdruck an. Er nickte höflich, als wäre Maigraith eine Bekannte, der er Geld schuldete, und humpelte an ihr vorbei.

Maigraith konnte sich nicht vorstellen, was geschehen war – sie musste vergangene Nacht irgendetwas getan haben, das ihn tödlich verletzt hatte. Maigraith hatte das Gefühl, als würde der Schmerz der Ablehnung ihre Eingeweide zerfressen.

Maigraith nahm all ihren Mut zusammen und folgte Yggur in den Kriegsraum hinunter. Dort herrschte das reinste Chaos. Sie trat kurz hinter ihm ein, sodass sie ihn wütend bellen hören konnte:

»*Was? Er ist entkommen?*«

»Er ... Er muss die ganze Zeit über in der Kaistadt gewesen sein«, stotterte ein unglücklicher Chaike.

»Ich werde sie zerschmettern! Ich mache die Kaistadt dem Erdboden gleich!«, tobte Yggur und stürmte hinaus.

Maigraith lief ihm nicht hinterher. Sie wusste, dass Mendark nicht das wirkliche Problem war. Es war etwas an ihr, aber was, das wollte er nicht sagen. Und Maigraith wusste auch, warum die Dinge schlecht für ihn liefen. Yggur war viel zu starr. Die Fähigkeiten, die ihn zu solch einem genialen Heerführer machten, nutzten ihm gar nichts, wenn es um die Verwaltung des anarchischen Thurkad und des rebellischen Bannador ging. Und Maigraith hatte ihm einen Teil seiner Kraft genommen. Wegen ihr hatte er seinen tiefsten Ängsten nachgegeben. Was hatte sie nur an sich, dass es jeden betraf, dem sie begegnete? Nur Faelamor vermochte ihr das zu sagen, doch Faelamor würde das niemals tun – vor allem nicht, nachdem sie ihr erst vorhin so getrotzt hatte.

Drei Tage lang stapfte Yggur wie ein Wahnsinniger durch die Festung. Keiner seiner Ratgeber oder Generäle konnte auch nur in seine Nähe, mit Ausnahme von Vartila. Was Maigraith betraf, so schaute er ihr im Kriegsraum nicht in die Augen, ging nicht mir ihr spazieren, und vor allem kam er noch nicht einmal in die Nähe seines Bettes, wenn sie darin lag. Jeden Tag sah er ausgemergelter und verzweifelter aus.

Maigraith befragte jeden, der ihn kannte, selbst Vartila; doch niemand hatte ihn je so gesehen. Als sie Yggur suchte, fand sie ihn erneut oben auf der Mauer. Er sah fast so schlimm aus, wie Faelamor ausgeschaut hatte, und als er Maigraith sah, versuchte er, über die andere Treppe zu entkommen.

Maigraith rannte zu ihm und packte ihn an der Schulter. »Ich muss mit dir reden. Es droht, mich zu zerreißen.«

»Dann geh«, erwiderte er. »Ich kann dich nicht halten, und das will ich auch nicht.«

»Nicht, bevor du mir nicht gesagt hast, was los ist. Habe ich dich versehentlich beleidigt? Oder bin ich eine so erbärmliche Liebhaberin, dass du meine Nähe nicht mehr ertragen kannst? Ich könnte lernen. Ich flehe dich an: Lehre mich, was dir gefällt.«

»Das ist es nicht«, sagte Yggur und wandte sich von der Qual in ihren Augen ab.

»Was dann? Ich muss es wissen!«

»Ich habe Angst«, murmelte er.

»Vor was? *Vor mir?*«

»Nein«, log er, und sie wusste es.

»Was dann? Sprich mit mir!«

»Mendarks Flucht«, sagte er verzweifelt. Alles war besser als die Wahrheit. »Und warum die Hälfte meiner Whelm desertiert und zu Ghâshâd geworden sind. Was haben sie vor? Warum ausgerechnet Shazmak? Was auch immer ihr Plan sein mag, ich bin nicht bereit dafür, und sie kennen all meine Geheimnisse. *So hat es nicht sein sollen!*«

Jammere nicht, dachte Maigraith. *Steh auf und tu etwas.*

Yggur löste sich von ihr und humpelte die Mauer hinunter.

Es war klar, dass er ihr nicht sagen würde, wo das eigentliche Problem lag. Wie konnte sie das herausfinden? Dafür hätte Maigraith sogar Faelamor verhört, doch die lag schon seit drei Tagen in einer Art Koma. *Drei Tage!* Vor drei Tagen hatte auch Yggurs seltsamer Zustand seinen Anfang genommen. In Maigraith regte sich ein hässlicher Verdacht. Faelamors Symptome glichen den üblichen Nachwirkungen der Geheimen Kunst, aber wie konnte das sein, wenn sie doch all ihre Macht verloren hatte? Oder …?

Flüchtig erinnerte sich Maigraith an das Bild von Yggur, wie er ihr in die Augen geschaut hatte, kurz bevor sie eingeschlafen war. Er hatte verängstigt ausgesehen. Langsam nahm das Bild Gestalt an: die seltsamen Gefühle, die sie auf dem Weg zu Yggur empfunden hatte, als hätte sie durch einen Schleier geschaut; Yggurs Reaktion, als hätte er jemand anders gesehen, jemanden, der ihm schreckliche Angst einjagte. Natürlich … Sie erinnerte ihn an seinen Feind Rulke!

Nun, da sie wusste, was los war, fühlte Maigraith sich stark genug, es mit Yggur und sogar mit Faelamor aufzunehmen. Yggur war nicht der Mann, für den sie ihn gehalten hatte, aber sie würde auch nicht länger zulassen, dass Faelamor ihr Leben beherrschte. Sie lief Yggur hinterher und versperrte ihm den Weg mit den Armen.

»Ich weiß, was dich bedrückt«, sagte sie in sanftem Ton, »aber es ist nicht so, wie du denkst.«

Yggur zitterte. Er schaute überall hin, nur nicht in ihre Augen.

»Meine Augen machen mich nicht zu deinem Feind«, sagte Maigraith. Er antwortete noch immer nicht. »Siehst du denn nicht, was Faelamor getan hat? Hast du ihre Illusion denn nicht als das erkannt, was sie ist?«

»Illusion?«, sagte er verwirrt.

»Komm mit runter. Du wirst sehen.« Maigraith erklärte es ihm auf dem Weg und hieß ihn, er solle sich hinter die Tür stellen, sobald sie da waren.

Faelamor lag vollkommen still da. Maigraith legte ihrer einstigen Herrin die Hände auf die Schultern und schüttelte sie. Sie rührte sich nicht. Maigraith schlug sie – gerade hart genug, dass Fingerabdrücke auf der farblosen Wange zu sehen waren. Noch immer nichts. Maigraith schlug härter zu, links und rechts und links ... und schließlich öffnete Faelamor flatternd die Augen.

»Was hast du mir angetan?«, kreischte Maigraith.

Faelamor brachte ein triumphierendes Lächeln zustande. »Der Narr nennt sich selbst einen Wirker, und dabei hat er noch nicht einmal Verdacht geschöpft!«, krächzte sie. »Du gehörst mir, und das wird immer so sein.« Dann verlor sie erneut das Bewusstsein.

Yggur sah aus wie ein Mann, dem man die Knochen aus den Beinen genommen hatte. »Sie hat mich mit einer Illusion zum Narren gehalten!«, keuchte er und sank zu Boden. »*Mich!*« Er saß einfach nur da und schüttelte ungläubig den Kopf.

Maigraith' Respekt vor ihm schrumpfte weiter. Aber so leicht würde sie ihn nicht aufgeben. Sie half ihm die Treppe hinauf, und es war ihr egal, ob Faelamor lebte oder starb.

Der Winter in Thurkad mit seinem Regen und Schnee und den bitterkalten Winden ging vorüber, und schließlich kam der Frühling. Yggur war ständig nervös, als rechne er jeden Augenblick mit dem Auftauchen eines Feindes, der ihm sein Reich wieder entreißen würde. Waren die Ghâshâd gekommen, um den Weg für ihren Herrn zu ebnen? Die Erinnerung, von Rulke besessen zu sein, und die panische Angst, dass der Skorpion wieder zurückkehren könnte, waren nun allgegenwärtig für Yggur.

Als Maigraith zum ersten Mal aufgetaucht war, waren seine Schwächen kaum zu bemerken gewesen; doch seit Faelamors Illusion schmerzte sein Bein wieder stark, sodass er manchmal humpelte wie ein alter Mann. Dann sprach er auch stockend, und sein Gesicht war teilweise gelähmt.

Nach einigen Wochen gekränkter Einsamkeit suchte Yggur abermals Maigraith' Gesellschaft. Sie nahmen wieder ihre morgendlichen und abendlichen Spaziergänge auf den Festungsmauern auf. Sie waren fast wie Freunde, solange Maigraith ihn nicht zu sehr bedrängte … und solange sie ihre Brille aufbehielt. Doch sie waren nicht mehr solcherart befreundet, dass sie zu ihm ins Bett gekommen wäre.

Maigraith war nun nervös, geradezu tödlich unsicher, als hätte sie schon immer mit der Angst gelebt, dass man ihr das wegnehmen könnte, wonach sie sich ihr Leben lang am meisten gesehnt hatte; aber sie zeigte es nicht. Sie nahm, was kam, plante und arbeitete, wie sie es immer getan hatte, und erwartete nichts vom Morgen.

Yggur war vollauf damit beschäftigt, die Länder zu beherrschen, die er erobert hatte. Der Großteil seines Reiches hatte sich ihm gefügt, doch auf Thurkad, die unbeherrschbarste aller neuen Provinzen, würde er wohl auf ewig ein Auge haben müssen. Und jenseits des Meeres, in Nilkerrand, stellten Thyllan und Berenet, seine rechte Hand, eine Invasionsarmee auf.

»Yggur«, sagte Maigraith eines Tages.

»Hm?«, erwiderte er und beugte sich über eine Karte von Nilkerrand.

»Erinnerst du dich noch daran, wie du mich vergangenen Herbst in Fiz Gorgo gefangen gehalten hast?«

»Das könnte ich wohl kaum vergessen.«

Maigraith zögerte. Schon seit einem Monat hatte sie ihm diese Frage jeden Tag stellen wollen, es jedoch immer wieder hinausgeschoben. »Du hast einmal gesagt, wenn ich dir sagen würde, wo Faelamor ist und was sie mit dem Spiegel will, würdest du mir verraten, wer meine Eltern waren, was mit ihnen geschehen ist, und warum sie solche Schande über die Faellem gebracht haben.«

Yggur versteifte sich, blieb aber weiter über seine Arbeit gebeugt. »Du hast dich geweigert, es mir zu sagen«, erwiderte er in eisigem Tonfall, schaute Maigraith kurz von der Seite her an und wandte sich rasch wieder ab, bevor sie ihm in die Augen schauen konnte.

»Ich konnte meine Herrin nicht verraten ... Das verstehst du doch sicher, oder? Jetzt haben sich die Dinge jedoch geändert, und ich frage dich noch einmal.« Ihr Gesicht leuchtete vor kindlicher Erwartung.

»Ist das wichtig für dich?«

»Du weißt, dass es das ist. Ohne das bin ich nichts. Ich habe keine Eltern, keine Familie, keine Vorfahren. *Ich muss es wissen!*«

»Du hast Faelamor dein ganzes Leben lang gedient. Warum hast du sie nie gefragt?«

»Ich habe rasch gelernt, solche Fragen nicht zu stellen. Das Thema meiner Eltern war beschämend. Nicht *ein* Faellem wollte darüber sprechen. Yggur, du *musst* es mir sagen! Das Verlangen danach droht, mich zu verzehren.«

»Tut mir leid«, erwiderte er. »Ich kann nicht. Damals habe ich nur geglaubt, es zu wissen. Es war eines der Dinge, die ich durch den Spiegel erfahren habe.«

»Nur *geglaubt*? Was meinst du damit?«

»Er wird nicht umsonst der Verdrehte Spiegel genannt«, erklärte Yggur. Er schaute sie noch immer nicht an. »Seit damals habe ich gelernt, was für ein hinterhältig Ding er ist. Nichts, was der Spiegel zeigt, kann man vertrauen. Vergiss das nicht, solltest du ihn je wieder in Händen halten. Er lügt!« Yggur legte unvermittelt sein Lineal beiseite und ging hinaus.

Wie kann das sein?, dachte Maigraith. *Du hast jahrelang deine Feinde mit ihm ausspioniert – deshalb bist du ja so mächtig geworden. Das wäre unmöglich gewesen, wenn alles, was der Spiegel zeigt, gelogen wäre.*

Maigraith wollte ihm einfach nicht glauben, denn das hätte ihren kleinen Traum zerstört, den sie gehegt hatte, seit der Spiegel in Fiz Gorgo in ihren Händen zum Leben erwacht war. Er hatte nach ihr gerufen, ihr eine ganz neue Welt angeboten, ein anderes Leben, in dem sie nicht mehr unter Faelamors Joch stand. Er hatte ihr ein Leben gezeigt, wo sie selbst einen Wert besaß. Maigraith dachte immer wieder darüber nach, was sie in ihm gesehen hatte.

Maigraith wollte es einfach nicht in den Kopf, dass der Spiegel lügen sollte. Es dauerte lange, bis sie etwas oder jemandem vertraute, doch war es erst einmal so weit, dann gab sie dieses Vertrauen auch nur schwer wieder auf. Maigraith sprach nicht mehr darüber; aber sie war entschlossener denn je herauszufinden, wer sie wirklich war.

»Dann hast du also nichts mehr von Karan gehört?«, fragte sie, als sie sich zum Abendessen trafen.

Es hatte Nachrichten von Karan gegeben. Sie war in Ganhafen gesehen worden und später in der Stadt Granewys jenseits des Meers von Thurkad, ganz zu schweigen von der verdächtigen Krankheit Zareths des Hlune. Was Mendark betraf, so hatten Yggurs effiziente Spione ihn nach Zile verfolgt; leider war das kein Ort, an dem Yggur irgendwelchen Einfluss besaß. Von Tensor und dem Spiegel hatten sie wiederum nichts gehört, außer dass er nach Norden gegangen war. Die Aachim waren eine Zeit lang verfolgt worden – fast hätte man sie sogar gefangen genommen –, aber sie hatten ihre Verfolger abgeschüttelt und waren irgendwo in der Wildnis an der Nordküste verschwunden. Von dort konnten sie wer weiß wohin hingegangen sein.

»Nicht seit Granewys. Allerdings weiß ich, dass sie nach Norden gegangen ist und dann nach Osten. Wenn meine Skeet zurückkommen, werden wir vielleicht etwas Neues hören. Deine Karan ist eine bemerkenswerte Frau.«

»Bemerkenswerter als dir bewusst ist«, sagte Maigraith gedankenverloren.

Yggur zuckte zusammen, stellte seine Schüssel ab, nahm Maigraith an den Schultern und zog sie dicht zu sich. Er wagte sogar, ihr in die Augen zu schauen, auch wenn er ihr vorher nicht die Brille abnahm.

»Da ist etwas an ihr, wovon du mir noch nichts erzählt hast«, sagte er besorgt. »Was?«

»Nichts«, antwortete Maigraith erschrocken, weil sie seine Neugier geweckt hatte. Was für ein furchterregender Mann er doch war.

So einfach würde Yggur sich nicht abspeisen lassen. Er packte ihre Hände.

»Was weiß ich nicht über Karan?«, verlangte er zu wissen. »Sind wir nicht … Freunde? Ich würde dir ein solches Geheimnis nicht verschweigen.«

Ach, nein?, dachte Maigraith. So naiv war sie nicht. *Vielleicht tust du das ja schon.* Doch trotz ihrer widerstreitenden Gefühle ihm gegenüber nahm Yggur einen besonderen Platz in ihrem Leben ein, und sie wollte ihm gefallen und ihm auch helfen. Dafür waren Freunde ja da.

»Ich kann es dir nicht sagen. Es ist nicht an mir, Karans Geheimnisse zu verraten.«

»Aber Maigraith ... *Vertraust du mir denn nicht?*«

Sie schaute ihm in die Augen und wusste, dass sie das konnte. Warum würde sie sonst hier sein? Aber sie hatte schon eines von Karans Geheimnissen verraten. Unter der Folter der Whelm hatte sie enthüllt, dass Karan ein Mischling war, und Karan hatte schrecklich dafür gelitten. Nichts würde sie je dazu verleiten, Karan noch einmal zu verraten.

»Mehr kann ich nicht sagen. Wenn dir wirklich etwas an mir läge, würdest du mich nicht drängen, eine Freundin zu verraten.«

»Wenn du mir wirklich vertrautest, würdest du kein lebenswichtiges Geheimnis vor mir verbergen«, schnappte er.

Sich ihm zu verweigern, war hart, doch Maigraith konnte nicht anders. »Du willst sie nur benutzen«, sagte sie verletzt und desillusioniert. »Menschen sind nur Dinge für dich. Wenn du sie verschlissen hast, wirfst du sie einfach weg.« Sie drehte sich um und ging in ihr Zimmer hinauf. Dabei fragte sie sich, ob Yggur Karan die ganze Zeit über wirklich nur gejagt hatte, um sich ihr Talent zunutze zu machen.

Maigraith fragte Yggur ständig nach Rulke. Sie konnte einfach nicht genug über die Charon erfahren. Zu Anfang war Yggur nur allzu froh gewesen, über seinen Feind sprechen zu können, doch je größer Maigraith' Interesse wurde, desto stärker wuchs auch seine Unruhe.

Warum wollte sie das alles wissen? Fiel sie ihrem Charonblut anheim?

Ich muss mehr über Karan herausfinden und auch über Maigraith, dachte er. Er hatte damals gelogen, als er Maigraith angeboten hatte, ihr zu sagen, wer ihre Eltern waren. Nun wünschte er, er hätte das nicht getan. Wenn er doch nur den Spiegel hätte. Dann würde er ihm seinen Willen aufzwingen und ihm die Wahrheit über Maigraith und Karan abringen!

Da er den Spiegel jedoch nicht hatte, was konnte er tun? Die Faellem waren alle weit weg in Mirrilladell. Um dorthin und wieder zurück zu reisen, brauchte man ein Jahr, aber er hatte noch nicht einmal einen Monat. Also wie sonst konnte er die Wahrheit herausfinden? Dann, mit plötzlichem Entsetzen, sah er die Antwort klar vor sich. Faelamor! Und sie hatte er bereits in seiner Macht.

Yggur wusste jetzt, dass sie stärker war als er. Er hätte nie auch nur hoffen können, ihr die Wahrheit abzuringen, wenn sie gesund gewesen wäre, denn ihre Illusionen waren so mächtig, dass sie jeden in den Wahnsinn treiben konnten. Aber Faelamor hatte in einem Monat kaum ihr Bett verlassen. Yggur ging davon aus, dass sie ihre Kräfte verloren hatte, und dass es nicht so aussah, als würde sie sie bald wiederbekommen.

Yggur wusste, dass das Band der Pflicht zwischen Faelamor und Maigraith noch immer stark war, auch wenn sie sich inzwischen zu hassen schienen. Maigraith würde auf jede Bedrohung ihrer Herrin mit Gewalt reagieren. Sie konnte nicht anders.

Am nächsten Tag, als Maigraith für einige Zeit in der Stadt unten war, schlüpfte Yggur in Faelamors Zimmer. Sie lag auf dem Bett wie im Koma, ein trauriges Häuflein Elend, eine alte Frau, die kurz davorstand zu sterben. Ihr bleiches Haar lag wie nasses Fell auf dem Kissen, und das Blut kroch wie träge Würmer unter ihrer durchscheinenden Haut.

Yggur beugte sich über sie und fragte sich, wie er sein Vorhaben wohl umsetzen sollte.

»Was willst du von mir, *gah*?«, fragte Faelamor in zittrigem Flüstern und riss die alten, goldenen, unergründlichen Augen auf.

Yggur hatte nicht damit gerechnet, dass sie aufwachen, geschweige denn, dass sie sich ihm so kraftvoll entgegenstellen würde. Ihm fiel nichts anderes ein als die Wahrheit. »Wer ist Maigraith?«

»Vergiss es!«, zischte sie. »Sie hat nichts mit dir zu tun!«

»Ich muss es wissen. Im Tausch für diesen kleinen Gefallen kann ich dir ein guter Freund sein.«

»Als Feind gefällst du mir besser«, erwiderte sie kalt.

»So sei es. Aber sei gewarnt: Ich habe dich in meiner Macht, und sollte es notwendig sein, werde ich dich zwingen.« Er packte sie an den Schultern. »*Wer ist sie?*«

Faelamor lächelte und entblößte dabei ihre kleinen Zähne und den rosafarbenen Gaumen. Es war kein freundliches Lächeln. Ihre Hand, klein und schmal wie eine Klaue, schoss vor und packte Yggur am Hals. Der mächtigste Kriegsherr ganz Santhenars versuchte zurückzuweichen, doch die farblosen Fingernägel bohrten sich in seine Kehle.

Das ist nur eine Illusion, dachte er. *Mehr Macht hat sie nicht mehr.* Yggur spannte die Muskeln an und richtete sich ruckartig auf.

Faelamor ließ nicht los. Der grausamste Schmerz, den Yggur je empfunden hatte, breitete sich in seinem Hals aus, denn er hatte Faelamor aus dem Bett gehoben, und nun hing sie an ihren Krallenfingern. Yggur spürte, wie ihre Nägel an seiner Kehle rissen, wie sie die Haut durchdrangen, Fleisch und Luftröhre. Er sah Blut aus seinem Hals spritzen und hörte seine eigenen hilflosen Versuche, Luft in seine Lunge zu pumpen; dann fiel Faelamor wie ein alter Lumpen neben dem Bett in sich zusammen.

Yggur taumelte zurück, fiel über einen Stuhl und legte die Finger auf den Hals. Das *war* also eine Illusion gewesen, auch wenn er rechts und links an seiner Kehle deutliche Abdrücke ertasten konnte.

Er versuchte zu sprechen, brachte aber noch nicht einmal ein Krächzen hervor. Vielleicht hatte sie ja seine Stimmbänder verletzt. Yggur starrte auf sie hinab, auf diese kleine, zerbrechliche, alte Frau, die so schlaff dalag, als wäre sie tot. Er suchte nach einem anderen Weg, an sie heranzukommen. »Maigraith und ich, wir sind Geliebte«, flüsterte er.

»*Nein!*«, spie sie. »Du magst sie ja lieben, obwohl ich das bezweifele – dafür liebst du dich selbst viel zu sehr, dich und dein Leiden. Aber für Maigraith bist du nicht mehr als ein Zwischenhalt auf ihrem Weg. Sie wird dich niemals lieben.«

»Wer ist sie?«, wiederholte er mit heiserer Stimme, die ihm in der Kehle brannte.

»Dieses Wissen ist nicht für dich, Wirker«, entgegnete Faelamor. »Ich werde es dir niemals sagen, und sie kann nicht. Und jetzt lass mich allein.«

»Ich werde nicht ruhen, ehe ich es nicht weiß«, erklärte Yggur, obwohl er wusste, dass Faelamor ihn geschlagen hatte.

»Wie du willst.«

»Dann beantworte mir wenigstens das: Was ist Karans Geheimnis, das Maigraith mir nicht verraten will?«

Faelamor musterte ihn von Kopf bis Fuß und grinste dann böse. »Karan ist eine *Triune*«, sagte sie leise.

Yggurs Knie wurden weich. Fast wäre er gestürzt. »Was? Wie kann das sein?«

»Sie hat einen entfernten Vorfahren aus den Reihen der Faellem. Der Name ist im Stammbuch von Gothryme verzeichnet; allerdings wird nie darüber gesprochen.«

»Eine Triune!«, wiederholte Yggur. »Dann fließt in ihren Adern also das Blut aller Drei Welten. Das ist in der Tat eine Seltenheit.« Er schaute Faelamor berechnend an. »Sie könnte ein großes Talent besitzen; das habe ich mir schon gedacht, als ich sie zum ersten Mal gesehen habe. Es muss nur geschult werden. Und sie schwebt in großer Gefahr, sollte sonst noch jemand davon erfahren.«

»In der Tat! Ich will Karan tot sehen. Und jetzt geh!«

Yggur schlurfte hinaus. Er war so verletzt und demoralisiert, dass er es nicht hätte ertragen können, Maigraith gegenüberzutreten. Andererseits hatte er gerade etwas erfahren, das sich als entscheidend für seine Feldzüge erweisen könnte. *So!*, dachte er. *Ich muss alles in meiner Macht Stehende tun, um Karan hierherzubringen. Ich werde sofort meine restlichen Skeet losschicken.*

Faelamor lag nun schon seit Wochen in ihrem Zimmer. Sie rührte sich kaum, aß, was Maigraith ihr schickte, nahm ihre Medizin, stieg aber nur selten aus dem Bett. Der Verlust ihrer Kräfte war ein furchtbarer Schlag für sie gewesen. Sie besaß kaum noch Lebenswillen und interessierte sich für nichts.

Dann besuchte Maigraith sie am Tag nach ihrem Streit, und da war Faelamor aufgestanden und angekleidet. Ihre Augen leuchteten; die Wangen hatten wieder Farbe bekommen, und sie lief im Raum auf und ab. Die Konfrontation mit Yggur hatte sie wieder zum Leben erweckt, doch das wusste Maigraith nicht.

»Zeit, wieder etwas zu tun«, sagte Faelamor. »Meine Kräfte kehren allmählich wieder zurück. Siehst du?«

Sie schnippte mit den Fingern und verschwand. Maigraith war erstaunt. Natürlich wusste sie, dass es sich um eine Illusion handelte, und sie wusste auch, wie sie erschaffen wurde; dennoch musste sie sich konzentrieren, bis ihr Kopf qualmte, um Faelamor im Raum zu finden. Die alte Faellem saß auf einem Stuhl am Feuer. Dann war sie plötzlich wieder zurück. Ein silberner Schimmer war auf ihrer Stirn zu sehen.

»Solch eine Illusion habe ich noch nie gesehen«, sagte Maigraith.

»Ah, das war harte Arbeit und hatte viel mit Stolz und Willenskraft zu tun. Ich bin noch nicht wieder stark, aber das werde ich sein.«

Faelamor arbeitete wie ein Dämon. Ständig übte sie ihre Kräfte, meist in ihrem Zimmer, manchmal aber auch außerhalb. Einmal ging sie mitten in ein Treffen von Yggur und der Marionettenversammlung, die inzwischen formell über Thurkad herrschte, und noch nicht einmal Yggur bemerkte, dass sie dort war. Allerdings breitete sich rasch eine gewisse Unruhe aus, und das Treffen fand ein frühzeitiges Ende. Faelamor lachte, als sie Maigraith später davon erzählte, und diese Freude war etwas, das Maigraith, die viele Jahre an der Seite der alten Faellem verbracht hatte, nur selten gesehen hatte.

Je größer Faelamors Selbstbewusstsein wurde, desto mehr verließ Maigraith der Mut. Sie wusste, dass sie sich schon bald Faelamors Forderungen wieder würde stellen müssen. Dann, zu ihrer Überraschung, kam Faelamor eines Abends spät zu Maigraith und Yggur, die beisammensaßen, und verkündete, dass sie weggehen würde.

»Ich habe viel nachzuholen«, sagte sie und sprach, als wäre Yggur gar nicht da. »Ich könnte eine Zeit lang wegbleiben. Pass auf deinen sogenannten Geliebten auf. Er nutzt dich in jeder Hinsicht aus.«

Yggur schluckte vernehmlich und knirschte mit den Zähnen, und kaum war Faelamor weg, da verließ auch er Thurkad plötzlich. Er müsse seine Truppen inspizieren, erklärte er schlicht, und würde wohl für mehrere Wochen wegbleiben.

Kapitel acht

Sintflut

Was habe ich getan?, dachte Shand und tastete nach dem Seil. Als er es gefunden hatte, machte er es los und folgte ihm zu dem Sims, wo er seine Ausrüstung zurückgelassen hatte. Der Boden war voller Wasser. Eine der Laternen war zerbrochen, während die andere in den Tunnel zurückgespült worden war; aber sie brannte noch, und dort, wo die Klappe weggebrochen war, schimmerte Licht durch. Shand machte die Klappe ganz auf und leuchtete in die Höhle hinein. Er konnte das Wasser rauschen hören, aber nichts sehen, denn die Luft war voller Dunst.

Shand benutzte sein Seil, um sich daran hinabzuhangeln; noch nie in seinem Leben hatte er etwas so fest gehalten. Als er schließlich den Boden der Höhle erreichte, hatte sich die Luft schon weitgehend geklärt, und Shand sah, dass der Teich leer war. Statt Wasser lag nun die zerborstene Felsmasse in der Vertiefung. Wasser tropfte von jeder Oberfläche. Der Großteil der Flutwelle schien durch den anderen Tunnel gerauscht zu sein. Weder von den Ghâshâd noch von Karan war eine Spur zu sehen.

Shand sprang von Fels zu Fels und platschte durch Rinnsale. Hinter dem Steintisch, auf dem Karan gelegen hatte, sah er einen kleinen Fuß. Er sprang auf den Tisch. Karan hing auf der anderen Seite; ihre Fesseln hatten sie festgehalten.

»Karan!«, rief Shand, der fürchtete, dass Karan womöglich ertrunken oder von der Wucht der Flutwelle zerschmettert worden war. Er durchtrennte die Fesseln und legte sie auf den

Fels. Karan schauderte, spie eine Handvoll Wasser aus und öffnete die blutunterlaufenen Augen.

»Shand«, flüsterte sie. »Warst du das?«

»Ja«, antwortete er.

»Was ist mit den Ghâshâd?«

»Die sind den Tunnel hinuntergespült worden, nehme ich an. Wärst du nicht gefesselt gewesen, wäre es dir nicht anders ergangen.« Er strich ihr über die feuchte Wange. Sie hatte überall Blutergüsse im Gesicht. »Waren sie das?« Seine Stimme klang hart.

Karan berührte ihre Wange. »Sie haben mir nichts getan. Glücklicherweise habe ich gesehen wie die Decke herunterfiel. Ich glaube, ich habe noch nie so lange die Luft angehalten. Wie hast du das gemacht?«

»Völlige Dummheit«, antwortete Shand und rollte das Seil auf. »Wir sollten besser von hier verschwinden. Ich glaube nicht, dass sie alle tot sind, auch wenn sie sich vermutlich ein paar Knochen gebrochen haben.«

»Dem will ich nicht widersprechen.« Karan stand auf und humpelte ein paar Schritte. »Oh, mir tut alles weh.« Sie zog ihre Hose hoch und sah, dass auch ihre Beine zerschunden waren.

Sie marschierten so schnell sie konnten, und nach ein paar Stunden waren sie wieder draußen. Zu diesem Zeitpunkt humpelte auch Shand, denn er hatte seine Stiefel in der Flut verloren. Es war dunkel, aber noch nicht spät. Shand hatte den Skeet noch nicht erwähnt, aber bevor sie den Gasthof erreichten, sagte er mit leiser Stimme: »Ich glaube, wir sollten noch heute aufbrechen. Ich werde die Rechnung bezahlen.«

Karan folgte Shand lustlos und in ihrer Hilflosigkeit auch voller Angst. Wenn die Ghâshâd schon so weit gekommen waren, nur um sie in die Finger zu bekommen, welchen Sinn ergab es dann weiterzulaufen?

Sie fanden einen Marktstand, der noch geöffnet hatte, kauften Stiefel als Ersatz für die verloren gegangenen, und suchten anschließend den Laden, der Wasserschläuche verkaufte. Er war geschlossen, und niemand reagierte auf ihr Klopfen.

»Wir müssen gehen«, drängte Shand besorgt. »Weiter unten gibt es sicher noch einen Ort, wo wir Schläuche kaufen können.«

Sie holten ihre Rucksäcke aus dem Gasthof, und noch vor Mitternacht waren sie auf dem Pfad zu den Klippen. Dort schlugen sie in einem Gebüsch für den Rest der Nacht ein Lager auf.

Beim ersten Sonnenlicht zogen sie dann weiter die Klippen hinunter und schauten dabei ständig über die Schulter zurück. Der Weg begann als eine breite Treppe, die in den Marmor gehauen war, und selbst zu dieser frühen Stunde herrschte hier schon reger Verkehr.

Es war ein wunderschöner Tag, wenn auch bereits ein wenig zu warm, um mit solch einer Last zu wandern. Die Rucksäcke waren deutlich schwerer als zuvor, und mit jedem Schritt wurden die Knie der beiden Gefährten weicher. Am Fuß der ersten Klippe verließen sie die Treppe und gingen über einen breiten Pfad in einen Weinberg, der gerade zu blühen begann. Dahinter befand sich ein kleiner Limonenhain.

»Lass uns eine Weile ausruhen«, sagte Karan, setzte sich auf eine Bank am Wegesrand und lehnte sich gegen ihren Rucksack. »Ich habe Kopfschmerzen.«

Shand grunzte. »Das überrascht mich nicht.« Er schaute über die Schulter den Hügel hinauf.

»Siehst du?«, sagte Karan. »Die Weinstöcke haben bereits Blätter. In Gothryme ist es bis zum Frühling noch Wochen hin.«

»Hier in der Gegend wächst fast alles«, erwiderte Shand. »Es gibt jede Menge Wasser; an den Hängen friert es nicht, da das Gelände windgeschützt ist, und den ganzen Tag scheint die Sonne.«

»Warum gibt es hier dann keine größere Stadt?«

»Ich weiß es nicht. Je weiter man nach unten geht, desto salzhaltiger wird der Boden, und der Wiederaufstieg ist schwer.«

Eine Gruppe von Trägern stapfte an ihnen vorbei. Die Männer schwankten unter der schweren Last, die sie bergauf trugen. Karan war froh, dass sie nach unten gingen. »Warum hast du dich nicht hier zur Ruhe gesetzt anstatt in Tullin?«

»*Zur Ruhe gesetzt!*« Shand warf wütend den Wasserschlauch nach ihr. »In Tullin arbeite ich zwölf Stunden am Tag. Nein, zur Ruhe gesetzt habe ich mich nun wirklich nicht. Außerdem mag ich Tullin, trotz der Kälte. Es gibt jede Menge Gellon dort.«

»Gellon? Ist das alles?«

»Ich liebe Gellon in jeder Form. Sie ist die edelste aller Früchte. Wie sie auch zubereitet wird – grün, reif, getrocknet, vergoren, eingelegt oder zu Gelee verarbeitet –, sie ist perfekt. Man kann auch einen Saft aus ihr pressen. Selbst gesalzene Gellon sind gut, und gegen Seekrankheit wirken sie sogar besser als Ingwer. Leidest du unter Nachwirkungen, wenn du dein Talent benutzt? Auch dagegen hilft Gellon.«

»Ich könnte jetzt gut welche gebrauchen, wenn du welche dabeihast. Ich fühle mich leicht komisch.«

»Ich fürchte nein. Man kann übrigens auch einen Likör daraus machen. Ich destilliere ihn selbst, den besten in ganz Meldorin – vielleicht den besten überhaupt.« Jetzt wurde er geradezu poetisch. »Welch besseren Grund gibt es, in Tullin zu leben, wenn nicht die Tatsache, dass die wunderbarste Frucht von ganz Meldorin dorther stammt? Ich liebe auch meine Gellonbäume dort, denn sie sind ein wichtiger Teil meines Lebens. Große, knorrige, verdrehte Dinger, deren Wurzeln bis tief in den Fels reichen, und ich habe sie gepflanzt. Sie sind jetzt schon über hundert Jahre alt. Sie lieben die Kälte, und ich liebe sie. Ja, Tullin ist alles, was ich will.«

Karan hatte ihm mit einem liebevollen Lächeln zugehört, doch plötzlich sah sie verblüfft aus. »Ist es das? Ist Tullin wirklich alles, was du willst, alter Freund? Wer bist du wirklich, Shand? Bist du irgendeine Art Zauberer wie Mendark, dass du schon so lange lebst, oder fließt das Blut der anderen Menschenvölker in deinen Adern?«

Shand wandte sich ihr zu, obwohl sein Blick noch immer in eine unbestimmte Ferne zu gehen schien. »Meine Gellonbäume haben mich verraten«, sagte er. »Ja, ich bin ein alter, alter Mann. Ich habe über meine Zeit gelebt, doch weder Zauberei noch Blut haben mich mit der Last dieses Lebens gestraft. Ich bin nur ein Altmensch, mehr nicht. Und doch hast du recht: Tullin ist meine Zuflucht, mein Versteck ... und ich verstecke mich vor mir selbst. Frag nicht. Wenn du willst, betrachte das als Preis dafür, dass ich dir helfe. Frag nicht.«

Shand schaute so traurig drein, dass Karan es nicht ertragen konnte, ihn anzusehen. Es tat ihr leid, ihn überhaupt gefragt zu haben. »Dann lass uns gehen.«

Sie sprang auf. Vor ihnen lag eine weitere Treppe, die jedoch nicht so lang und steil war wie die erste. Karan ging raschen Schrittes voran.

Am Fuß der Treppe kamen sie auf künstlich bewässerte Terrassenfelder, auf denen Reis und Gemüse angebaut wurden; die Reisfelder bestanden um diese Jahreszeit jedoch nur aus Schlamm und Dreck. Mehrere Dörfer lagen verstreut an den Hangen, und nach gut drei Stunden Marsch sahen Karan und Shand einen kleinen Pavillon neben dem Pfad, der sich beim Näherkommen als Teehaus herausstellte. Für ein Kupferstück tranken sie Tee und aßen kleine Kuchen aus Reismehl und getrockneten Trauben.

Sie sprachen kein Wort mehr über Shand, und nach nur kurzer Rast zogen sie wieder weiter. Die Sonne war noch nicht untergegangen, als sie in einem Dorf anhielten und sich in einem winzigen, aber einladend aussehenden Gasthof einquartierten. Wieder saßen sie auf der Veranda, aßen zu Abend und nippten an grünem Wein, während die Sonne unterging und lange Schatten über die Klippen warf. Dann ging der Vollmond auf, der zweite ihrer gemeinsamen Reise. Karan versuchte sich daran zu erinnern, wo sie den letzten Vollmond verbracht hatte, doch sie konnte nicht. Shand schaute den Pfad hinauf. Karan hatte auf dem Weg hierher oft bemerkt, wie er über die Schulter zurückgeschaut hatte, und auch sie machte sich Sorgen. Aber sie konnte nichts tun. Nach der Tortur in den Fängen der Ghâshâd war sie in Lethargie verfallen; sie hatte noch nicht einmal mehr genug Kraft, um sich zu fürchten.

Heute war der dreiunddreißigste Tag des Monats Talmard, Altjahrtag, der letzte Tag des Winters und des ganzen Jahres. Beide sahen sie seinem Ende entgegen und damit einem Neuanfang. Schließlich waren sie außer Sichtweite des letzten Dorfes. Es war bereits sehr heiß, und nicht eine Wolke war am Himmel zu sehen. Hier und da war der Boden salzverkrustet. Nicht weit entfernt deutete ein grüner Streifen auf das Vorhandensein von Wasser hin – jedenfalls genug, um nach ein wenig Grabungsarbeiten die Kopfbedeckungen befeuchten und die Schläuche mit kühlem Wasser füllen zu können.

»Wie kommt es, dass es hier unten Frischwasser gibt, während es weiter oben zu salzig zum Trinken ist?«, wunderte sich Karan, während sie den ersten Schlauch füllte.

Shand zuckte mit den Schultern. »Unterirdisch fließt das Wasser, wohin es will. Wo es Süßwasser gibt, ist dabei leicht zu erkennen: Die Pflanzen an solchen Stellen sind von einem saftigen Grün, während sie bei salzhaltigem Grundwasser entweder braun, blau oder gar purpurn sind.«

Sie hatten noch keine neuen Wasserschläuche kaufen können, um die fauligen zu ersetzen. »Wir sind noch nicht einmal richtig unterwegs, und schon habe ich ein schlechtes Gefühl bei dieser Reise«, sagte Shand. »Unsere gesamte Ausrüstung muss perfekt sein, aber die Hälfte unserer Wasserschläuche ist noch immer nicht zu gebrauchen.«

»Nur können wir jetzt nichts dagegen tun«, sagte Karan. Sie teilte Shands Sorge.

Um festzustellen, ob sie vielleicht doch etwas zurücklassen konnten, breiteten sie ihre Ausrüstung auf dem Boden aus. Als alles auf einem Haufen lag, schaute Karan ihn sich verzweifelt an. Sie hatten genug Proviant für fünf Tage, Trockennahrung zwar, aber gut verpackt. Wasser stellte das größere Problem dar. Auch wenn sie nur Nachts reisten und bei Tag schliefen, würden sie in acht Tagen vier Schläuche pro Person brauchen, wobei jeder Schlauch ungefähr so viel Wasser enthielt wie ein kleiner Eimer.

»Wir brauchen das alles«, erklärte Shand. Als er das Meer zum letzten Mal durchquert hatte, war er viel jünger gewesen; außerdem hatten sie damals ein ungewöhnlich kühles Jahr gehabt.

Sie legten ihre Wüstengewänder an: lose weiße Roben mit langen Kapuzen und baumelnden Ärmeln, die selbst ihre Hände vor der Sonne schützten. Als Shand den Augenschutz anzog, schauderte Karan; der Anblick erinnerte sie an die Whelm. Sie selbst band sich ein Tuch ums Gesicht, zog die Kapuze hoch und setzte einen breitkrempigen Hut darauf.

Proviant, Ersatzkleidung und Kochgeschirr füllten ihren Rucksack. Einen kleinen Schlafsack hatte Karan obendrauf gebunden. Sie warf sich die vier riesigen Wasserschläuche über die Schultern, zwei links, zwei rechts; sie waren schier unerträglich schwer und schlugen ihr bei jedem Schritt gegen die Beine. Karan griff nach ihrem Rucksack, konnte ihn aber nicht hochheben.

Shand warf ihn ihr auf die Schultern. Karan schob die Arme durch die Riemen und zog sie fest, während Shand das Gewicht hielt. Als er losließ, schien Karan förmlich in sich zusammenzuschrumpfen. Sie taumelte, fummelte an den Riemen und warf den Rucksack schließlich wieder auf den Boden.

Dann nahm sie den Augenschutz ab und wischte Tränen der Frustration aus dem Gesicht. »Das ist einfach zu schwer!«

Shand konnte nicht anders, als ihr zuzustimmen. Was sie trug, wog mehr als sie selbst. Karan schüttete wieder alles aus und durchsuchte es noch einmal. »Wir haben mehr Proviant, als wir brauchen«, sagte sie. »Du hast gesagt, die Reise würde dreißig Tage dauern; aber wir haben Proviant für fünfunddreißig.«

»*Ungefähr* dreißig Tage, vielleicht auch länger. Und was, wenn sich einer von uns verletzt? Sagen wir mal, du knickst unglücklich um oder holst dir eine Vergiftung von fauligem Wasser ... was dann? Und was, wenn wir nach unserer Ankunft Tage brauchen, bis wir etwas zu essen finden? Was du da trägst, sind keine Reserven; das ist schlicht notwendig.«

Karan wusste, dass er recht hatte. Zwar hatte sie dank erstaunlicher Essleistungen wieder ein wenig Gewicht zurückgewonnen, doch von ihrem einst so sanften, runden Gesicht und ihrer weiblichen Figur war nach wie vor nichts zu sehen. Ihr Gesicht war abgehärmt, und ihre Hüftknochen drückten durch die Haut. Sie hatte das Gefühl, als lebe sie im hageren, hässlichen Leib einer anderen.

»Dann haben wir eben zu viel Wasser«, entgegnete sie gereizt. »Du hast gesagt, die erste Etappe dauere nur fünf Tage; wir haben aber genug für *acht*!«

Karan schüttete einen der fauligen Schläuche aus. Sie schauten zu, wie das Wasser im sandigen Boden versickerte. Dann funkelte Karan Shand an, und trotz seines Alters fühlte er sich zurechtgewiesen wie ein kleiner Junge. Mit gesenktem Blick schüttete auch er Wasser auf den Boden, doch leerte er den Schlauch nur halb. Karan schien zufrieden damit zu sein, dass er kooperierte. Sie wandte sich wieder ihrem eigenen Gepäck zu und sortierte ein paar Pfannen, ihren schweren Mantel und noch einige andere unerwünschte Dinge aus.

»Der Frühling hat gerade erst angefangen. Nachts kann es noch bitterkalt werden«, warnte Shand.

»Ich kann einfach nicht so viel tragen – Punkt!«, schrie Karan, ebenso wütend auf ihn wie auf ihre eigene Schwäche.

»Dann sollten wir überhaupt nicht gehen«, sagte Shand und bemühte sich, sein Temperament im Zaum zu halten. »Wenn wir aber doch gehen, brauchst du etwas, um dich vor der Sonne und dem Salzstaub zu schützen.«

»Ich habe immer noch mein Gewand mit der Kapuze und den Hut ... Wir brauchen doch mit Sicherheit nicht *so* viel Kleidung, oder?«

Shand schaute sich den kleinen Haufen an, den Karan aussortiert hatte. »Ich würde das alles mitnehmen«, riet er. »Bis wir Katazza erreichen, werden wir keine Gelegenheit haben, irgendetwas zu waschen. Deine Kleider werden derart mit Salz verkrustet sein, dass du dir die Haut daran wund scheuern wirst, und während des Marschs können die Wunden nicht verheilen.«

»Es ist trotzdem zu viel.« Karan fand noch ein paar andere Sachen zum Wegwerfen. »Dann werde ich halt weniger essen«, erklärte sie mit wilder Entschlossenheit. Sie packte das, was sie mitnehmen wollte, sorgfältig wieder ein und hob den Rucksack auf die Schulter – diesmal ohne Hilfe. Zwar war er noch immer schwer, doch nun kam sie zurecht.

Shand schaute auf die abgelegten Proviantpakete, wog seinen eigenen Rucksack und steckte sie hinein. Karan musterte ihn einen Augenblick lang; irgendwie ärgerte sie sein Verhalten. »Du bist ein alter Narr«, sagte sie schließlich, obwohl sie wusste, dass er recht hatte. Selbst mit bester Ausrüstung war das ein lebensgefährliches Unterfangen.

Sie machten sich auf den Weg den langen Abhang zum Meeresgrund hinunter. Hier und da lagen graue Kalksteinfelsen, groß wie Häuser, die von den Klippen oben heruntergerollt waren. Am Vormittag erregte zu ihrer Linken ein schmaler grüner Streifen ihre Aufmerksamkeit. Es war ein Canyon, dessen Felswände senkrecht bis auf den Sandboden fielen. Der Fels glitzerte von Salz, doch im Sand wuchsen Bäume. Die beiden Gefährten schlurften weiter, folgten dem Rand des Canyons, und die Luft war so dick, dass sie kaum atmen konnten. Es war fast schon so heiß wie im Sommer in Gothryme, Karans Bergheimat.

»Und dabei haben wir noch nicht einmal Mittag«, seufzte Karan verzweifelt. Mit großer Hitze war sie noch nie gut zurechtgekommen. »Wie wird das wohl erst in einem Monat sein?«

»Wie wird es auf dem Rückweg sein?«

Am Ende der ersten Tagesetappe stapften sie durch knirschenden, mit Salz verkrusteten Sand. Das Land hier war öde, abgesehen von einer Sickerstelle hier und da.

»Ich glaube, wir haben deine Ghâshâd-Freunde abgeschüttelt«, sagte Shand an diesem Abend.

»Nein. Wir werden sie *nie* abschütteln«, erwiderte Karan düster.

Shand hielt die Zeit für gekommen, die Frage zu stellen, die er bis jetzt immer hinausgeschoben hatte. »Was wollten sie eigentlich von dir, Karan?«

Shand war entsetzt, als sie es ihm erzählte. »Ich wünschte, du hättest mich das schon früher wissen lassen. Dann wäre ich überhaupt nicht hier rausgekommen.«

»Tut mir leid. Als ich ... Als ich mein Talent ausgesperrt habe, damit das nie wieder geschieht, muss ich auch die Erinnerungen unterdrückt haben. Ich habe mich erst wieder erinnert, als sie begonnen haben, mich in der Höhle zu bearbeiten.« Karan blickte Shand über die züngelnden Flammen hinweg in die Augen. »Ich werde nie vor ihnen sicher sein, nicht wahr?«

»Ich ... Nein, das wirst du nicht – nicht, bevor diese Angelegenheit nicht so oder so gelöst ist. Deine Art, eine Verbindung aufzubauen, scheint einmalig zu sein. Ich habe noch nie gehört, dass jemand über eine Verbindung die Kontrolle über jemanden übernommen hat.«

Karan wollte nicht darüber sprechen. »Komm«, sagte sie und stand auf. Die Sonne senkte sich bereits dem Horizont entgegen. »Wir müssen unseren Vorsprung vergrößern.«

Der nächste Tag war der erste Tag des Thays, der erste Tag des Frühlings und des neuen Jahrs – es fühlte sich nicht besser an als das letzte. Die beiden Gefährten fanden einen Weg in den Canyon hinunter und folgten ihm zwei Tage lang. Dort nutzten sie die Schatten der Felswände und schauten an jedem Aussichtspunkt besorgt zurück. Größtenteils kamen sie gut voran; nur hier und da stießen sie auf eine kleine Klippe – vermutlich die Reste eines unterseeischen Wasserfalls aus der Zeit, als das Meer der Trockenheit noch See von Perion hieß. Am Spätnachmittag ihres zweiten Tages im Canyon sahen sie etwas, das ihnen zunächst wie eine Fata Morgana in diesem öden Land erschien; doch es war tatsächlich ein langer, tiefer Teich im Fels, dessen Wasser frisch genug zum Trinken war. Um diese Jahreszeit drang kein Sonnenlicht zu dem von Felswänden umrahmten Teich hinab. Karan schwamm und tauchte im tieferen Wasser, während Shand am anderen Ende mit einem Stück Fleisch als Köder, das er an einem Faden befestigt hatte, fischte. Es gab zwar keine Fische, dafür aber eine Art Krebs im Überfluss, und die Tiere waren so zutraulich, dass Shand sie mit der Hand herausholen konnte.

»Schade, dass du die Pfannen weggeworfen hast«, bemerkte er, als Karan wieder zurückkam und sich die Locken mit dem Hemd abtrocknete.

»Ein Feuer wäre auch ganz nett.« Sie lächelte, machte kehrt und ging zu den Bäumen.

Kurz darauf kehrte sie mit einem Arm voll Holz wieder zurück, und es dauerte nicht lange, da hatten sie ein munter prasselndes, kleines Lagerfeuer. Karan zog sich einen flachen Felsen heran und setzte sich darauf, die Zehen der Wärme entgegengestreckt, obwohl es nicht kalt war; dann holte sie einen kleinen Kamm aus ihrem Gepäck und begann, die feuerroten Haare zu entwirren. Gelegentlich bereute sie es, sich so aufzuregen, wann immer Shand etwas zu ihrem Haar sagte.

Shand hatte ein kleines Wasserloch neben dem Teich gegraben, worin er seinen Fang aufbewahrte, doch die Krebse kletterten übereinander hinweg und entkamen jedes Mal. Also errichtete er eine kleine Steinmauer um das Loch; aber auch das hielt die Tiere nicht von der Flucht ab, und so musste er sie ständig wieder einfangen und zurückstecken. Ein leises Schnaufen drang an sein Ohr; Karan lachte ihn aus.

»Wenn du mir ein wenig zur Hand gehen würdest, hätte ich nicht so ein Problem«, sagte er mürrisch.

»Ein dummer, alter Mann wird es doch sicherlich noch mit einem Dutzend Kneifer aufnehmen können«, sagte sie noch immer lachend. »Du hättest ihnen sofort die Hälse umdrehen sollen. Das Feuer ist bereit.«

Shand sah durchaus die komische Seite des Ganzen, und innerlich freute er sich, sie lachen zu sehen.

»*Kneifer!* Wo hast du denn den Namen her?«

»So werden sie doch genannt, oder? In Bannador gibt es diese Tiere nicht, aber ich erinnere mich von den Reisen mit meinem Vater an sie.«

»Das ist, als würde man ein Lamm ›Blöker‹ nennen. Das sind Krebse – Flusskrebse, um genau zu sein.«

»Oh, *Krebse.*«

»Aber du kannst sie nennen, wie du willst.«

Er tötete die Kneifer mit seinem Messer, wusch den Sand ab und legte sie auf seinen Rucksack. Dann kümmerte er sich um das Feuer und beobachtete gleichzeitig Karan. Sie lächelte noch immer, während sie ins Feuer schaute und sich gedankenverloren das Haar kämmte, obwohl die Knoten schon längst raus waren. Nur einmal huschte ein Schatten über ihr Gesicht, und Karan zog den Mantel enger um die Schultern.

Es wurde dunkel. Shand kratzte die Glut um einen flachen Stein zusammen und legte das Gemüse darauf in ein Nest aus grünen Blättern. Als das Gemüse fast fertig gegart war, warf er die ersten beiden Krebse in die Glut. Das Kochen dauerte nur wenige Minuten, und die beiden Gefährten hielten ein Festmahl und verbrannten sich die Finger an den heißen Panzern. Die Kneifer waren einfach köstlich.

Als die letzten leeren Panzer in die Flammen geworfen, die Finger sauber geleckt waren und Karan und Shand mit ihren Kupferbechern voll dampfendem Tee am Feuer saßen, schaute Shand Karan über das Feuer hinweg an.

»Du hast dich endlich erholt«, sagte er. »Das freut mich.«

Karan erwiderte seinen Blick, schwieg jedoch lange Zeit. Sie dachte an all das zurück, was geschehen war, seit er sie gefunden hatte, und auch an das Leben davor.

»Ja«, sagte sie schließlich. »Ich bin schon kräftiger geworden, glaube ich, tatsächlich sogar stärker denn je zuvor. Ich habe keine Angst mehr, dem Wahnsinn zu verfallen. Meine arme Mutter ... all die Jahre, da ich sie dafür gehasst habe, dass sie mich allein gelassen hat. Jetzt verstehe ich sie besser. Und das verdanke ich alles dir. Was auch immer ich habe, es gehört dir – du musst es mir nur sagen.«

Sie kniete sich elegant vor ihn und verneigte sich, bis ihre Stirn den Sand berührte. Shand war zutiefst gerührt. War er je so geehrt worden? Aber er war auch verärgert, denn er wusste, dass er weniger für sie getan hatte, als er hätte tun sollen.

»Steh auf, Kind«, sagte er derart streng, dass sie erstarrte, da sie glaubte, er habe ihre Geste abgelehnt. Shand umarmte sie und strich ihr mit der Hand über die Locken. Karan senkte den Kopf und kehrte dann wieder zu ihrem Stein zurück. Shand hatte sich seit Tullin nicht mehr rasiert, und nun war sein Bart lang und dicht, grau mit schwarzen Strähnen.

»Ja, du verdankst mir in der Tat dein Leben. Dreimal musste ich es dir an jenem ersten Tag wieder einhauchen. Aber du hast überlebt, und der Rest war dein eigenes Tun. Ich hatte keinerlei Anteil daran außer durch Zufall ... so zum Beispiel, als ich dich in die Obhut der Hlune gegeben habe. Vielleicht war es ja das, was dich zurückgeholt hat. Als du dort warst, war schlicht kein Platz mehr in deinem Kopf für all die anderen Kämpfe.«

Karan lächelte bei der Erinnerung. Dann kehrten ihre Gedanken wieder zu dem Thema zurück, das ihr nie wirklich aus dem Kopf ging, und langsam verblasste ihr Lächeln.

»Glaubst du wirklich, dass Llian freiwillig mitgegangen ist?«, fragte Karan mit leiser Stimme und dachte an ihre vorherigen Gespräche zurück.

»Ich weiß nicht, was ich glauben soll. Warum sollte Tensor ihn mitnehmen? Was könnte er von ihm wollen? Aber wie auch immer ... Llian ist ein Zain, und die Zain sind allesamt nicht vertrauenswürdige Schufte!«

Karan verzog das Gesicht. »Sag das nicht ... Die Zain sind wie du und ich. Er hat den Spiegel nie für sich gewollt; Llian hat kein Interesse an solchen Dingen. Es sind die Historien, von denen er besessen ist.«

Sie kam zu dem Schluss, genug gesagt zu haben, auch zu Shand. Karan wusste, dass Llian geradezu danach gierte, seine eigene Große Geschichte zu schreiben. Vielleicht glaubte er, Tensor könne ihm dabei helfen, dieses ehrgeizige Ziel zu erreichen; vielleicht hatte er sich ihm deshalb angeschlossen. Was das betraf, war er sehr schwach.

»Hätte er dich in Thurkad einfach so zurückgelassen? Nach allem, was ihr gemeinsam erlitten habt?«, fragte Shand.

»Zumindest hätte ich das nicht geglaubt.« Karans Stimme war kaum zu hören.

»Vielleicht hat er dich fallen sehen und ist voller Kummer und Entsetzen geflohen, weil er dich für tot gehalten hat. Oder vielleicht ... Er und du, ihr beide *habt* Tensor großes Leid zugefügt. Vielleicht hat Tensor ...«

»Sag das nicht! Ich weiß nicht, was ich glauben soll.« Karan schwieg und verzehrte sich vor Sehnsucht nach Llian.

»Genug davon«, sagte Shand. »Ich habe ein Geschenk für dich.« Er kramte in seinem Rucksack herum. »Ich wollte es dir eigentlich schon in Aschenstadt geben; aber dann hast du mich so despektierlich behandelt.« Er funkelte sie an.

Karan wusste nicht, was sie sagen sollte. Shand sah so erbost aus, dass ihr die Schamesröte in die Wangen stieg.

»Das war nur ein Scherz«, sagte er, holte eine kleine Zedernkiste hervor und gab sie ihr.

Karan öffnete sie. In der Kiste befand sich ein sorgfältig in Filz gewickeltes Päckchen und darin eine kleine, wertvolle Kristallflasche mit einem Stöpsel aus Ebenholz und Elfenbein. Sie war wunderbar geschliffen und sehr schwer.

»Oh, das kannst du mir doch nicht geben«, sagte Karan. »Sie ist viel zu schön und viel zu wertvoll.«

»Mach sie auf.«

Karan zog den Stöpsel heraus, und der wunderbare Duft frischer Limonenblüten stieg ihr entgegen, ihr Lieblingsduft und auch der ihrer Mutter. Karan rannen die Tränen über die Wangen. Sie verschloss die Flasche wieder. Der Duft hing noch eine Minute in der Luft; dann war er verschwunden. Karan setzte sich auf die Fersen zurück und ließ ihren Tränen freien Lauf.

»Ich danke dir. Aber ich habe nichts, was ich dir geben könnte.«

»Was du mir bereits gegeben hast, ist viel wertvoller als dieses kleine Geschenk«, erwiderte Shand. »Du hast mir meine Selbstachtung zurückgegeben.«

Karan stellte keine Fragen. Sie wusste, dass er sie nicht beantworten würde. »Wo hast du die her?«

»Die Flasche? Die hatte ich schon lange, lange Zeit. Sie ist sehr alt, aber es ist nur recht, dass du sie bekommst, denn ich glaube, sie ist in Bannador gefertigt worden. In Aschenstadt habe ich sie dann füllen lassen. Dort, an den Hängen oberhalb des Meeres, wachsen die besten Duftlimonen der Welt.«

Karan öffnete die Flasche erneut, tupfte sich eine winzige Menge Parfüm hinter die Ohren und ins Haar und lächelte ob irgendeines geheimen Gedankens; dann packte sie ihren neugewonnenen Schatz weg.

Irgendetwas krächzte am anderen Ufer des Teichs, und ein weiteres Krächzen erscholl zur Antwort. »Noch mindestens dreißig Tage«, flüsterte Karan. »Das Warten ist unerträglich. Aber was, wenn Llian tatsächlich freiwillig mitgegangen ist?«

Shand nahm sie in die Arme. »Wenn man die Wahrheit nicht kennt, ist es stets besser, das Beste von jemandem zu denken und nicht das Schlechteste. Tensor muss irgendetwas mit Llian vorhaben. Sicher hat er ihn gegen seinen Willen mitgeschleppt.«

Karan straffte die Schultern. »Glaubst du das wirklich?«

»Ja«, antwortete Shand und empfand dabei nur einen Hauch von Schuldgefühl.

Karan dachte kurz nach. »Auch Llian verdanke ich mein Leben ... Offenbar habe ich mein Leben vielen zu verdanken. Ich werde das Beste von ihm denken und ihn aus der schlimmen Lage befreien, in die er sich mit seiner Dummheit vermutlich selbst gebracht hat. Und dann werde ich ihn mit zu mir nach Hause nehmen. Seine dämlichen Historien kann er auch in der Bibliothek von Gothryme schreiben. Spiegel, Wirker und diese dummen Kriegsspiele bin ich einfach nur leid.«

Karan löste sich aus Shands Umarmung, ging zum Teich und starrte auf die Sterne, die sich im Wasser spiegelten. Die Wasseroberfläche war so glatt wie Glas.

Wenn es doch nur so einfach wäre, dachte Shand, *dann würde ich mich mit Freuden dort zu dir gesellen. Aber du kannst dem Ganzen genauso wenig entkommen wie ich – nicht, bevor es vorbei ist. Und niemand hat sich je härter bemüht, dieser Verantwortung zu entgehen, wie ich.*

Kapitel neun

Die Türme von Katazza

Llian benutzte Maliens Tönungssalbe auf Gesicht und Händen, aber sie konnte nicht die Angst verbergen, die er jedes Mal empfand, wann immer einer der Aachim ihn anschaute. Ständig rechnete er damit, dass sein Geheimnis entdeckt werden würde.

Die nächsten zwei Tage kletterten sie durch gefährliche Spalten und Schluchten. Schon bei den kleinsten Bewegungen brachen Teile des Bodens weg, und die Aachim verursachten immer wieder Steinschläge, die sich oft sogar zu Lawinen entwickelten, Ströme aus Staub und Stein, lauter als alles, was Llian je gehört hatte. Häufig mussten sie sich einen Weg an den Klippen hinunter oder noch häufiger um sie herum suchen, eine Tortur, die für Llian umso schlimmer war, da er seine Höhenangst nicht zeigen wollte. Tatsächlich wagte er gar nichts zu tun, was irgendjemanden außer Malien in seine Nähe führen würde.

Spät am Nachmittag des ersten Tags ihres Abstiegs stand Llian mürrisch am Rand einer der unteren Klippen, als ein Schatten über seine Füße fiel. Ein weiterer Schatten rahmte ihn von der anderen Seite ein. Er schaute über die Schulter. Basitor stand dort, sein Gesicht wie gefroren, und neben ihm Hintis.

»Was ... Was wollt ihr?«, fragte Llian mit zitternder Stimme. Einst waren Hintis' Sticheleien noch recht gutmütig gewesen, doch seit Siftahs Rückkehr waren sie bösartig geworden.

»Ich will dich tot sehen«, sagte Hintis und fletschte die Zähne, »wie die Aachim, die du in Shazmak verraten hast!«

Basitor trat mit ausgebreiteten Armen auf Llian zu.

Llian stand mit dem Rücken zur Felskante. Allein zu wissen, dass dort der Abgrund lauerte, jagte ihm schon einen Schauder über den Rücken. Hintis packte ihn am Handgelenk; Basitor nahm den anderen Arm, und gemeinsam drehten sie ihn so mühelos herum, als hätten sie die Bewegung im Vorhinein geübt. Dann drehten sie ihm die Arme auf den Rücken und drückten ihn vornüber, sodass er mit dem Oberkörper über dem Abgrund hing.

»Was meinst du? Der Fels da unten?«, sagte Hintis. Er deutete auf eine gezackte rote Felsnadel, die über und über mit weißem Vogelkot bedeckt war.

Llian stellte sich vor, wie er dort aufgespießt wurde, und die Galle kam ihm hoch.

»Ich ziehe den runden vor«, entgegnete Basitor und versetzte Llian einen harten Ruck. Llians Füße rutschten über den Kies am Rand. Er kreischte, fest davon überzeugt hinabzustürzen.

»Hey!«, rief Asper. »Was macht ihr mit dem Zain?«

»Ihm ist nichts passiert«, antwortete Hintis und zog Llian wieder von der Kante zurück.

»Lasst ihn los!«

Die beiden Aachim ließen Llian los, lächelten unfreundlich und kehrten wieder zu ihren Gefährten zurück. Schließlich setzten sie ihren Abstieg weiter fort. Llians Knie waren schon weich, bevor er auch nur einen Fuß nach unten setzte.

Zu guter Letzt, als der zunehmende Mond mit jeder Nacht mehr von seiner dunklen Seite zeigte, erreichten sie die von Felsen übersäten Hänge, die sich über Meilen hinweg bis zum weißen Meeresgrund erstreckten. Dort suchten sie nach Wasser und fanden auch welches, nachdem sie in einem Grünflecken ein wenig gegraben hatten. Schläuche wurden gefüllt,

Augenschützer aufgesetzt, und kaum wurde es am Nachmittag ein wenig kühler, warfen sie sich ihre Rucksäcke über die Schultern und machten sich auf den Weg zur Gebirgskette im Nordosten.

Die folgenden Nächte verliefen wie diese. Nicht lange, und es wurde offensichtlich, dass Llian das Tempo nicht durchhalten konnte; also verteilten die Aachim sein Gepäck unter sich. Er selbst trug nur noch eine kleine Tasche mit seinem Tagebuch, ein paar persönlichen Dingen und eine einzigen Wasserschlauch. Abgesehen von drei kurzen Pausen, die sie vornehmlich um Llians Willen einlegten, marschierten sie den ganzen Nachmittag, die Nacht und den darauffolgenden Morgen hindurch. Dann schlugen sie ein Lager auf, aßen und schliefen. Gegen Mittag wurde Llian von einem Streit zwischen Tensor und Selial geweckt, der umso erregter wirkte, da alles geflüstert wurde.

»*Es reicht*... Es sei denn, du sagst uns endlich, wohin du uns führst.«

»Ich führe euch in eine Zuflucht«, entgegnete Tensor leise.

»Lass die Wortspielerei«, zischte Selial. »Stell mich *jetzt* zufrieden, oder geh deinen Weg ohne uns weiter.«

Tensor lenkte ein wenig ein. »Selial, ich brauche dich – ich brauche euch alle. Das Überleben unseres Volkes ist das Einzige, was für mich zählt. Aber wir müssen auch unseren Stolz zurückerlangen. Viel zu lange haben wir uns in unserer ruhmreichen Vergangenheit versteckt. Wir müssen wieder wachsen oder in der Bedeutungslosigkeit versinken.«

»Dann lass uns unseren Stolz durch große Werke wiedererringen, nicht indem wir sinnlose Rache planen.«

»Ich *plane* große Werke«, knurrte Tensor. »Die größten! Aber schau, wie Rulke unsere alten Werke vernichtet hat. Welchen Sinn ergibt es, jetzt neue zu erschaffen, nur damit er sie wieder niederreißt.«

»Bah! Du fürchtest dich noch immer vor Geistern, Tensor!«

»Selial, ein Geheimnis verbirgt sich im Spiegel; ich *weiß*, dass sich dort ein Geheimnis verbirgt!« Seine Stimme glühte wie geschmolzenes Gold. »Ein Geheimnis, das uns wieder zu alter Größe führen wird.«

»Was ist mit dem Zain?«

»Der Zain ... Der Zain ist von allergrößter Wichtigkeit.« Eindeutig war das nicht. »Ich weiß zwar nicht warum – *noch* nicht –, aber ich werde es herausfinden.«

»Dann pfeif deine Hunde zurück, Tensor. Lass ihn in Ruhe.«

»Sie werden ihm kein Leid antun«, sagte Tensor. »Gönn ihnen doch den Spaß.«

Gegen Mitte des Nachmittags durchquerten sie eine Salzlandschaft, wo der Boden in große Platten zerbrochen war wie der Zuckerguss auf einem Kuchen. Manchmal standen die Platten so zueinander, dass sie eine Art Zelt bildeten. Bei einem Halt setzte sich Llian in solch ein »Zelt«, dankbar für den Schatten.

»Pass auf, dass es dir nicht über dem Kopf zusammenbricht«, sagte Tensor mit einem grimmigen Lächeln, als er an Llian vorüberging.

In diesem Augenblick fühlte Llian ein warnendes Summen in seinem Kopf. Er schüttelte den Kopf und schnäuzte sich die Nase, wurde das Summen aber nicht los. Dann fühlte er, wie jemand seinen Namen rief ... *Llian!* Es war ein Ruf in seinem Geist, keine Stimme, die er hätte erkennen können, aber sie ließ ihn aufspringen. Llian bemühte sich nach besten Kräften, die Stimme wieder zurückzuholen, doch sie war verschwunden.

Hintis' Stimme ertönte deutlich vernehmbar von der anderen Seite. »Oh, wie ich diesen Chronisten *hasse*, Basitor! Wenn ich daran denke, dass wir ihn aufgenommen und zum Aachimning gemacht haben, während er uns die ganze Zeit über ausgelacht und unseren Untergang geplant hat ... Was hältst du davon, wenn wir den Sargdeckel zumachen, nun da er drin ist?« Er kicherte böse.

Llian drohte, die Nerven zu verlieren. Am liebsten hätte er lauthals geschrien. Zitternd kroch er auf der anderen Seite des Unterstands hinaus, und fortan schaute er noch häufiger nervös über die Schulter.

Als er sich wieder beruhigt hatte, fragte Llian sich, was dieser Warnruf in seinem Kopf wohl zu bedeuten gehabt hatte. Karan verfügte als Empfindsame über ein Talent, das sie bisweilen vor Gefahr warnte. Entwickelte er gerade auch solch ein Talent? War das vielleicht ein Aspekt des Fluchs von Rulke?

Um diese Jahreszeit war es noch nicht einmal zur Mittagszeit übertrieben heiß, aber die Luft war schwer zu atmen, und das Salz, das überall eindrang, bescherte Llian oft Übelkeit. Sechzehn Stunden am Tag marschierten sie strammen Schrittes über glatte Salzflächen, und so kamen sie bis zu vierzig Meilen pro Tag voran, obwohl Llian des Nachts stets zurückfiel und die Aachim sich darin abwechselten, ihn auf einer Bahre hinterherzutragen.

Am Fuß des Gebirgskamms waren sie zweimal in der Lage, ihre Wasserflaschen aufzufüllen. Beim zweiten Mal war das Wasser jedoch brackig. Den Aachim schien das nichts auszumachen, doch Llian konnte es nicht trinken. Glücklicherweise hatten sie noch genug Frischwasser übrig.

Danach ließen sie den Bergkamm hinter sich und machten sich auf den Weg durch eine leere Salzwüste, wobei sie sich auf Tensors Erinnerung an eine Karte verließen, die er einmal vor langer Zeit gesehen hatte. Fünf Tage lang marschierten sie und kamen gut im rotgelben Mondlicht voran. Dabei sahen sie nicht einen Hügel, bis am Morgen des sechsten Tages links von ihrem Weg ein großer schwarzer Berg erschien. Hoch an dessen Flanke fanden sie nach langer Suche und tiefem Graben Wasser, das jedoch so salzig war, dass noch nicht einmal die Aachim es trinken konnten.

»Wie viel haben wir noch übrig?«, fragte Tensor. Es war der Neujahrstag.

»Noch genug für drei Tage«, antwortete Selial, »für ihn reicht es jedoch nur noch für einen.« Sie deutete mit dem Ellbogen auf den formlosen Haufen, der Llian war. Den riesigen Hut tief ins Gesicht gezogen und den Mantel um die Schultern geschlungen kauerte er in einem winzigen Flecken Schatten.

»Stellt die Trazpare auf. Wir könnten eine Woche suchen und nichts Besseres finden als das.«

Sie packten die Geräte aus, von denen Llian bisher geglaubt hatte, es handele sich um Waffen. Nun stellten sie sich als klug gebaute Apparate heraus, die wie umgedrehte Schirme aus schwarzem Metall aussahen. Salzwasser wurde in eine äußere Kammer gegossen. Es verdunstete in der Sonnenhitze und kondensierte wieder als Frischwasser in einer inneren Kammer. Am Ende des zweiten Tages hatten die Wanderer sich satt getrunken, und für den nächsten Streckenabschnitt war auch noch genug übrig.

»Es reicht«, sagte Tensor und kratzte das Salz aus dem letzten Trazpar. »Bis Katazza sind es höchstens noch zweihundert Meilen.« Und sie marschierten weiter.

Sie sahen Katazza schon Tage, bevor sie es erreichten. Erst war es nur ein grauer Fleck in der Ferne, später dann ein stetig wachsender Berg mit von Salz weißem Fuß, nach oben hin immer dunkler werdenden Hängen und Schnee auf dem Gipfel. Jeden Morgen schien er größer geworden zu sein, doch wenn im Laufe des Tages Dunst aufkam und der Wind das Salz über die Wüste trieb, verschwand er außer Sicht.

Llian war jedes Mal froh, wenn der Berg nicht zu sehen war – inzwischen fürchtete er sich vor Katazza. Der Marsch war zu einer schrecklichen Qual für ihn geworden. Hintis und Basitor peinigten ihn gnadenlos. Ständig fand er Salzklumpen in seinem Essen, spitze Steigeisen in seinem Schlafsack oder Essensreste in seinem Hut, wenn er ihn morgens aufsetzte. Die beiden Gruppen von Aachim zankten sich unablässig, während Selial Tensor ständig drohte, ohne diese Drohungen jedoch jemals in die Tat umzusetzen. Um das Leben noch unangenehmer zu gestalten, wurden Tensors Launen immer extremer. Llian wusste nie, was er von ihm zu erwarten hatte: ein grimmiges Lächeln oder einen Schlag hinters Ohr.

Nach fünf Tagen war Katazza zu einem gigantischen schwarzen Berg geworden, dessen drei Gipfel von Schnee bedeckt waren, doch sie hatten ihn noch nicht erreicht. Das Salz war inzwischen einem zerklüfteten Land aus erstarrter Lava gewichen: spitzes, scharfes Gestein, das vor allem des Nachts eine große Gefahr darstellte. Dazu kamen Geysire und Fumarolen, deren Ränder von Schwefel und vielfarbigen Salzen verkrustet waren. Es dauerte nicht lange, und die Stiefel der Wanderer wiesen erste Risse und Brandstellen auf. Llian musste seine sogar mit einem Draht umwickeln, damit sie nicht auseinanderfielen. Der Skorpionnebel strahlte ein trübes rotes Licht aus, das Llian als besonders tückisch empfand. Er stürzte viele Male. Einmal riss er sich dabei den ganzen Unterschenkel auf, ein anderes Mal beide Handflächen, doch wenn Asper ihm helfen wollte, winkte er rasch ab; er hatte zu viel Angst. So wartete er dann jedes Mal, bis Malien kam, um ihm zu helfen, während das Blut aus seinen Wunden auf den mit Salz verkrusteten Basalt tropfte.

»Chronist«, lachte sie einmal. »Ich wünschte, du würdest lernen, auf deinen eigenen Füßen zu stehen.«

Llian gab keinen Laut von sich, noch nicht einmal, als sie eine der Wunden mit einem Dutzend Stichen nähen musste. »Werde ich je wieder schreiben können?«, flüsterte er und litt stumm.

Malien umarmte ihn, was Blutflecken auf ihrem weißen Gewand hinterließ. »Das wird schon wieder heilen.«

Schließlich, als alles Frischwasser aufgebraucht war und sie nur noch einen letzten Rest Brackwasser hatten, das Llian den Magen umdrehte, verließen sie das Land der schwarzen Felsen und kamen an einen mit Felsen übersäten Hang. Hier fanden sie einen Salzteich, aus dem sie genug Wasser destillieren konnten, um ein paar Schläuche wieder zu füllen. Das würde bis zum Fuß von Katazza reichen, wo es jede Menge frische Quellen gab: wunderbares, kühles Wasser, genug, um sich zu waschen – allerdings achtete Llian sorgfältig darauf, nicht versehentlich Maliens Tönungssalbe abzuwaschen.

Tensor wollte jedoch nicht ruhen, noch nicht einmal jetzt. Nachdem sie getrunken, gegessen, sich gebadet und ihre salzverkrusteten Kleider wieder angelegt hatten, wandten sie sich direkt dem Berg zu, und Tensor trieb sie härter denn je an, als bestünde die Gefahr, sie würden ein Rennen verlieren. Es war ein grausamer Aufstieg nach so vielen Tagen in der Ebene, grausam und lang. Obwohl das Land schon seit Tagen sanft, aber stetig angestiegen war, waren es vom Fuß der ersten Klippen noch gut tausend Spannen bis zu dem Flachland, das einst die Küste der Insel gebildet hatte. Auch dort war alles trocken und voller Gestrüpp, eine Wüste aus Asche, die unter den Sohlen knirschte. Salzbüsche und Dornendickichte bedeckten das Land, und überall lagen Bimssteinbrocken herum. Aus kegelförmigen Felsen, einige nicht viel größer als Llian, strömten vulkanische Gase, und oft bebte die Erde hier.

Am Abend erspähten sie große Bäume in der Ferne, und bei Sonnenuntergang erreichten sie einen kleinen Fluss, durch den schäumend Schmelzwasser strömte. Tensor zog seine Kleider aus und watete in das eisige Wasser hinaus. Die anderen folgten seinem Beispiel; für Llians Geschmack war das Wasser allerdings ein wenig zu kalt. Sie schwammen, wuschen ihre Kleider und schlugen in jener Nacht zum ersten Mal seit Wochen ihr Lager an fließendem Wasser auf. Nach der erdrückenden Luft am Meeresboden, kam den Aachim die kühle, dünne, salzfreie Luft von Katazza wie ein erfrischendes Bad unter einem kristallklaren Wasserfall vor. Llian legte sich jedoch vollkommen erschöpft auf den Kies. Nachdem er wochenlang die dicke Luft des Meers der Trockenheit eingeatmet hatte, war diese Bergluft zu dünn für seine Lungen.

Am nächsten Tag erwartete sie eine weitere Kletterpartie. Sie ließen den Fluss hinter sich und stiegen über mit Gestrüpp bedeckte Hänge in die Berge hinauf, wo sie am frühen Nachmittag auf die Überreste einer einst gut befestigten Straße stießen. Die Straße war fünf Spannen breit und führte durch eine Ruinenstadt zu einem kegelförmigen Berg. Teile der Straße waren von Steinschlägen oder Lawinen herausgebrochen worden, und die Pflastersteine standen bisweilen kreuz und quer; dennoch war ihnen das Marschieren schon seit langem nicht mehr so leicht gefallen. Sie gingen bis Mitternacht und rasteten dann ein paar Stunden auf halber Höhe des Bergs. Llian musste während der meisten Zeit getragen werden; er war inzwischen so müde, dass er kaum noch laufen konnte.

»Was ist mit dir los?«, fragte Malien, als sie neben der Bahre ging.

»Schon auf dem Weg nach Shazmak bin ich fast an Höhenkrankheit gestorben«, antwortete Llian. »Das hier fühlt sich genauso an.«

»Katazza liegt nicht so hoch wie Shazmak, obwohl du vom Meeresgrund aus betrachtet höher geklettert bist.« Sie musterte ihn sorgfältig. »Ich denke, du wirst dich nach ein, zwei Wochen daran gewöhnt haben. Überanstrenge dich nur nicht.«

Noch vor Sonnenaufgang marschierten sie bereits weiter. Sie folgten der Straße, die sich um den Berg herumwand. Das Land war auf drei Seiten öde, doch auf einer Reihe von Terrassen fanden sich kleine Wälder und Sümpfe. Auf dem Weg zum Gipfel kamen sie an einem halb zerfallenen Tempel vorbei, dessen umgestürzte Säulen zwischen den Bäumen lagen, und in dessen Mitte sich ein aus dem Fels gehauener, überwucherter Badeteich befand.

»Wir werden zu spät kommen!«, schrie Tensor, bog unvermittelt von der Straße ab und lief direkt auf den Berghang zu.

»Wozu die Eile?«, keuchte Llian zu Asper, als die anderen Aachim Tensor hinterherliefen.

»Er will vor Sonnenuntergang da sein.« Asper bot dem sich abmühenden Llian seine Unterstützung an, und kurz darauf erreichten sie ein kleines Plateau hinter einem massiven Gebäude.

Die Sonne entflammte in orangefarbener Pracht über den Bergen und ließ die Spitze des höchsten Turms der Festung von Katazza erstrahlen wie eine Kerzenflamme. Endlich hatten sie ihr Ziel erreicht, und seit dem dramatischen Ende des Konklaves waren nur etwas mehr als acht Wochen vergangen.

Llian war von der Pracht Katazzas derart überwältigt, dass es ihm die Sprache verschlug. Seit eintausend Jahren hatte kein Chronist das mehr gesehen. Für den Augenblick hatte Llian all seine Ängste vergessen.

Der Fels des Berggipfels war zu einer großen Plattform abgetragen worden, und nahe der Kante, an der die Aachim heraufgekommen waren, befand sich ein gepflastertes Rechteck, das zu der Treppe eines riesigen Gebäudes führte. Die Treppe selbst war durch eine gut zehn Spannen breite Rampe zweigeteilt, die bis auf das Plateau reichte. Oberhalb der Treppe befand sich ein flaches, mit Obsidian gepflastertes Areal; nur waren die Steine inzwischen gerissen, und die Wurzeln riesiger alter Feigen- und Ebenholzbäume hatten sie zu scharfkantigen Haufen aufgeworfen. Und innerhalb dieses Areals lag das massive Rechteck der eigentlichen Festung von Katazza, die im Süden, Norden, Osten und Westen von Dreifachgipfeln umgeben war. In den Schatten lag noch Schnee, denn der Frühling war erst vierzehn Tage alt.

Aus dem Zentrum der monströsen Struktur ragten vielfarbige Kuppeln empor, mindestens ein Dutzend, mit Minaretten an den Ecken. Neun, bis in luftige Höhen reichende Türme wuchsen zwischen den Kuppeln empor. Jeder bestand aus spiralförmig nach oben gewundenen Steinbändern, die wiederum mit derart weißen Fliesen verkleidet waren, dass es den Betrachter blendete.

Als die Aachim das Plateau betraten, sahen sie, dass der zehnte Turm alle anderen bei weitem überragte; mindestens einhundertfünfzig Spannen wuchs er in den Himmel empor. Das Sonnenlicht enthüllte, dass auch er aus Steinbändern bestand, die enorm breit waren. Sie bildeten eine komplexe, ineinander verwobene Spirale, die überall anders zu sein schien. Auf halbem Weg nach oben und an der Spitze war der Stein von Bändern aus Lapislazuli umschlungen, drei bis vier Spannen breit und in Gold eingefasst. Die Kuppel, die den Turm krönte, war mit Platin beschlagen, das im Licht der untergehenden Sonne silbrig-weiß schimmerte mit einem Hauch von Scharlachrot.

Dann bogen die Aachim um eine Ecke der Festung und erkannten, dass der zehnte Turm isoliert in der Mitte des Plateaus stand; allerdings war er über zwei Metallbrücken mit der Festung verbunden. Ein gewaltiger Riss lief quer über das Plateau; die Steine auf einer Seite waren bis auf Höhe einer Stufe angehoben, und unter dem Turm führte der Spalt durch einen Spitzbogen. Dort war der Spalt verstopft, doch nahe dem gepflasterten Areal tropfte Wasser aus dem Turm und färbte den Boden gelb und blau. Gelegentlich stieg eine Dampfwolke empor.

»Wie hat der Turm das Erdbeben überstanden, das das verursacht hat?«, fragte Malien erstaunt.

»Er ist so konstruiert worden, dass er so etwas übersteht«, erklärte Tensor und führte sie zu dem Torbogen. »Dieser Riss hier war außerdem bereits da, als der Turm gebaut worden ist. Siehst du, wie die Grundfesten in mehrere Teile geteilt worden sind? Das ist eine hervorragende Arbeit. So können sie sich unabhängig voneinander bewegen.«

Die Aachim gingen zwischen zwei der Steinbänder hindurch und bekundeten lautstark ihre Bewunderung für das technische Genie, das dieses Wunder erschaffen hatte. Llian interessierte das nicht im Mindesten, aber er fragte sich, warum Kandor solche Mühen auf sich genommen hatte, um genau über dem Spalt zu bauen. Warum war dieser Ort so wichtig für ihn gewesen?

Kurz darauf gingen sie über eine halbrunde Mauer nach oben. Vulkanische Dämpfe hatten den alten Stein fleckig gemacht. Sie gingen um den ganzen Turm herum, bis sie wieder an ihrem Ausgangspunkt waren.

»Ich nehme an, zum Eingang kommt man über die Brücke von der Festung«, sagte Asper.

»Ohne Zweifel«, stimmte ihm Tensor zu.

Er marschierte zur Festung hinüber. Als er auf der breiten Stufe vor dem Westtor stand, lag ein Ausdruck grimmiger Zufriedenheit auf seinem Gesicht.

»Auch wenn Kandor der geringste unserer Feinde war, so kann ich doch nicht anders, als zu lächeln, nun da ich auf seiner Schwelle stehe. Wir sind gefallen, werden uns vielleicht nie wieder erheben, und doch haben wir diesen Feind überlebt. Und nun wird seine Festung, unbezwinglich außer durch die Zeit, uns vor unseren Feinden schützen.«

Er drückte gegen das Tor, doch es gab nicht nach. Zwar war es während Kandors zweitausendjähriger Herrschaft nie verriegelt gewesen und auch nicht, nachdem seine Diener geflohen waren, aber nun hatte die Zeit die Scharniere fest verschweißt. Die Aachim mussten gemeinsam drücken, um es aufzubrechen. Schließlich brach das uralte Metall, und die Torflügel sackten nach innen. Die Aachim gingen hinein. Eine dicke Staubschicht dämpfte ihre Schritte.

Llian folgte ihnen nicht; der Marsch hatte ihn vollkommen erschöpft. »Nun, da bin ich also«, sagte er zu sich selbst. »In Thurkad habe ich noch davon geträumt, hierherzukommen und Kandors Papiere aus der Zeit der Düsternis zu finden, nur habe ich nie geglaubt, dass ich je so weit kommen würde. Und was soll ich jetzt machen? Was genau hat Kandor gesagt?«

Llian wartete, bis alle hineingegangen waren; dann setzte er sich hinter einen Baum und las noch einmal den Brief, den er kurz vor dem katastrophalen Konklave aus der Zitadelle gestohlen hatte.

17. Mard 4201

Mein lieber Rulke,

ich bin des Krieges und dieser Welt so überdrüssig, dass ich alles dafür geben würde, ihn zu beenden. Der Verlust von Perion hat mir das Herz gebrochen. Einmal mehr bitte ich dich: Teile mit mir, was du weißt. Du brauchst es nur zu sagen, und alles, was ich habe, gehört dir. Ich werde selbst das Knie vor dir beugen. Du weißt, wie viel mich das kostet, aber ich bin geschlagen.

Irgendetwas ist in der Zeit der Düsternis geschehen. Ich habe ein Vermögen darauf verschwendet herauszufinden, was das war. Warst du es? Lass uns in dieser Angelegenheit zusammenkommen – wir sind beide Charon. Ich glaube, du vergisst das bisweilen. Ich bitte dich im Namen der einen Sache, der du dich nicht verweigern kannst und die alle anderen Überlegungen übertrumpft: das Überleben unseres Volkes.

Ich habe auch Yalkara geschrieben. Mit Freuden werde ich alles, was ich habe, nach Alcifer bringen. Ich erwarte deine Antwort.

Kandor

Llian dachte an die seltsame Geschichte zurück, mit der diese ganze Angelegenheit ihren Anfang genommen hatte, seine neue Version der *Geschichte der Düsternis.* Sein Herz flog dem verkrüppelten Mädchen zu, das die wenigen Stunden des Glücks vertanzte, die Shuthdar ihr gegeben hatte. Auf wundersame Weise war sie vom Mahlstrom der Düsternis beschützt worden, doch nur, um kurz danach in den Rücken gestochen zu werden. Für welches Geheimnis war sie ermordet worden?

Ich habe ein Vermögen ausgegeben, um das herauszufinden. Nun, wollen wir doch mal sehen, was es hier zu entdecken gibt. Wo ist Kandor gestorben? Wie *ist er gestorben? Hat er sich zuvor mit Rulke getroffen? Hat er hier irgendwelche Aufzeichnungen hinterlassen, oder hat er sie auf seine schicksalhafte Reise mitgenommen? Ich muss sehr vorsichtig sein,* dachte Llian. *Noch nicht einmal Malien darf ich dieses Geheimnis anvertrauen.*

Llian steckte den Brief wieder weg und folgte den Aachim in die Pracht von Katazza. Tensor hatte bereits damit begonnen, alles zu ordnen. Die Aachim beeilten sich, seinen Befehlen zu folgen.

Währenddessen schaute Llian sich mit der größten Zufriedenheit um. Er rief sich die vielen Geschichten über das Reich wieder ins Gedächtnis zurück, wie sie im *Buch von Perion* niedergeschrieben waren. Welcher Student der Historien hätte je auch nur zu träumen gewagt, selbst einmal nach Katazza zu kommen und dann auch noch festzustellen, dass die Türme noch immer standen, unverändert seit den Tagen ihres Ruhms? Aber Llian war auch nervös, denn sicher würde es nicht mehr lange dauern, bis Tensor enthüllen würde, was er mit ihm vorhatte. Tatsächlich kam dieser Zeitpunkt rascher als erwartet.

Tensor drehte sich um, und abermals nagelte er Llian mit seinem Blick fest. »Komm mit!«, zischte er.

Gemeinsam gingen sie durch Katazza, doch jeden Raum, durch den sie kamen, lehnte Tensor mit einem Kopfschütteln ab.

»Was suchst du?«, fragte Llian besorgt.

Tensor war heute guter Laune, fast sogar freundlich. »Eine Kammer, die groß genug ist; eine, die man gegen jeden Angriff sichern kann. Aber vor allem muss sie sich richtig *anfühlen.* Um die Geheime Kunst zu formen und zu dirigieren, wie ich es will, muss der Ort einfach perfekt sein.«

»Wo hat Kandor gearbeitet?«, fragte sich Llian und versuchte, Katazza für seine *Geschichte des Spiegels* zu verstehen.

Tensor wirbelte herum. »Gut gedacht, Chronist. Ich weiß es nicht, aber du vielleicht – schließlich hast du die Geschichten über diesen Ort gelesen.«

Llian kramte in seinen Erinnerungen. Beim *Buch von Perion* handelte es sich genau genommen um fünf Bücher mit Tausenden von Seiten. »Ah!«, sagte er schließlich nach kurzem Nachdenken. »Es gibt da eine Zeile im *Buch der Wirker,* die wie folgt lautet: *Und er schaute von seiner Werkbank hinab in die Feuer des Spalts.*«

»Dann muss sein Arbeitsplatz also irgendwo oberhalb des Spalts gewesen sein«, sagte Tensor. »Sicher war es ein Ort von großer Macht, irgendwo im Großen Turm. Vielleicht wirst du dir ja doch noch deinen Unterhalt verdienen, Chronist. Versuchen wir es einmal an der Westbrücke.«

Die Westbrücke führte aus der Festung in den Großen Turm durch einen geschickt verborgenen Eingang zwischen den Steinbändern. Der Fels war von den Dämpfen fleckig und korrodiert. Llian und Tensor stiegen eine Treppe hinauf, die sich zwischen den Steinbändern und der inneren Wand hindurchschlängelte, und schaute durch makellose, wenn auch außergewöhnlich dicke Glasfenster auf die Kuppeln und Türme von Katazza.

Im fünften Stock endete die Treppe auf einer Plattform. Llian und Tensor traten durch einen Torbogen, der so breit war, dass alle Aachim zugleich hindurchpassen würden, in einen Raum, der das gesamte Turmgeschoss einnahm. Der Eingang konnte mit einer massiven Stahltür verschlossen werden, nur dass er jetzt offen stand, und auf der anderen Seite des Raums wand sich auf der Innenwand eine Treppe zu den oberen Geschossen empor. In dem Raum war es schier unheimlich warm, und es roch schwach nach Schwefel.

»Das ist es«, seufzte Tensor. »Ich *fühle* es. Das ist der passende Ort für meine Arbeit, so wie er es einst für Kandor gewesen ist.«

Llian war geradezu ekstatisch, während er durch den Raum wanderte und in Kandors Umfeld eintauchte. Der Raum besaß die Form eines neunblättrigen Kleeblatts. Steinbögen hielten eine ausladende Gewölbedecke so hoch, dass Llian fünfzig Stufen zählte, bevor die Treppe außer Sicht verschwand. In jeder Nische standen verstaubte Steinkamine, die groß genug waren, um einen Ochsen auf ihnen zu rösten. Kleine, schlauchförmige Fenster aus Buntglas gingen sowohl durch die Wand als auch durch die dahinterliegenden Steinbänder. Durch eines dieser Fenster fielen die Strahlen der untergehenden Sonne und tauchten den Raum in ein goldenes Licht – in ein Licht, wie es nur in Katazza zu finden war. Llian stieg die Treppe hinauf und fand im nächsten Stock eine weitere Kammer, die jedoch nicht annähernd so prachtvoll war, doch die Stufen führten noch weiter nach oben.

»Hey, Chronist! Zeit, an die Arbeit zu gehen!«, hallte Tensors Stimme um die Ecke.

Staub tanzte im letzten Sonnenlicht. Llian und Tensor machten sich daran, Staub und Dreck zu entfernen, zerbröckelndes Papier und verrotteten Stoff. Als die Sonne schließlich unterging, mussten sie damit aufhören. Zwar hingen Leuchtkugeln an den Wänden, doch bis jetzt hatte noch niemand herausgefunden, wie man sie in Betrieb nehmen konnte, und am Boden der Ölgefäße befand sich nur ein zäher Brei. Die Aachim stellten einfache Lampen her, indem sie alten Stoff in diesen Brei tauchten, und später machten sie daraus auch eine Art Kerze. Dann setzten sie ihre Arbeit fort.

In dieser Nacht erschien Malien an Llians Tür mit einer Brille aus Draht und Glas. Das Glas war so alt, dass es eine purpurbraune Farbe angenommen hatte. Wortlos passte Malien die Brille an Llians Gesicht an und inspizierte das Ergebnis mit ihrer Lampe.

»Das dürfte reichen«, verkündete sie. »Trag sie tagsüber. Sag einfach, die helle Sonne würde dir in den Augen wehtun, sollte jemand dich danach fragen. Und nachts ... Nun, bis jetzt hat niemand etwas bemerkt.«

Tatsächlich hatte den ganzen Tag über niemand Llian Beachtung geschenkt, so sehr waren die Aachim in die Wunder vertieft, zu denen Tensor sie geführt hatte. Selbst Basitor und Hintis sprachen ohne erkennbare Boshaftigkeit mit Llian. Da sie das Meer ungewöhnlich schnell durchquert hatten, stand ihnen noch jede Menge Proviant zur Verfügung, und den ergänzten sie nun mit Nüssen, Wurzeln und Früchten, die in der knochentrockenen Luft draußen getrocknet waren; allerdings waren diese Zugaben eher schlecht und wurmzerfressen. Aber es reichte, bis vier Tage später Kundschafter vom Nordende der Insel zurückkehrten. Sie hatten Vorräte dabei, die sie von den scheuen Waldbewohnern dort erworben hatten.

Nun wurde ein Tag wie der andere, während die Aachim unablässig daran arbeiteten, Ordnung in ihre Zuflucht zu bringen. Und das war eine große Aufgabe, denn Katazza war riesig, und Teile davon lagen in Ruinen. Ein Monat verging, in dem sie Tore, Mauern und andere Verteidigungsanlagen reparierten, Zisternen und Lagerräume füllten, Geheimgänge versperrten und Wasserpumpen, Kessel, Kanäle und Beleuchtung instand setzten. Eines Abends kam Llian von draußen herein, und alle Lichtkugeln glühten und erhellten die Wunder von Katazza.

Llian konnte jedoch bei keiner dieser Arbeiten behilflich sein; er eignete sich nur für Handlangerdienste, denn er war handwerklich eher ungeschickt. Tatsächlich war er noch nicht einmal in der Lage, das Essen so zuzubereiten, dass es den Ansprüchen der Aachim genügte, weshalb er sich vollkommen nutzlos vorkam. Das Einzige, wozu er imstande war, war, Dinge hin und her zu tragen.

War das erledigt, entließen sie ihn stets sofort, sodass er für sich allein war. Das wiederum freute Llian. Schließlich galt es, ganz Katazza zu erkunden und zu beschreiben, um den Historien neue Substanz zu verleihen und die alte Festung in den Großen Geschichten wieder zum Leben zu erwecken. Das war genug Arbeit für ein ganzes Leben.

Llian schwankte zwischen Euphorie und Verzweiflung. Kein Chronist hatte je solche Gelegenheiten gehabt, wie sie sich ihm hier boten. Die *Geschichte des Spiegels* war mit Sicherheit jetzt schon eine Große Geschichte … obwohl Llian wohl nicht lange genug leben würde, um sie zu erzählen, sollten sich Maliens Warnungen oder Basitors und Hintis' Drohungen bewahrheiten.

Llian versuchte, nicht an Karan zu denken; das war viel zu schmerzvoll und sinnlos. Er verbrachte mehr und mehr Zeit mit Tensor, der sich nun schon länger nach besten Kräften bemühte, den Spiegel zu beherrschen. Zuerst stand Llian nur in der Tür, schaute stumm zu, und als keine Reaktion darauf erfolgte, wurde er kühn genug, sich aufs andere Ende von Tensors Bank zu setzen. Er fühlte sich wie ein Kind, das seinen Lehrer dabei beobachtete, wie er einen unverständlichen Ritus durchführte. Er selbst kam sich einfach nur unbedeutend vor, während ihn selbst die kleinste Kleinigkeit von Tensors Tun faszinierte.

»Dieser Spiegel ist nicht mehr der, den ich gekannt habe«, sagte Tensor und starrte die Glyphen an, die um den Rahmen herumflossen. »Das ist Yalkaras Werk. Und das ...« Er berührte das schimmernde Symbol. »Das vernebelt meinen Geist. Aber ich werde einen Weg finden, das zu überwinden.«

Llian starrte den Spiegel genauso eifrig an. Die Glyphen waren ein Rätsel – eine Schrift, die er nicht zu entziffern vermochte. Oh, wie sehr er sich wünschte, sie lesen zu können. Und falls Yalkara sie dort angebracht hatte, welchem Zweck dienten sie dann?

Tensor saß da und schaute den Spiegel an, der vor ihm auf dem Tisch lag. Er hätte genauso gut schlafen können – seine Augen waren geschlossen –, doch sein Leib war so gespannt wie ein Bogen.

Führte er vielleicht irgendeinen lange hinausgezögerten Dankesritus für die Wiedererlangung des Spiegels aus, dieses ältesten Erbstücks der Aachim? Oder versuchte er einen Weg durch die Fallen und Täuschungen im Inneren des Spiegels zu finden, seinen Geist auf ihn abzustimmen und ihn unter seine Kontrolle zu bringen?

Ein Tag verging. Da er es inzwischen müde geworden war, Tensor zu beobachten, der sich noch immer nicht rührte, wandte Llian sich einem anderen Rätsel zu. »*Und er schaute von seiner Werkbank hinab in die Feuer des Spalts* …« Der Spalt lief unter dem Turm entlang. Llian hatte auf allen vieren nach geheimen Falltüren im Boden gesucht, jedoch keine gefunden. Auch die Böden unterhalb dieses Raums waren versiegelt. Was konnte das Zitat bedeuten? Vielleicht war das hier ja doch nicht der richtige Raum.

Llian gab auf und ging spazieren. Er folgte einem Pfad zu dem kleinen Wäldchen unterhalb der Südplattform. Dort fand er ein paar rote Früchte, ähnlich Dattelpflaumen, die den ganzen Winter über an den kahlen Ästen gehangen hatten und nun so reif waren, dass sie ihm in den Händen zu zerfallen drohten. Und hinter den Bäumen bemerkte Llian eine von Flechten überwucherte Kuppel. Sie gehörte zu einem Pavillon und wurde von acht Säulen getragen, die auf einem Basaltbuckel neben einem Aussichtspunkt ruhten, von wo aus man die bewaldeten Terrassen und felsigen Berge jenseits davon sehen konnte und auf der anderen Seite die See von Perion. Der Pavillon wurde von einem riesigen Feigenbaum beschattet, dessen dünne Wurzeln ihn auf einer Seite umschlossen und die Säulen auseinanderdrückten. Säulen, Bänke und Tisch waren aus massivem Serpentin gehauen.

Llian zögerte zwischen den beiden Säulen, die den Eingang bildeten, und strich mit den Fingerspitzen über den seidigen gelbgrünen Stein.

»Komm rein«, sagte Malien.

Llian erschrak und ließ eine seiner Früchte fallen, die einen roten Fleck auf seinem Stiefel hinterließ. Als sich seine Augen den Lichtverhältnissen angepasst hatten, schälte Malien sich aus dem Hintergrund. Sie saß mit dem Rücken an den Wurzeln des Feigenbaums.

»Ich will dich nicht stören …«

»Kein Problem. Wie es der Zufall will, habe ich ohnehin gerade an dich gedacht. Wie geht es deinen Händen?«

Llian schaute sie verwirrt an. »Oh, denen geht es schon besser.«

»Komm. Setz dich. Iss dein Obst.«

Llian setzte sich neben sie und bot ihr an, was er hatte. »Ich bin nicht hungrig«, sagte sie lachend, und er gewann den Eindruck, dass sie ihn wohl für einen Bauerntrampel hielt – die Hände voller tropfender Früchte und überall Flecken auf Hemd und Hose. »Was macht Tensor gerade?«, erkundigte sich Malien.

»Er studiert den Spiegel und das stundenlang und ohne Pause.«

»Wenn du wieder zurückgehst, behalte ihn im Auge. Ich will alles wissen, was er tut.«

Llian schwieg.

»*Llian!*«

»Ich bin kein sonderlich guter Spion. Ich kann nicht …«

Maliens Hand schoss vor und packte ihn schmerzhaft am Handgelenk. Eine der Früchte wurde zerquetscht, und – sehr zu Llians Verdruss – ein triefender Brocken Fruchtfleisch spritzte ihm aufs Hemd.

»Das ist kein Spiel, wie ihr es in der Erzählerschule gespielt habt.« Maliens Stimme klang tief und wild. Llian versuchte, sich von ihr loszureißen, doch sie hielt ihn mühelos fest. Ihre Kraft war furchterregend, doch das Brennen in ihren Augen war sogar noch schlimmer. »Ich weiß, dass für *dich* nur die Geschichte zählt; aber du verstehst nicht, was hier auf dem Spiel steht. Nun, lass es mich dir vollkommen klarmachen: Wenn er tut, wovon er glaubt, dass er es tut, dann werde ich sterben – und du auch und alle Aachim und Karan, falls sie denn noch lebt, und unzählige aus allen Völkern Santhenars. Und wofür? Für die Rache eines Wahnsinnigen – mehr nicht. Glaub mir, wenn es eine Möglichkeit gäbe, ihn aufzuhalten, ich hätte es schon längst getan; aber er ist zu misstrauisch und zu stark. Du stehst in meiner Schuld, und jetzt fordere ich dich auf, diese Schuld zurückzuzahlen. *Zeig mir, was in dir steckt!*«

»Aber warum kannst du ihn nicht aufhalten?«, fragte Llian mit zittriger Stimme. »Du und Selial, ihr könntet doch …«

»Mir sind die Hände gebunden, Chronist. Tensor und ich, wir waren einst Gefährten, und obwohl das schon lange her ist, kann ich ihn nicht niederstrecken. Ich kann ihm kein Ende bereiten, und das ist die einzige Möglichkeit, ihn aufzuhalten.«

»Selial ist stark. Ich habe gesehen, wie sie ihn bei Karans Prozess in Shazmak mit nur einem Blick in die Schranken gewiesen hat. Er hat getan, was sie ihm befohlen hat.«

»Das war vor dem Fall von Shazmak«, sagte Malien so leise, dass Llian den Hals recken musste, um sie zu verstehen. »Tensor ist entschlossener denn je. Aber Selial … Die Katastrophe hat ihr all ihre Kraft und ihre Hoffnung geraubt.« Sie legte eine kurze Pause ein.

»Du hast das schon einmal gesagt … damals, auf dem Hügel, wo die Geister waren«, fuhr Malien schließlich fort. »Uns fehlt einfach der Mut.« Sie ließ sein Handgelenk wieder los. Llian massierte es, bis die Taubheit verschwand. »Du kennst unsere Geschichte nicht, Llian.«

»Das würde ich aber gerne«, unterbrach er sie. Die Neugier überwand seine Angst.

»Streitigkeiten untereinander waren schon so oft der Grund für unser Scheitern – nicht zuletzt, als die Charon unsere Welt übernommen haben –, dass wir nun vor jedem Konflikt zurückschrecken. Wir haben unsere Torheit auch in die andere Richtung ins Extreme getrieben. Wenn wir Tensor mit Gewalt zügeln, würden wir damit gegen zweitausend Jahre Geschichte handeln. Außerdem ist er schlicht unglaublich mächtig; er kann es mit jedem von uns aufnehmen, auch ohne seine Gefolgsleute. Wenn wir ihn zwingen, wird er den Machtzauber gegen uns einsetzen. Ja, er ist so weit gefallen, dass er uns sogar allesamt erschlagen würde, sollten wir uns zwischen ihn und seine Narretei stellen. Wenn man schwach ist, Chronist, muss man listig sein. Also benutze ich dich. Wie entscheidest du dich?«

»Ich werde es tun«, antwortete Llian erschüttert. Es war so leicht gewesen, nicht über die Konsequenzen seiner Zusammenarbeit mit Tensor nachzudenken.

»Gut«, sagte Malien und lächelte ihn freundlich an. »Ich muss jetzt gehen.«

»Was hättest du getan, wenn ich mich geweigert hätte?«, fragte Llian sich laut. Er wollte stets die Alternativen kennen ... und ihre Konsequenzen.

Malien blieb auf der Schwelle stehen.

»Ich glaube, dass Karan das Opfer verstehen würde, auch wenn sie es nie vergeben könnte«, sagte sie leise. »Ich hätte dich an Basitor verraten.«

Kapitel zehn

Nach Faranda

»Jetzt werde ich mir eure Geschichten anhören«, sagte Nadiril, nachdem die Becher durch frische ersetzt worden waren. »Erzählt mir alles. Lasst nichts aus, und ich werde hinzufügen, was ich weiß. Und dann, Mendark, wenn es noch immer vonnöten ist, darfst du mir deine Fragen stellen.«

Mendark und Tallia erzählten ihre Geschichten. Lilis machte es sich auf ihrem Stuhl bequem, hörte aufmerksam zu, sagte aber nichts. Ihr Gesicht war so lebhaft ob all der Möglichkeiten, die sich ihr mit einem Male boten, dass nichts mehr an das hagere, armselige, kleine Straßenkind von einst erinnerte. Sie konnte einfach nicht ruhig bleiben; sie konnte sich das strahlende Lächeln nicht verkneifen, doch dann und wann fiel ein Schatten auf ihr Gesicht, und ihre Kiefermuskeln zuckten. Irgendeine böse Erinnerung aus ihrer Zeit auf der Straße, nahm Tallia an.

Mit der Dunkelheit kam die Kälte. Der Diener kehrte mit einem Mantel für Nadiril und auch mit je einem für die anderen wieder zurück. Mendark zog ihn jedoch nicht an, sondern hängte ihn stattdessen über die Stuhllehne.

»Das ist eine böse Angelegenheit«, sagte Nadiril. »Nur du, ich und der alte Wistan halten noch an unserem Ziel fest, und ich bin nur ein nutzloser, alter Mann.«

»In der Tat!«, sagte Mendark.

Nadiril ignorierte das. »Wirst du versuchen, den Rat wieder aufzubauen?«

»Orstand ist unersetzbar. Selbst Hennia ... diese verräterische Zain!«

»Du hast doch Tallia«, sagte Nadiril.

Tallia rutschte nervös hin und her, als wolle sie protestieren.

»Zu jung!«

Lilis machte ein Gesicht, als wäre ihre Freundin gerade beleidigt worden.

»Du warst genauso jung, als du dich dem Rat angeschlossen hast«, entgegnete Nadiril. Er blickte kurz zu Tallia, und es schien, als läge eine Frage in seinen alten Augen. Tallia hob leicht die Augenbrauen, doch Nadiril wandte sich wieder Mendark zu.

Ich will das nicht, dachte Tallia. *Wenn das hier vorbei ist, werde ich nach Hause gehen, und ich glaube nicht, dass ich je wieder zurückkehren werde.* Sie seufzte laut.

»Damals waren die Zeiten anders«, sagte Mendark.

»Das weißt du ja am besten«, erwiderte Nadiril und lächelte unschuldig.

»Es reicht jetzt mit deinem Sarkasmus und deinen schelmischen kleinen Spielchen«, sagte Mendark gereizt. »Wo bist du gewesen, als ich dich die letzten Jahre gebraucht habe?«

»Genau hier«, antwortete Nadiril eisig, »wo ich auf deinen Ruf gewartet habe.«

»Du bist seit zehn Jahren bei keinem Ratstreffen mehr gewesen.«

»Im Rat wurde doch nur noch geredet. Ich wurde in der Bibliothek gebraucht, um deine Fragen zu beantworten, sobald du dich endlich dazu herablassen würdest, sie zu stellen. Hätte ich etwa eine zweimonatige Reise auf mich nehmen sollen, nur um mir von dir einen Vortrag über meine Pflichten anzuhören? Trotz all seiner Torheiten hatte Thyllan doch recht! Yggurs Aufstieg und der Fall von Thurkad sind *dein* Werk.«

»Ich war Magister, nicht Statthalter!«, spie Mendark.

»Bah!«, sagte Nadiril. »Die Statthalterin war deine Marionette, Mendark – das war die ganze Versammlung! Sieh's ein: Du bist ein gieriger, selbstsüchtiger, boshafter, alter Mann, und du hast nicht länger genug Mut für dein Amt.«

Mendark bebte vor Zorn. Er stand auf und wedelte mit der Faust. »Du verdammter, alter Narr! Schau dich doch nur einmal selbst an, altersschwach, wie du bist! Mein Verstand ist wenigstens noch klar ...«

Lilis, die mit jedem Wort nervöser und ängstlicher geworden war, brach in Tränen aus. »Hört auf! Hört auf!«, heulte sie und kniff die Augen zu, um die Tränen zurückzuhalten.

»Ja, hört sofort auf!«, sagte Tallia. »Seht euch nur an! Was seid ihr doch für zwei Narren!«

»Tut mir leid, Lilis«, sagte Nadiril. »Mach dir keine Sorgen, Kind. Wir ... Wir hatten immer schon unsere Meinungsverschiedenheiten. Was willst du mich fragen, Mendark?«

Mendark beruhigte sich wieder, auch wenn ihn das sichtlich Mühe kostete. »Was weißt du über den Spiegel von Aachan? Über welche Kräfte verfügt er? Welche Geheimnisse enthält er, und – am dringendsten – was will Tensor mit ihm?«

Nadiril nahm sich ein wenig Zeit, um sich die Worte zurechtzulegen. Das Lampenlicht erhellte nur einen Teil seines Gesichts und nicht seine Augen, sodass sein Kopf mehr denn je wie ein Totenschädel aussah.

»Seit diese Angelegenheit ihren Anfang genommen hat«, sagte er schließlich, »habe ich ein wenig Zeit mit dem Durchsuchen unserer Aufzeichnungen verbracht. Bis jetzt habe ich nur drei Erwähnungen des Spiegels gefunden, allesamt aus zweiter Hand. Es mag noch mehr geben, aber das braucht Zeit, und die Kosten werden hoch sein. Doch der Magister hat ja immer genug Gold, nicht wahr, Mendark?«

»Ja, ich habe genug mitgebracht, um deine unverschämten Gebühren zu bezahlen. Sag mir, was du hast«, knurrte Mendark säuerlich.

»Da ist noch etwas, was mir fast so viel Kopfzerbrechen bereitet wie Tensor«, sagte Nadiril. »Diese Ghâshâd! Warum haben sie Shazmak eingenommen, und was führen sie jetzt im Schilde? Darauf müssen wir wieder zurückkommen. Aber jetzt zu deiner Frage ... Der Spiegel wird in den Hauptteilen der Historien nur selten erwähnt, denn zuerst schien er von nicht allzu großer Bedeutung zu sein. Es gab weit großartigere Dinge, über die die Schreiber staunen konnten. Später, nachdem Yalkara ihn verändert hatte, wurde er geheim gehalten. Dennoch ist bemerkenswert, dass so wenig über ihn geschrieben wurde – sehr bemerkenswert sogar.

Die erste Erwähnung findet sich in einem antiken Buch der Aachim mit Namen *Nazhak tel Mardux.* Es heißt, Pitlis habe es kurz vor seinem Tod geschrieben, obwohl ich glaube, dass es erst danach entstanden ist. Das Buch erzählt die frühe Geschichte der Aachim, jene Zeit, in der sie den Spiegel besessen haben, doch es ist schon lange verschollen. Ich habe es nie gesehen, weder im Original noch in Abschriften.«

»Llian hat dieses Buch in Shazmak gelesen!«, rief Mendark »Aber der Narr hat es dort gelassen.«

»Dann muss er auf jeden Fall hierherkommen, wenn man ihn gefunden hat. Das *Nazhak* könnte beim Fall der Stadt zerstört worden sein; das macht Llians Erinnerung daran umso wichtiger. Die zweite Erwähnung des Spiegels findet sich im *Kodex von Yalkara,* also dem Werk, das man als *ihre* Historien bezeichnen könnte. Der *Kodex* – falls er denn existiert – wäre ohne Zweifel eine der wertvollsten Quellen zu diesem Thema, denn Yalkara war die größte jener, die den Spiegel eingesetzt haben, und die raffinierteste. Sie war eine zwiespältige Gestalt, die rätselhafteste aus alter Zeit.«

Mendark schwieg. Er war tief in Gedanken versunken.

»Die dritte Erwähnung ist nicht weniger obskur: Sie steht in einem Werk mit Namen *Die Geheimnisse des Aufzeichners.* Alles, was wir über den Aufzeichner wissen«, erklärte Nadiril und wandte sich an Lilis, »ist, dass er die Geschichte der Kämpfe zwischen Yalkara und Faelamor aufgeschrieben hat, bevor Yalkara Santhenar verlassen hat. Ich habe nur eine stark korrumpierte und unvollständige Version davon. Du kannst sie dir gerne ansehen, Mendark. Aber was die anderen Dinge betrifft, von denen das Werk angeblich berichtet: Yalkaras Befehl, Santhenar zu verlassen, und die Beseitigung des Spiegels nach ihrem Aufbruch … nichts! Wir wissen noch nicht einmal, wer der Aufzeichner war, nur dass sein Name Gyllias gelautet hat, doch das war damals ein sehr gängiger Name; er findet sich mehrmals in den Historien.«

Mendark schwieg noch immer.

»Ich fürchte, dass ich dir nicht viel habe helfen können«, sagte Nadiril. »In der Bibliothek haben wir vielleicht noch mehr dazu, nur kann sich niemand daran erinnern. Aber es gibt hier Schriftrollen, die seit tausend Jahren niemand mehr gelesen hat, und Bücher, die niemand zu entziffern vermag. Würden all meine Schreiber hundert Jahre lang ununterbrochen lesen, hätten sie nicht ein Zehntel von dem gesehen, was wir hier haben. Allerdings sagt mir mein Gefühl, dass es zu dem Spiegel auch nicht mehr zu finden gibt.«

»Lass mich das korrumpierte Fragment sehen, das ihr hier habt«, sagte Mendark. »Llian wird mir sagen, was im *Nazhak tel Mardux* steht, wenn wir ihn finden.«

»Falls er es gelesen hat, kann er es niederschreiben. Sagt ihm, das soll er sofort tun, sobald ihr ihn habt. Ich freue mich schon darauf, es zu sehen.«

»Ich wage zu behaupten, dass du bis dahin schon verschieden sein wirst«, sagte Mendark. Tallia zuckte unwillkürlich zusammen.

Nadiril fixierte Mendark mit einem klaren, kalten Blick. »Noch nicht einmal Seher können ihr eigenes Ende voraussehen, und ich kann das mit Sicherheit nicht. Doch mein nicht allzu ferner Tod ist mir schon so lange vorausgesagt worden, dass *ich* zu behaupten wage, dass ich noch an meiner Arbeit sitzen werde, wenn du schon zu Staub zerfallen bist.«

Mendark schauderte, als wäre ihm eine Kröte den Rücken hinaufgelaufen. Tallia lenkte die Diskussion in sichere Gewässer. »Was ist mit Yalkaras *Kodex*? Wo könnte man den finden? Ist irgendetwas über ihn bekannt?«

»In den Historien ist der *Kodex* nur ein Gerücht. Niemand hat ihn je gesehen. Tatsächlich ist noch nicht einmal bekannt, ob es sich nur um ein Buch oder eine Reihe von Bänden handelt. Außerdem stellt sich die Frage – und das wird dich vielleicht entmutigen –, in welcher Sprache er geschrieben ist? Und in welcher Schrift? Wenn ihr ihn jedoch wirklich suchen wollt, dann geht in die *Wahn Barre*. Dort liegt Yalkaras Feste, Havissard; sie ist verlassen, aber unversehrt. Niemand hat je den Weg hinein gefunden. Und jetzt, Lilis«, er drehte sich zu dem Mädchen um, »würdest du uns für eine Weile entschuldigen? Mendark und ich müssen ein paar private Dinge besprechen.«

Tallia ging mit Lilis zur Mauer der Dachterrasse und deutete auf die Lichter der Stadt und die Sterne.

»Ich nehme an, ihr werdet bald aufbrechen«, schniefte Lilis.

»Davon gehe ich aus.«

»Ich werde dich vermissen, Tallia.«

»Und ich dich«, entgegnete Tallia und legte den Arm um das Kind. »Aber ich werde wieder zurückkommen.«

»Was willst du sonst noch von mir?«, fragte Nadiril. »Das ist doch nicht der einzige Grund, warum du hergekommen bist.«

»Der andere ist …« Mürrisch zupfte Mendark an seinem Bart. »Ich weiß nicht, ob da etwas dran ist oder nicht.«

»Meinst du wegen des Ereignisses, was wirklich zurzeit der Düsternis geschehen ist?«

»Woher weißt du das?«

»Mein lieber Mendark ... Die Historien sind mein Beruf. Nachdem Llian seine Geschichte erzählt hat, habe ich eine Woche später davon gehört.«

»Und? Könnte da was dran sein? Könnte es sein, dass irgendjemand sich unbemerkt in den Turm geschlichen hat?«

Nadiril kratzte sich die fleckige Glatze. »Das habe ich mich schon oft gefragt. Bis jetzt habe ich jedoch noch keinen überzeugenden Beweis dafür gesehen. Es wäre gut, die Beweise für Llians Geschichte zu lesen, doch der alte Wistan hat sie weggeschlossen, und solange er lebt, kommt niemand dran.«

»Dieser dumme, alte Kerl!«, sagte Mendark erregt. »Ich habe mir schon überlegt, das ein wenig zu beschleunigen.« Nadiril schaute ihn kalt an. »Aber das werde ich nicht«, fügte Mendark hinzu.

»Also ... Was sind *deine* Pläne, Mendark?«

»Tensor und den Spiegel jagen.«

»Und dann? Bist du stark genug für das, was dann kommen wird?«

»Ich weiß es nicht. Ich bin alt. Ich werde schwächer.«

»Und wenn du scheiterst? Wer wird dann weitermachen?«

»Ich hatte gehofft, das würde Tallia tun. Sie ist sehr fähig, aber ...«

»Aber sie ist nicht gierig genug.«

»Nein. Sie will nicht alles wie ich und wie Rula vor mir. Rula! Sie war die größte aller Magister, und was hat ihr das gebracht? Tallia ist nicht hart genug dafür, und sie sorgt sich zu sehr um andere. Meiner Ansicht nach sind das zwei fatale Fehler für einen Magister.«

»Das sehe ich anders«, entgegnete Nadiril, »aber was weiß ich schon von der Bürde deines Amtes?«

Wochen vergingen. Mendark verbrachte all seine Zeit in den Katakomben der Bibliothek und untersuchte antike Karten und Dokumente. Er war ausgesprochen übellaunig, denn es frustrierte ihn, dass er nicht fand, wonach er suchte.

Da ihr seine schlechte Laune auf die Nerven ging, wanderte Tallia durch Zile und unterhielt sich mit den Kaufleuten und den Gästen in den Tavernen. Die Leute plauderten gern mit ihr. Hier war der Krieg weit weg; außerdem war Zile im Laufe seiner Geschichte schon häufig erobert worden, weshalb die Menschen solche Dinge einfach akzeptierten. So etwas geschah nun mal; aber nach einer Weile ging das Leben stets weiter und das nicht viel anders als zuvor.

Tallia hatte es sich angewöhnt, frühmorgens auf Wanderschaft zu gehen. In den ersten Tagen hatte Lilis sie begleitet, doch schon bald war sie so sehr mit ihrer neuen Arbeit und den damit verbundenen Studien beschäftigt, dass sie keine Zeit mehr hatte.

An diesem Tag ging Tallia gut eine Stunde spazieren und genoss die Ruhe. Manchmal kam ihr ein einsamer Passant aus dem Morgennebel entgegen, nickte und verschwand wieder. Als die Sonne aufging, saß sie auf einer Bank vor ihrem Lieblingsgasthof. Kurze Zeit später kam die Eigentümerin heraus. Ihr Haar war weiß, obwohl sie noch nicht alt war. Sie war eine schlanke Frau mit hohen Wangenknochen und einem breiten, schönen Gesicht.

»Ihr seid heute sehr früh, Mahl«, sagte sie respektvoll und benutzte höflich den Titel für einen ausländischen Gelehrten. Mit dem Tuch, ohne das Tallia sie noch nie gesehen hatte, wischte sie den Tau vom Tisch. »Was kann ich Euch bringen?«

Tallia gab ihre Bestellung auf. »Es ist heute Morgen sehr kühl.«

»Ja, sehr kühl«, stimmte ihr die Frau zu. »Wir werden Euch aber bald aufwärmen. Es wird uns ein Vergnügen sein. Gäste sind rar heutzutage. Gestern hatte ich ein paar. Wartet ein paar Minuten, dann prasselt der Ofen. Ich könnte mir vorstellen, dass einem das Denken mit einem heißen Becher in der Hand deutlich leichterfällt.«

Sie überließ Tallia ihren Gedanken. Weißer Rauch quoll aus dem Küchenkamin. Tallia beobachtete den Rauch gedankenverloren. In letzter Zeit waren mehrere Botschaften von Mendarks Stellvertretern gekommen, in denen von einer kleinen Gruppe Aachim die Rede war, die auf selten benutzten Pfaden gen Norden eilte. Doch diese Sichtungen datierten alle aus den ersten paar Tagen nach dem Konklave. Seitdem hatten sie gar nichts mehr von den Aachim gehört.

Tallias Frühstück kam: dicke Pfannkuchen, gewürzt mit Muskatbutter und Nelkenpfeffer, ein kleiner Krug mit schwarzem Zuckersirup und dazu einen großen Becher heiße Vanillemilch verziert mit Muskatblättern auf der Haut.

»Das wird Euer Blut wieder in Wallung bringen«, sagte die Frau, als Tallia die Milchhaut beiseiteschob und an der glühend heißen Flüssigkeit darunter nippte. Der Geschmack von Vanille und Muskat war überwältigend. Tallia goss den Inhalt des Krugs über die Pfannkuchen und begann zu essen.

»Keine Gäste heute? Was ist in Zile los?«

Die Frau zuckte mit den Schultern. »Das ist wohl der Krieg, auch wenn er weit weg ist. Und die Dürre ... Sie dauert nun schon dreißig Jahre an. Die Bewässerungsgräben sind voller Salz, und nichts wächst mehr. Aber der Westen befindet sich schon seit tausend Jahren in stetem Niedergang zu Gunsten von Thurkad und anderen solch elenden Orten. Eines Tages wird der Sand das antike Zile verschlucken. Selbst die Große Bibliothek wird dann untergehen.«

»Das wird ein trauriger Tag sein.«

»Ja. Die Bibliothek ist alles, was uns von unserem alten Ruhm geblieben ist.«

»Die Große Bibliothek ist noch immer der Stolz von ganz Santhenar«, sagte Tallia.

»Vielleicht, aber Santhenar unterstützt sie nicht. Nein, Zile ist am Ende. Das ist so sicher, wie das Meer der Trockenheit trocken ist. *Nicht ehe die See von Perion wieder gegen die funkelnden Ufer des Bergs von Katazza donnert, wird Zile wiederauferstehen.* So heißt es in der Prophezeiung, und ich bin sicher, dass diese Vorhersage stimmt.«

»Katazza! War das nicht die große Insel in der Mitte des Meeres?«

»Das war sie und ist es immer noch, nehme ich an, obwohl dort jetzt nur noch Wüste ist.«

Tallia kam ein Gedanke. Sie hielt mitten im Essen inne, die Gabel auf halbem Weg zum Mund. Schwarzer Sirup lief ihr über die Finger. Geistesabwesend leckte sie ihn ab; dann legte sie plötzlich die Gabel beiseite, leerte ihren Becher und fingerte eine Münze aus ihrer Börse.

»Sind die Pfannkuchen nicht nach Eurem Geschmack?«, fragte die Frau besorgt. »Ich kann …«

»Sie sind köstlich, aber mir ist gerade etwas Dringendes eingefallen. Ich muss mich beeilen. Danke.«

In der Bibliothek fand sie Nadiril tief unten in den Gewölben. Er kauerte auf einem Hocker, während Lilis neben ihm einen Text aus einem Buch auf eine Schiefertafel kopierte. Der alte Mann überprüfte die Arbeit des Mädchens und runzelte die Stirn. Lilis wischte die Tafel sofort sauber und begann erneut. Sie hatte dunkle Ränder unter den Augen, sah aber ausgesprochen glücklich aus.

Nadiril schien Tallias Gedanken zu lesen. »Solch eine Schülerin hatte ich noch nie«, sagte er. »Sie hört noch nicht einmal auf, um zu schlafen. Lilis, lies Tallia mal deine Tafel vor. Zeig ihr, was für Fortschritte du gemacht hast.«

Es war der trockene Bericht einer Ratsversammlung, die vor

ein paar hundert Jahren abgehalten worden war. Strahlend las Lilis die Passage mit monotoner Stimme vor und geriet dabei kaum ins Stocken.

»Da«, sagte Nadiril so stolz, als wäre Lilis seine eigene Tochter. »Eines Tages wird die Schülerin den Lehrer sogar noch übertreffen.« Er wirkte zwanzig Jahre jünger. »Und jetzt wieder zu deinen Schreibübungen. Was das betrifft, hast du noch nicht so große Fortschritte gemacht.« Ernst beugte Lilis sich wieder über ihre Schiefertafel.

»Ich bin sicher, wenn wir uns das nächste Mal sehen, bist du eine Meisterschreiberin«, sagte Tallia. Das strahlende Lächeln war wieder da; dann erkannte Lilis, was die Worte bedeuteten.

»Du gehst weg?« Die junge Schülerin verwandelte sich wieder in das kleine, quiekende Kind.

»Ich fürchte ja, aber keine Angst, wir kommen schon wieder zurück. Und sollte ich bei meiner Rückkehr herausfinden, dass Nadiril seinen Teil der Abmachung nicht erfüllt hat, wird er sich *mir* gegenüber zu verantworten haben.« Tallia funkelte den Bibliothekar böse an.

»Jaja ... Aber ich nehme an, du bist noch aus einem anderen Grund hier. Was willst du mich fragen?«, wechselte Nadiril mit einem trockenen Lachen das Thema.

»Erzähl mir alles, was du über Katazza weißt.«

»Früher oder heute? Heute, nehme ich an. Eigentlich sehr wenig. Gelegentlich versuchen noch immer Leute, das Meer der Trockenheit zu durchqueren, obwohl es dort nichts mehr gibt, was das Risiko wert wäre. Die meisten sterben bei dem Versuch. Einige überleben und schreiben darüber. Ich habe hier mehrere derartige Berichte aus den letzten paar Jahrhunderten. Wenn ich mich recht entsinne, wird in zweien davon Katazza erwähnt, auch wenn nur einer den Berg tatsächlich erklommen hat. Lass uns zu den Katalogen gehen. Komm, Lilis, es ist wichtig, dass du auch das lernst.«

Just in diesem Augenblick steckte Mendark den Kopf zur Tür herein. »Ah, Mendark«, sagte Nadiril. »Tallia glaubt, dass Katazza der Ort sein könnte.«

Nach längerem Suchen in den staubigen Archiven fanden sie drei Berichte über die Durchquerung des Meers der Trockenheit. Bei einem handelte es sich schlicht um eine abgegriffene, zerrissene Karte mit Notizen in einer winzigen Handschrift neben Kritzeleien, die offenbar Lagerplätze darstellen sollten. Katazza war ebenfalls markiert wie auch mehrere andere Berge, aber nicht die Route, auf der der Wanderer dorthin gelangt war. Der zweite Bericht war ein altes Notizbuch aus gut zwanzig losen Seiten. Offensichtlich waren sie aus einem weit dickeren herausgerissen worden, und es lag eine wunderschön gezeichnete Karte dabei. Der dritte Bericht wiederum befand sich auf einer kleinen Schriftrolle aus schlecht gegerbtem Leder. Die Schrift war größtenteils unleserlich.

»Da«, sagte Nadiril und deutete mit dem Finger. »In der Schriftrolle wird Katazza mit Namen erwähnt wie auch die Lage einer Frischwasserquelle am Fuß des Berges. Sie haben Schnee auf den Gipfeln gesehen.«

Mendark überflog die Schriftrolle. »Aber das ist auch schon alles!« Er warf die Schriftrolle auf den Tisch, woraufhin sie sich wieder zusammenrollte und auf den Boden fiel. Lilis beeilte sich, sie aufzuheben, und funkelte Mendark tadelnd an.

»Das hier ist der beste von den dreien«, sagte Nadiril und reichte Mendark das Notizbuch, »wie du dir vermutlich schon gedacht hast.«

»Die Schrift erinnert mich an jemanden«, sagte Mendark verwirrt. »Ich weiß nur nicht an wen.«

»Es stammt von einem alten *Freund* von dir«, sagte Nadiril, der seine Schadenfreude kaum verbergen konnte.

Mendark starrte ihn an.

»Shand!«, erklärte Nadiril. »Er hat der Bibliothek ganze Kisten mit Dokumenten überlassen, bevor er sich nach Tullin zurückgezogen hat.«

»*Shand!* Nun, wollen wir mal sehen, was er zu sagen hat.«

»Eine ganze Menge. Es gibt Notizen zu jedem Reisetag und jedem Lager, die Karte und mehrere Seiten zu Katazza selbst.«

»Katazza!«, sagte Mendark. »Wer hätte das gedacht?« Er las die erste Seite des Notizbuchs. *Die Historien sagen uns, dass die Charon eine Feste auf Katazza hatten. Kandors Türme ragten auf den Gipfeln von Katazza über das azurblaue Wasser der See von Perion empor.* Er hat einen sehr blumigen Stil.«

»Aber die Informationen sind da. Lies weiter!«

Den Rest las Mendark stumm. Es gab einen Bericht über die Austrocknung des Meeres, detaillierte Notizen zur Reise, den Wetterbedingungen, Gefahren und Wasserlöchern sowie einen Abriss zu den Mythen und Legenden, die Katazza umgaben. »Gibt es irgendeine Aufzeichnung darüber, dass Tensor das gesehen haben könnte?«, fragte Mendark.

»Nein«, antwortete Nadiril, »aber er ist im Laufe der Jahre viele Male in die Bibliothek gekommen und gegangen, wohin er wollte. Ich kann es also nicht ausschließen. Ohne Zweifel gibt es derartige Berichte aber auch in anderen Bibliotheken. Vielleicht war er sogar selbst schon einmal in Katazza.«

»Ich verstehe, warum er sich dort würde verstecken wollen«, sagte Mendark. »Es wäre eine unvergleichliche Zuflucht für jemanden, der Einsamkeit und Zeit sucht, um seine Angelegenheiten zu regeln. Aber ich brauche einen konkreteren Hinweis, um mich selbst auf solch eine Reise zu begeben.«

Am folgenden Tag kam dieser Hinweis: ein Skeet von einem von Mendarks Stellvertretern. Neben anderen Nachrichten fand sich auch die folgende: Eine Gruppe großgewachsener Menschen, angeführt von Tensor, hatte drei Tage in Siftah verbracht, bevor sie in aller Eile ein Schiff nach Norden genommen hatte, nach Faranda. Und bei ihnen war ein junger Mann von mittlerer Größe gewesen – eine Beschreibung, die durchaus auf Llian zutraf.

»Faranda!«, sagte Mendark, und seine Laune besserte sich schlagartig. »Allerdings ist diese Nachricht schon Wochen alt. Tallia, geh sofort nach Framan, finde Pender, und besorg uns eine Passage nach Tikkadel auf Foshorn. Dort werden wir nach ihnen fragen und anschließend nordwärts in Richtung Flude ziehen. Ich werde diese Dokumente kopieren und dir morgen dann folgen. Nadiril, solltest du etwas Neues erfahren, gib mir in Flude Bescheid.« Er gab ihm den Namen einer Kontaktperson.

»Das ist ja wunderbar!« Nadiril strahlte. Er versuchte noch nicht einmal, seine Freude ob Mendarks baldiger Abreise zu verbergen.

Lilis jedoch schaute verzweifelt drein. »Ich habe nicht gedacht, dass ihr schon so bald gehen würdet«, sagte sie, wieder ganz das verlorene Kind.

Tallia umarmte sie. »Ich auch nicht«, erwiderte sie, »aber je rascher wir gehen, desto schneller werden wir uns wiedersehen.«

»Gut«, sagte Nadiril. »*Und*, Lilis, Tallia wird jetzt nach deinem Freund Llian suchen. Komm, erzähl uns von deinem Vater, und wir werden sehen, was wir tun können, um auch ihn zu finden.«

Lilis beschrieb ihren Vater, so gut sie konnte, wenn auch nicht besser wie damals, als sie ihn Tallia beschrieben hatte.

»Was ist mit den Leuten, die ihn mitgenommen haben?«, fragte Nadiril. »An was erinnerst du dich in Bezug auf sie?«

»Sie waren hässlich und böse!«, schrie Lilis.

»Damit ist die Hälfte aller Menschen beschrieben, die ich je getroffen habe«, warf Mendark säuerlich ein.

»Einschließlich deiner selbst! Lilis«, sagte Nadiril, »du musst versuchen, dich an mehr zu erinnern. Woher sollen wir sonst wissen, wo wir suchen sollen?«

»Was ist mit dem Boot?«, fragte Tallia. »Du hast mir erzählt, dass sie ihn auf ein Boot verschleppt hätten und davongesegelt seien.«

Lilis kniff die Augen zu. »Es sah ein wenig wie *Die Heimatlose* aus – ein schnelles Boot. Ich erinnere mich daran, dass es rote Segel gehabt hat.«

»Hast du den Namen gesehen?«

Lilis zuckte unwillkürlich zusammen. »Ich konnte ihn nicht lesen. Aber«, sagte sie aufgeregt, »ich habe die Leute hinterher den Namen nennen hören. Es war ein grausamer Name wie *Stecher*, *Schnitter* oder *Dolch*.«

»Streng dich an«, forderte Mendark gereizt. »Tallia, du musst jetzt los.«

»Sie war damals erst fünf, Mendark.«

»Wenn du dich an den Namen erinnerst«, erklärte Nadiril, »kann man es anhand der Zollverzeichnisse aufspüren, auch wenn das eine Menge an Bestechungsgeldern kostet.«

»Ich habe etwas Geld«, sagte Lilis und holte ihre Börse heraus.

»Steck das wieder weg, Kind«, sagte Tallia. »Bevor ich gehe, habe ich noch etwas für dich. Jeder der Leute, die du aus dem Konklave gerettet hast, hat Lösegeld gezahlt. Hier ist es. Das wird dir bei deiner Suche helfen.« Sie hielt Lilis einen kleinen, schweren Lederbeutel hin.

Lilis nahm ihn nicht an. Sie wirkte amüsiert. »Lösegeld?«

Tallia drückte ihr den Beutel in die Hand. »Vielleicht ist das nicht das richtige Wort. Es reicht, wenn ich sage, dass sie gezahlt haben, was ihnen ihr Leben wert war. Das ist in einigen Fällen recht viel, und es gehört dir. Aber jetzt leb wohl. Ich werde in jedem Hafen nach dem Boot und deinem Vater fragen.« Sie umarmten einander noch einmal; dann schüttelte Tallia Nadiril die Hand und eilte hinaus.

Wieder in Framan, dem flussabwärts gelegenen Hafen von Zile, mussten Mendark und Tallia ein paar Tage warten, denn Pender war für einen anderen Auftrag unterwegs. Als er wieder zurückkehrte, war das Boot frisch gestrichen; jede Planke glänzte, und das Deck war glatt poliert. Weitere zwei Tage vergingen, bis das Boot voll ausgerüstet war. Mendark stapfte ständig auf und ab und stieß verschleierte Drohungen gegen trödelnde Kapitäne im Allgemeinen aus. Pender wiederum war tagelang traurig, als er erfuhr, dass Lilis nicht mitkommen würde.

Einmal an Bord hatten sie guten Wind, und so legten sie die fast vierhundert Meilen lange Strecke nach Faranda in nur ein paar Tagen zurück. In Tikkadel brachten sie nichts in Erfahrung, nur dass eine große Gruppe von Wanderern hier vor langer Zeit vorbeigekommen war.

Sie diskutierten darüber, was sie als Nächstes tun sollten. Mendark kannte die Geographie der Nordlande besser als die meisten, denn er hatte sie schon viele Male umsegelt.

»Ich kenne da eine Stelle, wo eine Landspitze von Faranda, ein hornförmiger Felskamm, ins Meer der Trockenheit hineinragt. Er zeigt direkt nach Katazza«, sagte er. »Wenn wir da langgehen, wird unsere Reise über das Salz viel kürzer sein.«

So segelten sie mehrere Tage gen Norden und ankerten dann in einer eiförmigen Felsbucht, an deren breiterem Ende eine recht große Stadt lag: Flude. Das Land nördlich und südlich davon war öde, doch die Stadt selbst lag im Überflutungsgebiet eines Flusses, der von Schmelzwasser gespeist wurde.

»Und was jetzt, äh?«, fragte Pender.

»Ja, es wäre wohl besser, wenn er das wüsste«, sagte Tallia.

»Kommt in die Kabine«, sagte Mendark. »Osseion, halt draußen Wache, und achte darauf, dass man uns nicht belauscht.« Die Tür knallte zu.

»Wir werden das Meer der Trockenheit durchqueren und nach Katazza gehen, Schiffer«, sagte Mendark.

»Katazza! Dann wäre es wohl angebracht, wenn du mir *Die Heimatlose* jetzt überschreiben würdest, da ihr mit Sicherheit nicht mehr zurückkehren werdet.« Das sollte nur teilweise ein Scherz sein.

»Wir kehren Ende des Sommers zurück«, sagte Mendark mit ernster Miene, »falls wir denn überhaupt wieder zurückkehren. Dann werden wir ein Boot brauchen. Wo wirst du dann sein?«

»Genau hier, wenn du mir die Heuer für die nächsten fünfeinhalb Monate zahlst.«

Mendark stieß ein verächtliches Bellen aus.

»Ansonsten«, sinnierte Pender, »werde ich alles an Passagieren und Ladung die Küste von Faranda entlang transportieren, was ich finden kann, und vielleicht sogar bis nach Crandor.«

»Es täte mir sehr leid, wenn du ohne mich nach Crandor fahren würdest«, sagte Tallia wehmütig.

»Nun, nach Meldorin wage ich nicht zurückzukehren.«

»Selbst wenn wir nach Katazza reiten und sofort wieder zurückkehren würden, wären wir frühestens in dreieinhalb Monaten wieder zurück. Bis zum Monat Guffins kannst du also tun und lassen, was du willst, Pender, aber sei dann wieder zurück. Für zwei Monate Warten werde ich dich bezahlen.«

Sie besiegelten das Geschäft mit einem Handschlag, und am nächsten Tag gingen sie zur Hafenmeisterei, wo Pender Mendark für *Die Heimatlose*, die Ersatzsegel und all die andere Schiffsausrüstung bezahlte, die Tallia in Ganhafen gekauft hatte. Nach harten Verhandlungen bekam er noch einen kräftigen Nachlass für alles – schließlich war die Ausrüstung gebraucht – sowie eine großzügige Entschädigung für den Verlust der *Tanzenden Gans*. Trotzdem kostete ihn das Boot jeden Tell der großen Heuer, die Mendark ihm gezahlt hatte, und auch noch all seinen restlichen Verdienst. Schließlich wurden die Schiffspapiere jedoch auf Pender umgeschrieben, der Preis bezahlt und ein wahrer Berg von Dokumenten unterschrieben, abgestempelt, besiegelt und registriert.

»Du kannst dir nicht vorstellen, wie glücklich ich bin«, sagte Pender zu Tallia, als sie wieder zum Boot gingen. »Mein Lebenstraum hat sich soeben erfüllt. Aber …«

»Aber du hast jedes Kupferstück ausgegeben, das du hattest, und jetzt hast du kein Kapital mehr, um dein Boot über Wasser zu halten, von irgendwelchen Notreserven ganz zu schweigen.«

»Woher weißt du das?«

»Ich kann zählen«, antwortete Tallia.

»Und ich muss auch noch die Mannschaft bezahlen«, sagte Pender düster. »Oh, *Farsh*! Ich werde mich in die Fänge der Geldverleiher begeben müssen, obwohl ich geschworen habe, das nie wieder zu tun. Sie verlangen drei Tell jährlich als Zinsen für jeden Tell, den sie dir leihen.«

»Ich habe einen Alternativvorschlag für dich«, bot Tallia an. »Vielleicht findest du ihn ja überlegenswert. Ich habe ein wenig Kapital, und es wird mir ein Loch in die Tasche brennen, wenn ich es den ganzen Weg nach Katazza und wieder zurück tragen muss. Wie wäre es, wenn ich mich als Partnerin bei dir einkaufen würde?«

»Selbst wenn du demnächst nicht inmitten hunderter Meilen Salz sein würdest, wäre das ein gutes Arrangement«, freute sich Pender, strahlte und hauchte ihr einen Kuss auf die Wange.

Sie lenkten ihre Schritte zu einem Notar, wo ein entsprechender Vertrag aufgesetzt wurde. Dann ging es wieder zur Hafenmeisterei, und die Eigentumsverhältnisse wurden abermals geändert. Schließlich schüttelten sie sich die Hände, und für zweihundert Tell gehörte Tallia fortan ein Fünftel der *Heimatlosen*.

Sie blieben noch einen weiteren Tag an Bord, während Mendark alles für ihre Reise arrangierte; dann verabschiedeten sie sich von Pender und der Mannschaft und machten sich mit einem Führer und Reittieren auf den Weg.

In wenig mehr als sechs Wochen waren Tallia, Mendark und Osseion, der sie begleitete, durch die Berge und über die Plateaus von Faranda geritten, hatten ihren Führer mit den Pferden wieder zurückgeschickt und lagerten nun am Grund des Meers der Trockenheit. Der Weg, den Mendark ausgesucht hatte, war mit dem größten Strom gesegnet, der aus Zentral-Faranda kam. Gespeist von Schmelzwasser wand er sich viele Meilen durch einen Kanal im Salz, bis er sich in einer Reihe ovaler Seen verlor. Das Wasser war frisch, denn im Flussbett bedeckte Schlick das Salz, weshalb auch Bäume und Büsche am Ufer wuchsen.

Die Seen waren flach und voller Fische, und an den Ufern wimmelte es von Wild. Sie schlugen ihr Lager am Wasser auf, fingen ein paar Fische, füllten ihre Wasserflaschen und bereiteten sich auf den Nachtmarsch vor. Katazza lag über neunzig Meilen weit entfernt, doch die drei Gefährten waren in körperlich guter Verfassung, ausgeruht und gut genährt.

Der Marsch bedeutete keine besondere Härte für Tallia – sie war dieses Jahr schon härter und weiter marschiert. Mendark hatte jedoch seit Jahren nicht mehr solch eine Reise auf sich genommen, und die Anstrengungen der letzten Wochen forderten rasch ihren Tribut.

»Ich frage mich, was wir wohl in Katazza finden werden.«

»Ohne Zweifel nicht das, was wir erwarten«, sagte Mendark. »Lass uns nur hoffen, dass Tensor dort ist, sonst haben wir den langen, harten Weg umsonst auf uns genommen – und der Weg zurück wird noch länger und noch härter.«

»Und wenn er dort ist? Was dann? Wir könnten genauso gut hoffen, dass wir nicht auf ihn treffen werden.« *Du hast es schon zuvor nicht mit Tensor aufnehmen können*, dachte Tallia, sprach es aber nicht aus. *Warum sollte es dieses Mal anders sein?*

Auch Mendark dachte auf dem Weg oft über diese Frage nach, doch auch ihm wollte nichts einfallen. »Ich kann es noch nicht einmal vermuten«, bemerkte er irgendwann. »Es ist zu weit weg. Wie viele hat er wohl bei sich? Und in welchem Geisteszustand ist er? Was hat er vor? Das ist uns alles unbekannt. Aber in jedem Fall muss ich dort sein, bevor er den Spiegel benutzen kann.«

Nach zehn ermüdenden, aber ereignislosen Märschen, die meisten davon durch die brutale Vulkanlandschaft, die Llian solche Mühen bereitet hatte, erreichten sie die steilen Flanken von Katazza. Schon vor Stunden hatte ein grüner Fleck ihre Aufmerksamkeit erregt, und nun hielten sie darauf zu. Es war ein Gestrüpp, das von einer Süßwasserquelle am Fuß der Klippen genährt wurde. Nachdem sie ihre Wasserflaschen gefüllt hatten, die noch immer genug für ein paar Tage enthielten, trotteten sie nordwärts an den Klippen entlang und suchten nach einem Weg nach oben.

Anderthalb Tage lang marschierten sie um den Berg herum. Dabei kamen sie an weiteren Quellen vorbei – einige frisch, andere bereits versalzen –, und am Nachmittag des zweiten Tages stießen sie zufällig auf eine Reihe von Spuren, die zu einer Kluft führten, bei der es sich um den auf der Karte markierten Weg hinauf handeln könnte.

»Was ist das?«, fragte Mendark und schaute sich nervös um. »Sind das die Spuren der Aachim?«

Tallia lachte. »Wohl kaum, alter Freund«, antwortete sie. »Schau dir doch nur einmal die Größe an.«

»Und es waren nur zwei«, sagte Osseion. »Das hier sind die Spuren eines Mannes von ungefähr deinem Gewicht, nur fußkrank und müde. Siehst du, wie er das Bein nachzieht? Die andere Person war wesentlich kleiner ... ein Kind vielleicht?«

Mendark untersuchte die Spuren. Es war offensichtlich, dass sie alt waren, denn der nachmittägliche Wind wehte überall

Salz hin, und davon hatte sich bereits einiges in den Fußabdrücken gesammelt.

»Es könnte noch immer ein wildes Volk auf Katazza leben«, sagte Tallia. »Der Berg ist groß genug, und der Schnee bleibt bis zum Frühjahr liegen. Dort oben muss es das ganze Jahr über Wasser geben. Warum solch ein Volk allerdings hier runterkommen sollte, können wir noch nicht einmal erahnen. Vielleicht gibt es hier unten Teiche mit Fischen und Pflanzen, die sie gerne essen.«

»Vielleicht, aber lasst uns vorsichtig sein. ›Klein‹ meint nicht unbedingt ›harmlos‹.«

Sie trotteten den Hang hinauf, folgten den Spuren und fragten sich, wie sie die ersten Klippen überwinden sollten. Die Spuren führten in eine weitere Kluft. An deren Eingang zögerten die Gefährten, denn die Sonne stand schon tief über dem Horizont.

»Shands Karte war nicht ganz klar, was den Weg hinauf betrifft«, sagte Mendark und setzte sich, um noch einmal einen Blick auf die Kopie zu werfen.

»Ich würde sagen, sein Weg war weiter nördlich«, sagte Tallia und schaute ihm über die Schulter. »Ich stimme jedoch dafür, dass wir hier weitergehen«, fuhr sie fort, als sie Mendarks zweifelndes Stirnrunzeln sah. »Je eher wir vom Salz runterkommen, desto mehr wird mich das freuen.« Sie rieb sich den Nacken, wo der verkrustete Kragen die Haut aufgeschürft hatte. »Lasst es uns versuchen. So hoch ist die erste Klippe nicht.«

Die Kluft, ein tiefer Spalt im Basalt, führte den ganzen Weg bergauf. Nur an zwei Stellen machten die Reste eines Steinschlags das Gehen so schwer, als würden sie eine steile Treppe hinaufgehen. Als sie schließlich oben ankamen, keuchten sie allesamt, und es war fast vollkommen dunkel. Sie fanden sich am Rand eines welligen Landes wieder, einer schmalen Terrasse voller großer runder Felsbrocken, auf der anderen Seite begrenzt von einer weiteren steilen Klippe: schwarze, mit Salz verkrustete Felswülste, die sich wie aufeinandergestapelte Kissen nach oben türmten.

Auf der Terrasse fiel den drei Wanderern das Gehen schwer, denn der Boden war uneben und voller Löcher. Vorsichtig suchten sie sich einen Weg darüber hinweg. Auch quer über den Pfad lagen Felsen, beschattet von Bäumen, deren Wipfel an Schirme erinnerten.

»Ich kann nicht mehr«, keuchte Mendark und ließ sich fallen.

»Ich rieche Wasser«, sagte Osseion.

Er half Mendark wieder in die Höhe. Gemeinsam gingen sie in das kühle Zwielicht unter den Bäumen und suchten sich einen Weg zwischen den Felsen hindurch. Jetzt roch auch Tallia den Duft, so geschärft waren ihre Sinne. Osseion teilte ein Gebüsch, und dahinter kam tatsächlich Wasser zum Vorschein, das aus einem Spalt in den Felsen rann. Mendark spritzte es sich ins Gesicht und trank dann aus der Hand.

»Frisch«, sagte er, »auch wenn es nach Eisen schmeckt.«

Keiner von ihnen vermochte noch an etwas anderes zu denken als an Wasser und Schlaf. Selbst Osseion hatte die Spuren unten vergessen. Als Mendark sich wieder über die kleine Quelle beugte, sprang jemand ohne Vorwarnung von einem Fels und dem alten Magister in den Rücken. Krachend schlug Mendark auf dem Boden auf. Eine Hand packte ihn am Haar und riss ihm den Kopf zurück, während ihm eine andere eine Klinge an den Hals drückte. Ein spitzer Gegenstand drückte sich Tallia in den Rücken. Osseions Hand flog zu seinem eigenen Messer; doch er hielt mitten in der Bewegung inne.

Eine vom Salz raue Stimme krächzte: »Wenn du auch nur zuckst, schneide ich ihm die Kehle durch.«

Kapitel elf

Ein Haftbefehl

Am Morgen nach dem Abendessen aus gebratenen Kneifern brachen Karan und Shand früh auf. Karan hatte nicht gut geschlafen, denn Shands Sorgen ob der Ghâshâd hatten eine nagende Furcht in ihr geweckt, und sie hatte Angst zu träumen, um die Ghâshâd nicht wieder anzulocken.

Gegen Mittag waren die Wände der Klamm immer niedriger geworden, bis sie kaum noch höher waren als die Uferböschung eines Flusses. Sie boten kaum noch Schutz vor der Sonne, und so schlugen Shand und Karan das Zelt auf und ruhten für den Rest des Tages. Bei Sonnenuntergang gruben sie in der Mitte der Schlucht ein Loch. Sie fanden gutes Wasser, füllten ihre Wasserschläuche und sammelten Feuerholz; dann machten sie sich wieder auf den Weg.

Sie kamen schnell im Sternenlicht voran und erreichten bald die Salzebenen. Zuerst fühlte sich das Salz ausgesprochen uneben an, wie frisch gepflügte Erde; doch es dauerte nicht lange, da wurde der Boden glatt wie eine Tischplatte; nur das Salz knirschte nach wie vor bei jedem Schritt. Weiter draußen war die Salzkruste jedoch hart wie Stein, und an einigen Stellen waren Platten zu bizarren Formationen zusammengeschoben. Die beiden Gefährten marschierten die ganze Nacht hindurch; dann, kaum war die Sonne aufgegangen und die Hitze des Tages zu fühlen, schlugen sie ihr Zelt auf.

Karans Ängste, die auf dem Marsch dahingeschwunden waren, kehrten wieder zurück wie ein sich nähernder Sturm. Sie wagte kaum zu schlafen. Wann immer sie die Augen schloss, stellte sie sich vor, wie die Ghâshâd sich an sie heranschlichen. An diesem Abend, nachdem sie ein einfaches Mahl aus altem Brot genossen hatten, zusammen mit über einem spärlichen Feuer gebratenen Frischfleisch, fragte Karan Shand nach ihrer Route.

»Lass es mich dir zeigen«, erwiderte er, hockte sich hin und begann, mit der Messerspitze im Salz zu zeichnen. »Hier, hinter uns, liegt Aschenstadt, und die Klippen hier markieren den Nordrand von Lauralin. Tu den Finger weg, bis ich fertig bin! Das ist die Küstenlinie der See von Perion.« Das Messer beschrieb eine Figur, die an ein seitlich eingedrücktes Oval erinnerte mit ein paar Dellen linker Hand. »Hier draußen, in der Mitte, gegenüber dem Hochplateau von Faranda, liegt Katazza.«

Eine nach Nordwesten ausgerichtete Raute erschien im Meer, fast exakt nördlich von ihrer gegenwärtigen Position. »Zwischen Katazza und hier befand sich einst eine Kette kleiner Inseln. Jetzt sind das Berggipfel. Wir werden sie schon von weitem sehen können, es sei denn, der Salzdunst ist zu schlimm. Das ist er übrigens häufig, wenn ich mich recht entsinne. Aber es gibt auch Gipfel, die nicht groß genug waren, um Inseln zu sein, bevor das Meer ausgetrocknet ist, und es ist eher unwahrscheinlich, dass wir an diesen Wasser finden werden.«

»Woran können wir die erkennen?«, fragte Karan. »Wir könnten tagelang am Fuß eines Berges nach Wasser suchen, ohne irgendetwas zu finden.«

»Ja, das könnten wir. Das hier ist das gefährlichste Unterfangen, zu dem du je aufgebrochen bist. Vier Wasserschläuche – *acht Tage!* Wir könnten sehr wohl sterben, weißt du? Es sind mehr Leute bei dem Versuch gestorben, das Meer zu durchqueren, als es überlebt haben. Andererseits bin ich nicht irgendwer. Du hättest keinen besseren Führer finden können. Ich denke, wir werden es schaffen.«

»Prahlhans«, murmelte Karan.

»Tatsächlich ist es recht einfach, die Berge mit und ohne Wasser voneinander zu unterscheiden. Die kleinsten Berge sind steil und spitz; die etwas höheren haben schon flache Gipfel, während die ganz hohen eine Terrasse oder eine Ebene auf halbem Weg nach oben haben. Dort war einst das Ufer, bevor das Meer ausgetrocknet ist. *Darüber* wiederum befinden sich kleinere Hügel oder Berge; das ist jener Teil der Insel, der einst über dem Wasserspiegel war. Berge, die so aussehen, sind die, bei denen wir unser Glück versuchen werden. Und auf den höchsten Gipfeln von allen sollte noch immer Schnee zu sehen sein. Dort werden wir mit Sicherheit Wasser finden, auch wenn wir weit werden klettern müssen, um daran zu kommen. Andere mögen vielleicht öde aussehen, aber es gibt Grund- und Schmelzwasser; solche Berge sind an grünen Flecken zu erkennen. Aber ich glaube, die größeren Berge liegen weiter im Norden; also werden wir uns vermutlich schon bald einer Herausforderung gegenübersehen.«

»Gibt es noch etwas, das ich wissen sollte? Ich dachte, wir hätten es auf dem ganzen Weg nur mit glattem Salz zu tun.«

»So ist das auch vielerorts, aber nicht im Zentrum der See, in der Richtung, in die wir gehen. An einigen Stellen findet sich sogar gar kein Salz, sondern nur frisch aus der Erde gequollener schwarzer Fels, manchmal noch zu heiß, um ihn anzufassen. In dieser Art Land ist das Gehen schwer und auch gefährlich. Jenseits des Zentrums ist das Salz dick und hart und verhältnismäßig glatt. Die meisten größeren Berge befinden sich dort mit Ausnahme von Katazza selbst – und das ist unser Ziel.«

»Wir müssen dieses schwarze Felsland durchqueren, um nach Katazza zu gelangen?«

»Ja, das müssen wir, und es ist ein wirklich übles Land ... so rau, wie du es noch nie gesehen hast. Doch andererseits ist das ganze Meer tödlich.« Er stand auf. »Sollen wir los?«

Sie zogen über das Salz in Richtung Norden. Es war der leichteste Marsch ihrer ganzen Reise über dieses flache Land ohne auffallende Merkmale, an denen man sich hätte orientieren können. Sie hielten sich an das Sternzeichen des Südlichen Diamanten, dessen längere Achse hinter ihnen genau auf den Pol zeigte. Um Mitternacht, im hellen Licht eines gelben Mondes, legten sie eine Rast ein, um etwas zu trinken und zu essen. Das Brot war inzwischen so alt, dass es schon in den Fingern zerbröckelte.

»Wie weit sind wir schon gekommen?«, fragte Karan, die trotz des leichtgängigen Geländes müde war. Die dicke Luft war schwer zu atmen. »Wie weit noch?«

»Von meinen Schritten sind wir sechzehntausend gegangen, seit wir zum letzten Mal gegessen haben. Das dürften neun Meilen sein oder ein wenig mehr. Aber bis nach Katazza sind es noch über dreihundert.«

»Heute Nacht können wir noch einundzwanzig Meilen schaffen, wenn wir dieses Tempo beibehalten«, rechnete Karan düster. Es war ein schier unmöglich langer Weg. »Das wären dann noch mehr als zwanzig Tage, wenn das Gelände so bleibt.«

»Wird es aber nicht; du wirst schon sehen. Und die Nächte werden immer kürzer und die Tage heißer werden.«

»Wir müssen schneller gehen«, sagte Karan. »Ich mache mir Sorgen um Llian.«

Kaum war die Sonne aufgegangen, wurde es schon sehr heiß. Rasch schlugen sie das Zelt auf, trieben die Heringe in die Salzkruste und krochen hinein, um den Tag über zu dösen.

Es war ihre zweite Nacht auf dem Salz. Eigentlich hätten sie den ersten Berg schon sehen müssen, wo sie ihre Wasserschläuche wieder auffüllen wollten; doch nichts ragte aus der eintönigen Ebene empor. In den frühen Morgenstunden erreichten sie eine Stelle, an der große Platten aus dem Salz gebrochen und aufgeworfen worden waren, einige so groß wie Häuser. Zwischen diesen hindurchzumanövrieren, war schwer im Dunkeln, aber bei Tag würden sie hervorragend Schatten spenden. Karan trottete mit gesenktem Kopf einher; nur selten achtete sie darauf, wohin sie ihre Füße setzte. Heute war das drückende Gefühl, dass sie verfolgt wurden, gar nicht erst verschwunden.

Plötzlich rief Shand, »Stop!«, und im selben Augenblick wurden Karan die Füße unter dem Leib weggerissen.

Sie war auf eine steile Salzplatte getreten, eine Rampe, die in der Dunkelheit verschwand. Karan wand sich verzweifelt, um sich zu retten, und brach sich dabei die Nase. Es war ein langer Weg nach unten. Nur wenige helle Sterne spiegelten sich in einem Salzteich. Noch ein Schritt, und sie wäre den ganzen Weg nach unten gerutscht.

Shand packte ihre Hand und zog sie wieder hinauf. Blut troff ihr aus der Nase.

»Tut mir leid«, sagte er und wischte ihr mit dem Ärmel Blut von Lippe und Kinn. »Ich war nicht schnell genug. Wenn du in so ein Loch fällst, kann ich dich nicht mehr rausbekommen. Dieser Ort ist zu gefährlich im Dunkeln. Wir werden ein Lager aufschlagen müssen.«

Überall um sie herum ragten Salzplatten wie Miniaturberge empor und bildeten dreieckige Höhlen, die besseren Schutz als jedes Zelt boten, warm des Nachts, aber kühl bei Tag.

»Ob wohl Fische in diesen Teichen leben?«, fragte sich Karan laut, nachdem der rosige Sonnenaufgang sie geweckt hatte.

»Keine Ahnung, aber ich habe eine Angelschnur, wenn du es mal versuchen willst.«

Karan schaute in den Salzteich hinunter, ein zerklüftetes Loch gut fünf, sechs Spannen weiter unten. Wäre sie den ganzen Weg nach unten gestürzt, sie hätte sich ein paar Knochen gebrochen. Das Wasser war ölig-grün und still. Karan wäre gerne ein wenig geschwommen, doch allein der Anblick ließ sie schaudern; auch eine Angelschnur würde sie da nicht reinhalten.

Stattdessen zog Karan los, um eine Salzhöhle zu untersuchen. Das Höhlensystem erstreckte sich schier endlos. Immer wieder teilten sich die Kavernen und liefen wieder zusammen, öffneten sich in dreieckige Räume, viel größer als Karan, und schrumpften unvermittelt zu schmalen Röhren, wo das Salz zusammengepresst wurde; dort gab es dann nur noch Spalten, die gerade einmal groß genug für eine Schlange waren. Und alles war weiß. Das war verwirrend, sodass man das Gefühl hatte, durch einen Schneesturm zu wandern, und jenseits der Eingänge war es schwer, den Boden von Wänden und Decke zu unterscheiden außer durch Tasten. Karan fand eine Stelle, wo es wunderbar kühl war. Dort verschlief sie den Tag, und dieses eine Mal war sie frei von Träumen.

»Karan, steh auf! Wir werden verfolgt!«

Verschlafen stieß Karan seine Hand fort; es dauerte eine Weile, bis seine Worte zu ihr durchdrangen. »*Was?*«

»Ich habe sie von oben gesehen. Sie werden in einer halben Stunde hier sein. Versuch einmal zu *fühlen*, hinter was sie her sind.«

Karan zog sich der Magen zusammen. Nicht wieder die Ghâshâd; das könnte sie nicht ertragen. »Wo? Wer? Ghâshâd?« Karan war so panisch, dass sie nur noch einzelne Worte hervorbrachte.

»Ich glaube nicht. Kannst du irgendetwas *fühlen*?«

Karan strengte ihren Geist an, doch nichts geschah. Ihr Talent ließ sich nicht zwingen. »Nein!«, sagte sie.

»Da ist noch etwas … Am Tag vor deinem Ausflug in die Höhlen kam ein Botenskeet vorbei.«

»*Was?*« Karan stemmte die Hände in die Hüften und funkelte ihn an. Sie war rot vor Zorn. »Warum hast du mir das nicht gesagt? Ich habe schon seit Tagen Angst, dass wir verfolgt werden.«

»Nach allem, was geschehen ist, wollte ich dich nicht unnötig beunruhigen«, erwiderte Shand. »Aber ich habe inzwischen herausgefunden, wer den Vogel geschickt hat ... Es war Yggur!«

»Yggur!« Der Mann würde auch nie aufgeben. »Das ist genauso schlimm wie die Ghâshâd. Hör auf, Dinge vor mir zu verbergen! Ich gehe nicht mehr zurück. Eher sterbe ich!«

»Unsinn«, sagte Shand in sanftem Ton. »Was ist mit Llian? Wer wird ihn aus seinen Schwierigkeiten befreien, wenn du jetzt aufgibst?«

»*Llian!* Wie leicht du mich doch manipulierst.«

»Ich ermutige dich nur. Lass uns mal sehen, was wir tun können. Ich glaube nämlich, es sind nur zwei.«

»Zwei! Nun, wir sind praktisch unbewaffnet, es sei denn der alte Shand verfügt über Kräfte, die er bis jetzt für sich behalten hat.«

»Nicht mehr«, sagte Shand. »Es ist sinnlos, sich vor ihnen zu verstecken, also tu, was ich dir sage. Versteck deine Ausrüstung in einer der Höhlen; dann komm wieder zurück, und verwisch deine Spuren.«

»Ich werde mich nicht feige davonstehlen.«

»Tu, was ich dir sage! Schließlich wollen sie nicht mich, oder?«

»Was wirst du ihnen sagen?«

»Mir wird schon was einfallen. Vielleicht werde ich ihnen sagen, dass du in ein Wasserloch gefallen und ertrunken bist.«

Karan schaute zu dem grünen Wasser hinunter und schauderte.

»Sollte man mich gefangen nehmen oder töten«, fuhr Shand in unpassend fröhlichem Ton fort, »musst du nach Aschenstadt zurückkehren. Wage es ja nicht, alleine nach Katazza zu gehen.«

»Wenn du getötet wirst, wird das nur die Wertlosigkeit deines Rats beweisen«, entgegnete Karan. »Natürlich werde ich weitergehen. Gib mir die Karte, die du gekritzelt hast.«

»*Noch* bin ich nicht tot«, lachte Shand und stieß sie von sich. Er kletterte wieder auf seinen Beobachtungsposten. »Wie gesagt: Sie werden in einer halben Stunde hier sein!«, rief er von oben herab. »Sieh zu, dass du deine Spuren verwischst!«

Karan tat, wie ihr geheißen, und versteckte ihren Rucksack in einer Höhle. Dann kroch sie durch schmale Spalten bis zu einem Punkt hoch über dem Lager, versperrte den Weg hinter sich mit Salzbrocken und wartete. Sie konnte nicht sonderlich viel sehen, sollte aber in der Lage sein zu hören, was gesprochen wurde.

Es waren tatsächlich zwei, ein Mann und eine Frau, beide groß, schlank und wettergegerbt. Ihre Roben waren zerlumpt, aber sie waren in guter Verfassung und wachsam, und sie näherten sich ein gutes Stück voneinander getrennt.

»Ich bin Gwossel Snu, ein Sergeant von Aschenstadt«, sagte die Frau. »Praide hier ist mein Büttel. Ich habe einen Haftbefehl für eine rothaarige Frau, die die Stadt mit dir verlassen hat.« Sie hielt Shand ein Stück Papier hin und entrollte es, sodass er die Beschreibung lesen konnte. Es gab auch eine Zeichnung, die Karan tatsächlich ähnelte. »Siehst du? Der Haftbefehl kommt aus Thurkad. Er trägt das Siegel von Yggur persönlich. Und schau, hier ist er vom Bürgermeister von Aschenstadt gegengezeichnet.« Sie schien begierig darauf zu sein, die Rechtmäßigkeit ihres Auftrags zu beweisen. So waren die Leute in Aschenstadt. »Wo ist Karan Fyrn von Gothryme?«

»Tot«, antwortete Shand in ernstem Ton.

Den Rest des Gesprächs konnte Karan kaum verstehen, auch wenn sie das Wesentliche mitbekam. Aber das Wort »tot« hallte ihr in den Ohren wider. Sie schauderte und kauerte sich tiefer in ihren Spalt.

»Tot!«, rief die Sergeantin. »Wie das?«

»Ach! Wir sind in der Kühle der Nacht gewandert, gestern, als sie in ein Wasserloch gefallen und ertrunken ist«, erklärte Shand traurig.

»Und wie heißt du?«

»Mein Name ist Shand, und ich komme aus dem Dorf Tullin. Das liegt in der Nähe von Chanthed auf der Insel Meldorin.«

»Ertrunken, sagst du. Dann müssen wir die Leiche sehen«, sagte der Mann.

»Sie ist auf den Grund gesunken«, erzählte Shand. Dann erkannte er seinen Fehler und fügte rasch hinzu: »Das war nicht in diesem Wasserloch hier, sondern in einem der anderen.«

Es folgte ein langes Schweigen. »Niemand versinkt in diesem Wasser«, sagte die Frau bedächtig. »Es ist zu salzig.« Misstrauisch starrte sie Shand an. »Zeig uns das Wasserloch, in das sie gefallen sein soll.«

Es gab nur zwei weitere Wasserlöcher in der Nähe, doch keine Spuren führten zu einem von ihnen.

»Zweimal hast du dich nun schon als Lügner erwiesen«, sagte Gwossel Snu kalt. »Und schau!«, rief sie ihrem Gefährten zu. »Er hat Blut am Ärmel!«

»Meine Nase«, sagte Shand schwach, doch der Mann war bereits hinter ihm und band ihm die Hände auf den Rücken.

Die Sergeantin inspizierte den Ärmel und schnüffelte daran. »Shand von Tullin, ich verhafte dich wegen des Mordes an Karan Fyrn von Gothryme an diesem Ort. Sei gewarnt: Wir sind vereidigte Diener von Aschenstadt, und was auch immer du sagst, wird bei deinem Prozess wiederholt werden. Und sei ebenfalls gewarnt, dass jeder Fluchtversuch als Schuldgeständnis gewertet werden wird. Solltest du dabei erschlagen werden, so entspricht dies dem Gesetz.«

Sie banden Shand an eine Salzsäule; dann durchsuchten sie sorgfältig den Lagerplatz. Sie kletterten sogar zu dem Teich hinunter, um mit einem Stab im grünen Wasser zu stochern. Auf dem Rückweg fand der Mann die Stelle, an der Karan aus der Nase geblutet hatte.

»Schau! Hier hat er die Tat begangen. Übler Mörder!«, rief der Mann, und als er wieder oben ankam, versetzte er Shand einen kräftigen Schlag in den Bauch, der den alten Mann in seinen Fesseln zusammenklappen ließ.

»Es reicht!«, sagte die Frau streng. »Komm. Wir müssen alles gründlich absuchen. Die Beweise scheinen klar zu sein, aber dieser Kerl ist offensichtlich ein gerissener Hund. Das könnte alles nur ein Trick sein.«

Sie durchsuchten die Höhlen und das Umfeld des Salzwasserlochs; aber Karan hatte ganze Arbeit geleistet. Inzwischen brach die Nacht an.

»So«, sagte Gwossel Snu schließlich. »Du hast sie also den ganzen Weg hierher geschleppt und dann umgebracht, das arme Kind. Ich frage mich, was es wohl wert war, sie zu ermorden? Wirst du gestehen? Nein? Egal. Du hast sie erstochen, nicht wahr? Und dann ihre Leiche mit Gewichten beschwert und ins Wasser geworfen. Wir werden sie morgen noch einmal suchen, aber diese Löcher können verdammt tief sein. Ich bezweifele, dass wir sie je finden werden. Es ist eine Schande. Lebend ist sie fünf Tell wert, aber tot und ohne Beweis nur einen. Wir werden bis in die frühen Morgenstunden schlafen, Praide, und uns dann wieder auf den Weg zurück machen.«

Karan in ihrem Spalt steckte nicht nur im wörtlichen, sondern auch im übertragenen Sinne in der Zwickmühle. Dass sie als tot galt, war perfekt, nur was sollte sie wegen Shand unternehmen? Selbst wenn sie ihn befreien könnte, wie sollte sie die beiden Milizionäre davon abhalten, ihnen zu folgen?

Mit Einbruch der Nacht wurde es rasch kühler. Karan nippte

an ihrem Wasserschlauch und spähte zum Lager hinunter. Sie verhungerte, aber ihr Rucksack war weit weg. Schließlich verschwand das Lager in der Dunkelheit; dann kamen die Sterne heraus und später der Skorpionnebel, der ein trübes rotes Licht auf die Salzlandschaft warf. Die aufgetürmten Salzplatten erinnerten an Megalithen aus alter Zeit, wie sie an Orten der Macht und der Hexerei standen. Die Schatten bewegten sich und ließen Karan wieder an die Ghâshâd denken. Karan musste sich zwingen, ihre Angst zu ignorieren und sich stattdessen auf die vor ihr liegende Aufgabe zu konzentrieren.

Die beiden Milizionäre aßen und gaben auch Shand etwas; dann schlief die Frau, während der Mann Wache hielt, und nach ein paar Stunden lösten sie einander ab. Karan kroch in den Haupttunnel hinunter, vorsichtig darauf bedacht, kein unnötiges Geräusch zu verursachen.

Gwossel Snu seufzte, legte den Kopf an einen Salzblock, nachdem sie den Mantel zu einer Art Kissen zusammengerollt hatte, und rührte sich nicht mehr. Karan glitt hinaus in Richtung der Säule, an die Shand gefesselt war, doch bevor sie dort ankam, gähnte die Frau hörbar und stand wieder auf. Karan fluchte. Ihr Plan hing davon ab, dass es ihr gelang, Shand zu befreien – allein konnte sie es mit den beiden nicht aufnehmen.

Karan erstarrte und bemühte sich nach Kräften, wie ein Salzklumpen auszusehen. Es war eine armselige Verkleidung, zumal der Boden ausgerechnet hier eben war. Die Frau ging zu Shand, überprüfte seine Fesseln und schaute prüfend über das Lager hinweg. Ihr Blick glitt über Karans Schatten, ohne sie zu bemerken, und schließlich ging die Sergeantin wieder auf ihren Posten zurück. Nervös starrte sie noch einmal umher. Karan wagte nicht, sich zu bewegen.

Zu guter Letzt gähnte Gwossel Snu wieder und schaute in die andere Richtung zu Shand. *Was soll ich nur tun?*, fragte sich Karan. *Ich muss sie ausschalten.* Sie zog ihr Messer, wohl wissend, dass sie es nicht über sich bringen würde, die Frau kaltblütig zu ermorden. Vorsichtig schlich sie näher heran. Ihr Herz schlug wild in ihrer Brust. Sie hob die Hand. Die Frau war gut einen Kopf größer als sie.

Karans Hand schloss sich von hinten um Mund und Nase der Sergeantin, während sie mit der anderen der Frau gleichzeitig das Messer an die Kehle drückte. »Keinen Mucks!«, zischte Karan und hoffte, dass die Frau ihren Bluff nicht durchschaute. »Runter! Auf den Bauch!«

»Praide!«, schrie die Frau, trat nach hinten aus und traf Karan am Knöchel.

Es war, als wäre sie von einem Pferd getreten worden. Karan wurde zur Seite geschleudert, und die Wucht des Aufpralls riss ihr das Messer aus der Hand. Verzweifelt krabbelte sie, um es sich zurückzuholen, und kaum hatte sie es zu fassen bekommen, da trat die Frau auch schon wieder zu. Der Stiefel traf sie in die Hüfte; dann huschte Karan davon.

Gwossel Snu war groß und zäh, eine ausgebildete Kämpferin. Mit so jemandem konnte Karan es nicht aufnehmen. Hinter ihr sah Karan Praide aufspringen.

»Shand!«, kreischte sie und humpelte auf ihn zu, die Verfolger dicht auf den Fersen.

Karan stolperte über etwas, einen der Rucksäcke. Sie schnappte ihn sich und schwang ihn nach dem Knie der Frau. Die Sergeantin brach zusammen. Karan schlug mit dem Messer auf Shands Fesseln ein, bis sie sich lösten.

»Schnapp dir den Mann«, flüsterte sie und tauchte in die Schatten ab, als die Frau wieder hinter ihr herhumpelte. Im Dunkeln rannte Karan um einen Salzwulst herum und kletterte auf der rauen Seite hinauf und über die Kuppe. Als die Sergeantin an ihr vorbeilief, warf sie sich auf deren Rücken und brachte sie so zu Fall.

»Lass es!«, krächzte sie und drückte der Frau von hinten das

Messer gegen den Hals. Die Frau verspannte sich. Karan verstärkte ihren Druck auf das Messer. »Ich meine es ernst«, keuchte sie, und plötzlich erschlaffte ihre Gegnerin.

Aus Angst vor einem plötzlichen Angriff drückte Karan Gwossel Snu das Knie in den Rücken, um sie am Boden zu halten, während sie der Frau mit den langen Ärmeln ihres eigenen Wüstengewands die Arme auf den Rücken band. Das sollte sie zumindest für eine Weile ausschalten. Aus Richtung Lager drangen die Geräusche einer Rauferei herüber: Stöhnen, Schlagen und Fluchen. Plötzlich ragte eine gewandete Gestalt über Karan auf. Rasch rollte sie sich herum und tastete nach dem Messer.

»Ich ... Ich bin es«, keuchte Shand.

Karan nahm ihren Feinden die Stiefel ab. Sie konnten sich die Füße mit Lappen umwickeln; für den Heimweg würde das reichen, aber nicht für eine Verfolgung über das Salz hinweg. Shand warf die Waffen in das Wasserloch.

»Ich nehme an, der Mordvorwurf hat sich damit erledigt«, sagte Shand zu der Sergeantin, als er sich den Rucksack über die Schulter warf.

Ihre Augen funkelten. »Es gibt strenge Strafen für Justizbehinderung.«

»Du hast dir ganz schön Zeit gelassen«, bemerkte Shand, als sie losmarschierten.

Karan lachte. »Es dauert halt ein wenig, um von den Toten aufzuerstehen. Aber ich wusste ja, dass du dir keine Sorgen machst.«

»Oh doch, das habe ich, auch wenn ich es nicht hätte tun sollen.« Er zerzauste ihr ohnehin schon verfilztes Haar. »Was habe ich mir mit dir nur angelacht?«

Sie waren so sehr damit beschäftigt, durch das gefährliche Gelände zu manövrieren, dass Karan erst bei Sonnenaufgang bemerkte, dass Shand verletzt war. Ein Auge war vollkommen schwarz und so geschwollen, dass er kaum damit sehen konnte.

»Wie ist das denn passiert?«

»Er hat mich mit dem Knie erwischt, der Bastard. Meine Hände waren taub. Fast hätte er mich geschafft.«

Karan trank einen Schluck aus ihrem Schlauch. »Argh!«, sagte sie. »Warum hast du dir nicht ihre Schläuche geschnappt und ihnen unsere faulen gegeben?«

»Da war ich wohl zu dumm für«, antwortete Shand müde.

Sie marschierten durch die Nacht, und das Gelände begann langsam anzusteigen. Immer häufiger stießen sie auf Felswülste, -kuppeln und -nadeln, die aus dem Salz ragten. Einige waren salzverkrustet, andere nur schwarzer Fels. Karan verbrachte den Großteil der Nacht mit dem Versuch, ihr Talent zurückzuholen, doch sie konnte sich kaum noch daran erinnern, wie es funktionierte. Es war einfach nicht mehr da.

Ihre gelungene Flucht ermutigte sie nicht im Mindesten, im Gegenteil: Karan fühlte sich *ent*mutigt und bedrängt. Sie hatte es nun eiliger denn je, nach Katazza zu gelangen, und so trieb sie Shand an und riskierte ihre eigene Sicherheit.

Spät in der Nacht, als sie beide erschöpft schwiegen, hob Karan in ihrem Trott den Blick und sah eine schwarze Wand vor sich aufragen.

»Was ist das? Das sieht wie eine Klippe aus.«

»Ist es auch.« Shand hob noch nicht einmal den Kopf.

Die Klippe war weiter weg, als es im Sternenlicht den Anschein gehabt hatte, und als sie sie schließlich erreichten, ging schon fast die Sonne auf. Es war ein Steilabbruch aus schwarzem Basalt, drei, vier Spannen hoch, und die Klippe erstreckte sich so weit das Auge reichte von Südost nach Nordwest.

»Lass uns ein Lager aufschlagen«, sagte Shand. »Hier werden wir wenigstens etwas Schatten haben, wenn wir die richtige Stelle wählen.«

»Wir sind noch nicht weit genug gegangen«, erwiderte Karan. Sie war zwar auch hundemüde, aber gleichzeitig ruhelos.

»Weit genug! Ich bin deprimiert.«

»Was ist los?«, fragte Karan, während sie sich einen Weg zwischen Basaltbrocken hindurch zu einem ebenen Flecken Salz suchte. Hier war das Salz wie Sand – feinste Körner, in denen die Zeltheringe keinen Halt finden würden. Karan musste das Zelt an den Felsen befestigen.

»Ich mache mir Sorgen«, erklärte Shand. »Wir hätten den ersten Berg schon vorgestern sehen sollen. Ursprünglich habe ich gedacht, dass wir diese Art Land erst in Tagen erreichen würden.«

»Vielleicht war die Karte, an die du dich erinnerst, ja falsch.«

»Könnte sein. Aber das Land kann sich auch verändern. Erdbeben können Felsen durch das Salz schieben oder sie wieder in sich zusammenfallen lassen.«

»Aber doch sicher keine Berge! Doch lass uns nach dem Frühstück darüber nachdenken. Was gibt es heute?«

»Schimmeligen Zwiebelreis – das Gleiche wie gestern.« Shand packte den Rest ihrer letzten gekochten Mahlzeit aus und brach den klebrigen Klumpen in zwei Teile. Karan knabberte an ihrem Stück.

»Diese Klippe wird uns nicht aufhalten.«

»Nein, allerdings werden sie zum Zentrum hin immer höher. In der Nähe von Katazza gibt es ein paar wahrhaft mächtige davon.«

Er spülte den letzten Reis mit einem Schluck warmen, bereits faulig schmeckenden Wassers hinunter und stand auf. »Lass uns nach oben gehen. Die Luft ist am frühen Morgen immer am besten. Ich will sichergehen, dass wir in die richtige Richtung unterwegs sind.«

Oben auf der Klippe zog Shand sich auf eine Felsnadel. Wie er gesagt hatte, wurden die Klippen nach Westen hin immer höher; doch Berge gab es keine in dieser Richtung, und auch nicht im Norden oder Nordosten.

Karan schaute Shand an. »Ich habe noch Wasser für vier, fünf Tage.«

»Die Karte war falsch«, sagte Shand von Müdigkeit überwältigt.

»Ich gehe nicht mehr zurück.«

Shand kletterte wieder von der Felsnadel herunter und ging auf eine höhere zu, die ein paar hundert Schritt entfernt stand. Von dort ließ er seinen Blick über den Horizont schweifen. Just in diesem Augenblick bebte der Fels.

»Was war das?« Karan fand es mehr als nur beunruhigend, dass sich plötzlich die Erde unter ihren Füßen bewegte.

»Ein Erdbeben.«

»Kannst du etwas sehen?« Karans besorgte Stimme hallte klar und deutlich von einer anderen Felsnadel herüber.

»Nichts außer den Grauen Klippen hinter uns.«

»Wie viele Tage zum nächsten Wasserloch?«

Shand kletterte hinunter und ging zum Fuß ihres Ausgucks. »Das hängt vom Weg ab. Wenn wir nach Osten gehen ... vier, fünf Tage. Nach Nordosten vielleicht eine Woche.«

»Dann also nach Osten. Und wir müssen schnell genug marschieren, dass wir schon in vier da sind.«

»Schneller ... dann werden wir mehr Wasser verbrauchen«, sagte Shand. »Trotzdem glaube ich noch immer, dass wir es schaffen können.« Er wischte sich die Stirn ab. »Lass uns aus der Sonne gehen.«

Sie kehrten zu ihrem Zelt im Schatten der Klippe zurück und schliefen so gut wie schon seit Tagen nicht mehr. Schweißgebadet wachte Karan gegen Mitte des Nachmittags auf. Das Zelt lag noch immer im Schatten, doch schon ein paar Schritte weiter weg ließ die Sonne den Schweiß sofort verdunsten, und das Salz glitzerte so blendend hell, dass es ihr in den Augen brannte.

Karan zog die Kapuze in die Stirn und tastete in der Tasche nach ihrem Augenschutz; dabei erkannte sie, was Idlis an jenem Tag nahe Sundor vergangenen Herbst ertragen haben musste.

Das Schutzvisier machte es Karan möglich, wieder etwas zu sehen, doch es gab nicht viel zu sehen: nur weißes Salz und schwarzen Fels, tanzende Sandteufel hier und da und den Nachmittagsdunst. Es war viel zu heiß. *Tödlich* heiß! Karan schlüpfte wieder in den Schatten und ins Zelt zurück. Sie warf sich hin und her und kratzte sich, denn es juckte sie überall; Schlaf fand sie jedoch keinen mehr.

Am Spätnachmittag machten sie sich auf den Weg nach Osten, und noch vor Einbruch der Dunkelheit hatten sie das felsige Land wieder verlassen und marschierten über die Salzebene. Und sie marschierten hart. Knirschend stapften ihre Stiefel durch die geräuschlose Dunkelheit, während die Sterne über den Himmel wanderten. Sie gingen so schnell, dass sie schwitzten, obwohl ein kühler Wind wehte. In den frühen Morgenstunden musste Karan mehrmals stehen bleiben, weil sie Krämpfe in den Waden hatte.

Der Sonnenaufgang färbte das Salz rosa, doch der vom Wind aufgewirbelte Salzstaub versperrte die Sicht auf die Klippen im Osten. Karan schwankte und musste sich an Shands Schulter festhalten, um aufrecht stehen zu bleiben. Ihre Lippen waren so trocken, dass die Haut abblätterte. »Wie weit sind wir heute Nacht gegangen?«

»Ich habe schon lange nicht mehr gezählt, aber dreißig Meilen mindestens. Es war ein guter Marsch, selbst unter solch leichten Bedingungen.«

Plötzlich wich alles Blut aus Karans Gesicht. »Ich glaube, ich habe keine Kraft mehr. Und es juckt mich am ganzen Leib. Diese Hitze trocknet mich vollkommen aus. Ich habe das Gefühl, als könnte mich der Wind einfach so wegwehen.«

»Hilf mir mit dem Zelt; dann geh hinein.«

Als das Zelt aufgebaut war, kroch Karan hinein und legte sich auf den Boden. Sie war viel zu müde, um noch etwas zu essen oder zu trinken. »Ich bin vollkommen benommen«, krächzte sie. Als Shand ein paar Minuten später mit einer Schüssel Trockenfleischstreifen hereinkam, gemischt mit Zwiebeln und ein paar Stücken Limone, lag Karan mit dem Gesicht nach unten, als wäre sie bewusstlos.

»Karan!«, rief er. »Was ist los?«

Sie rührte sich nicht. Shand drehte sie auf den Rücken. Sie rollte die Augen. Shand setzte sie auf. Ihre Haut war so trocken wie Zunder, und ihre Lider flatterten. Sie schien ihn zu sehen, hob sogar die Hand nach ihm, doch dann ließ sie sie wieder fallen.

Kapitel zwölf

Der Stich des Skorpions

Shand hebelte Karans Zähne auseinander und tastete nach ihrer Zunge. Sie war trocken wie Papier. »Verdammte Närrin!«, fluchte er, zog den Stöpsel aus einem Wasserschlauch und träufelte ihr etwas Wasser in den Mund. Dann legte er ihren Kopf zurück, bis sie das Wasser geschluckt hatte, und gab ihr erneut ein bisschen zu trinken. Nach ein, zwei Minuten bekam sie Wasser in die Luftröhre. Sie würgte und riss die Augen auf.

»Mir ... Mir tut der Kopf weh«, lallte Karan. »Mein Blut fühlt sich dick an.«

»Wann hast du zum letzten Mal etwas getrunken?« Shand hielt ihr den Schlauch an die aufgeplatzten Lippen. Sie schluckte und schnappte nach Luft.

»Ich ... kann mich nicht erinnern. Vor ... langem ...«

»Hast du irgendetwas auf dem Marsch letzte Nacht getrunken? Nein, nicht wahr? Du dummes, dummes, dummes Kind!«

Karan riss die Hände hoch und packte den Wasserschlauch. Ein paar Tropfen schwappten auf ihre Lippen. Shand hielt ihn für sie fest, während sie einen größeren Schluck trank.

»Ich war vorsichtig, wollte Wasser sparen. Nach einiger Zeit habe ich dann auch keinen Durst mehr gehabt.«

Shand hob den Wasserschlauch; Karan trank. Ihre Augenlider flatterten, und mit ihren schönen grünen Augen schaute sie direkt zu ihm hinauf. »Es tut mir leid. Ich nehme an, das war wirklich ein wenig dumm.«

»Ein wenig«, bestätigte er mürrisch, »auch wenn ich bezweifele, dass du irgendeinen Schaden davongetragen hast. Und jetzt hör mir genau zu! Ich weiß, warum du uns so antreibst, aber das hältst du nicht lange durch. Du riskierst nicht nur dein, sondern auch mein Leben.«

»Tut mir leid«, wiederholte sie.

»Ich will dir eine Lektion im Überleben in der Wüste geben. *Die* Lektion. Du kannst kein Wasser sparen, indem du keines trinkst.«

Sie schaute ihn mit leeren Augen an.

»Du brauchst jeden Tag genau die gleiche Menge. Jeder Tropfen, den du verlierst, muss irgendwie wieder zurückgewonnen werden. Wenn man nachts reist und bei Tag einen Unterschlupf sucht, muss man jeden Tag einen halben Schlauch trinken. Würden wir in der Sonne gehen, wäre noch nicht einmal ein ganzer Schlauch genug. Hast du zwei Schläuche voll verloren und nicht ersetzt, stirbst du. Ich brauche sogar noch ein wenig mehr, weil ich größer bin. Man kann nur Wasser sparen, indem man es erst gar nicht verliert. Geh niemals in die Sonne hinaus. Beweg dich tagsüber so wenig wie möglich. Wenn es Schatten gib, dann *nutze ihn!* Und geh nachts nicht so schnell, dass du schwitzt. Ich hätte dir das schon klarmachen müssen, bevor wir aufgebrochen sind.«

»Ich fühle mich jetzt besser.« Karan setzte sich auf und trank noch einen Mund voll. »Oh, dieses Wasser ist furchtbar.«

»Und es wird ohne Zweifel noch schlimmer werden.«

Karan erholte sich rasch, obwohl ihr nach wie vor der Kopf dröhnte und sie den ganzen Tag über Durst verspürte. Es war heiß, denn es gab nichts, was einen Schatten auf das Zelt hätte werfen können. In dieser Nacht ließen sie es langsamer angehen; trotzdem schafften sie fast fünfundzwanzig Meilen, und im klaren Licht der Morgensonne sahen sie in der Ferne Klippen.

»Wie weit jetzt noch?«, sinnierte Karan.

Sie hatten eine Stelle erreicht, wo das Salz sich wieder in Platten nach oben wölbte, größer als Shand. Die beiden Gefährten errichteten ihr Zelt unter einem Überhang, der ihnen den größten Teil des Tages über Schatten spenden würde.

Shand konsultierte seine Karte und brachte ein paar Markierungen darauf an, die ihren heutigen Fortschritt beschrieben. »Es sind vielleicht noch vierzig, fünfzig Meilen bis zu den Klippen; Wasser dürften wir jedoch schon vorher finden. Ich habe noch drei Viertel von einem Schlauch übrig, einem faulen. Wie viel hast du?«

»Einen vollen und ein paar Tropfen in einem anderen, beide faul.«

»Dann trink was davon.«

Karan spielte die Mürrische, leerte aber den zweiten Schlauch. Es war noch ein Becher drin. Nach Mitternacht, in einer dunklen Nacht, denn Wolken zogen vor den Sternen vorbei, verließen sie die Salzebene und kamen in ein sanft gewelltes Land, und bei Sonnenaufgang stellten sie fest, dass die Klippen schon beträchtlich näher gerückt waren. Sie waren nur noch knapp einen Tagesmarsch entfernt. Die Luft war vollkommen still und erstickend dick – und das obwohl die Sonne nur einen Fingerbreit über dem Horizont stand. Die beiden Gefährten ließen ihren Blick über das Land schweifen, fanden aber nicht den geringsten Hinweis auf Wasser.

»Im Dunkeln werden wir nichts sehen können«, sagte Karan. Sie hatten Neumond. »Ich stimme dafür, dass wir noch ein, zwei Stunden nach Nordosten gehen, solange es noch verhältnismäßig kühl ist, und vielleicht noch ein Stück am Spätnachmittag. Haben wir dann noch immer nichts gefunden, sind wir nach wie vor in der Lage, die Klippen im Laufe der Nacht zu erreichen.«

Shand nickte, und so zogen sie weiter. Sie fanden kein Wasser, bevor es zu heiß wurde, um sich zu bewegen; doch am Nachmittag schlurften sie über eine kaum wahrnehmbare Anhöhe und sahen eine Oase vor sich, eine Rinne mit einem grünen Band darin.

»Bleib ruhig«, mahnte Shand und legte die Hand auf Karans Schulter. »Lass uns erst sichergehen, dass wir es auch trinken können.«

»Es *muss* einfach besser als das hier sein«, entgegnete Karan und nippte an ihrem Schlauch.

»Und pass auf! Die giftigsten Kreaturen von ganz Santh leben an solchen Orten. Selbst die Ameisen können so böse zubeißen, dass du danach eine Woche lang nicht mehr laufen kannst.«

»Ich werde den Ameisen voller Mut entgegentreten ... Oh, allein nur meine schmerzenden Füße ins Wasser tauchen zu können ...«

Die Oase war genau das: eine Oase – ein Ort, wo man mit nur einem Schritt aus der salzverkrusteten, sterilen Wildnis erst in ein Gebiet mit grauen Salzbüschen, dann in ein strahlend grünes Kräuterfeld und schließlich zu langblättrigen Bäumen kam, die die Rinne auf mehrere hundert Schritt säumten. Darüber und darunter gab es nur Sand. Karan ging die Oase der Länge nach entlang und wieder zurück. Sie genoss die feuchten Schatten, fand aber kein stehendes Wasser.

Als sie geknickt wieder zurückkehrte, grub Shand in der Mitte der Rinne ein Loch mit seinem Messer. Er arbeitete sich durch faserige Wurzeln und grub feuchten schwarzen Sand und faulendes Laub aus. »Wenn du deine Füße baden willst, musst du dir selbst ein Loch graben«, sagte er. »Das hier ist zum Trinken.« Eine kleine Menge dunklen Wassers sammelte sich in dem Loch.

»Ich *werde* mein eigenes graben«, erwiderte Karan, warf den Kopf zurück, holte ihr Messer heraus und ging dann ein Stück die Rinne hinauf, wo die Bewaldung dichter und der Boden weicher war.

Sie schnitt sich ein Stück Holz in Form einer Schaufel zurecht und begann zu graben. Sie roch Rauch, grub aber weiter, tief versunken in einen sinnlichen Tagtraum von Llian. Schließlich kam Shand, um nach ihr zu sehen. Karan arbeitete inzwischen in einem Krater so groß wie ein Bad. Feuchte Erde flog durch die Luft und landete auf einem Haufen hinter ihr. Ihre Stiefel lagen schlammbedeckt an der Seite. Das Wasser stand ihr bis zu den Knöcheln. Sie strahlte Shand an und wusch sich den Dreck von den Händen.

»Wenn wir eine Woche hierbleiben würden, könnte ich ein Schwimmbecken graben.«

»Sehr gut«, sagte er. »Ich bin froh, dass du nicht mehr so in Eile bist. Es ist Essenszeit.«

Karan ging mit ihm zurück, noch immer in ihren Tagtraum versunken. »Was hast du uns heute Abend denn Schönes gekocht?«

»Nun, ich habe zum Beispiel ein paar von deinen Kneifern ausgegraben, allerdings nur kleine. Und es gibt da einen Obstbaum. Hier. Versuch eine.« Er holte etwas aus seiner Tasche, das an eine Nuss, nur in Form einer Banane erinnerte.

»Wie isst man das?«

Shand hockte sich neben das Feuer. »Steck die Messerspitze hinein – so – und dreh. Dann öffnen sich die beiden Hälften der Schale ... Ups!« Er hob einen Klumpen weißen flaumigen Zeugs auf, das wie Kapok aussah, wischte den Dreck ab und reichte ihn ihr.

»Das kann man essen? Wie nennt man das?«

»Keine Ahnung. Ich nenne sie ›Knödelnuss‹. Probier mal.«

Karan nahm sich ein Stück von dem klebrigen Zeug und steckte es sich vorsichtig in den Mund. »Oh! Das ist süß!« Sie aß es ganz. »Es klebt allerdings an den Zähnen.«

»Ja, gekocht ist es besser. Und da ist mehr.« Shand zeigte Karan einen Hut voll brauner Körner oder Beeren. »Wüstenerbsen. Sie eignen sich hervorragend für eine Suppe, auch wenn man sie lange kochen muss.«

Sie aßen ein ordentliches Abendmahl aus würziger Erbsensuppe und gebratenen Kneifern und spülten das Ganze mit dampfendem Tee hinunter, den sie mit Shands Knödelnüssen gesüßt hatten. Allmählich wurde es dunkel. Karan ging wieder zu ihrem Loch zurück, um ihre Stiefel zu holen. Shand spülte gerade die Becher aus, als er sie schreien hörte.

Er rannte zu ihr. Karan lag auf dem Boden und versuchte, sich den Stiefel vom Fuß zu reißen. »Mich hat etwas gebissen!«, schrie sie.

Shand zog ihr den Stiefel vom Fuß und schüttelte ihn auf dem Sand aus. Ein kleiner rot-schwarzer Skorpion fiel heraus und huschte davon. Shand trat drauf.

»Alles in Ordnung«, sagte Karan und lächelte schwach. »Es tut schon nicht mehr weh.«

»Das ist kein gutes Zeichen«, knurrte Shand und band den Stoffgürtel seines Wüstengewands fest um Karans Bein vom Knie bis zur Ferse. Dann zog er ihr die Socke aus, schnitt ihr in die Fußsohle und knetete den Fuß so lange, bis Blut hervorquoll. Schließlich saugte er an der Wunde und spie Blut auf den Boden. Seine Zunge wurde taub.

Plötzlich sprudelte der Schweiß förmlich aus Karans Stirn; dann fiel ihr der Kopf auf die Schulter, und sie rollte die Augen in die Höhlen zurück. Shand warf sie sich über die Schulter und lief zum Feuer zurück. Er zog einen brennenden Zweig heraus und stieß das glühende Ende in die Wunde. Dabei hielt er Karans Knöchel mit eiserner Härte fest, während sie sich wand und schrie. Schließlich warf er das Holz wieder ins Feuer, drückte ein feuchtes Tuch auf die Wunde, gab etwas Salbe darauf, verband sie und zog die Socke wieder darüber, damit der Verband nicht verrutschte. Schließlich schiente er Karans ganzes Bein bis zur Hüfte, sodass sie es nicht mehr bewegen konnte.

Karan stöhnte und schauderte, und ohne Vorwarnung erbrach sie ihr Abendessen. Dann wurde sie eiskalt und ihre Lippen blau. All ihre Kleider vermochten sie nicht zu wärmen, und sie fiel in einen komatösen Schlaf. Shand rüttelte sie wieder wach und flößte ihr süßen Tee ein. Der Schmerz war furchtbar, fast unerträglich. Shand faltete ein Stück Stoff und stopfte es Karan mit Gewalt zwischen die Zähne. Sie biss zu und packte Shand so fest am Arm, dass es schmerzte.

Karan schlief wieder für ein, zwei Stunden, und als sie aufwachte, sah sie zu Shand neben sich. »Was bist du doch für ein brutaler Kerl«, sagte sie schwach. »Musstest du denn unbedingt ein Loch durch mich durchbrennen? Ich glaube nicht, dass ich jemals solche Schmerzen gehabt habe.«

»Das war ein tödlicher Skorpion in deinem Stiefel. Zum Glück hat er nicht durch deine Hornhaut durchgestochen. Hätte er dich am Zeh oder am Fußgelenk erwischt, hätte ich dich vermutlich nicht mehr retten können. Deshalb habe ich die Wunde auch ausgebrannt: Manchmal nimmt Hitze dem Gift seine Kraft. Schau dir nur einmal an, was du getan hast. Ich habe dir doch gesagt, dass du aufpassen sollst. Katazza steht jetzt außer Frage. Du wirst eine Woche lang nicht laufen können.«

Karan schwieg dazu. Sie wandte sich einfach von ihm ab, litt die ganze Nacht hindurch und verfluchte sich für ihre Sorglosigkeit. In ihrem Schmerz hatte sie immer wieder düstere Vorahnungen in Bezug auf Llian, der stets in Gefahr schwebte. Ein-, zweimal in der Nacht sah sie kurz den Skorpionnebel. Er schien heller denn je zu sein. Karan hatte das Gefühl, als würde er sie verspotten.

Es dauerte zwei Tage, bis Karan den Fuß wieder auf den Boden stellen konnte, doch danach wollte sie sofort wieder los. Zwar humpelte sie wie jemand, dem man den Fuß amputiert hatte, weigerte sich aber, auch nur an Umkehr zu denken. Shand schnitzte ihr eine Krücke aus einem Ast.

»Wir können nicht sofort wieder raus«, sagte er. »Das wage ich nicht, solange dein Fuß nicht verheilt ist. Außerdem geht uns langsam der Proviant aus. Allerdings liegt gut hundert Meilen nördlich von hier der Fluss Truno, der größte in ganz Lauralin. Er verläuft sich im Meer der Trockenheit. Es ist ein Land der Seen und Marschen. Man kann sich dort leicht verirren, aber es gibt Fisch und Wild im Überfluss. Wir werden dorthin gehen und sehen, wie es deinem Fuß dann geht. Jetzt versprich mir, dass du vorsichtig sein wirst. Wenn wir nach Katazza weiterziehen wollen, müssen wir auf unsere Sicherheit achten.«

Es war eine schmerzhaft langsame Humpelei bis zum Land der Seen, denn Karans Fuß wollte beim Gehen nicht heilen. Die beiden Gefährten verbrachten vierzehn Tage dort und trockneten Fischfilets in der Sonne. Shand füllte ihre faulen Wasserschläuche mit Salz in der Hoffnung, sie so zu gerben. Schließlich ging es Karans Fuß wieder gut genug, dass sie erneut aufs Salz hinauskonnten, Richtung Nordosten, entlang der Oasen.

Die Reise dauerte über dreißig Tage, doch es gab nur wenig Erwähnenswertes. Ein Tag war wie der andere, nur heißer. Die Sonne ging auf, kroch über den wolkenlosen Himmel und versank widerwillig wieder. Wenn sie Glück hatten, fanden sie eine Salzhöhle für den Tag; hatten sie weniger Glück, eine überhängende Salzplatte, und hatten sie Pech, hatten sie gar keinen Schutz und mussten im Zelt auf dem heißen Salz schlafen.

Karan hatte alle Zeit der Welt, um über ihr Leben nachzudenken und Pläne für die Zukunft zu schmieden. Sie war vierundzwanzig. Den größten Teil ihres Erwachsenenlebens, erkannte sie nun, hatte sie mit Reisen verschwendet. Sie fühlte sich auf dieser Reise, die kein Ende zu haben schien, gefangen. So wurde ihr Verlangen immer drängender, die verlorene Zeit wiedergutzumachen und Gothryme einen Erben zu schenken.

Der letzte Teil der Reise dauerte länger als erwartet, denn sie hatten das glatte Salz verlassen und wieder ein Land aus Basaltbrocken betreten, deren Kanten so scharf wie Messer waren. Das Land war so von Rissen und Löchern, von denen einige Dampf und Hitze ausstießen, durchzogen, dass jeder Ausrutscher hier tödlich enden konnte. Da das Wandern hier im Dunkeln zu gefährlich war, mussten die beiden Gefährten ihre Reise auf den Morgen und Abend beschränken. Überall gab es Klippen und Terrassen, jede einzelne ein gefährliches Klettern. In der furchtbaren Hitze verbrauchten Karan und Shand viel Wasser.

Gut sechzehn Wochen nach dem Konklave erreichten sie einen kleinen, öden Gipfel, ein steinernes Horn, das mehr als tausend Spannen aus dem zerbrochenen Fels und Sand aufragte. Da sie hier kein Wasser fanden, schnallten sie die Gürtel enger, zogen die Mäntel um die Schultern und machten sich auf den Weg zum nächsten Berg: einem Gipfel, den sie am Tag zuvor kurz gesehen hatten, bevor er im Dunst verschwunden war. Sie hatten nicht sagen können, ob er hoch oder niedrig war.

»Wie weit noch?«, fragte Karan. »Ich habe kaum noch Wasser und auch nicht mehr viel zu essen.«

»Zu weit«, antwortete Shand gereizt und hielt sich den Bauch.

»Es muss hier doch irgendwo Wasser geben.«

»Hier draußen gibt es kein ›Muss‹. Einige dieser Inseln waren schon öd, bevor die See von Perion ausgetrocknet ist.«

»Aber selbst auf öden Inseln kann man doch einen Brunnen graben und Wasser finden. Der Regen muss doch irgendwo hin.«

Shand schnappte wütend: »Kein *Muss* habe ich gesagt!«

Karan war viel zu schlecht gelaunt, um noch geradeaus denken zu können – das waren sie beide – und irrational. »Du hast gesagt, du hättest diese Reise schon zweimal gemacht. Wie konntest du da vergessen, wo es Wasser zu finden gibt?«

Shands Gesicht verdunkelte sich. »*Hier entlang* bin ich noch nicht gegangen. Das habe ich dir schon mehrmals gesagt.«

Sie trotteten weiter die Nacht hindurch, orientierten sich an den Sternen und stritten sich weiter, bis sie noch nicht einmal mehr dafür genügend Kraft hatten. Am folgenden Tag war es sehr heiß, sehr dunstig, und sie schmorten den ganzen Tag über im Zelt, ohne auch nur einen Blick auf den Berg zu erhaschen. In der Nacht ging es wieder weiter. Kurz nach Einbruch der Dunkelheit spürten sie, wie es langsam bergauf ging, und zu ihrer Freude sahen sie in der Dämmerung drei Gipfel … Das war sicherlich Katazza, ein Stück östlich des Wegs, den sie genommen hatten.

Es war bereits glühend heiß, obwohl die Sonne kaum eine Handbreit über dem Horizont stand. Shand sah aus, als sei er vollkommen am Ende. Karan zog ihren breitkrempigen Hut tiefer ins Gesicht.

»Wir sind in dem Dunst viel zu weit nach Westen gegangen«, sagte Shand. »Genau am südlichen Ende vorbei. Jetzt schauen wir auf die Westseite zurück.«

Karan hätte geweint, doch ihre Augen waren zu trocken dafür. »Du meinst, wir hätten schon seit Tagen dort sein können?« Sie rieb sich die verkrusteten Augenlider.

Shand klappte plötzlich zusammen und taumelte hinter einen gelbfleckigen Fels. Karan hörte ihn schier unendlich lang würgen und sich erbrechen.

»Was ist los?«, fragte sie, als er wieder auftauchte.

»Mein Bauch! Mein Wasser schmeckt, als wäre eine Ratte darin gestorben.« Shand schlug die Hand vor den Mund und sprang wieder hinter den Fels.

Als sie sich Katazza näherten, erschienen rauchende Spalten im Boden, verkrustet mit Kristallen aus farbigem Salz und Schwefel; daneben spien Schlote rotglühenden, flüssigen Stein aus. Der Boden bebte ständig, manchmal so heftig, dass die beiden Wanderer von den Beinen gerissen wurden. Abkühlendes Gestein um sie herum brach auf wie Karamell. Kleinere Berge klammerten sich auf dieser Seite an die Ausläufer von Katazza; ihre Krater spien Rauch und Asche. Einmal warf einer von ihnen rote Lava heraus, die Stunden brauchte, um den Hang hinunterzufließen.

Die beiden Wanderer schlängelten sich zwischen einer Ansammlung kochender Salzquellen und -geysire hindurch. Ihre Ränder waren von nadelspitzen Kristallen bedeckt, und die Luft stank nach Schwefel, der Karan und Shand die Tränen in die Augen trieb. Jeder einzelne Atemzug schmerzte ihnen im Hals. Ein Haufen purpurroten Schaums, der eine gewisse Ähnlichkeit mit Algen besaß, hatte sich am Ende eines Salzteichs gesammelt.

»Das können wir essen«, sagte Shand und bückte sich, um etwas von diesem Zeug in einen Topf zu schöpfen.

»Was ist das?«, fragte Karan misstrauisch.

»Keine Ahnung ... Es wächst in kochendem Wasser, und es lässt sich essen. Das ist alles, was ich darüber weiß.«

Shand drückte das Wasser heraus, und sie löffelten das algenartige Etwas aus dem Topf. Es ähnelte einem körnigen Schaum, der eigentlich nach gar nichts schmeckte, aber den Magen füllte. Außerdem färbte er die Lippen der beiden rot.

»Was für ein furchtbares Land«, bemerkte Karan, die sich fast so unwohl fühlte wie in der Kaistadt. »Ist es oben auf Katazza genauso?«

»Ganz und gar nicht. Tatsächlich ist der Gipfel von Katazza etwas, worauf wir uns freuen können.«

Shands Bauchschmerzen wurden immer schlimmer. Als sie schließlich den Fuß des Berges erreichten und sich durch kleine Kegel auf die Südflanke zu arbeiteten, quälte Shand sich nur noch. Sein Wasser war fast aufgebraucht; nur noch ein halber Schlauch aus Granewys war übrig, und das Wasser darin war inzwischen derart faul, dass allein der Geruch ihn schon würgen ließ. Er weigerte sich, es mit Karan zu teilen.

»Schlimmer kann es mir davon auch nicht gehen«, sagte Shand. »Trink du dein eigenes – wenn du jetzt auch noch krank wirst, sind wir am Ende.«

Am nächsten Morgen war sein Wasser aufgebraucht, und Karan hatte nur noch wenig mehr als einen halben Schlauch. Shands Bauchschmerzen wurden immer schlimmer, lähmten ihn, und er verschwendete wertvolle Flüssigkeit durch Erbrechen und Durchfall.

Shand fehlte es an Kraft, den langen Hang zum Fuß der Klippen hinaufzuklettern; also verbrachten sie den ganzen Tag im Zelt. Die Hitze war hier unerträglich; sie hatten zwar Schatten, doch der Boden war genauso heiß wie die Luft. Bevor sie sich an diesem Abend wieder auf den Weg machten, aßen sie ihren letzten Proviant und tranken Karans Wasser bis auf den letzten Tropfen. Es ergab keinen Sinn, sich ein paar Schluck für später aufzubewahren. Shand erbrach seines jedoch schon wieder, bevor sie auch nur zwanzig Schritt gegangen waren.

»Tut mir leid«, sagte er und wischte sich den Mund mit dem Ärmel seiner zerrissenen, salzverkrusteten Robe ab.

Karan bot ihm ihre Schulter an. Nach einer Stunde kamen sie an eine Sickerstelle, wo sich Wasser in einen klaren Teich ergoss. Doch das Wasser war salzig und so bitter, dass es untrinkbar war. In ihrer Verzweiflung probierten sie ein wenig davon, aber es bescherte ihnen Magenkrämpfe, und hinterher waren sie durstiger denn je. Shand legte sich neben den Teich und hielt sich den Bauch. Er konnte kaum noch gehen. Karan hatte Angst, dass er sterben würde.

Nach einer langen Rast im Schatten fühlte er sich wieder besser; allerdings war er stark dehydriert. Karan ging zum

Teich angeln und kam mit mehreren kleinen Plattfischen wieder zurück. Sie aßen das saftige Fleisch roh, was auch ihren Durst zu mindern schien, doch Karan wusste, dass Shand ohne Wasser binnen eines Tages sterben würde, und sie würde auch nicht viel länger durchhalten. Die ganze Nacht hindurch wankten sie weiter, und kurz vor Sonnenaufgang fanden sie anhand des Geruchs eine winzige Sickerstelle am Fuß der Klippen. Es reichte nicht aus, um ihre Schläuche zu füllen, war aber genug, um sie am Leben zu erhalten, und wenigstens etwas konnten sie auch noch mitnehmen.

Am Abend marschierten sie weiter, und schließlich fanden sie einen Pfad die niedrigsten Klippen von Katazza hinauf auf eine schmale Plattform. Nach weiteren zwei Stunden Klettern erreichten sie einen nach Süden führenden Graben, in den die Sonne niemals schien. Hier fanden sie endlich Spuren von Feuchtigkeit: graue ledrige Pflanzen am Grund des Grabens, und weiter oben schimmerte es grün. Die Klippen schienen schier endlos zu sein. Shand war zu schwach, um noch höher zu klettern.

»Morgen wird es mir schon wieder besser gehen«, sagte er, während er eine Knolle schälte, die Karan ausgegraben hatte.

Karan schwieg. Sie war so hungrig, dass sie eine rohe Ratte hätte essen können. Alles, was sie heute gehabt hatte, waren ein paar Ameiseneier gewesen, die sie mit einem Stock ausgegraben hatte, und die Bisse, die sie dafür hatte erdulden müssen, waren die Sache nicht wert gewesen. Ihre Arme und Beine waren von kleinen roten Schwellungen geradezu übersät.

Auf der Terrasse, die Shand und Karan inzwischen erreicht hatten, wuchs Gestrüpp in Gräben, und an einigen Stellen hatte sich von Eisen gefärbtes Wasser gesammelt. Nach ein wenig graben an feuchten Stellen fanden sie jedoch besseres Wasser. Und sie fanden auch Maden und Eidechsen, die sie essen konnten, sowie ein paar röhrenförmige Wurzeln, die vermut lich nicht giftig waren. Verhungern würden sie also nicht … jedenfalls nicht sofort.

»Morgen werden wir es weiter versuchen«, sagte Shand, aber er war von seiner Kolik dermaßen mitgenommen, dass er das niemals schaffen würde – Karan wusste das.

Der Morgen kam, doch Shand konnte nicht mehr aufstehen, und als Karan mit einer großen Echse von der Jagd zurückkehrte – Proviant für mehrere Tage –, wollte er kaum essen.

»Geh rauf!«, sagte er und hob die schlaffe Hand. »Hol Hilfe!«

»Ich werde dich nicht allein lassen«, entgegnete Karan, obwohl sie hin und her gerissen war zwischen ihrer Sorge um ihn und ihrer Sehnsucht, Llian zu finden. Es gab Zeiten, da konnte sie Llian fast fühlen, und was sie fühlte, machte ihr Angst.

»Das wirst du wohl müssen, sonst sterben wir beide hier. Nimm den Proviant, und geh.«

»Du wirst sterben, wenn ich dich allein lasse!«

»Ich habe so viel Wasser, wie ich brauche«, erwiderte Shand und lächelte sie schwach an, »und auch ein wenig zu essen. Es dauert Wochen, bis man verhungert – bis dahin bist du schon lange wieder zurück.«

Karan zögerte. Sie sehnte sich wirklich danach zu gehen; es brannte förmlich in ihr. Aber sie konnte ihn nicht zurücklassen.

Kapitel dreizehn

Eine furchtbare Beleidigung

Als Llian wieder zurückkehrte, erschüttert von seinem Gespräch mit Malien, fand er Tensor noch immer auf seinem Ebenholzstuhl sitzend vor, die Unterarme auf die breite Werkbank gelegt, welche die gesamte Länge der Wand einnahm. Die Werkbank bestand ebenfalls aus Ebenholz: dicke Bretter, durch Abnutzung glatt poliert. Die Werkbank reflektierte den Spiegel und der Spiegel Tensors Gesicht: das glänzende dunkle Haar, in Wellen von der breiten Stirn zurückgekämmt, die lange, gerade Nase mit ihrem dicken Höcker und den dichten, gelockten Bart, der den unteren Teil des Gesichts verbarg.

Während Llian zuschaute, krümmte Tensor langsam den Rücken und packte den Spiegelrahmen mit beiden Händen. Der Spiegel zitterte, beruhigte sich wieder, und ein Bild erschien ... Es war genau das Bild, das Llian vergangenen Winter in Thurkad gesehen hatte.

Er sah eine unwirtliche Landschaft, düster und mit pechrabenschwarzen Schatten. Eine mit stahlgrauen Massen übersäte Ebene, Strukturen wie Haufen von Blasen. Die Ebene wurde von einem tiefen Riss durchzogen, der mit grauem Eis verkrustet war. Ein eiserner Turm beugte sich über den Riss, als stünde er kurz davor umzukippen. Im Hintergrund stachen Berge in den Himmel wie Tonscherben. Eine kleine rote Sonne versuchte durch wilde Sturmwolken hindurchzubrechen, doch dieser Versuch war zum Scheitern verurteilt.

Das war Aachan, oder vielleicht Tensors Erinnerung an die

Welt, die bereits Tausende von Jahren alt war. Existierte sie überhaupt noch? Und wenn ja, hatte sie sich seit jener fernen, unschuldigen Zeit nicht verändert? Seit der Zeit vor der Flöte?

Und doch war dieses Bild anders als Mendarks. Es war lebendig. Sonne und Mond bewegten sich am Himmel; Wolken trieben vorbei, und das Licht veränderte sich.

Aber diese eine Szene war alles, was Tensor aus dem Spiegel zu holen vermochte, und im Laufe der Tage verließ ihn allmählich sein Selbstvertrauen. Er raufte sich die Haare, schrie Llian wütend an und tobte sogar gegen seine Aachimbrüder. Malien war zufrieden, als Llian ihr davon berichtete.

Tensor schlug mit seiner mächtigen Faust derart hart auf den Tisch, dass der Spiegel in die Luft flog und sich drehte. »Warum will er sich nicht öffnen? Warum, *warum*?«

»Yalkara hat ihn verschlossen, und es gibt nur einen Schlüssel. Ich habe diesen Schlüssel«, sagte Llian laut und ohne nachzudenken.

Tensor riss seinen Kopf mit der wilden Mähne herum, und Llian erkannte entsetzt, dass er begonnen hatte, mit dem alten Aachim zu kollaborieren, dass er wollte, dass Tensor Erfolg mit dem Spiegel hatte, trotz Maliens düsterer Vorhersagen. Wie ein Säufer dem Bier *musste* er seiner Geschichte bis zum bitteren Ende folgen, ganz egal, wie sehr er das später auch bereuen mochte. *Nein!*, dachte er. *Ich muss die Geschichte aufzeichnen, aber ich muss ihm nicht helfen. Soll er es doch selbst schaffen oder gar nicht.*

»Was?«, schrie Tensor.

»Nichts«, sagte Llian und wich zurück. »Ich habe mich geirrt.«

Plötzlich wurde er an der Kehle gepackt und in die Höhe gehoben. »*Was hast du gesagt?*«, brüllte Tensor und schüttelte Llian wie eine Ratte. Llian rang nach Luft. Tensor ließ ihn auf den Boden fallen und stellte den Fuß auf seinen Hals.

»Faelamor ... hat das gesagt ... beim Konklave«, keuchte Llian, während er rot anlief. Blut rann aus einem Schnitt an seinem Kinn. Sein Arm war taub, weil er auf dem Ellbogen gelandet war.

Sofort wandte Tensor sich von ihm ab. Er schien mit einem Mal vergessen zu haben, dass Llian da war.

»Ja, das hat sie ... Aber was könnte sie damit gemeint haben?«, dachte er laut nach. »*Wie* verschlossen? *Wie?*« Er lief auf und ab. »Faelamor hat den Spiegel nie in Händen gehalten außer kurz bei ihren Kämpfen mit Yalkara, und das war vor dem Ende. Falls er also wirklich verschlossen *ist*, war nicht sie es, die ihn verschlossen hat. Nur Yalkara kann das getan haben, und die ist schon seit langem weg. Aber aus welchem Grund? Ich habe schon oft über Yalkara nachgedacht. Es heißt, nur ein Mann habe je in ihren Geist geschaut.«

»Und was ist der Schlüssel?«, fragte Llian. »Faelamor hat gesagt, sie kenne diesen Schlüssel.«

»Wer vermag das schon zu sagen? Vielleicht hat sie Yalkara das Geheimnis entrissen.« Tensor murmelte vor sich hin und ging hinaus.

Als er wieder zurückkam, sagte Llian: »Ich habe gehört, die Aachim hätten den Spiegel in alter Zeit beiseitegelegt, weil es so gefährlich war, ihn zu benutzen.« Er hoffte, dass Tensor einige der Lücken in den Historien für ihn füllen würde.

»Gefährlich, in der Tat, und ich war es, der ihn weggegeben hat – obwohl er das wertvollste Ding in meinem Besitz war. Ich war es auch, der ihn hierher nach Santhenar geschmuggelt hat. Das war eine gefährliche Angelegenheit! Es war verboten, Gegenstände zwischen den Welten zu transportieren.«

»Warum?«, fragte Llian.

»Weil sie dann dazu neigen, sich auf gefährliche Art zu verändern – wie die Flöte. Und auch der Spiegel! Hätte man mich erwischt, es wäre mein Ende gewesen. Dann hat Kwinlis den

Spiegel benutzt – Kwinlis, der uns vor dem Verräter Pitlis geführt hat, Chronist; das wolltest du doch fragen. Er hat uns gerettet, aber mit seinem eigenen Leben dafür bezahlt ...« Tensor saß schweigend da und schaute durch die Zeitalter zurück.

»Danach hat niemand ihn mehr benutzen können. Was auch immer Kwinlis mit dem Spiegel gemacht hatte, es entzog sich unserem Verständnis. Er lag vernachlässigt und unbewacht in unseren Archiven, und beim Fall von Tar Gaarn hat Yalkara ihn gestohlen. Aber jetzt *muss* ich mit ihm arbeiten, was auch immer der Preis dafür sein wird, und das werde ich auch. Warum hätte sie ihn verschließen sollen? Wie kann er überhaupt verschlossen werden?«

Tensor nahm sich den Spiegel, dieses kleine, scheinbar so unbedeutende Ding, und hielt ihn sich dicht vors Gesicht. Sein Gesicht war älter geworden, ausgemergelter. Trotz seiner tapferen Worte verlor er deutlich an Selbstbewusstsein. Alles schien umsonst gewesen zu sein. Wegen seiner blindwütigen Jagd nach dem Spiegel war Shazmak zerstört worden, und nun, da er ihn gefunden hatte, konnte er ihn noch nicht einmal benutzen.

Während Tensor mit dem Spiegel kämpfte, arbeiteten die anderen Aachim unermüdlich an ihren eigenen Projekten, um Katazza zu sichern. Im Laufe der Tage entspannte sich sogar Malien, als ihr klar wurde, dass Tensor scheiterte. Schließlich fühlte Llian sich von dem Mangel an Fortschritt gelangweilt und verbrachte mehr Zeit damit, die unzähligen Räume von Katazza und dessen Türmen zu erkunden.

Eines Tages fand er einen angenehmen Raum auf der Spitze des Großen Turms, unmittelbar unter der Platinkuppel, von wo aus er über das Meer der Trockenheit blicken konnte. Als er sich so weit hinauslehnte, wie er es wagte, konnte er das Band aus Gold und Lapislazuli sehen, das den Turm unterhalb des

Raums umschlang. Bei Tag war es warm hier drin, doch bei Nacht bitterkalt, denn die großen Öffnungen ließen die Bergluft ungehindert herein. Tag für Tag saß Llian dort, denn er musste noch die Erlebnisse von Wochen in sein Tagebuch nachtragen.

Als sein Tagebuch wieder auf dem neuesten Stand war, begann Llian mit der umsichtigen Suche nach Kandors Aufzeichnungen. Und da Tensor keinen Bedarf mehr an ihm zu haben schien, verbrachte er immer weniger Zeit in den Arbeitszimmern, bis Malien ihn darauf hinwies, dass er als Spion nicht sonderlich nützlich sei, wenn er sich nie dort aufhielte, wo es etwas zu beobachten gebe.

Llian hatte überall gesucht und noch nicht einmal einen Fetzen Papier gefunden, und schließlich kam er zu dem Schluss, dass er Hilfe brauchte.

»Warum willst du unbedingt Kandors Papiere sehen?«, fragte Malien kühl.

»Von den Historien der Charon ist nur wenig bekannt«, antwortete Llian, der sich mit der Halbwahrheit recht sicher fühlte. »Die *Geschichte der Spaltung* ist die schwächste der Großen Geschichten. Alles, was ich hier lerne, kann sie nur verbessern.«

Malien starrte ihm in die Augen, und schließlich musste er den Blick abwenden. »Da ist doch noch mehr, Chronist. Nenn mir den wirklichen Grund; dann werde ich dir vielleicht helfen.«

»Das *ist* der wirkliche Grund«, protestierte Llian, aber sie war nicht zufrieden.

»Ich kenne dich, Chronist. Du hast mir nicht alles gesagt.« Ihre grünen Augen zogen ihn förmlich aus.

Llian erzählte ihr vom geheimnisvollen Ende der Düsternis und berichtete, was Tensor ihm in Shazmak erzählt hatte. Schließlich zeigte er ihr den gestohlenen Brief von Kandor an Rulke.

Malien hörte ihm aufmerksam zu, schnüffelte an dem Papier, ja schmeckte es sogar mit der Zunge. »Er sieht echt aus. Wie kommt es, dass Mendark dich solch ein wichtiges Dokument hat behalten lassen?«

»Äh ...« Llian schämte sich, seinen Diebstahl einzugestehen. »Als ich zurückkam, war er so wütend, dass ich keine Gelegenheit hatte, ihm von dem Brief zu erzählen. Er wollte mich vor dem Konklave nicht mehr sehen, und danach ... Es gab kein ›Danach‹.«

»So! Dann weiß also niemand davon außer dir und mir?«

Die Richtung, die das Gespräch einschlug, machte Llian nervös. »Das stimmt.«

»Dann werde ich ihn behalten.«

»Aber er ...«

»*Er gehört mir*, wolltest du sagen. Das glaube ich nicht, Chronist. Du hast schon genug Schaden angerichtet, weil du mit Tensor zusammengearbeitet hast. Ich weiß, was du im Schilde führst. Falls irgendetwas hinter diesem Brief steckt, glaubst du etwa, wir würden zulassen, dass du ihn Tensor im Tausch für ein anderes Geheimnis gibst? Würdest du einem Baby eine Rasierklinge zum Spielen geben?«

»Was ist dann mit ...?«

»Mit Kandors Archiven? Ich bin froh, dass du sie nicht gefunden hast. Von nun an sind sie für dich verboten. Und solltest du versuchen, in sie einzudringen ...«

»... dann wirst du mich an Basitor verraten«, beendete Llian den Satz für sie.

Malien lächelte. »Ich freue mich, dass du mich so gut verstehst. Er hat dich ohnehin schon in Verdacht, weißt du? Wären Tensor und ich nicht, die Skeet hätten sich schon lange an deinem Hirn gütlich getan. Dann sind wir also wieder Freunde?«

So unverwüstlich war Llian nicht. Er schlug die Hände vors Gesicht. Malien berührte ihn leicht an der Schulter und ging.

Als Llian das nächste Mal durch die scheinbar so unschuldigen Gänge der Festung ging, war eine bestimmte Tür mit einem Schloss so groß wie sein Kopf verriegelt. Er war wieder am Anfang – nein, schlimmer noch: Er war dem, was er suchte, so nahe gekommen, und nun davon ausgesperrt.

Die Zeit verging, doch Tensor vermochte dem Spiegel nichts zu entlocken. Der Winter war schon lange vorüber, und nur auf den höchsten Gipfeln im Süden lag noch Schnee. Tensors Wissenschaft hatte sich als unzulänglich erwiesen, um den Spiegel zu öffnen, aber vielleicht fanden ja seine lange unterdrückten inneren Sinne einen Weg.

Eines Nachts im Spätfrühling, als er brütend vor dem Spiegel saß und das sich verändernde und doch auch unveränderliche Bild von Aachan anstarrte, verlor er auch den letzten Rest an Selbstbeherrschung, die er so lange bewahrt hatte. Er ließ seinen Erinnerungen an die ferne Vergangenheit freien Lauf, an eine Zeit, da er ein junger Mann auf Aachan gewesen war, ein Lehrling des Kunsthandwerks im Dienste von Rulke. Das war sogar noch vor der Zeit der Flöte gewesen, vor Äonen geradezu. Tensor erinnerte sich an die Lektionen, die Prüfungen mit Ton und Stein, Metall und Holz, und er erinnerte sich an die Meisterformerin Aoife, die ihn gelehrt hatte. Sie hatte den Spiegel erschaffen und ihn Tensor nach seiner Lehre zum Geschenk gemacht. Er war ein simples Gerät gewesen, nichts Ungewöhnliches auf Aachan.

Tensor ließ sich zu jener Zeit zurücktreiben, zu jenem Augenblick, da er den Spiegel zum ersten Mal in Händen gehalten hatte. Er stimmte seinen Geist auf ihn ein und *sah.* Es war nur ein kurzer Weg gewesen, noch nicht einmal durch die ganze Stadt, und doch hatte er das Gefühl gehabt, als würde sich ihm ganz Aachan öffnen. Später hatte Tensor gelernt, den

Spiegel auf andere Geräte seiner Art zu richten, und ein-, zweimal war es ihm sogar gelungen, überall hinzuschauen, wo er wollte.

Er ließ seinen Erinnerungen freien Lauf und sah sich selbst, wie er einst gewesen war: seine Lust am Leben, die jugendliche Kraft und Freude. Die Euphorie wurde so stark, dass er nichts mehr tun konnte, und als er nun den Spiegel wieder nahm, war er erneut an jenem Abend in der Vergangenheit, und der Spiegel öffnete sich ihm!

Den ganzen Tag lang spielte und träumte er, doch als er aus seinen Träumen aufwachte, erkannte Tensor, dass der Spiegel sich ihm auf einer primitiven Ebene geöffnet hatte, unterhalb der Täuschungen, der List und dem Verrat späterer Zeitalter. Er wusste, dass die ferne Vergangenheit ihm nicht helfen konnte, und der jüngere Teil, in dem sich Yalkaras Geheimnisse verbargen, war ihm noch immer verschlossen.

Tensor verbrachte zwei Tage und eine Nacht vor dem Spiegel, ohne zu essen, zu trinken oder zu schlafen. Er schien in eine Art Trance gefallen zu sein, nur dass seine Augen den Bildern folgten, die über die leuchtende Oberfläche flackerten, so schnell, dass Llian ihnen nicht zu folgen vermochte. Nach einer Minute waren Llians Augen so überanstrengt, dass ihm schwindelig wurde und er erst einmal hinausgehen musste.

Llian konnte in Tensors Suche keinerlei Sinn erkennen, denn was er sah, waren Worte und Bilder, städtische wie ländliche Szenen oder schlicht Wildnis. Er sah Manuskripte und Pläne, Gesichter und Treffen. Musik ertönte, und Stimmen sprachen, und nahezu jeder Aspekt des Lebens auf Santhenar (und Aachan), den man sich vorstellen konnte, huschte über den Spiegel. Llian sah sogar ein Bild von Tensor selbst, eines jungen und geradezu schmerzhaft schönen Mannes.

Einmal stöhnte Tensor so laut, dass Llian, der sich gerade einen Stock höher befand, heruntergerannt kam, um zu sehen, was los war. Was auch immer Tensor derart bewegt hatte – sei es nun Freude oder Verzweiflung gewesen –, das Bild war verschwunden. Tensor saß regungslos da, und die Szenen huschten noch immer vor seinem Gesicht vorbei.

Mitten in der Nacht wurde Llian von einem metallischen Krachen geweckt. Er rannte sofort in den Arbeitsraum und fand Tensor, der immer wieder mit dem Kopf auf die Werkbank schlug. Seine Kopfhaut blutete schon, und er hatte sich ein Büschel schwarzer Haare ausgerissen. Llian schob die Hand zwischen Tensors zerschundene Stirn und die Tischplatte, und nach ein paar weiteren Schlägen legte Tensor den Kopf aufs Holz. Seine Fäuste entspannten sich wieder, doch seine Augen standen noch immer offen.

Llian fand den Spiegel an der gegenüberliegenden Wand. Am Rand hatte er eine kleine Delle, war aber ansonsten unbeschädigt, und die Bilder flogen noch immer über ihn hinweg. Llian hockte sich fasziniert hin, und einmal glaubte er, sein eigenes Gesicht dort zu sehen, doch es war sofort wieder verschwunden. Die Zeit stand still. Llian hatte keine Ahnung, wie lange er in dieser Stellung verharrte; dann wurde ihm er Spiegel aus den Fingern gerissen, und Tensor warf ihn mit einem Tritt zur Tür hinaus.

Llian lag stundenlang im Dunkeln auf seiner Pritsche. Er konnte nicht schlafen, denn immer wieder wiederholten sich seltsame Szenen vor seinem geistigen Auge. Er empfand die tiefe Sehnsucht, den Spiegel wieder in Händen zu halten, doch je weiter die Nacht voranschritt, desto mehr verschwammen die Bilder und auch die Sehnsucht, und schließlich schlief er ein.

Er wurde von einem wilden Brüllen geweckt, und abermals wurde er hoch in die Luft gehoben, Tensors Hände um den Hals, und geschüttelt wie ein Hund.

»Was hat sie mit ihm gemacht?«, kreischte Tensor.

Llian quiekte irgendetwas Unverständliches, und erneut ließ Tensor ihn fallen, diesmal auf die Pritsche. Das uralte Holz gab unter dem Aufprall nach.

»Was hat sie mit dem Spiegel gemacht?« Tensor verfluchte Karan und ihren Vater und all ihre Vorfahren mit seltsamen Flüchen, die Llian nie zuvor gehört hatte.

Plötzlich wurde Llian von einer derartigen Wut übermannt, dass er den Verstand verlor. Er packte einen der zerbrochenen Pritschenbalken, und als Tensor vorsprang, rammte er dem Aachim das Holz mit voller Wucht in den Unterleib. Tensor krümmte sich vor Schmerzen und erstarrte. Rasch rollte Llian sich aus dem Weg und stand mit dem Knüppel in der Hand auf.

»Sag das nie wieder!«, knurrte er voller Wut. »Oder ich schwöre, ich ...!«

Tensor schauderte und richtete sich langsam wieder zu voller Größe auf. Seine Fäuste hingen in der Luft wie Melonen. Llian hielt die Waffe vor sich; dann schlug Tensor träge danach, und das Holz flog durch die Luft.

»Wie hätte sie ihn denn verändern sollen?«, fragte Llian verzweifelt und sprang zurück. »Erinnere dich an Faelamors Worte beim Konklave.«

»Erinner mich nicht an meine Schande, du *Wurm*!«

Llian dachte an das Konklave und Maigraith zurück. Ihr Auftauchen war von Faelamor sorgfältig geplant worden, eindeutig mit dem Zweck zu erschrecken. Aber auf wen hatte sie es abgesehen gehabt? Auf Tensor oder auf Mendark?

»Karan hat gar nichts getan!«, schrie er. »Was auch immer mit dem Spiegel gemacht worden ist, derjenige, der das getan hat, war weit mächtiger als Karan.«

Tensor funkelte das armselige Menschlein an, das sich ihm entgegenzustellen wagte, und hob die Faust, um ihn niederzustrecken. Llian sprang aus dem Weg.

»Sie wusste noch nicht einmal genug über den Spiegel, um ein Bild aus ihm herauszuholen«, keuchte Llian. »Du weißt; dass sie nicht über eine derartige Macht verfügt.«

Tensor setzte sich unvermittelt hin, verzog das Gesicht und atmete tief aus. Lange Zeit sagte er gar nichts und litt offenbar unter Schmerzen.

»Ja«, sagte er schließlich. »Dafür habe ich schon vor langer Zeit gesorgt.«

Llian erstarrte. »Was hast du gesagt?«, fragte er mit eisiger Stimme.

Tensor schloss den Mund wie ein Falle, und erneut brach Zorn aus ihm hervor. »Bei allen Mächten, Chronist, allmählich bereue ich, dass ich dein Hirn nicht an der Wand verteilt habe! Sag noch ein Wort, und ich hole das nach!«

Er rückte gegen den kauernden Llian vor, der den Mund so weit aufgeklappt hatte, dass man die Faust hätte hineinstecken können. »Glaubst du etwa, du könntest mich mit deiner Brille und deinen Salben täuschen?«, brüllte Tensor. »Ich habe immer gewusst, was du bist, ebenso wie ich weiß, dass du für Malien spionierst. Vergiss eins niemals: In derselben Minute, da du nicht mehr für mich von Nutzen bist, kann dich weder Malien noch Hunderte ihrer Art vor meinem Zorn schützen. *Und jetzt raus hier!*« Er packte Llian an Kragen und Hose, warf ihn hinaus und schlug die Tür zu.

Llian humpelte aus dem Turm und machte sich auf die Suche nach Malien. Erneut fand er sie in dem Pavillon unter dem Feigenbaum. Sie saß mit angezogenen Knien auf der Bank und starrte verträumt aufs Meer der Trockenheit hinaus.

»Was jetzt, Chronist? Hat er ihn gemeistert?«

»Nein! Aber er weiß alles. Die Stigmata, dass ich für dich spioniere ... alles.«

»Er ist ein kluger und listiger Feind! Ich habe ohnehin nicht geglaubt, dass wir es vor ihm verheimlichen können.«

»Malien, ich bin heute nicht als Spion zu dir gekommen«, sagte Llian vorsichtig.

Sie hob die ingwerfarbenen Augenbrauen.

»Er hat Karan beschuldigt, irgendetwas mit dem Spiegel gemacht zu haben und sie schwer beleidigt. Ich bin wütend geworden und habe ihm mit einem Stück Holz in die Männlichkeit geschlagen. Ich fürchte, ich habe ihn schwer verletzt.«

Malien schaute ihn ehrfürchtig an. »Chronist, ich bin erstaunt! Du hast ihm eine furchtbare Beleidigung zugefügt, auch wenn dieser Teil von ihm ... verdorrt ist. Du bist kühner, als ich gedacht habe, *ein richtiger Tiger!*« Sie lachte. »So viel zum Thema ›keine Aufmerksamkeit auf sich ziehen‹. Wie kommt es eigentlich, dass du noch lebst?«

»Das habe ich mich auch gefragt, obwohl ich ihm nur seine Beleidigung vergolten habe. Er wollte mich erschlagen, doch dann habe ich ihm gesagt, dass Karan nicht im Mindesten mit der Geheimen Kunst umzugehen verstehe, und da hat er innegehalten und zu sich selbst gesagt: *Ja, dafür habe ich schon vor langer Zeit gesorgt.* Ich habe zu wissen verlangt, was er damit meine. Da wurde Tensor wieder wütend und hat gesagt, er wisse, was ich im Schilde führe. Schließlich warf er mich dann hinaus.«

»Nach dem Schlag hast du ihn noch immer verhört? Wie ich sehe, bist du doch kein Tiger, sondern ein Lemming.«

Llian ignorierte den Scherz. »Was hat er damit gemeint?«

Malien seufzte. »Ich weiß es nicht. Nein, warte! Ich war da, als Karan als Mädchen nach Shazmak gekommen ist. Obwohl ich auch damals schon in Stassor gelebt habe, bin ich öfters dorthin gekommen, um Rael und meine Freunde zu besuchen. Es war sofort klar, dass Karan großes Talent hatte. Das ist bei einem Mischling nicht überraschend. Jahre später habe ich erfahren, dass nur wenig daraus geworden ist. Aber auch das ist nicht überraschend. Ein begnadeter Sängerknabe kann als Mann all seine Stimme verlieren. Nach dem zu urteilen, was du gesagt hast, hat Tensor irgendetwas getan, damit Karans Talente nicht erblühen. Das ist ein Verbrechen, ein *übles* Verbrechen, auch wenn so etwas schon früher getan worden ist. Was für eine Gefahr könnte sie für ihn dargestellt haben? Ich werde versuchen, es herauszufinden.«

Llian hielt sich den Rest des Tages von Tensors Arbeitszimmer wohlweißlich fern; doch als er spät in der Nacht hindurchschlich, um in sein Schlafgemach zu gelangen, stellte er fest, dass Tensor seine Fassung zurückgewonnen hatte. Zwar verzog er noch immer das Gesicht, wenn er sich setzte, doch es war, als sei nie etwas geschehen.

»Schau, Chronist«, sagte Tensor in freundschaftlichem Tonfall und tippte mit dem Finger auf den Spiegel. »Faelamor hatte recht. *Der Spiegel hat keine Macht, gar keine. Was er hat, wenn man ihn lesen kann, ist Wissen und viele, viele Geheimnisse.* So oder so ähnlich hat sie das gesagt, und dieses eine Mal hat Faelamor die Wahrheit gesprochen. Er hat keine Macht, die ich finden oder – da ich weiß, wie er gemacht wurde – mir auch nur vorstellen kann. Ich habe nach irgendeiner Kraft in ihm gesucht ... als wäre er ein Ring oder ein anderes magisches Artefakt. Es gibt jedoch keine solche Kraft – oder zumindest nicht in dem Teil, den zu öffnen ich in der Lage war.«

»Was nützt er dir dann?«, fragte Llian.

»Der Spiegel hat Wissen, ganze Bibliotheken davon. Vielleicht sind in seinem Inneren die Geheimnisse verborgen, die ich brauche, denn ich weiß, dass solche Dinge in alter Zeit existiert haben. Nach der Düsternis haben sie alle versagt, und doch hat Yalkara vor gerade einmal dreihundert Jahren ein Portal geöffnet und ist durch einen Fehler in der Düsternis nach Aachan geflohen. Ich muss nun dieses Geheimnis finden und wieder aktivieren.«

Llian wusste nicht, was er mit dieser obskuren Diskussion anfangen sollte. »Was für ein Geheimnis?«, schrie er frustriert, doch Tensor schwieg.

Tensor verbrachte weitere lange Tage und Nächte vor dem Spiegel und benutzte ihn nun anders. Er grub in den Geheimnissen der Vergangenheit: vergangenen Leben, vergangenen Taten, vergangenem Verrat. Er war besessen. Er konnte kaum den Unterschied zwischen dem, was er im Spiegel sah, und dem Geschehen um sich herum erkennen. Und er war mal gut gelaunt, mal gleichgültig und mal mürrisch, rachsüchtig ... und böse.

Dann, eines Tages, schien Tensor etwas zu sehen, das für Llian unsichtbar war. Er sprang auf.

»Was ist? Was hast du gefunden?«, fragte Llian aufgeregt. »Hast du den Code geknackt?«

»Nein, *aber mein Weg ist klar*! Mehr werde ich nicht sagen.«

Kapitel vierzehn

Der Architekt am Tor

Nachdem er seine Entdeckung gemacht hatte, arbeitete Tensor unaufhörlich. Den ganzen Tag und die ganze Nacht lang saß er an seinem Tisch vor dem Spiegel. Manchmal starrte er stundenlang auf nur ein einziges Bild. Bisweilen schien er von der Vergangenheit geradezu verzaubert zu sein. Wie in Trance saß er dann da, das Gesicht leuchtend vor Freude oder nass von Tränen. Und manchmal waren die Bilder auch so echt wie das Leben, und Llian, der ihm über die Schulter spähte, sah Menschen hin und her gehen, aus den Fenstern hoher Türme blicken oder voller Angst vor heranrückenden Armeen fliehen. Doch bei anderen Gelegenheiten wirkten die Szenen eher symbolisch. Meist zeigten sie dann eine Dreiergruppe von stillen schwarzen Seen, in denen sich der riesige Mond von Aachan nicht spiegelte.

Einmal arbeitete Tensor drei Tage lang ohne Unterbrechung. Mit starrem Blick schrieb er wie wild auf eine Rindenrolle, ohne Hunger und Müdigkeit auch nur zu bemerken. Dann warf er sich auf einen Strohsack auf dem Boden und schlief ein paar Stunden. Er wachte so plötzlich wieder auf, dass sein Kopf förmlich vom Kissen flog. Rasch rappelte er sich auf, lief zum Tisch zurück, erweckte den Spiegel mit einer Berührung zum Leben und begann wieder zu schreiben.

Llian berichtete all dies Malien, obwohl seine Pflichten als Spion nach dem ersten Tag weniger beschwerlich geworden waren, denn Malien selbst oder ein anderer Aachim beobachteten nun Tensor. Tensor wusste zwar, dass sie da waren, beachtete sie jedoch nicht. Die Aachim bekamen langsam Angst, selbst jene, die aus Shazmak entkommen waren und bis jetzt jede seiner Launen und Pläne unterstützt hatten. Schließlich konnten sie es nicht länger ertragen. Ihre Angst vor dem, was er tun wollte, überwog alles andere.

»Wir haben furchtbare Angst, Tensor«, sagte die weißhaarige Selial, die mit jedem Tag dahinzuschwinden schien. »In der Vergangenheit hat dich nur das Wohlergehen der Aachim gekümmert. Stets hast du deine eigenen Wünsche diesem größeren Ziel untergeordnet. Aber eingedenk all dessen, was du für uns getan hast, haben wir dir in Shazmak nachgegeben. Wir haben dich jedoch auch gewarnt, dich vor deiner eigenen Torheit zu hüten. Das hast du aber nicht getan, und Shazmak ist gefallen! Trotzdem sind wir dir weiter gefolgt. Jetzt jedoch nicht mehr! Wir werden dir nicht in die Katastrophe folgen, die du nun wieder planst!« Sie schnappte nach Luft, und es klang wie ein Schmerzensschrei.

»Aye«, sagte Tensor. »Es war meine Torheit, die uns dorthin geführt hat. Aber nicht meine Torheit allein! Jeder einzelne von uns hat für sich beschlossen, sich vor der Welt zu verbergen und unseren Feinden aus dem Weg zu gehen, anstatt sich ihnen zu stellen. So haben wir die Fähigkeiten verloren, die wir für unser Überleben brauchen. Ein übler Verrat brachte unseren Feind nach Shazmak, und unsere Sicherungsmaßnahmen haben versagt. Wir haben uns unterworfen!«

»In der Tat war das Verrat«, sagte Selial, »und wie immer war es einer von uns. Die Schuld dafür trage ich. Ich hätte es kommen sehen müssen.«

»Wie auch immer! Ich werde mich nicht von meinem Vorhaben abbringen lassen«, sagte Tensor leise. »Die Ghâshâd sind nach Shazmak gekommen, und uns hat es an dem Willen gemangelt, uns ihnen zu widersetzen. Wir sind wie Korn vor der Sense gefallen.

Aber die Schuld liegt vorwiegend bei mir«, fuhr Tensor mit gesenkter Stimme fort. »Der alte Weg, der Weg der Syndikatoren, wird uns nichts mehr nützen. Wir müssen einen neuen, primitiveren Weg lernen. Es macht keinen Sinn mehr, irgendwas in Komitees zu besprechen. Wer wird das Kommando übernehmen?« Er sagte das mit sanfter, tiefer Stimme und benutzte keinerlei Rhetorik, um die Aachim auf seine Seite zu ziehen. »Ihr habt recht, mir Vorwürfe zu machen ... Nur wen werdet ihr an meiner Stelle wählen?«

Die Aachim schauten einander an, fanden unter sich jedoch keinen Anführer; niemand verfügte über die nötige Vision dafür. Malien sagte: »Wir können keinen Führer finden, und ohne einen werden wir die alten Wege nicht aufgeben. Die Syndikatoren sollen uns führen.«

Tensor schien sie nicht gehört zu haben. »Du hast recht«, sagte er. »Ich habe euer Vertrauen missbraucht. Warum solltet ihr mir folgen? Wählt euch einen Anführer«, wiederholte er diesmal lauter. »Ich werde ihm folgen. Ich bin zu müde, um diese Last noch länger zu tragen.«

Er setzte sich auf den Boden, sodass sie zu ihm hinunterschauen mussten, und das war ihnen unangenehm. Sie versuchten, Selial vorzuschieben, doch die senkte nur den Kopf.

»Wir können keinen Anführer finden«, sagte Malien erneut, »und so haben wir auch keinen. Die Syndikatoren müssen uns führen.«

»Ich werde mich nicht von irgendeinem Komitee führen lassen«, wiederholte Tensor. »Nach Tar Gaarn haben wir alle Autorität an die Syndikatoren übertragen. Schaut, wohin uns das geführt hat!«

Malien schüttelte die Faust nach ihm. »Du hast sie dir gestohlen!«, spie sie. »*Das* ist daraus geworden.«

»Wählt, oder ich werde meinen eigenen bitteren Weg gehen.« Tensor senkte den Kopf und zitterte vor Anspannung.

Die Aachim berieten sich. Schließlich kam Selial mit der Antwort wieder zurück. »Wir haben uns für die Syndikatoren entschieden.«

Tensor stieß laut die Luft aus. »Dann muss ich mir meinen eigenen Weg suchen«, sagte er gequält.

»Nein«, erwiderte Selial, und ein Muskel zuckte in ihrer Wange. »Wir werden dir nie wieder folgen. Gehorche uns, oder werde ein Ausgestoßener. Morgen brechen wir zu den östlichen Städten auf. Wir werden sofort mit den Vorbereitungen beginnen. Du wirst uns den Spiegel übergeben.«

Tensor sah furchtbar aus. Unter Schmerzen stand er wieder auf und schlurfte in Richtung Gang. Als er an Llian vorbeikam, packte er ihn am Arm. »Komm«, murmelte er. »Bis morgen gibt es noch viel zu tun.«

Nachdem sie ihre Entscheidung getroffen hatten, gingen die Aachim sofort in den kühlen Morgen hinaus. Sie eilten hierhin und dorthin, überprüften ihre Ausrüstung und packten Proviant in kleine Päckchen. Mit jedem Tag Verzögerung würde die Reise härter werden, denn es war inzwischen Spätfrühling, und das Meer der Trockenheit wurde von der Sonne förmlich gebacken, die sich die nächsten zweihundert Tage hinter keiner Wolke mehr verstecken würde. Der Weg nach Osten war dabei der schwierigste von allen.

Llian war am Boden zerstört. Katazza war so vielsprechend gewesen, doch er hatte nur ein paar Kapitel einer Geschichte bekommen, die kein Ende hatte. Jetzt würde sie niemals fertiggestellt werden.

Llian hing nur in der Gegend herum und kam sich nutzlos vor, dann bekam Tensor wieder eine seiner Launen. »Geh weg!«, brüllte er, und mit einer gewissen Erleichterung gesellte sich Llian zu den anderen Aachim in der Festung. Er freute sich, endlich auch etwas tun zu können. Die Veränderung in ihnen und Tensor amüsierte ihn. Warum hatten sie rebelliert?

Warum hatte Tensor nachgegeben? Wieder einmal stellte er fest, dass er gar nichts über ihr Volk wusste.

Nach den Härten der Reise hierher konnte er es kaum ertragen, an die Rückkehr zu denken. Auch hatte sich inzwischen eine gewisse Basis für seine Beziehung zu Tensor entwickelt. Zwar war offensichtlich, dass Tensor ihm nicht vertraute, doch schien er mit Llians Geist und rascher Auffassungsgabe sehr zufrieden zu sein. Tensor hatte Llian ein wenig von der Aachim-Schrift gelehrt, die nur wenige Außenstehende zu lesen vermochten, und für einen Chronisten war solch ein Wissen schier unglaublich wertvoll. Warum Tensor das getan hatte, das wusste Llian nicht. Ein so lange gehütetes Wissen preiszugeben, bewies allerdings, wie verzweifelt Tensor inzwischen war und wie wenig Hoffnung er wirklich hatte.

Sie beendeten ihre Vorbereitungen und schliefen, nur Tensor nicht. Es war noch dunkel, als sie wieder aufstanden. Sie nahmen ihre Rucksäcke und Ausrüstung, überquerten die Brücke zum Großen Turm und warteten auf der Plattform. Schließlich erschien Tensor oben an der Treppe.

»Hast du deine Vorbereitungen getroffen?«, fragte der Sprecher, denn Tensor trug nichts bei sich außer dem Spiegel in einem Behälter.

»Das habe ich in der Tat«, antwortete er grimmig.

»Dann gib mir den Spiegel. Ich werde ihn im Namen der Syndikatoren in Verwahrung nehmen.« Selial lächelte und streckte die Hand aus. Tensor lächelte nicht. Llian bemerkte, dass seine Knöchel weiß waren. Ihm lief ein Schauder über den Rücken.

»Ach«, sagte Tensor, »ich schwöre meinem Volk und meiner Welt ab. Ich bin nicht länger ein Aachim. Ich werde den Spiegel niemals aufgeben. Ihr könnt gehen, doch ich werde in Katazza bleiben.«

Vielleicht hatten die Aachim schon irgendetwas in der Art

erwartet, denn sie stürmten alle die Stufen hinauf. Als sie den Absatz erreichten, hob Tensor die Hand. Sie blieben sofort stehen.

»Wendet euch nicht gegen mich.«

Es folgte ein langer, quälender Moment, da es so aussah, als komme es zu Gewalt, Aachim gegen Aachim, doch niemand wollte das. Tensor wich langsam zurück, und die Aachim verfolgten ihn nicht. Vom nächsten Absatz aus rief er: »Llian!«

Llian versuchte, sich zu widersetzen, doch wieder einmal fand er sich unter Tensors Joch wieder. Er spürte, wie sich seine Beine bewegten, obwohl er sie zwingen wollte, stehen zu bleiben. Malien packte ihn am Arm. Tensor streckte seine Hand nach ihr aus.

»Willst du mich zwingen, die Faust gegen dich zu erheben?«, krächzte Tensor. »Denn das werde ich tun.«

»Bleib hier, wenn du dich so entscheidest«, erwiderte Malien. »Du weißt, dass ich dir kein Leid zufügen kann, aber Llian kommt mit uns und der Spiegel auch.« Sie warf einen Blick über die Schulter zurück. »Unterstützen mich die Syndikatoren in diesem Punkt?«

Selial trat vor, und einer nach dem anderen taten sie es ihr nach, selbst Basitor und Hintis.

Die Adern in Tensors Schläfe schwollen an. »Ich *werde* ihn benutzen«, warnte er. »Überlegt genau, was ihr tut!«

»Nein!«, schrie Malien. »Wir werden deine Launen und Torheiten nicht länger erdulden! Du bist wahnsinnig!«

Tensor taumelte. »Dann bin ich eben wahnsinnig. Und ich sage euch das: *Schaut ihn euch an!* Reißt ihm die Brille herunter, und reibt die Salbe ab. Was seht ihr? Einen Zain, der die Stigmata Rulkes trägt! Einen Kollaborateur in unserer Mitte! Einen verräterischen, üblen Zain jener Blutlinie, die uns vor Äonen verraten hat, und der wir nie wieder vertrauen dürfen. Willst *du* ihn haben, Basitor? Will *irgendeiner* von euch ihn haben außer jener, die sein Geheimnis seit Thurkad gehütet hat?«

Llian war fast außer sich vor Angst. Basitor sprang vor, riss Llian die Brille herunter und zertrat sie unter dem Absatz. Dann packte er Llian unter dem Kinn. »Schaut euch seine Augen an«, sagte er.

Hintis riss Llians Hemd auf. »Seht die weißen Flecken auf seiner Brust.«

Selial inspizierte die Beweise. »Er hat Rulkes Gabe – die Stigmata sind klar und deutlich. Aber er darf nicht für die Verbrechen seiner Vorfahren bestraft werden, die schon vor Urzeiten gestorben sind. Er hat kein Verbrechen begangen.«

Basitor spie auf den Boden. »Die Gabe ist Verbrechen genug für mich – besonders nach Shazmak. Wenn er mit uns kommt, so werde ich ihm bei der erstbesten Gelegenheit den Kopf abreißen.« Er hob seine Hände, die so groß wie Mistgabeln waren.

»Und ich werde ihn festhalten, während du das tust«, sagte Hintis. »Schon viel zu lange haben wir unsere Feinde ertragen, wo wir sie doch hätten niederschmettern sollen.«

Malien schaute Llian in die Augen. »Ich bin geschlagen, Chronist. Unsere Geister werden in den Seiten der Historien wandern. Karan, verzeih mir!« Sie öffnete die Hand und ließ Llian los.

Llian vermochte Tensors Willen nicht zu widerstehen und kroch langsam auf ihn zu. Tensor packte ihn am Handgelenk, so wie er es auch schon beim Konklave getan hatte.

»Was jetzt?«, fragte Tensor. »Zwingt ihr mir euer Edikt nun auf oder nicht?«

Selial quälte sich, brachte es aber nicht über sich, die Hand zu heben. Alles hing in der Schwebe. Dann warf Tensor Llian durch die Tür, schlug sie zu und verriegelte sie. Die Aachim stürmten zur Tür und schlugen mit den Fäusten dagegen. Nun da er weg war, waren sie kühn geworden.

»Die wird sie nicht aufhalten«, sagte Tensor, und seine mächtige Brust hob und senkte sich.

Llian wurde in Tensors Arbeitszimmer hinaufgezerrt, das dafür ausgelegt war, alles zu überstehen bis auf die vollständige Zerstörung des Turms. Tensor schlug die schwere Metalltür zu und schob Riegel davor, dicker als Llians Leib; dann aktivierte er weitere Verteidigungen, die Llian nicht verstand, und schaute schließlich mit grimmiger Befriedigung zu Llian zurück. Nun da eine Entscheidung getroffen worden war, schien er den Konflikt sogar zu genießen.

Llian hatte verzweifelte Angst, obwohl er zugleich erleichtert war, sich nicht wieder dem Meer der Trockenheit stellen zu müssen. Und er sah, dass Tensor nicht müßig gewesen war: Er hatte jede Menge Proviant angesammelt, und in der Ecke stand ein Wassertank.

Tensor bemerkte, wohin Llian schaute. »Ich hoffe, das reicht«, sagte er, »denn bis ich gelernt habe, wie man ein Tor ins Nachtland öffnet, und *ihn* heraufbeschworen habe, um meine Rache zu üben, werden wir diesen Ort nicht verlassen.«

Als wäre nichts geschehen, setzte er sich an die Werkbank und setzte die Arbeit fort, bei der er am gestrigen Tag unterbrochen worden war. Nicht lange danach ertönte ein wildes Hämmern an der Tür. Dem folgte ein tiefes Heulen, das zu einem furchtbaren Knirschen anschwoll. Später mussten sie eine Art Sprengpulver benutzt haben, denn Llian hörte einen dumpfen Knall, und der gesamte Turm erbebte. Die Stille, die dem folgte, wog schwer und zerrte an Llians Nerven. Doch die Tür wurde nicht durchbrochen.

»Sie werden sie nie aufbrechen«, sagte Tensor, ohne den Blick zu heben. »Kandor persönlich hat sie undurchdringlich gemacht.«

Einige Zeit später kehrten die Aachim mit anderen Geräten wieder zurück, und ein hohes Jaulen begann, mal lauter, mal leiser, und schließlich verwandelte es sich in ein Kreischen, das Llian unwillkürlich schaudern ließ. Offensichtlich setzten sie irgendeine Art von Maschine gegen die Tür ein; aber obwohl der Lärm stundenlang anhielt, machten sie keinerlei Fortschritte.

Die Sonne ging unter. Tensor setzte seine Arbeit schweigend fort. Nach der Verbarrikadierung der Treppe standen ihm die oberen Stockwerke des Turms zur alleinigen Verfügung, denn es gab keinen anderen Weg hinauf. Solange niemand den ganzen Turm zum Einsturz brachte, waren sie hier sicher.

Als Llian am Morgen erwachte, arbeitete Tensor noch immer mit solch einer Energie und Konzentration, dass er noch nicht einmal aufblickte, als Llian ihm Essen und Trinken vor die Nase stellte. Auch reagierte er nicht, als der Lärm an der Tür wieder begann. Erneut ertönte ein dumpfer Knall, und der ganze Raum bebte. Ein Stapel Proviantpakete fiel zu Boden und der Spiegel mit der Vorderseite nach unten auf den Tisch. Erst da seufzte Tensor müde und drehte sich zur Tür um.

Der Lärm ließ einen Moment nach, lange genug, dass Llian das Ende von Tensors Murmeln hören konnte: »... Ich habe es geschafft.«

Tensor schlurfte zu seinem Strohsack, ließ sich mit dem Gesicht nach unten darauf fallen und schlief ein. Selbst von dem neuerlichen Angriff gegen die Tür ließ er sich nicht aus der Ruhe bringen.

Diese Kammer ist für Kandor persönlich gebaut worden, dachte Llian und genoss die Vorstellung. *Das gesamte Können der Aachim steckt hier drin und die List der Charon auf dem Höhepunkt ihrer Macht.*

Die Angriffe hinterließen noch nicht einmal eine Delle in der Tür. Während Tensor schlief, nahm Llian sich die Schriftrolle. Es war ein langes Dokument, dicht beschrieben in der Schrift der Aachim, die Handschrift klein und sauber. Llian hatte noch nicht genug gelernt, um den Text zu entziffern, doch hier und da erkannte er ein Wort. Es gab auch Zeichnungen, nur zeigten sie keine Bilder, mit denen sein Geist etwas hätte anfangen können, abgesehen von kleinen am Rand des Dokuments, Kritzeleien vielleicht. Große Bögen waren dort zu sehen und andere kunstvoll umrahmte Öffnungen. Und mehrere Male erschien ein Wort oder Symbol, das Llian glaubte mit »Tor« übersetzen zu können.

Also hatte Tensor das Geheimnis der Tore entdeckt – der Portale, die einen Ort mit einem anderen verbanden –, oder zumindest glaubte er das. Einen Fluchtweg! Vielleicht, so hoffte Llian im Geheimen, verbarg sich dort auch ein Weg zurück nach Meldorin, ohne die Qualen des Meers der Trockenheit ertragen zu müssen.

Plötzlich erschrak ihn eine Gegenwart hinter ihm so sehr, dass er sich nicht mehr rühren konnte. Er wirbelte herum und sah Tensor dort stehen. Tensor lächelte. Es schien ihm nicht im Mindesten etwas auszumachen, was Llian getan hatte.

»Ja, es ist das Tor«, sagte er. »Warum überrascht dich das? Es ist viel über diese Tore geredet worden. Das Prinzip ist einfach, aber kann ich es erschaffen? Und wenn ja, wird es funktionieren?«

Tensor wurde von einer körperlosen Stimme unterbrochen, die aus einem einsamen Schlitz hoch in der Wand drang. Einer zittrigen Stimme.

»Tensor! Tensor! Wir werden verfolgt.«

Tensor lächelte wieder. »Verfolgt?«, sagte er und spielte den Erstaunten. »Wer verfolgt uns denn?«

»Das können wir nicht sagen. Sie kommen aus dem Süden.«

»Siehst du, wie tief wir gesunken sind?«, sagte Tensor an Llian gewandt. »Da kommen ein paar einsame Individuen, ohne

Zweifel halb verhungert und verdurstet, und wir erzittern. Bevor die Ghâshâd gekommen sind, hätte eine Legion uns hier nicht erschüttert.

Sucht nicht meinen Rat!«, rief er durch die Wand. »Ich habe der Führerschaft entsagt.« Danach drang nur noch Stille von draußen herein.

Tensor machte sich daran, seine Tormaschine zu erschaffen, während Llian ihm staunend zuschaute. Der Aachim ging dabei mit außergewöhnlichem Selbstvertrauen zu Werke. Allerdings ähnelte das, was er da machte, keiner seiner früheren Zeichnungen. Er fertigte alles nach Augenmaß, und zum Wiegen benutzte er nur seine Hand. Seine Materialien nahm er sich von allem, was in der Nähe zur Verfügung stand und änderte die Konstruktion je nachdem, was er gerade zur Hand hatte.

Tensor durchwühlte alle Räume nach Metall und Stein. Ja, er brach sogar Steine aus den Innenwänden mit Werkzeugen, die er selbst gefertigt hatte. Geschickt brachte er die Steine dann in Form und verband sie mit Metallstiften. Und er formte auch Metall mit der gleichen Leichtigkeit und der gleichen Art von schlichten Werkzeugen. Sein Können und sein Gefühl für die Materialien waren unglaublich, und er schien große Freude bei der Arbeit zu empfinden.

Das Tor, das er schuf, war ein schlichtes, aber schönes Ding. Es glich in seiner Form einem Pavillon: nur eine Steinplatte und sieben schlanke Steinsäulen, die eine Metallkuppel stützten. Ja, es war schön, doch mangelte es ihm an der Symmetrie, wie sie so charakteristisch für die Aachim war. Aber so simpel es auch sein mochte, es zu bauen nahm mehrere Tage unermüdlicher Arbeit in Anspruch.

Llian konnte nicht einfach so herumsitzen, während Tensor arbeitete, und nun da er von den Aachim aufgegeben worden war und den Schutz durch Malien verloren hatte, fühlte er sich in keinster Weise mehr beschränkt. Zuerst saß er einfach nur da, beobachtete und lauschte; aber er war so fasziniert von Tensors Arbeit, dass er bald Fragen stellte und Vorschläge machte. Kurz darauf war Llian vollkommen gefesselt von Tensors Ideen und dem Wissen, das er dabei erlangte – Wissen, das kein Chronist vor ihm erlangt hatte. Je weiter die Zeit voranschritt, desto weniger musste Tensor Llian unter seinen Willen zwingen. Llian arbeitete fast wie ein Partner mit ihm. Einen »Kollaborateur« hatten sie ihn genannt, und ein Kollaborateur würde er sein.

Er stellte Tensor ständig Fragen über die Sprachen, Schriften und Historien der Aachim, und Tensor antwortete ihm freimütig. Llian wusste schon bald genug, um mehr von dem zu lesen, was Tensor niedergeschrieben hatte. Doch der Text bestand vornehmlich aus Gedanken zur Theorie, Philosophie und der Konstruktion von Weltentoren, was Llian nicht im Geringsten interessierte.

Llians Fragen folgten einem größeren Ziel. Er plante noch immer die *Geschichten der Aachim* zu übersetzen, das Buch mit den Historien der Aachim, das er sich in Shazmak eingeprägt hatte. Auch mit dieser Aufgabe fing er an. Denn Llian war ein Meisterchronist, und die Historien waren seine Kunst, ihre Sprachen seine Wissenschaft, das Fleisch auf seinem Brot. Er lernte rasch, getrieben von seinem alles verschlingenden Verlangen nach Wissen und der Erkenntnis, dass solch eine Gelegenheit nie mehr wiederkommen würde. Es war vor allem das, was ihn antrieb – heute, morgen, alles könnte ihm plötzlich entrissen werden, und dann hätte er nicht genug, um alleine weiterzumachen. *Ich bin fast so korrupt wie Tensor,* dachte Llian. *Was würde Karan nur von mir denken?* Dieser Gedanke ernüchterte ihn eine Zeit lang. In jener Nacht träumte er in bitteren, einsamen Träumen von ihr, doch am Morgen wachte er wieder in der Wirklichkeit auf. Karan war verloren, und Tensor war hier.

Eines Tages wurden seine Arbeit, sein Leben und seine Träume zerschmettert. Tensor stand plötzlich auf, klopfte den Staub von den Händen, trat zurück und betrachtete das Tor.

»Es ist getan«, sagte er. »Und es ist gut. Es ist bereit, und das bin ich auch.« Er drehte sich zu Llian um. »Und schon bald werde ich *dich* dem Zweck zuführen, für den ich dich den ganzen Weg hierher gebracht habe. Dann werden wir sehen, wer der Größere ist.«

Kapitel fünfzehn

Ein unerwartetes Treffen

Der Mann stieß einen erstickten Schreckensschrei aus. Er konnte nicht sprechen, denn das Gewicht auf seinem Rücken hatte ihm die Luft aus der Lunge getrieben, und sein Mund wurde in den Dreck gedrückt.

Dann sprach eine Frau, und ein Kichern lag in ihrer Stimme. »Geh von ihm runter, Karan. Wir sind jetzt auf derselben Seite.«

Karan erschrak. Die Stimme war ihr vertraut, nur konnte sie sich nicht daran erinnern, wem sie gehörte. Sie drehte den Kopf ihres Opfers herum und versuchte, sein Gesicht im Zwielicht zu erkennen. Als sie ihn als Mendark identifiziert hatte, steckte sie das Messer weg und stieg von ihm runter. Ja, sie bot ihm sogar die Hand an und half ihm auf, wenn auch mit offensichtlichem Missfallen. Hinterher wischte sie sich demonstrativ die Hände an der Hose ab. Alte Erinnerungen strömten wieder zurück – Erinnerungen an die Zeit vor dem Konklave.

»*Osseion, du Narr!*«, tobte Mendark und spie Dreck. »Hast du mit deinem Finger vielleicht auch deine Augen oder gar dein Hirn verloren?«

Jede der beiden Gruppen war so erstaunt, die andere zu sehen, dass eine lange Minute Schweigen herrschte. Schließlich ergriff Tallia Shands Hand.

»Schön, euch zu sehen«, sagte sie, »obwohl du absolut furchtbar aussiehst.«

Shand ließ sein eigenes Messer sinken und schlurfte nach vorne. Er war ausgemergelt, und seine dunkle Haut hatte einen gelben Unterton. »Ich war krank«, krächzte er. Plötzlich ließ er das Messer fallen und brach zusammen.

»Shand!«, schrie Karan und fiel neben ihm auf die Knie. Tallia beugte sich ebenfalls über ihn.

»Ist schon gut«, sagte er schwach. Er konnte kaum den Kopf vom Gras heben. »Ich leide schon seit Wochen unter einer Kolik. Ich dachte, ich würde hier sterben.«

»Ich habe eine Medizin, die das beheben wird«, sagte Tallia und warf Sachen aus ihrem Rucksack. »Morgen früh wirst du schon wieder auf Berge klettern können.« Sie schüttete mehrere verschiedene Pulver in einen Becher, füllte ihn mit Wasser, rührte das Ganze um und hielt ihn Shand an den Mund.

Er schluckte den Trank in einem Zug. »Das ... Das ist ja fast so faul, wie mein eigenes Wasser war!«, würgte er.

»Das muss es auch sein. Aber der Trank wird dich so fest verstopfen, dass du einen Korkenzieher brauchst, wenn es dich das nächste Mal drückt.« Sie lachte fröhlich. »So, Shand, das hast du also in jener Nacht in Thurkad im Schilde geführt, als du mich Pender vorgestellt hast. Ich hatte mich schon gewundert.«

»Ich habe beim besten Willen nicht gedacht, dass ich ausgerechnet hier landen würde«, erwiderte Shand. »Ich habe es nicht gewusst, bis wir am Rand der Grauen Klippen standen, Karan und ich. Es ist ein weiter Weg von Tullin nach Katazza, und zumindest ich bin froh, euch zu sehen. Aber wir können uns unsere Geschichten später noch erzählen – ohne Zweifel werden sie sich gar nicht so sehr voneinander unterscheiden. Jetzt brauchen wir erst einmal etwas Gutes zu essen und zwar viel davon.«

Tallia ging zu Karan, die sich allein ein Stück entfernt zurückgezogen hatte. Die junge Frau schien sich unwohl zu fühlen. Schließlich streckte Karan die Hand aus. Tallia ergriff sie und umarmte Karan dann, sehr zu deren Überraschung.

»Ich habe dich beim Konklave zurückgelassen«, sagte Tallia. »Es gab viel zu viele Leute, um die ich mich habe kümmern müssen, und ich konnte dich nicht tragen. Als ich wieder zurückgekommen bin, warst du verschwunden. Ich habe nie aufgehört, mich deshalb schuldig zu fühlen.«

»Es war deine Aufgabe, die Lebenden in Sicherheit zu bringen, und du hast noch nicht einmal das geschafft. Ich sehe keinen Grund, warum du dich wegen der Sterbenden schuldig fühlen solltest«, sagte Mendark, der noch immer wütend war.

»Nichtsdestotrotz«, sagte Tallia zu Karan und winkte in Richtung Mendark ab, »schäme ich mich.«

»Ich mache dir keine Vorwürfe«, sagte Karan. »Wie es das Schicksal wollte, war es so für mich am besten. Allerdings bin ich jetzt kurz vorm Verhungern.«

»Wir haben Proviant«, sagte Mendark, der noch immer staunend Shand anschaute und Karan mit unverhohlener Feindseligkeit, wenn nicht gar Hass.

»Dann hol ihn raus, Schmerbauch!«, schrie Karan. »Wir haben seit zwei Tagen nichts als Eidechsen gegessen.«

»Und das hier ist mein Freund Osseion«, stellte Tallia vor.

Osseion grinste Karan breit an. »Ich habe deine Geschichte mehr als einmal gehört, Karan. Ich freue mich, dich kennenzulernen.«

Vorsichtig streckte Karan die Hand aus. Sie verschwand förmlich in Osseions vierfingeriger Pfote; aber zu ihrer Überraschung war sein Griff sanft.

»Ich bin der Hauptmann von Mendarks Garde«, sagte Osseion. »Ich beschützte ihn vor Leuten, die sich mit Messern hinter Felsen verstecken. Heute habe ich wohl meine Arbeit verloren.« Ein tiefes, grollendes Lachen stieg aus seiner mächtigen Brust empor. »Du warst sehr schnell. Ich glaube, wir beide werden uns rasch anfreunden.«

Karan glaubte das auch. Sie war schon jetzt zu dem Schluss

gekommen, dass sie ihn am meisten von allen mochte. Sie folgten Shand durch die Dunkelheit zu den Bäumen, wo sie ihr Lager aufschlugen. Dort, geschützt vor dem Abendwind, machten sie ein kleines Feuer in einem Steinkreis, während Tallia den Proviant auspackte. Karan und Tallia schnitten das Essen in einen großen Topf, während Osseion zwei kleinere mit Wasser aus einer roten Quelle füllte.

Mendark schäumte noch immer ob Karans Angriff. Mit Karans Messer an seiner Kehle hatte er eine Angst empfunden, wie schon seit Jahrhunderten nicht mehr. Schlimmer noch, er hatte dieser Angst nachgegeben, und alle wussten es. Das konnte er unmöglich auf sich beruhen lassen.

»Es ist leicht zu sehen, dass sie aus Gothryme stammt«, sagte er laut, als Karan eine rohe Zwiebel aufspießte und sie von der Messerspitze aß. »Sie hat die Manieren eines Mistsammlers.«

Tödliches Schweigen senkte sich über die kleine Gruppe. Karan blickte Mendark über die Flammen hinweg in die Augen. Er bekam eine Gänsehaut; dann, in nur einem einzigen Moment, schleuderte sie ihm den Topf samt Inhalt entgegen. Hätte er sich nicht geduckt, der Topf hätte ihm die Zähne ausgeschlagen. Mendark schnappte erschrocken nach Luft, und Karan stapfte in die Dunkelheit davon. Zu spät erinnerte sich Mendark an ihr erstes Zusammentreffen, als er versucht hatte, ihr den Spiegel abzunehmen. Karan hatte *gefühlt*, was er tun wurde, bevor er es selbst gewusst hatte, und schneller reagiert, als man sehen konnte.

Tallia zog ein brennendes Stück Holz aus dem Feuer und sammelte in dessen Licht das Essen wieder ein. Sie war so wütend, dass die Fackel in ihrer Hand zitterte.

Shand packte Mendark am Arm und drückte fest zu. »Du Narr! Du hast Karan zurückgelassen, obwohl du sie unbedingt hast haben wollen, als sie noch den Spiegel hatte. Seit damals ist sie den ganzen Weg von Thurkad hierher gewandert und hat das Meer der Trockenheit auf dem längsten Weg durchquert, drei mal so lang wie dein gut verproviantierter Ausflug, abgefedert durch das Gold des Magisters in deiner ach so schweren Börse.« Shand erbleichte. Er drückte die freie Hand auf den Bauch, riss sich aber wieder zusammen. »Sie ist der tapferste Mensch, den ich kenne, und der treueste, und ich schätze sie um ein Vielfaches mehr als dich. Ich schwöre, ich werfe dich eher die Klippen hinunter, als dass ich zulassen würde, dass ihr ein Leid geschieht, Mendark! Und jetzt geh mir aus dem Weg!«

Shand suchte Karan in der Dunkelheit. Sie war nicht weit gegangen, denn sie konnte nirgends hin außer auf eine schmale Terrasse zwischen den Klippen. Sie saß am Klippenrand, ließ die Füße baumeln und weinte stumm. Shand setzte sich vorsichtig neben sie, denn er hatte Höhenangst und somit einen gesunden Respekt vor der Felskante. Er legte den Arm um ihre schmalen Schultern und hielt sie wortlos fest.

»Mendark!«, spie sie. »Oh, wie ich ihn hasse. Einst hat er mir Freundschaft vorgespielt, dieser stinkende, gierige Heuchler!«

»Du missverstehst seine Motive, Karan. Es ist nicht Gier, was ihn antreibt, jedenfalls nicht im gewöhnlichen Sinn. Pflicht vielleicht; ihr muss der Magister alles andere unterordnen.«

»Als Magister ist er gescheitert, und seine Börse ist noch immer so dick wie ein Kürbis! Er ist ein gieriger, böser Mann!«

»Die Pflicht kann man nicht einfach so ablegen, ebenso wenig wie das Amt. Ein Magister ist kein Bürgermeister, den man nach Lust und Laune wählen und wieder absetzen kann. Einmal ernannt, ist das ein Amt fürs Leben. Solange Mendark atmet, muss er die Pflicht über alles andere stellen. Er hat seine Pflichten treu erfüllt und ist von seiner langen Amtszeit nicht mehr korrumpiert worden wie jeder andere auch. Natürlich hat er viele Schwächen wie ich auch und sogar du, Karan. Er mag seine Position ein wenig zu sehr und die Macht, die mit ihr einhergeht. Ein stolzer Mann mag es nicht, wenn man sein Gesicht in den Dreck drückt.«

»Ich war nie blind, was meine eigenen Fehler betrifft«, sagte Karan mit leiser Stimme.

»Nichtsdestotrotz brauchen wir ihn«, erklärte Shand und nahm ihre Hand. »Er hat noch eine Rolle in der Geschichte des Spiegels zu spielen, bevor alles vorbei ist.«

»Und du, den ich liebe und respektiere, du stellst dich auf seine Seite. Ich bin verloren.«

»Ich stelle mich nicht auf seine Seite. Ich repräsentiere beide Seiten. Ich werde dich beschützen, sollte es so weit kommen. Aber wie sollen wir so nach Katazza gehen und unsere Aufgabe dort erfüllen, hm?«

»Ich kann es kaum ertragen, mit ihm zu reden«, flüsterte Karan. »Aber ich habe dir einen Eid geschworen. Wenn du es verlangst, werde ich ihn ertragen.«

»Ich verlange es nicht von dir, ich *bitte* dich darum«, entgegnete Shand. »Und jetzt lass uns wieder zurückgehen. Mein Bauch tut noch immer weh.«

Er stand auf. Schniefend folgte ihm Karan zum Lager zurück. Dort köchelte das Essen inzwischen fröhlich vor sich hin. Karan war so hungrig, dass sie es sich am liebsten direkt aus dem Topf in den Mund geschaufelt hätte, aber nach Mendarks Bemerkung zog sie sich in sich selbst zurück und saß schweigend am Feuer. Dann sah sie Shands Blick, und sie erinnerte sich an ihre Pflicht.

Sie ging zu Mendark. Er trat einen halben Schritt auf sie zu und blieb dann unsicher stehen. Karan ging weiter und zwang sich, die Hand auszustrecken. Mendark nahm sie, hielt sie einen Augenblick fest, verneigte sich und wandte sich dann ab. Die Spannung wich aus der kleinen Gruppe, und sie nahmen ihre Teller und aßen.

Am Morgen war Shands Kolik verschwunden, aber er war noch immer schwach; also blieben sie noch einen weiteren Tag. Nun war es an der Zeit zu gehen. Sie befanden sich auf der feuchten Südwestseite, geschützt vor der Sonne, und als sie sich auf den Weg machten, strömte das Morgenlicht über die Ebenen, berührte das Weiß und Rosa, verlieh dem Meeresboden Konturen und warf halbrunde Schatten hinter die Salzdünen. Das Meer sah kühl, schön und friedlich aus. Im Westen waren die Berge hinter dem Hochplateau von Faranda klar und deutlich zu sehen; sie schienen nur wenige Meilen entfernt zu sein.

Über ihnen wurden die Klippen von Massen aus schwarzem Basalt gesäumt, durchzogen von Rissen, Schloten und Passagen. Karan kletterte die ersten paar hundert Spannen mit Leichtigkeit hinauf, obwohl die Tritte weit auseinanderlagen und mehr für große Menschen geeignet waren wie Tallia und Osseion. Karan war schier unheimlich sicher auf den Füßen; sie sprang von einem Tritt zum anderen wie eine Bergziege, obwohl ihre Stiefel bereits zerfielen. Tatsächlich wurde die Sohle nur noch von einem Stück Seil gehalten.

Karan kletterte eine Stunde lang und ließ Shand und Mendark dabei immer weiter zurück. Als Tallia einen Felsen umrundete, fand sie Karan auf einer Kante sitzend, wo sie sich gerade mit einem Lumpen um einen Schnitt im Fuß kümmerte. Der Schnitt war tief und blutete stark. Karan tupfte die Wunde gelassen ab und blickte dann aufs Meer hinaus. Tallia setzte sich neben sie. Die anderen mühten sich noch weit unten ab.

»Deine Stiefel«, sagte sie.

»Ich habe noch ein anderes Paar«, erwiderte Karan gedankenverloren. »Ich hebe sie mir für den Rückweg auf.« Sie sah ausgesprochen zufrieden aus; ihre Verletzung schien ihr nicht im Mindesten etwas auszumachen. Der blutige Lumpen glitt ihr durch die Finger und segelte die Klippe hinab, ohne dass sie davon Notiz genommen hätte.

»Wie sehr du dich verändert hast, seit wir uns zum ersten Mal getroffen haben«, sagte Tallia. »Du scheinst glücklich zu sein.«

»Ich bin auch glücklich. Die Reise hat mir gutgetan. Wenn ich daran zurückdenke, zu was ich vor dem Konklave geworden war, zu was ich mich selbst getrieben habe und wie ich meinen Willen gegen den anderer gestellt habe, die viel mächtiger waren als ich, und wie mich das in den Wahnsinn getrieben hat, dann kommt mir das jetzt so vor, als wäre das alles einem anderen widerfahren. Was für eine seltsame Zeit voller Besessenheit das doch für mich gewesen ist! Jetzt kommt sie mir unheimlich weit weg vor. Wie sinnlos! Das Einzige, das mich damals angetrieben hat, war ein Versprechen, das ich jemandem gegeben habe, die nur meine Gutmütigkeit ausgenutzt hat: Maigraith. Welches Recht hatte ich zu beschließen, dass Faelamor den Spiegel haben sollte und kein anderer? Was weiß ich schon von der Zukunft, den Gefahren, denen wir uns gegenübersehen, oder wie wir sie überwinden können?«

»Was weiß überhaupt jemand? Die Historien sind voll mit Geschichten über Scheitern, Torheit und katastrophalen Entscheidungen der Weisen und Mächtigen – jener, deren Schicksal es war zu herrschen. Sieh dir doch nur einmal Tensor an. Je mehr sie in der Ausübung von Macht geschult sind, desto schwerwiegender die Folgen, wenn sie scheitern. Warum sollte dein Urteil schlechter sein, das du in gutem Glauben und nicht aus Stolz oder Selbstsucht gefällt hast?«

»Stolz treibt auch mich an.«

»Pah«, sagte Tallia unbeeindruckt.

»Ich schulde Shand alles«, sagte Karan leise. »Ich kann dir kaum sagen, was er für mich getan hat.«

»Er ist ein guter Mann.«

»Ich bin nun stärker als damals, bevor das alles begonnen hat. Und ich bin auch glücklicher, obwohl ich nicht zu sagen vermag warum. Selbst falls Tensor scheitern sollte, müssen wir irgendwann wieder zurückgehen, und im Sommer wird die Reise noch grausamer sein.«

»*Falls* der Sommer denn kommt«, dachte Tallia laut, »wird es kein Zurück mehr geben.«

Karan hörte ihr nicht zu. Sie hatte nur eines im Sinn. »Llian ist da oben ... Ich *weiß*, dass er da oben ist.«

Just in diesem Augenblick quälten sich Shand und Mendark mit knallroten Köpfen heran. Osseion folgte ihnen trotz seines riesigen Rucksacks ohne große Mühe. Karan schwieg. Sie schaute kurz zu Mendark und dann wieder weg, doch als Shand keuchend und mit grauen Lippen auftauchte, sprang sie sofort auf. Tallia war ebenfalls aufgestanden. Ihre Sorge war ihr deutlich anzusehen.

»Bist du in Ordnung, Shand?«, fragte sie in ernstem Ton.

»Mach dir keine Sorgen. Ich liege nicht im Sterben. Ich werde mich eine Weile mit Karan hier ausruhen. Meine Beine haben zu klettern vergessen, und mein Bauch tut noch immer weh.«

Mendark, Tallia und Osseion stiegen weiter den Hang hinauf.

»Shand, du siehst furchtbar aus.«

»Ich habe mich schon besser gefühlt. Tallia hatte recht, was das Bild mit dem Korkenzieher betrifft! Aber genug von meiner traurigen Geschichte. Wir werden schon bald in Katazza sein.«

»Ja, und Llian ist dort«, sagte Karan.

»Vielleicht«, mahnte Shand. »Sei nicht so voreilig! In den vergangenen Monaten kann eine Menge passiert sein. Jetzt hör mir zu.«

Er hielt unvermittelt inne und starrte nach oben, doch

nichts geschah, außer dass ein paar herunterrollende Kiesel zu hören waren. Die anderen stiegen noch immer in gleichmäßigem Tempo nach oben, fast bis zum Fuß der nächsten Klippen.

»Ich habe mich schon oft gefragt, welche Rolle du in alledem spielst, Karan. Du bist irgendwie etwas Besonderes; du bist mehr als das, was deine schwach entwickelten Talente andeuten, und du bist aus einem bestimmten Grund hier. In Katazza wird es zu einem Höhepunkt gekommen, und was auch immer geschehen mag, du schwebst in Gefahr. Sei vorsichtig.«

Karan konnte sich nicht vorstellen, was ihr noch Sorgen bereiten könnte, wenn sie erst einmal dort war. »Ja, natürlich«, sagte sie gedankenverloren.

Sie sprang auf und verzog das Gesicht, als sie sich auf die Wunde stellte, die sie noch immer nicht verbunden hatte. Rasch holte sie das mit einem weiteren Lumpen nach.

Shand schwieg. *Sie kann an nichts anderes mehr denken als an die Arme ihres Geliebten*, dachte er. *Na ja, daran erinnere ich mich auch noch. Ich hoffe, sie bekommt, was sie sich wünscht. Wer hätte es sich mehr verdient? Llian sollte das besser zu schätzen wissen.*

Zwei Tage vergingen, bevor sie die letzte und steilste Klippe hinaufkletterten und schließlich an dem antiken Meeresufer standen und über sich die Berge von Katazza sahen. Aber sie erwartete auch eine Überraschung.

Vor ihnen standen sechs regungslose Aachim auf dem Weg. Tallia und Osseion, die vorausgingen, blieben sofort stehen.

»Nun, Mendark«, sagte Tallia, »der Augenblick ist gekommen, den du nun schon so lange vor dir hergeschoben hast.«

»Sie sehen nicht feindselig aus«, sagte Karan. »Lasst mich als Erste gehen.«

»Bleibt alle, wo ihr seid«, befahl Mendark, »und hebt die Hände.«

Das taten sie, und kurz darauf hoben auch die Aachim die Hände, um ihren guten Willen zu bekunden.

»Wir werden jetzt vorsichtig weitergehen«, sagte Mendark.

Als sie näher gekommen waren, sah Karan zwei, die sie kannte: Selial, von ihrem Prozess in Shazmak, und Malien, Raels Mutter, die sie schon seit Jahren nicht mehr gesehen hatte. Sie rannte los.

»Malien«, weinte sie. »Oh, Malien, es tut mir so leid. Es war alles meine Schuld.« Sie warf sich vor Malien auf den Boden.

»Karan«, sagte Malien, hob sie hoch und umarmte sie. Schimmernde Tränen rannen ihr in die Locken. »Ach, mein Rael. Ich hatte solch große Hoffnungen für ihn. Aber er war ein wahrer Sohn Elienors.« Sie klammerten sich aneinander, während die anderen näher kamen.

»Ich bin Selial«, sagte die weißhaarige Frau, »und ich spreche für die Syndikatoren und die Aachim. Es freut mich, dich zu sehen, Karan.« Sie stellte die anderen Aachim der Gruppe vor: Xarah, Shalah, Iennis und Basitor.

»Ohne zu fragen, welche Angelegenheit euch hierher geführt hat«, sagte Selial, »oder welche Angelegenheit*en*, denn wir haben euch getrennt kommen sehen, will ich euch unsere nennen. Ich will vollkommen offen sein, auch wenn es schmerzlich sein sollte. Wir haben eine düstere Geschichte zu erzählen. Tensor hat den Spiegel genommen, sich im Großen Turm eingeschlossen und trotzt den Syndikatoren. Er hat seinem Erbe entsagt und den Aachim. Wir glauben, dass er das Geheimnis entdeckt hat, wie man Tore herstellen kann, und dass er im Augenblick genau solch ein Portal baut. Er ist außer Kontrolle, aber listig. Wir können keinen Weg in seine Kammer erzwingen. Ich fürchte, dass unser Untergang kurz bevorsteht. Wenn du uns helfen kannst, Mendark, wird das die Waagschale vielleicht zu unseren Gunsten neigen.«

»Wir haben die gleichen Interessen«, sagte Mendark. »Ich werde tun, was ich kann.«

Karan platzte fast vor Ungeduld, und nun da der Höflichkeit Genüge getan und das Dringendste geklärt war, konnte sie sich nicht länger zurückhalten.

Selial hob die Hand. »Aber zunächst ist da noch eine unerledigte Angelegenheit, die Karan betrifft. Ein Überbleibsel von ihrem Prozess in Shazmak. Karan, komm zu mir.«

Karan schaute nervös drein, gehorchte aber.

Selial blickte sie streng an. »Ich muss dich darüber informieren, dass die Syndikatoren den Prozess in deiner Abwesenheit vor drei Tagen wiedereröffnet haben. Wir sind zu dem Schluss gekommen, dass du in der Tat in einem der Anklagepunkte schuldig bist: Du *hast* den Spiegel nach Shazmak gebracht und ihn uns nicht übergeben. Wie du weißt, ist die Strafe dafür der Tod. Außerdem sind wir zu der Erkenntnis gelangt, dass du die Syndikatoren irgendwie getäuscht hast.«

Karan sank auf die Knie. Von allem, was in Katazza hätte geschehen können, war das dasjenige, womit sie am wenigsten gerechnet hatte. Selial bedeutete ihr aufzustehen.

»*Aber* von dem ersten Verbrechen haben wir dich im Lichte der Ereignisse um den Spiegel freigesprochen, denn es ist offensichtlich geworden, dass du mehr in unserem Interesse gehandelt hast, als wir auch nur geahnt haben.

Was nun das zweite Verbrechen betrifft, so bist du zwar schuldig, doch ist keine Strafe festgelegt worden, da so etwas noch nie geschehen ist. Wir verlangen lediglich von dir, dass du uns sagst, wie du das gemacht hast, damit wir es in unseren Historien niederschreiben können.«

Karan senkte den Kopf.

Selial lächelte. »Und nun darfst du deine Frage stellen, die dir solche Sorgen bereitet.«

»Wo ist Llian?«, schrie Karan. »Ist er hier?«

»Tut mir leid«, sagte Malien. Karan erbleichte.

»Nein, nicht das«, beruhigte Malien sie rasch und strich Karan über die Wange. »Er ist in Katazza und bei guter Gesundheit, obwohl ich ihn auf der Reise viele Male versorgen musste. Doch nun hat Tensor ihn. Sie sind beide zusammen eingesperrt. Aber, meine Liebe ...«

»Was?«, schrie Karan erneut besorgt.

Malien lächelte breit. »Dein Llian hat einen gewissen Charme; aber Karan, meine Liebe, er *ist* ein Narr!«

Es war noch ein langer, harter Marsch bis nach Katazza, denn das Land stieg steil an und war stark zerklüftet, öd und voller schwarzer Felsbrocken. Nur in den tieferen Tälern gab es Vegetation: hier ein paar Olivenbäume, die mit den Jahren vertrocknet waren, da ein Wäldchen Gummibäume mit ausgebleichten Stämmen, die sich über ein ausgetrocknetes Flussbett beugten.

Während sie dem Pfad, der sich immer höher wand, folgten, kamen sie durch kleine Wäldchen, die kühlen Schatten spendeten. Katazza zu erreichen, dauerte noch einmal den ganzen Tag. Zwar lag es nur wenige Meilen entfernt, doch der Aufstieg war hart, und die dünne Luft bereitete den Wanderern Schwierigkeiten beim Atmen.

Karan erlebte den ganzen Marsch wie durch einen Schleier hindurch. Die seltsame Landschaft – die mit Asche und Vulkanbomben übersäte Ebene, die Fumarolen und Geysire, die Schwefelschlote und die mit den merkwürdigsten Bäumen gefüllten Täler, die sie je gesehen hatte –, all das hätte genauso gut ihr Garten in Gothryme sein können, denn sie nahm die Welt um sich herum nur noch verschwommen wahr. Sie konnte nur noch an eines denken, und selbst als sie bei Sonnenuntergang den Gipfel des Berges erreichten und vor den mit ungewöhnlichen Bändern umschlungenen Türmen standen – eine Architektur, die es sonst nirgends auf Santhenar gab –, schaute sie sich diese Wunder noch nicht einmal richtig an.

»Wo ist er?«, schrie sie am Westtor der Festung.

Malien lächelte und deutete nach vorne. »Dort im Großen Turm. Geh durch diese Tür in den dritten Stock hinauf und über die Brücke zum Turm. Dann folge der Treppe bis in den fünften Stock. Du wirst die Spuren an der Tür sehen. Rein kannst du jedoch nicht.«

Karan war schon unterwegs. Sie rannte durch die Gänge an den Aachim vorbei, die sie erstaunt anstarrten. Sie rannte die Treppe hinauf und über die Brücke, und sie blieb nur kurz stehen, um sich die zerschlissenen Stiefel von den Füßen zu reißen. Sie stürzte zwischen den geflochtenen Säulen hindurch, über den Absatz und die Wendeltreppe hinauf. Den Schmerz in ihrer Seite spürte sie gar nicht. Ihr Herz hämmerte, als wolle es ihr die Brust zerreißen. Sie saugte die ungewohnt dünne Luft in die Lunge, erreichte den fünften Stock und rutschte über den Absatz zu der massiven Tür, die die angrenzende Kammer versiegelte, die Treppe und die anderen Stockwerke des Turms.

Die Tür bestand aus massivem Stahl und war von den letzten Angriffen der Aachim zerkratzt; doch fand sich nicht eine Delle, geschweige denn, dass sie beschädigt worden wäre. Karan hämmerte mit den Fäusten dagegen, doch ihre Schläge waren vergeblich, machten noch nicht einmal ein Geräusch. Sie hätte genauso gut auf den Berg einschlagen können. Die Tür war auf allen Seiten fest verschlossen. Es war vollkommen unmöglich, hineinzugelangen oder auch nur durch sie hindurch zu sprechen.

Moment! Hoch oben, neben der Tür, befanden sich Schlitze im Stein. Sie waren selbst für das kleinste Kind zu schmal; aber vielleicht konnte Karan durch sie hindurchrufen und sich so Gewissheit verschaffen.

Karan lief einen Stock nach unten, wo sie eine Bank und ein paar Bretter gesehen hatte. Die schleppte sie nach oben und drosch mit einem der schweren Bretter gegen die Tür. Der

Schlag riss ihr das Brett aus der Hand, und ein Splitter bohrte sich in ihr Fleisch. Der Schock fuhr in den ganzen Arm bis zur Schulter hinauf. Trotzdem schlug sie mit dem Holz immer und immer wieder gegen die Tür, um sicherzustellen, dass sie die Aufmerksamkeit der beiden Männer im Inneren hatte. Dann baute sie mit den Brettern ein Gerüst auf der Bank, kletterte das wackelige Gebilde hinauf und stellte sich auf die Zehenspitzen, bis sie ihr Gesicht an den Schlitz drücken konnte.

»Llian? Llian, bist du da?«

Kapitel sechzehn

Der verdrehte Spiegel

Erneut ertönte ein Hämmern und Krachen an der Tür.

»Narren«, bemerkte Tensor, doch als der Krach weiterging, wurde er allmählich wütend. »Ich bin nicht länger ein Aachim!«, schrie er. »Ihr habt keine Macht über mich.«

Ein Schauder lief Llian über den Rücken. Das hier war anders. »Halt den Mund, du Narr«, flüsterte er und legte die Hand ans Ohr, um besser hören zu können.

Hinter ihm ballte Tensor die mächtige Faust und senkte sie dann wieder.

Llian drückte sich an die Tür und roch einen kaum wahrnehmbaren Hauch von Parfüm – Limonenblüten –, und er *wusste* es! Ein weiterer Schauder lief ihm den Rücken herunter und sträubte ihm die Nackenhaare. Die Tränen traten ihm in die Augen. Tensor starrte ihn an, starrte auf den Schlitz hoch oben in der Wand, und seine Augen brannten.

Plötzlich drang eine Stimme durch den Schlitz. Eine reine, junge Stimme, die Llian vor Monaten in Thurkad aufgegeben hatte; verrückt und tapfer war sie ruhig in ihren Tod gegangen. Llian bekam eine Gänsehaut, und der Kloß in seinem Hals war so groß, dass er ihn zu ersticken drohte.

»Llian? Llian, bist du da?«

»*Karan!*«, krächzte Llian. Er sprang in die Luft und schrie ihren Namen. »Karan, bist du es wirklich?«

»Llian«, erklang die Stimme. »Sie haben gesagt, dass du hier bist. Komm raus!«

»Ich kann nicht«, weinte Llian. »Tensor wird das nie erlauben.«

Karan fluchte blumig, ausschweifend und herrisch. »*Tensor!* Lass ihn frei. Er hat nichts mit alledem zu tun.«

Tensor hatte zu dem Schlitz hinaufgeschaut, und seine Augen leuchteten, doch mit welchem Gefühl, das vermochte Llian nicht zu sagen. Es war fast, als wolle Tensor an sie glauben. Aber ihre herrische Art widerstrebte ihm, ließ sich nicht mit seinem Stolz und Willen vereinbaren, und obwohl er sie vielleicht noch immer liebte, konnte er ihr den Fall von Shazmak nicht verzeihen – egal ob es nun ihre Schuld gewesen war oder nicht. Er konnte sich nicht demütigen.

»Geh weg, Verräterin.« Er wandte sich wieder dem Pavillon zu und setzte seine Arbeit an dem Tor fort.

»Narr!«, brüllte Karan durch den Schlitz »Das ist dein Werk, nicht meines. Schau! Hier sind deine Leute ausgesperrt und versuchen, dich vor deiner eigenen Torheit zu bewahren. Llian, Llian, hast du es ihm nicht erzählt?«

»Doch«, flüsterte Llian, der sich für die Zusammenarbeit mit Tensor schämte, »aber er will nicht zuhören.«

Es folgte ein langes Schweigen. Was dachte Karan? Llian wusste, dass sie nichts tun konnte. Er stand am Fuß der Wand und schaute zu dem Schlitz hinauf. Dann schob er eine Bank heran, stellte einen Hocker darauf und kletterte nach oben. Er spähte durch den Schlitz, konnte aber nur ein beleuchtetes Rechteck auf der anderen Seite erkennen.

»Karan«, rief er leise.

Sofort erschien ein Schatten am anderen Ende, ein Schopf roten Haares.

»Karan. Lass mich dein Gesicht sehen.«

Sie bewegte den Kopf zurück, sodass das Licht sich in ihrem roten Haar fing, in diesem einzigartigen, prachtvollen Rot, und auf ihrem vertrauten, lieblichen Gesicht. Ihre Nase war von der Sonne verbrannt, ihre runden Wangen eingefallen, und sie war das Schönste, was Llian je gesehen hatte.

»Karan«, sagte er und machte sich noch nicht einmal die Mühe, seine Tränen wegzuwischen. »Ich habe dich für tot gehalten. Ich habe kaum zu hoffen gewagt, dass du noch leben könntest. Wie bist du hierhergekommen?«

»Ich bin gelaufen! Shand hat mich aus dem Konklave getragen und wieder ins Leben zurückgeholt. Wir sind aus Thurkad geflohen, umhergewandert, und als wir ans Ufer des Meers der Trockenheit gekommen sind, da wusste ich, dass du irgendwo hier draußen bist. Ich bin gekommen, um dich nach Hause zu holen.«

Ihre Selbstsicherheit weckte tief vergrabene Erinnerungen in ihm und ließ ihn lächeln. Die Wirklichkeit entriss sie ihm wieder. Es lag jenseits seiner Fähigkeiten, aus diesem Gefängnis auszubrechen.

»Gib mir deine Hand«, sagte er. Karan schob ihren schmalen Arm durch den Schlitz, und ihre Hände trafen sich irgendwo in der Mitte der Wand. Ihre Hand war klein und warm, und er streichelte sie mit den Fingerspitzen, strich über ihr Handgelenk und fühlte den Höcker, wo ihre Knochen nicht richtig verheilt waren.

»Karan, du bist ein Wunder.«

In dieser ersten Nacht verbrachte Karan eine Stunde mit Llian. Sie schaute einfach sein schmutziges Gesicht an, sprach mit ihm durch den Schlitz und hielt seine Hand. Aber sie war zu ungeduldig, um sich damit länger zufriedenzugeben, und am nächsten Tag kam sie immer nur kurz an die Wand, morgens, abends und auch zwischendurch ein paarmal. Llian fragte sich, was sie den Rest des Tages machte, denn er hätte Stunden dort verbringen können. Wenn sie nicht da war, wandte er sich wieder dem Studium der Aachimschrift zu, die Tensor ihn zu lehren begonnen hatte, und der Übersetzung von Tensors Schriftrollen. Nach einer Weile kehrte sein Enthusiasmus wieder zurück, doch nicht mehr so stark wie zuvor.

Llian dachte ständig an Karan, und wenn er schlief, träumte er von ihr, obwohl das auch nicht zufriedenstellender war als das Erwachen. Alles, was er in seinen Träumen sah, war ein Stück von ihrem Gesicht, eingerahmt von einem Rechteck.

Doch nun da er eine neue Hoffnung in seinem Leben hatte, begann Llian sich darüber zu sorgen, was Tensor von ihm wollte. Welchen Aspekt der Gabe von Rulke brauchte er von Llian, und wie wollte er sie gegen Rulke wenden, wenn es das war, was Tensor vorhatte?

Nun legte auch Tensor eine Pause ein. Das Tor war gebaut, doch plötzlich verließ ihn sein Selbstvertrauen. Lag das daran, dass er nicht wusste, wie er es einsetzen sollte, oder hatte Karans Erscheinen Selbstzweifel und Angst in ihm geweckt? Tatsächlich sehnte sich ein Teil von ihm danach, sie um Verzeihung zu bitten, aber sein Stolz würde das nicht zulassen. Ein anderer Teil wiederum weinte um die Wüstenei, die Shazmak nun war, und er gab ihr nach wie vor die Schuld dafür. Wäre sie nicht nach Shazmak gekommen, wäre nichts von alledem geschehen. An Llian zweifelte er sogar noch mehr. Was, wenn Karan die Waffe auch gegen ihn richten würde? Und er hatte sich von seinem eigenen Volk losgesagt – was für einen Aachim den Tod, ohne zu sterben, bedeutete. Er hatte aufgehört zu existieren, war nur noch ein Nichts.

Tensor fühlte sich furchtbar allein und hatte schreckliche Angst, auch wenn er der Welt gegenüber ein anderes Bild abgab. Er hatte keine Freunde, keine Brüder, kein Volk. Was er tat, tat er nur für sich selbst oder für den Hass, der länger da war als alles andere; doch das war nicht genug. Seine Träume waren gescheitert; die Aachim würden sich nie mehr erholen. Es gab nichts mehr, was er noch hätte verlieren können.

Nichts war übrig geblieben: Er war ein Ausgestoßener ohne Fesseln und Verpflichtungen. Nur noch Hass und Rache waren ihm geblieben. Nichts und niemand konnte ihm das nehmen außer der Tod, und den würde er mit Freuden empfangen, wenn er sein Werk getan hatte.

Wieder aufgerichtet von diesen Gedanken kehrte er zu seinem Experiment mit dem Tor zurück. Er musste herausfinden, wie man es aktivierte, wie man es öffnete, es durch den Raum auf sein Ziel ausrichtete, dorthinschickte und wieder hierher zurückbrachte.

Angewidert und fasziniert zugleich schaute Llian zu, wie Tensor den Spiegel an eine Platte auf einer der Säulen befestigte, die den Pavillon stützten. Er passte genau. Tensor berührte ihn und erweckte ihn so zum Leben. Er sprach ein Wort. Eine Abfolge von Bildern fremdartiger Orte wanderte über den Spiegel. Die Bilder bewegten sich immer schneller, verschmolzen miteinander und verschwanden.

Tensor war steif vor Anspannung. Er starrte den Spiegel an, während er die Hand fest um die schwarze Metallhülle geschlossen hatte, in der sich der Spiegel befunden hatte. Dann hob er seine andere Hand. Der Fluss der Bilder kam urplötzlich zum Stillstand. Nur noch ein einziges Bild war zu sehen: ein düsterer Raum, eine schwach beleuchtete Kammer, aber groß, riesig gar – der Audienzsaal eines Palastes. Eine dunkle Gestalt saß in den Schatten.

Tensor schrie auf und versetzte Llian mit einem Arm einen derartigen Schlag, dass dieser fiel und halb in, halb außerhalb des Pavillons liegen blieb. Den anderen Arm hielt Tensor hoch in die Luft, und einen Augenblick lang rührte er sich nicht mehr. Llian sah, wie die andere Gestalt erschrak und sich umschaute; dann schlug Tensor den Arm mit einem gewaltigen Schrei nach unten.

Der Boden des Pavillons erbebte unter ihnen, und in Llians Ohren tobte ein Sturm. Ihm wurde die Luft aus der Lunge getrieben. Alles Licht floh aus dem Raum. Llians Kopf wurde in eine Richtung gezogen, seine Füße in eine andere. Sein leerer Magen pumpte Galle hinauf, die ihm in der Kehle brannte. Er schmeckte Blut im Mund; er hatte sich auf die Zunge gebissen. Dann begann er zu halluzinieren. Die Himmel pulsierten mit Licht und Farben; Flammenbänder und Dunkelheit wanden sich um ihn herum; da war ein Lärm wie von Donner. Llian spürte einen mächtigen Schlag im Rücken und verlor die Besinnung ...

Wieder zu sich gekommen erkannte Llian, dass er auf dem Boden neben dem Pavillon lag. Die Lampen glühten noch immer in ihren Halterungen. Die Erfahrung wirkte nicht realer auf ihn als ein Albtraum nach dem Erwachen. Der Pavillon stand an derselben Stelle wie zuvor; nichts hatte sich verändert, außer einem Riss, der durch den Steinfußboden verlief. Es war also doch nichts geschehen.

Irgendetwas lief Llian aus der Nase, befeuchtete seine Lippen und Kinn; irgendetwas Dickflüssiges, Klebriges und Salziges. Llian rappelte sich mühsam auf und wankte zu dem Spiegel. Er zeigte nichts außer seinem Gesicht, und das sah übel aus. Llians Mund und Bart waren rot von Blut, das offenbar vorwiegend aus seiner Nase stammte. Auch hatte er sich auf Lippe und Zunge gebissen. Seine Augen waren blutunterlaufen, sein Haar wild.

Karans Stimme drang hohl durch die Wand; sie war der Panik nahe.

»Llian, Llian, ist alles in Ordnung? Was tust du?«

Llian bemerkte, dass Tensor nirgends zu sehen war. »Es ist Tensor«, rief er und kletterte wieder auf sein Gerüst am Schlitz. »Er hat ein Tor geöffnet, ist hindurchgegangen und nicht wieder zurückgekehrt.«

Karan fluchte. »Geh nicht mit ihm. Halt dich von ihm fern. Hilf ihm nicht. Schwöre, dass du das nicht tust.«

»Er hat Macht über mich – wie Emmant, nur viel stärker. So bin ich auch hierhergekommen.«

Karan schlug mit der Faust gegen die Wand; dann kehrte Stille ein. Offenbar dachte sie nach. »Dieser elende, schwachsinnige Narr!«, schrie sie dann plötzlich, doch ohne wirklichen Hass. »Das ist nicht gut genug. Gib mir deine Hand.«

Llian schob die Hand durch die Wand.

»Deine Hand ist so kalt«, sagte Karan. »Oh, schau dir nur einmal dein Gesicht an! Und jetzt schwöre mir, dass du ihm nicht helfen wirst.« Llian wollte das gerade tun, als der Turm erbebte. »Geh!«, kreischte Karan. »Versteck dich, bevor er wieder zurückkehrt. Warte auf mich.« Sie zog die warme Hand weg, und ihr Gesicht verschwand.

Llian setzte sich auf die Stufe des Pavillons. Was dachte Karan sich nur? Es gab nichts, was sie tun konnte. Die Aachim hatten bereits alles Mögliche versucht.

Und was, wenn Tensor nie mehr zurückkehrte? Was, wenn er verschlungen worden war oder den Weg für seinen Feind geöffnet hatte? Llian war bereits mehr als eine Woche mit Tensor hier verbarrikadiert. Er könnte hier verhungern.

Hinter ihm ertönte ein lautes Krachen, und Llian wurde von der Stufe geworfen. Er drehte sich um und sah Tensor im Tor erscheinen – genauer gesagt in einem Duplikat des Tores, das leicht versetzt vom Original war. Die beiden verschwammen wieder zu einem Gebilde. Tensor schlurfte nach vorne und fiel auf alle viere. Seine Kleidung war zerfetzt, und auf seiner rechten Wange und Schulter waren tiefe Kratzspuren zu sehen. Er schwankte kurz und schaute Llian an, doch ohne ihn zu sehen; dann hob sich der Schleier von seinen Augen. »Oh, wie das Tor schmerzt«, sagte er.

Karan war offenbar nicht weit weggegangen, denn sie war sofort wieder am Schlitz.

»Llian?«, rief sie.

»Rulke?«, sagte Llian gleichzeitig zu Tensor.

»Nicht Rulke«, antwortete Tensor heiser. Seine Augen starrten mitten durch Llian hindurch. »Nichts dergleichen. Es war furchtbar, ein Albtraum. *Der Spiegel hat gelogen!*« Er wandte sich ab und ließ sich auf seine Bank fallen; die Nachwirkungen seiner Magie hatten bereits eingesetzt. »In den alten Geschichten wird er der Verdrehte Spiegel genannt, das Glas der Täuschungen. Aber ich habe geglaubt, ihn gemeistert zu haben. Was für ein Narr ich doch bin! Ich wurde vom Spiegel getäuscht und habe mich selbst getäuscht.«

»Warum spielst du dann noch immer mit ihm herum? Es muss schon wirklich ein seltener Narr sein, der zweimal die gleiche Torheit begeht.«

Tensor musste sich sichtlich zügeln, und Llian lehnte sich instinktiv zurück. »Mein ganzes langes Leben lang habe ich auf diesen Moment hingearbeitet«, erklärte Tensor. »Könntest du, nachdem dir alles entrissen und vernichtet worden ist, die Historien aufgeben, die Stütze deines Lebens?«

»Nein, aber ...«

»Llian? Llian?«, ertönte Karans panische Stimme.

Tensor rammte seine mächtige Faust mit derartiger Wucht gegen eine der Säulen, dass die Kuppel des Pavillons erzitterte und Steinsplitter in seine Haare flogen. »Wenn du mir nichts Nützliches anzubieten hast, dann schweig!«, brüllte er. Dann sprang er zu dem Loch in der Wand und bellte zu Karan: »Hör mit deinem verdammten Wimmern auf, es sei denn, du willst, dass ich ihn in meinem nächsten Experiment benutze!« Das schien ihn auf eine Idee zu bringen. »Darüber muss man nachdenken. Das Tor muss getestet werden, und wer würde sich besser dafür eignen?«

Schweigen herrschte auf der anderen Seite der Wand; dann schrie Karan: »Llian, lauf, und versteck dich! Ich werde dich holen kommen. Wenn du ihm auch nur ein Haar krümmst, Tensor, werde ich dich und deine Nachfahren für hundert Generationen verfluchen.«

»Mach, was du willst«, erwiderte er gleichgültig. »Ich bin bereits verflucht. Llian, komm her. Wie ich sehe, hast du eine Idee. Und es sollte besser eine vernünftige Idee sein, denn du wirst der Erste sein, der das Tor ausprobiert.«

Draußen ertönte ein Krachen, als wäre Karan von ihrem Gerüst gefallen.

Llian wich zurück. Er *hatte* etwas erkannt, aber er wusste nicht, ob er besser dran wäre, wenn er es Tensor sagte oder nicht. Er hatte Angst vor dem Tor. *Der Spiegel hat gelogen!* Natürlich hatte er das, und Llian wusste auch warum. Wo würde er ihn in seiner Boshaftigkeit wohl hinschicken?

»Sag es mir!«, brüllte Tensor, schüttelte Llian und benutzte die Macht, die er über ihn hatte. Der Drang zu sprechen wurde unwiderstehlich für Llian.

»Als du den Spiegel zum ersten Mal benutzt hast«, quiekte Llian, »sah es so aus, als bräuchtest du nur das Geheimnis des Torbaus von ihm.«

»Ich wollte wissen, wie man ein Tor macht und es benutzt. Das stimmt.«

»Aber du hast den Spiegel *in* das Tor eingebaut.«

»Ich muss das Ziel sehen können.«

»Wenn du den Verdrehten Spiegel in das Tor einbaust, wie kannst du dann sicher sein, dass er das Richtige zeigt? Wie kannst du das überhaupt erwarten?«

Tensor versetzte Llian einen so heftigen Schlag auf die Schulter, dass dieser zu Boden sank, doch er zog ihn sofort wieder hoch und klopfte ihm den Staub von den Kleidern. »Beim orangefarbenen Mond von Aachan, Chronist!«, dröhnte er. »Wärst du kein elender Zain, ein Schuft und Narr, dann könnte ich dich fast bewundern.«

Er verschwand die Treppe hinauf und suchte im Turm nach Material, um einen neuen Spiegel zu bauen.

Llian hatte seine Faszination für den Spiegel und das Tor noch nicht ganz abgelegt. Karan beantwortete seine Rufe nicht; also ging er zu seinem Aussichtspunkt auf der Turmspitze und versuchte, ein Muster in alldem zu erkennen, was er über die Charon wusste, über Rulke und über den Spiegel. All die mysteriösen Vorfälle wie sein Treffen mit Shand, einem alten Mann, der mehr zu wissen schien, als er wissen sollte ... Und nun war Shand ebenfalls hier. Llian erinnerte sich an Karans Träume, nachdem sie aus Sith geflohen waren; einen davon hatte er sogar mit ihr geteilt. Es war ein Albtraum über Rulke gewesen, der im Nachtland gefangen gehalten wurde – in einem Gefängnis, gemacht, um ihn zu schwächen, ihn auszulaugen. Zumindest hatte das Tensor gesagt und auch Thyllan beim Konklave. *Aber war das gelungen?*

Llian erinnerte sich an die früheren bösen Vorzeichen, die fast bis zu seiner ersten Begegnung mit Karan zurückgingen. Selbst gewöhnliche Menschen auf der Straße schienen zu fühlen, dass ein Kataklysmus näher rückte, dass irgendetwas sich langsam und geduldig seiner schrecklichen Vollendung näherte.

Aber Llian hatte keine Antworten auf all diese Fragen, und schließlich trieb ihn der Durst wieder hinunter. Auf dem Weg hinab erbebte der Turm erneut. Llian fragte sich, ob das die Aachim waren, die wieder hineinzukommen versuchten, oder ein neues Erdbeben. Der Pavillon stand im Raum wie zuvor; allerdings war der Spiegelrahmen neu gemacht worden. An der Werkbank arbeitete Tensor an seinem neuen Spiegel, polierte ihn ein letztes Mal. Dieser neue Spiegel war größer als der Spiegel von Aachan. Er schimmerte leicht kupfern, und Tensor hatte sogar noch die Zeit gefunden, ein Spiralmuster in den Rand zu gravieren. Während Llian zusah, passte Tensor ihn in den Rahmen ein, trat zurück und schaute ihn mit zur Seite gelegtem Kopf prüfend an.

Dann drehte er sich zu Llian um und lächelte geheimnisvoll. »Was war das für eine Sache zwischen dir und Malien?«

Llian war nicht sicher, wovon Tensor redete. »Sache?«

»Da war ein Brief, den du mit hierher gebracht hast«, erklärte Tensor ungeduldig.

»Oh!« Llian wusste nicht, ob er darüber reden sollte oder nicht. *Würdest du einem Baby eine Rasierklinge zum Spielen geben?*, hatte Malien ihn gewarnt. Doch andererseits war es Tensor gewesen, der Llian zuerst aufgefordert hatte, nach Kandors Aufzeichnungen zu suchen. »Ich habe einen Brief aus den Archiven der Zitadelle von Thurkad gestohlen«, sagte er. »Er war von Kandor an Rulke, und daraus haben sich Fragen zurzeit der Düsternis ergeben. Aber Malien hat den Brief an sich genommen und die Tür zur Kammer mit Kandors Aufzeichnungen verschlossen, sodass ich nicht mehr hineingelangen konnte.«

»Ich bezweifele ohnehin, dass du dort etwas finden würdest«, bemerkte Tensor. »Aber wie auch immer … du hast etwas an dir. Und du hast mir den ein oder anderen Dienst erwiesen, und ich werde dir das vergelten. Geh in den Pavillon.«

»Nein!«, schrie Llian voller Panik. »Ich will nicht mehr.«

»Das hast du aber nicht am Berg Tisane gesagt, als du zu den Geistern hinausgegangen bist. Du hast gesagt, für deine Geschichte würdest du alles tun. Rein mir dir.« Er packte Llian an Kragen und Gürtel und warf ihn in den Pavillon.

Llian versuchte hinauszukrabbeln, wurde aber mühelos wieder zurückgeworfen.

»Nimm das«, sagte Tensor und warf ihm eine Lampe zu. »Und halt dich fest.«

Bilder wirbelten über den neuen Spiegel, und mit einem Schlag sandte Tensor Llian wieder hinaus in einen staubigen, mit Notizbüchern überfüllten Raum. Hinter ihm machte die Luft ein saugendes Geräusch; dann war er allein. Das Tor war verschwunden.

Kapitel siebzehn

Der Große Turm

Karan rannte hinaus neben den Spalt und starrte den Turm hinauf, wo Llian festgehalten wurde. Es gab keinen Weg hinein! Zweimal ging sie außen um das große Gebäude herum, fand jedoch keine Lösung. Schließlich führte sie ihre Wanderung zu dem kleinen Wäldchen und dem Pavillon aus Serpentin, und dort setzte sie sich hin, um in der Stille nachzudenken. Sie war schon seit einigen Stunden dort, als Malien stumm hereinkam und reagierte (Karan fühlte das), als wäre sie widerrechtlich in ihre Zuflucht eingedrungen.

»Steht es nicht gut zwischen dir und Llian?«, fragte Malien.

»Es steht so gut, wie es durch eine Wand hindurch möglich ist.«

»Ist irgendetwas los?«

»Tensor hat das Tor benutzt!«

Malien versteifte sich vor Schreck. »Ich hatte gehofft, dass er scheitern würde – genau wie all die anderen.«

»Ich habe furchtbare Angst. Er plant, Llian zu benutzen, um es zu testen. Was, wenn er nie wieder zurückkommt?« Karan vergrub ihr Gesicht in den Händen. »Wie kann ich zu ihm gelangen?«

»Das kannst du nicht, es sei denn, du kannst fliegen oder klettern wie eine Spinne. Sie sind dort sicher, solange sie Wasser und Proviant haben – was ungefähr für einen Monat ausreichend sein wird.«

Karan schwieg für lange Zeit. »Klettern!«, sagte sie nachdenklich.

»Das habe ich nicht ernst gemeint. Wir haben alle möglichen Wege untersucht. Die Türme sind mit glasierten Fliesen verkleidet, sodass selbst der beste Kletterer keinen Halt daran finden kann.«

»Ich bin eine hervorragende Kletterin«, erklärte Karan unbescheiden. »Ich habe in Shazmak bei den besten gelernt.«

»Aber hast du mal genauer hingeschaut? Mit Sicherheit nicht, so wie du jetzt schon seit Tagen über die Wände grübelst. Komm mit aufs Dach. Von da hast du einen besseren Blick auf den Großen Turm. Ich werde dir zeigen, warum man ihn nicht erklettern kann.«

Sie stiegen auf die steilen Dächer der Festung, die mit abbröckelnden Schieferziegeln gedeckt waren, die man einst von weit jenseits des Meeres hierher geschafft hatte. Karan suchte sich einen Weg zwischen Kupferrinnen hindurch, die mit einer Schicht von Glimmererde bedeckt waren, zwischen prachtvollen emaillierten Kuppeln und mit Edelsteinen besetzten Turmspitzen, die hoch in den Himmel ragten. Vorsichtig gingen sie um die Füße der Türme herum, wo die glasierten Ziegel noch immer so glatt waren wie an dem Tag, da sie dort angebracht worden waren. Als sie die schattige Südseite eines der Türme erreichten, sagte Malien: »Siehst du? Katazza ist extra so gebaut worden, damit man es nicht erklettern kann.«

»Es ist nicht zu erklettern, wenn es verteidigt wird. Tensor kann das jedoch nicht allein. Ich könnte von oben bis unten Kletterhaken in die Fliesen schlagen.«

»Allein?«, entgegnete Malien. »Warte. Schau dorthin!«

Die Fliesen waren einst an den Kanten miteinander verbunden gewesen, um eine glatte Oberfläche zu schaffen, doch Kälte und Wind von Äonen hatten Risse in diesen Verbindungsstellen verursacht. Wo die Sonne niemals hinkam, waren die Verbindungen mit Moos und Flechten bewachsen. Hier und da hatte sich sogar ein Farnbüschel in einem Riss eingenistet.

»Wenn der Große Turm genauso ist …«, rief Karan. »Komm weiter!« Sie stieg wieder nach unten, rannte über die Brücke und kletterte auf der anderen Seite auf das Geländer. Von dort griff sie nach oben, steckte ihre Finger in einen Riss und zog sich hoch, während sie versuchte, mit den kaputten Stiefeln Halt zu finden. Als das nicht funktionierte, sprang sie leichtfüßig wieder herunter, zog die Stiefel aus und versuchte es erneut. Schon bald war sie ein gutes Stück über Maliens Kopf, bewegte sich zur Seite und nach oben. Sie rief hinunter:

»Nun, vor zweitausend Jahren mag das vielleicht unmöglich gewesen sein, aber ich bin sicher, dass ich es jetzt schaffen kann. Hier kann ich hoch, dann über den glatten Fleck dort und schließlich da wieder rauf. Denn schau«, sie wurde aufgeregt, »da sind ein paar Stellen, wo man Pflanzen sehen kann. Die Risse dort müssen verdammt tief sein.«

Malien ging ein Stück auf der Brücke zurück, um besser sehen zu können. Der Turm wuchs aus dem Boden empor, ein Zopf aus neun Steinbändern, jedes mehrere Spannen breit. Sie waren zu einer komplexen Spirale verwoben. Ungefähr in Höhe des sechsten Stocks ging der Zopf durch zwei Steinwülste hindurch, die jeweils mit einer nach unten hängenden Metallschürze gesichert waren – eine Verteidigungsanlage, die nur schwer zu überwinden war. Auf halbem Weg nach oben, in einer Höhe von mindestens achtzig Spannen, befand sich überdies ein vertikales Band aus poliertem Lapislazuli, das leuchtend blau im Licht der Nachmittagssonne schimmerte, mit schmalen Goldbändern oben und unten. Dieser Abschnitt wäre besonders schwer zu erklimmen. Darüber wanden sich die Bänder noch weitere sechzig Spannen oder mehr; dann folgte eine weitere Unterbrechung aus Gold und Lapislazuli, doch anschließend ging es recht einfach weiter bis zu den Schießscharten der Platinkuppel.

»Falls irgendeine Fliese lose sein würde, wäre es fatal, sich darauf zu verlassen«, sagte Malien. »Und es gibt vermutlich viele Stellen, wo die Übergänge noch vollkommen in Ordnung sind.«

»Größtenteils geht es nicht wirklich senkrecht hinauf, und wenn ich eine Hand voll Kletterhaken und ein wenig Seil hätte, könnte ich meine eigenen Tritte machen. Selbst wenn ich ausrutschen sollte, würde ich mehr gleiten denn fallen, und das Seil würde mich retten. Es ist *nicht* unmöglich. Gib's zu.«

Malien tat es leid, überhaupt etwas gesagt zu haben; aber sie musste tatsächlich zugeben, dass es nicht gänzlich unmöglich war. »Aber, liebe Karan, es gibt drei Probleme: Zum einen kannst du nicht barfuß hinaufklettern; die Kanten werden deine Füße zerschneiden. Zweitens hast du keine Kletterhaken.«

»Dann bitte ich dich, mir welche zu machen.«

»Das werde ich nicht. Ich weigere mich rundheraus.«

»Dann werde ich mir halt selbst welche machen. Ich habe schon gesehen, wie sie gemacht werden, und glaube, dass ich das auch kann.«

»*Du?*« Maliens Verachtung war förmlich greifbar. »Ich habe noch nie jemanden deines Volkes getroffen, der es verstanden hätte, Metall zu bearbeiten.«

Karan verzichtete klugerweise darauf, Shuthdar zu erwähnen, jenen Altmenschen, der die Goldene Flöte erschaffen und damit vor so langer Zeit den Ärger auf den Drei Welten begonnen hatte. »Vielleicht nicht, aber wenn der Meister sich weigert, muss der Lehrling mit den Fertigkeiten zurechtkommen, die ihm zur Verfügung stehen. Egal wie, ich bin fest entschlossen, es zu versuchen.«

»Oh, na gut.« Malien nahm grob per Auge Maß. »Sie werden morgen früh fertig sein. Aber bitte, sag niemandem etwas davon.« Sie wandte sich zum Gehen.

»Warte!« Karan schaute sich Maliens Stiefel an. »Du hast kleine Füße.«

»Nein, ich verleihe meine Stiefel nicht. Außerdem sind sie vielleicht klein, aber nicht so klein wie deine.«

»Bitte. Sie sind perfekt zum Klettern.«

»Aaah! Na schön! Was auch immer du willst. Komm doch in mein Zimmer, und geh meinen gesamten Besitz durch. Warum auch nicht?«

»Du hast gesagt, es gebe drei Probleme«, sagte Karan und lachte.

»Wie willst du über die Wülste hinwegkommen? Dort gibt es keine Fliesen, sondern nur blank polierten Lapislazuli.«

»Ich werde einen Wurfhaken rüberwerfen, sollte sich dieser Teil als nicht zu besteigen erweisen.«

Malien runzelte die Stirn. »Das ist ein gutes Stück. Ich bezweifele, dass du einen Haken so hoch werfen kannst.«

»Wenn er leicht genug wäre, ginge das.«

»Es wäre besser, wenn du Llian zuflüstern würdest, er solle heimlich ein Seil von oben runterlassen.«

»Würdet du dein Leben einem Seil anvertrauen, das Llian geprüft und festgeknotet hat?«, fragte Karan mit freundlichem Spott in der Stimme. »Wie auch immer, er hat Höhenangst. Vermutlich würde er runterfallen, bevor ich oben angelangt wäre, oder das Seil rauswerfen, ohne es vorher festgebunden zu haben. Wie soll ich da hochklettern, während er über mir tausend Tode stirbt?«

»Dann brauchst du also auch noch einen Wurfhaken, ja? Heute Nacht werde ich wohl nicht viel zum Schlafen kommen.«

»Sogar noch weniger als du glaubst, denn ich brauche auch noch einen kleinen Hammer mit einer Pike am anderen Ende.«

»Sonst noch etwas? Eine tragbare Badewanne vielleicht, damit du erfrischt bei deinem Geliebten ankommst?«

»Das reicht erst mal, danke«, grinste Karan. »Oh, und ein starkes, leichtes Seil von mindestens ...« Sie schaute den Turm hinauf. »Sieben oder acht Spannen Länge. Nein, sagen wir lieber ...«

Malien stemmte die Hände in die Hüften und brachte Karan mit ihrem Blick zum Schweigen. »Ich schätze, dass du mindestens zehn Spannen brauchen wirst. Dann also bis morgen, kurz nach Sonnenaufgang.«

Llian verbrachte einen hungrigen Tag und eine halbe Nacht in der Kammer der Aufzeichnungen, denn das Tor kam nicht wieder zurück, und die Tür war noch immer von außen verriegelt. Seine Mission erwies sich jedoch als fruchtlos. Nur wenige der unzähligen Dokumente im Raum waren lesbar, und die, die es waren, waren irrelevant. Was hatte Kandor noch einmal in seinem Brief gesagt? *Ich habe ein Vermögen ausgegeben, um das herauszufinden.*

Ein Vermögen ausgegeben! Hätte Kandor Spione und Chronisten bezahlt, um in der Vergangenheit zu graben, dann hätte es Berichte in Sprachen gegeben, die Llian verstehen konnte, nicht in dieser elenden Charonschrift, die niemand lesen konnte. Was hatte er sonst noch gesagt? *Mit Freuden werde ich alles, was ich habe, nach Alcifer bringen.* Um seine Sache den anderen Charon zu beweisen, hätte Kandor Originaldokumente anbringen müssen. Aber als vorsichtiger Mann mit ausgeprägtem Sinn für die Historien, wie dieser riesige Raum bewies, hatte er sicherlich ein paar wortgetreue Kopien angefertigt. Llian suchte bis zu dem Augenblick, als das Tor mit einem Krachen wieder erschien, fand aber nichts.

Er sprang ins Tor, ohne einen Blick zurückzuwerfen. Es brachte ihn wieder in Tensors Arbeitszimmer, und außer leichten Kopfschmerzen und einem Gefühl der Orientierungslosigkeit blieb nichts von der Reise zurück.

Tensor war mit dem Testergebnis zufrieden. »Der neue Spiegel ist viel besser als das Original«, erklärte er und trommelte mit den langen Fingern auf die Tischkante. »Alles ist so klar, als würde man durch ein Fenster schauen. Nun, Llian, du hast also nicht gefunden, was du gesucht hast. Irgendwie habe ich auch nicht damit gerechnet. Kandor war der Raffinierteste der Charon. Er hätte solch wichtige Dokumente nicht an einem so offensichtlichen Ort gelassen.«

Das half Llian auch nicht weiter. Egal ob in oder außerhalb von Katazza, hier konnte man überall etwas verstecken. Frustriert und mit leichtem Unwohlsein nahm sich Llian etwas zu essen und zu trinken sowie einen Mantel und ging wieder nach oben in seinen Horst, um dort den Rest der Nacht zu schlafen.

Es war kalt, als Karan kurz vor Sonnenaufgang hinaustrat. Eine eisige Brise ließ das Farn rascheln, das am Turm wuchs. Malien wartete bereits. Sie stand an der Stelle, an der die Brücke in den Großen Turm hineinführte und hielt eine Tasche in der Hand. Wortlos zeigte sie Karan den Inhalt: sechs flache Stahlkletterhaken, jeder mit einem Ring an einem Ende, ein kleiner Wurfhaken, ein kurzes Stück dünnen Seils und eine längere Rolle sowie einen Hammer mit Stoffgürtel, in dem sich Schlaufen für Hammer und Kletterhaken fanden. Karan legte den Gürtel an, band das Ende des längeren Seils an den Wurfhaken und knotete mit Maliens Hilfe das kürzere Seil zu einem Geschirr, an dem sie dann auch die Kletterhaken befestigte.

Malien schnüffelte die Luft. Es roch nach Limonenparfüm. »Du stinkst!«

»Das sind nur ein paar Tropfen«, entgegnete Karan selbstgefällig. Sie überprüfte das Seil, das kaum dicker war als eine Kordel. »Das ist recht dünn. Bist du sicher …?«

»Es wird nicht reißen«, erklärte Malien kühl, »und es wird auch an keiner Kante durchscheuern.«

»Und wie soll ich den Wurfhaken transportieren?«, fragte sich Karan laut. Malien holte einen kleinen Leinenrucksack hervor.

»Da drin ist auch noch ein Wasserschlauch und ein paar getrocknete Pfirsiche.«

»Ich hätte dich auch noch um Verschlüsse bitten sollen, um das Seil einfacher an den Haken festzumachen. Schade. Na ja, dann werde ich es eben jedes Mal neu festknoten müssen.«

Malien holte zwei kleine Metalllaschen heraus, überprüfte die Springverschlüsse, und Karan befestigte eine davon in der Mitte ihres Sicherheitsseils, die andere am freien Ende.

»Und *die* hast du auch gestern Nacht gemacht?«

»Natürlich nicht. Solche Sachen haben wir mitgebracht. So ... schlag die Haken gut rein, sonst werden sie rausgerissen, wenn du stürzt.«

»Natürlich!«

Malien bot ihr ein Paar Stiefel an, die an den Spitzen schon verschlissen waren. Sie hatten harte Sohlen, die extra fürs Klettern gemacht waren.

»Meine Stiefel!« Karan zog sie an. »Sie passen recht gut.«

»Das sind *meine* Stiefel, und ich will sie zurückhaben, wenn das hier vorbei ist.« Sie funkelte Karan an.

Karan senkte den Blick, konnte ein Grinsen jedoch nicht verbergen. Nun war es Zeit zu gehen. Sie zog den Gürtel noch einmal fest, warf sich den kleinen Rucksack über die Schultern und überprüfte alles noch einmal.

»Oh, es fühlt sich recht schwer an.«

»Wenn du mich damit fragen willst, ob ich an deiner Stelle gehe ... vergiss es.«

Karan schnaubte und drehte sich zur Wand um.

»Du wirst deinen Hut brauchen.«

Karan nahm das breitkrempige, von Schweiß fleckige und ausgeblichene Ding und zog es auf.

»Warte. Der Tradition muss Genüge getan werden.« Malien formte eine Räuberleiter mit den Händen, und Karan stellte den Fuß hinein und sprang aufs Brückengeländer; dann zog sie sich zum ersten Spalt hoch. Nach einem weiteren Zug war sie schon über Maliens Kopf. Sie folgte dem Pfad, den sie sich am Tag zuvor angeschaut hatte, und kam auch über die Wülste leicht hinweg. Selbst die Metallschürzen erwiesen sich dabei nicht als Problem, denn mitten durch sie hindurch verlief ein Riss.

»Keine Probleme bis jetzt«, rief sie. Malien hob die Hand und wandte sich ab.

Karan empfand das Klettern im ersten Drittel als recht einfach, denn es gab viele Risse und Löcher, und die Tatsache, dass der Turm aus Spiralbändern bestand, bedeutete, dass sie nicht senkrecht klettern musste – außer über die Wülste hinweg.

Einmal kam sie an einer kleinen Glasfliese vorbei. Sie schaute hindurch und sah durch einen Schacht in einen erhellten Raum und auf eine mit Papieren bedeckte Werkbank. Das war Tensors Arbeitszimmer, erkannte sie, aber er selbst war nicht zu sehen. Ebenso wenig wie Llian.

In diesem Abschnitt musste Karan ihre Kletterhaken nur dreimal benutzen und zwar dann, wenn sich ein neues Band mit dem verflocht, über das sie gerade kletterte. Das erste Mal schlug sie den Haken mit dem Hammer hinein, befestigte ihre Sicherheitsleine daran, prüfte sie und stieg dann weiter nach oben. Das Gleiche tat sie dann mit dem zweiten Haken, und nachdem sie sich hochgezogen hatte, bückte sie sich und schlug den unteren wieder heraus. Dabei versetzte sie ihm jedoch einen Schlag zu viel, und er fiel in den Spalt zwischen zwei Bändern.

Bleiben noch fünf, dachte sie und ärgerte sich über ihre eigene Sorglosigkeit.

Karan war verschwunden. Shand hatte gewusst, dass sie sich nicht lange würde im Zaum halten lassen. Er ging hinaus und fand Malien an einem Baumstamm nahe der Osttreppe. Sie starrte den Turm hinauf und zu dem Berg dahinter. Ihr Gesicht war fleckig und müde, als hätte sie die ganze Nacht nicht geschlafen; ohne Zweifel zerbrach sie sich den Kopf über Tensor. Selial stand ein paar Schritt von ihr entfernt; sie war nun de facto die Anführerin der Aachim. Sie drehte sich zu Shand um. Malien warf ihm jedoch nur einen kurzen Blick zu und ging dann weg. Offenbar wollte sie keine Gesellschaft.

»Dieses Tor wird uns allen noch den Untergang bringen«, murmelte Selial vor sich hin. »Tensor hat uns zu dieser Torheit geführt, und wir sind ihm gefolgt wie Lämmer zur Schlachtbank. Es gab eine Zeit, da hätte er gehorcht, wenn wir ihm einen Befehl erteilt hätten, aber jetzt nicht mehr. Das hier ist also nun das Ende der Aachim von Shazmak. Was für ein Ort dafür, so weit weg von allem, was wir lieben.«

»Es gibt noch andere Städte der Aachim«, sagte Shand, »größere als selbst Shazmak vor dem Fall.«

»Aber es sind kaum noch Städte der Aachim, so sehr haben sie sich verändert, so heruntergekommen sind sie. Dort haben sie sich nicht an die alten Wege gehalten. Santhenar hat sie ihrer Kraft und ihres Edelmuts beraubt. Sie sind fast *menschlich* geworden.« Sie betonte das so, als hätte sie in Wahrheit *tierisch* gemeint, denn die Aachim beschrieben sich selbst nie mit dem Wort »menschlich«; sie benutzten es nur in Bezug auf die Altmenschen, die sie als minderwertig betrachteten. Dann erkannte Selial plötzlich, was sie gesagt hatte, und war starr vor Schreck.

»Oh!«, sagte sie, und ihr faltiges Gesicht wurde rot vor Verlegenheit und Scham. »Verzeih mir. Meine Verzweiflung hat mich vergessen lassen ...«

Shand lächelte. »Verzeihung«, sagte er und legte die Hand

ans Ohr. »Ich habe nicht richtig verstanden, was du gesagt hast.«

Die Röte verblasste langsam, doch die Scham blieb, dass einer von *ihnen* bessere Manieren an den Tag legte als sie.

»Und es gibt auch noch Aachim auf Aachan«, sagte Shand. »Unzählige von ihnen.«

»Das mag sein, obwohl wir nie ein sonderlich fruchtbares Volk waren, und nachdem die Charon gekommen sind ... Aber viele sind nach Santhenar gegangen. Sehr viele. Wir wissen nichts mehr von Aachan. Es ist aus unserem Leben verschwunden. Die Charon waren eisern zu uns.« Sie nickte und ging hinein.

Malien kam wieder zurück und lehnte sich an den Baum. Shand ließ seinen Blick über das Land schweifen. Es hatte sich nichts verändert, seit er vor hundert Jahren zum letzten Mal hier gewesen war, nur dass der Wald sich ein wenig mehr ausgebreitet hatte. Er schaute den Turm hinauf, und dabei erhaschte er kurz den Blick auf etwas Weißes, ein bleiches Gesicht. Shand war nicht überrascht, doch als er sie nun dort hängen sah, bekam er Angst.

Er hörte ein Scheppern und Klirren. Irgendetwas Metallisches fiel herab, prallte von einem der Steinbänder und flog in hohem Bogen über ihre Köpfe hinweg. Shands Herz setzte einen Schlag lang aus. Er starrte in Maliens entsetztes Gesicht. Beide schauten nach oben. Weiter geschah nichts. Kein kleiner Leib stürzte in die Tiefe. Shand ging hinüber und hob einen flachen Kletterhaken auf, so lang wie sein Unterarm.

»Der ist gut gemacht«, bemerkte er und hielt ihn Malien hin.

»Ich habe die ganze Nacht damit verbracht, sie zu machen.« Sie wog ihn in der Hand.

Shand sah wieder hinauf. Karan war nicht länger zu sehen. Falls irgendjemand dort hinaufklettern konnte, dann sie.

Gedankenverloren starrte Shand den Turm scheinbar endlos an.

Wie lange träumte er so schon vor sich hin? Eigentlich gar nicht so lange, hatte es den Anschein, denn die Sonne schien am Himmel stehen geblieben zu sein. Aber Malien war verschwunden.

Im Inneren des Großen Turms war Mendark eine vorübergehende Allianz mit den Aachim eingegangen, die mit einem Gerät experimentierten, von dem sie hofften, damit die große Tür zu zertrümmern. Insgeheim belustigt beobachtete Shand den alten Magister bei dessen Vorbereitungen.

»Komm, und hilf uns!«, rief Mendark. »Du kennst dich doch mit solchen Maschinen aus.«

Shand, den tatsächlich interessierte, was sie da gebaut hatten, inspizierte alles aufmerksam, als würde er das Ding selbst bedienen müssen. Er ging um das Gerät herum, sah die Vorsichtsmaßnahmen der Aachim und die Stärke der großen Tür. Dann schüttelte er den Kopf, ging in die Küche und schüttete sich eine Kanne Tee auf. Es war offensichtlich, dass das Ding versagen würde.

Mendark schaute ihm mit halb verwirrtem, halb wütendem Gesichtsausdruck hinterher. »Dieser alte Narr«, sagte er zu dem Aachim neben sich und wandte sich wieder seiner Arbeit zu.

Llian saß auf seinem Aussichtsplatz, ganz oben auf der Turmspitze, und beobachtete den Sonnenaufgang. Er hatte ein wenig von Karans Geschichte gehört, kühn erzählt durch den Schlitz in der Wand; aber die Barriere machte ein richtiges Gespräch unmöglich, und so hatte sie es rasch aufgegeben. Llian wusste, wie sie hierher gekommen war und mit wem, aber nicht warum. War sie noch immer hinter dem Spiegel her? Falls ja, dann mit welchem Ziel? Was würde Karan jetzt tun? So, wie Llian sie kannte, wusste er zumindest, *dass* sie was tun würde.

Und er wusste ebenfalls, dass dort draußen noch andere waren – Mendark, Tallia und Shand –, aber Karan hatte nichts von ihnen erzählt. Llian fühlte sich jedoch an seine Schuld Mendark gegenüber erinnert. Ohne Zweifel würde man ihn auffordern, sie zu begleichen, sobald das hier vorbei war.

Stundenlang saß Llian in seinem Horst, während die Sonne über den Himmel kroch. Weit draußen auf der See von Perion brauten sich die ersten Trockenstürme der Jahreszeit zusammen und wirbelten Salzstaub hoch in die Luft, wo Westwinde ihn erfassten und über das gesamte Meer der Trockenheit bis nach Jepperand trugen, dem Land der Zain.

Der Schnee wiederum war inzwischen fast vollständig von den Gipfeln von Katazza verschwunden; selbst ihre Südflanken waren größtenteils nur noch kahle, graue Felshalden. Der Frühling verging rasch; alles bewegte sich auf einen langen, glühend heißen Sommer zu. Die Sonne glitzerte auf den gewundenen, von Säulen gesäumten Flanken der Festung und ihren unzähligen Türmen – Türmen, die, so schien es, trotz ihres Alters so glatt poliert waren wie Glas. Llian schaute hinaus und hinunter. Es überraschte ihn selbst, dass er es wagte, sich die Seiten seines eigenen Turms anzusehen. Llian zählte neun Steinbänder, die zu einem komplexen Zopf miteinander verflochten waren, auf halbem Weg gehalten von einem Band aus Lapislazuli und Gold und einem weiteren nur vier, fünf Spannen unter ihm. Als er sich die Wand genauer ansah, bemerkte Llian, dass Moos und Flechten in Rissen auf der Südseite wuchsen. Seltsam, wie das Leben selbst an den unwirtlichsten Orten gedieh.

Dann erregte eine Bewegung weit unten seine Aufmerksamkeit, ein kleines Stück über dem unteren Lapislazuliband. Llian lehnte sich noch ein wenig mehr hinaus, um zu sehen, was für ein Vogel oder Nager sich sein Nest in dem Büschel dürren Farns dort unten gebaut hatte. Nein, das war kein Tier, erkannte er und wagte kaum zu atmen. Kein Tier besaß solch eine seltsame Gestalt, vor allem keine Hand, mit der es sich an den Pflanzen festhalten konnte. Dann zog sich das Wesen hoch, und Llian sah ein von rotem Haar umrahmtes blasses Gesicht. Noch nicht einmal Karan hätte das zu Kandors Zeit geschafft; aber nun kam sie herauf. Sie klammerte sich mit Fingern und Zehen fest, schlug gelegentlich einen Haken in den Stein und sicherte sich mit einem Seil.

Llian wurde allein vom Zusehen schon übel, aber er konnte sich nicht von dem Anblick losreißen. Karan war noch weit unter ihm, und sie kam nur langsam voran. Offensichtlich erschöpfte es sie sehr. Mehrmals verlor sie den Halt und rutschte fast eine halbe Spanne hinab, bevor sie sich mit einer schier wunderbaren Geschicklichkeit wieder fing, die Llians Vorstellungsvermögen überstieg. Er erinnerte sich an all die anderen Male, da er sie hatte klettern sehen, doch wie sie das hier schaffte, konnte er einfach nicht verstehen. Einmal drückte sie ihr Knie auf den Stamm eines kleinen Buschs, um ihren Armen eine kurze Ruhepause zu gönnen. Der spröde Stamm brach, und sie fiel und rutschte das Band hinunter; aber der Kletterhaken war fest verankert, das Seil hielt, und sie wurde mit einem kräftigen Ruck dank ihres Geschirrs zum Stehen gebracht. Llian wandte sich ab. Am liebsten hätte er sich übergeben, doch es war einfach unmöglich, nicht wieder hinzusehen.

Gegen Mittag, vielleicht sechzig Spannen über dem untersten Wulst, wurde das Klettern viel schwerer, denn die Spirale war hier weitaus steiler, ja fast senkrecht, und darüber befand sich das glatte Band aus Lapislazuli und Gold. Gleichzeitig fanden sich immer weniger Griffe; der Mörtel war gut.

Karan kletterte über eine Öffnung hinweg, aus der eine schwach nach Schwefel riechende Wärme drang – ein Kamin, nahm sie an. Sie erkannte, dass sie rasch ermüdete; tatsächlich war sie sogar schon weit erschöpfter, als es nach einer bisher so einfachen Kletterei der Fall hätte sein dürfen. Noch vor einem Jahr wäre sie fast die dreifache Höhe hinaufgestiegen und das auch viel schneller, bevor sie so müde gewesen wäre. Kurz darauf erbebte der gesamte Turm, und wäre sie nicht gesichert gewesen, sie wäre abgestürzt.

Der steile Abschnitt war nur gut zehn Spannen lang; dennoch dauerte seine Überquerung mehr als eine Stunde, und zweimal glaubte Karan, sie würde abstürzen. Trotz der Sicherung wäre das gefährlich gewesen, so schwach wie sie war. Nun, da sie sich dem Ende des steilen Lapislazulibandes näherte, musste Karan sich nach jedem Kletterhaken ausruhen, nach jedem Schritt. Einmal brach ein riesiges Stück Lapislazuli unter ihrem Haken ab – in Thurkad wäre das ein Vermögen wert gewesen – und schoss an ihr vorbei.

Schließlich trieb sie den letzten Haken in das Stück, erreichte das Ende des Bandes und stand oben auf einem schmalen Sims, der wie ein Ring um den Turm verlief. Hier konnte sie sich sogar setzen. Nichtsdestotrotz schlug sie einen Haken in den Stein, befestigte ihr Geschirr daran und ließ die Füße über die Kante baumeln. Welch Erleichterung! Ihre Schenkel schmerzten. Sie massierte sie und ihren Rücken, soweit sie daran herankam, trank einen Schluck aus ihrer Wasserflasche und nuckelte an einem Stück Trockenpfirsich. Er schmeckte süßer als alles, was sie je gegessen hatte.

Karan schaute nach unten. Es war befriedigend zu sehen, wie weit sie schon gekommen war. *Schau aber noch nicht hinauf*, ermahnte sie sich. *Ruh dich aus; entspann dich, und sammele deine Kraft.* Und dann sah sie doch nach oben. So weit noch! So steil! Es war einfach unmöglich, noch so weit zu klettern.

Ein Hauch von Selbstzweifel machte sich breit. Karan vertrieb ihn rasch wieder, trank noch einen Schluck und stand auf. Ihre Beine begannen sofort wieder zu schmerzen; ihre Knie fühlten sich schwach an, und das Handgelenk, das sie sich schon zweimal gebrochen hatte, fing an zu pochen. Um sich abzulenken, hämmerte Karan einen weiteren Haken in den Stein, obwohl sie ihn nicht wirklich brauchte. Sie stellte den Fuß auf den ersten Haken, schnallte sich los, befestigte das Seil wieder an dem höheren und streckte sich nach oben. Ihre Knie zitterten; die Selbstzweifel waren wieder da.

Ich werde nicht darüber nachdenken! Ich werde nicht *darüber nachdenken!*, sagte sie sich selbst und trieb den nächsten Haken mit einem mächtigen Schlag hinein. Dabei löste sich die ganze Fliese, und Fliese und Haken segelten gemeinsam hinab.

Vier! Du Närrin! Den wirst du sicherlich schon bald vermissen.

Die Brise war kühl auf ihrer feuchten Stirn, trotz der klaren Luft und dem warmen Sonnenschein. Erneut versuchte Karan, sich abzulenken, diesmal mit dem Gedanken an all die Schwierigkeiten, die sie bereits überwunden hatte. Sie konzentrierte sich auf ihre Flucht durch die Tunnel von Fiz Gorgo nach dem Diebstahl des Spiegels. Damals hatte sie in weit größerer Gefahr geschwebt, denn sie hatte die Lage nicht unter Kontrolle gehabt.

Ich kann *das schaffen, und das* werde *ich auch*, sagte sie sich selbst, und während des Kletterns durchlebte sie noch einmal die Ereignisse von damals, und das half ihr tatsächlich. Als sie in Gedanken wieder das Kanaltor von Fiz Gorgo erreichte und mit den Scharnieren rang, während das Wasser ihr bereits über den Kopf ging, hatte sie schon mehr als drei Viertel des Weges zurückgelegt. In diesem Augenblick sah sie dann das Gesicht, das sie aus einer Schießscharte der obersten Turmkammer heraus anstarrte. Das war sicherlich nicht Tensor. Nein, aber fast genauso schlimm. Schlimmer! *Llian!*

Oh, Llian, geh weg! Wie soll ich das letzte Stück raufklettern, wenn du mich anstarrst? Karan hatte es noch nie gemocht, beobachtet zu werden, wenn sie etwas Schwieriges versuchte.

Nun kehrte die Müdigkeit mit aller Macht wieder zurück, und die Ablenkung funktionierte nicht mehr, denn Karan sah jede ihrer Aktionen – jeden Griff, jeden Haken, jedes Zittern –, als würde sie sich selbst beobachten, und derart auf sich fixiert begann sie, Fehler zu machen. Sie wusste, dass sie fast am Ende ihrer Kräfte war. Konnte sie vielleicht etwas wegwerfen, um die Last zu mindern? Vielleicht würde sich das Wasser leichter anfühlen, wenn sie es im Bauch hatte. Sie trank es, aß noch einen Trockenpfirsich, schnallte den Rucksack los und ließ ihn fallen. Er rutschte das Band hinunter, das sie sich gerade hinaufgearbeitet hatte. Karan kletterte noch einen Schritt. Es fiel ihr nicht leichter als zuvor.

Immer weiter ging sie, immer langsamer und langsamer. Nun war sie schon nahe genug, um Llians Gesicht erkennen zu können. Da sie sich wieder einem Lapislazuliwulst näherte, musste er sich gefährlich weit hinauslehnen, um sie zu sehen. *Der arme Llian! Wenn ich stürze, wird ihn das umbringen.*

Die Erkenntnis, dass sie mit einem Sturz rechnete, erschreckte sie, und als sie den Wulst erreichte, sank ihr Mut noch weiter, denn er erwies sich als weit schwieriger, als es von unten den Anschein gehabt hatte. Selbst wenn sie gesund, stark und in Übung gewesen wäre, dieser spezielle Abschnitt hätte ihr Können bis aufs Äußerste beansprucht. Ihre Schenkel brannten vor Schmerz. *Muss ... mich ausruhen!* Karan schlug die Kletterhaken ein, zwei oben und zwei unten, prüfte sie vorsichtig und brachte ihre Sicherheitsleine an den beiden oberen an. Dann stellte sie sich auf die beiden unteren und ließ sich hängen.

Ah, ich habe ja meinen Wurfhaken noch. Das wird den Unterschied ausmachen. Sie holte den Wurfhaken heraus, ein kleines Ding, nicht größer als ihre Hand mit Fingern. Karan lehnte sich hinaus, so weit es ging, spähte nach oben und suchte nach einem leichten Weg. Es gab jedoch keinen leichten Weg – keine Fliesen und keine Risse mehr. Über ihr befand sich ein schmales Goldband, gefolgt von gut drei Spannen blank poliertem Lapislazuli und darüber wieder ein Goldband. Zwar hatte auch hier die Zeit ihre Spuren auf dem wertvollen Stein hinterlassen, doch gab es keine Risse oder Löcher, sondern nur flache Dellen, an denen man sich unmöglich festhalten konnte. Jenseits davon führten die geflochtenen Steinbänder zu einem Sims unmittelbar unter den Fenstern.

Es waren mindestens sieben Spannen bis zu den Fenstern, durch die sie den Haken würde werfen müssen. Es war ein schwerer Wurf, fast genau senkrecht nach oben und noch dazu von dieser gefährlichen Position aus. Konnte sie den Haken überhaupt so hoch werfen? Außerdem würde sie sich hinauslehnen müssen, um um den Wulst zu werfen und das auf ein Ziel, das aus diesem Winkel betrachtet recht klein zu sein schien. Aber wenigstens war Llian da, um das Seil festzubinden. Das würde es einfacher machen. Unter den Fenstern befanden sich lange Stangen, an denen einst wohl Flaggen oder Banner geweht hatten. Kurz dachte Karan darüber nach, solch eine Stange als Ziel zu nehmen; das wäre wesentlich einfacher gewesen. Llian konnte sich das Seil dann von dort nehmen. Doch sie verwarf den Gedanken sofort wieder. Das war viel zu gefährlich für Llian.

Karan bereitete sich vor. Sie machte Knoten ins Seil, die ihr das Klettern erleichtern sollten, und überprüfte erneut Sicherheitsleine, Verschlüsse und Kletterhaken. Das Wurfseil hing in langen Schlaufen von ihrer linken Hand. Für den Fall, dass sie danebenwerfen sollte, wickelte sie sich das Ende des Seils zweimal um ihre Hand, balancierte sich auf den Kletterhaken aus, packte einen der oberen Haken mit der linken Hand und warf den Haken mit der rechten.

Zu kurz! Die Entfernung musste größer sein, als sie gedacht hatte. Sie klammerte sich an ihren Kletterhaken, als der Wurfhaken zurückfiel. Er traf den Sims über ihr, raste an ihrem Kopf vorbei und fiel mit furchterregender Geschwindigkeit hinab. Als er mit einem Ruck zum Stehen gebracht wurde, schnitt das Seil in Karans Fleisch. Der Ruck fuhr ihr den gesamten Arm hinauf und schmerzte sie furchtbar in der Schulter.

»Aaah!«, schrie Karan.

»Bist ... Bist du in Ordnung?«

»Ja«, schnappte sie und biss die Zähne zusammen, bis der Schmerz abgeklungen war. Sie zog den Haken wieder herauf und untersuchte ihre Hand. Sie war bereits von vorne bis hinten blau, und zwei mächtige Blutergüsse wuchsen beim Zusehen. Karan bereitete sich auf den zweiten Wurf vor; nur diesmal band sie das Seil an einem Haken fest.

Sie warf das Eisen erneut so hoch und kräftig, wie sie konnte; es war ein furchtbar schlechter Wurf: zu hart, zu hoch! Der Haken flog am Fenster vorbei, stürzte wieder hinab, und das Seil wand sich um eine Fahnenstange. Karan und Llian starrten einander an.

»Ich ... Ich könnte rauskriechen und es losmachen«, sagte er mit schwacher Stimme.

»Dann könntest du genauso gut direkt springen«, murmelte Karan vor sich hin, und als sie das dachte, erzeugte ihr launisches Talent einen derartigen Druck in ihrer Brust, dass sie schrie: »*Nein! Die Stange kann dein Gewicht nicht tragen!*« Ihr Talent schien Llian noch mehr beschützen zu wollen als sie selbst.

Und mit diesen Worten zog sie kräftig an dem Seil in der Hoffnung, dass es sich lösen würde. Das verrottete Metall stöhnte, und die Stange brach und schoss wie ein Speer auf sie zu. Panisch drückte sich Karan an die Wand und klammerte sich an ihre Kletterhaken. Die Stange prallte an dem Wulst ab und fiel mit dem Seil in die Tiefe.

Schnapp! Das Seil spannte sich mit solcher Wucht, dass es Haken, Verschluss und Sicherheitsleine aus der Wand riss. Karans Füße wurden von den unteren Haken gerissen und sie vom Gewicht der Fahnenstange nach unten gezogen. Sie schrie. Die Knoten ihres Geschirrs spannten sich, und die Seile zogen sich wie zwei Schlingen um ihre Brust zusammen. Mit einem Ruck kam Karan mitten in der Luft zum Stehen. Der andere Kletterhaken und der Verschluss hatten gehalten!

Weit unten baumelte die Fahnenstange am Seil. Karan hing zwischen dem Gewicht der Stange und dem Kletterhaken, der noch immer hielt. Sie hätte weiter geschrien, doch das Geschirr hatte sich so fest zugezogen, dass sie kaum atmen konnte. Langsam quetschte der Druck ihr das Leben heraus. Die Knoten fühlten sich wie Bolzen an, die ihr ins Fleisch gedrückt wurden.

Karan tastete nach dem Messer an ihrem Gürtel; dann erkannte sie, dass sie fallen würde, sollte sie den herausgerissenen Haken abschneiden. Sie versuchte, den Ring des Hakens vom Verschluss zu lösen, doch der war durch das Gewicht der Stange verklemmt. Karan griff nach dem Haken und begann, am Seil des Wurfankers zu sägen. Immer wieder sprang das gespannte Seil vom Messer zurück. Dann kam ihr eine Idee. Wenn es ihr gelang, die Spitze des Hakens nach unten zu drücken, würde das Seil mitsamt der Fahnenstange einfach abgleiten.

Karan drückte mit dem Handballen auf den Haken. Er rührte sich kaum, so groß war die Spannung. Die Knoten ihres Geschirrs zogen sich noch fester, und erneut hätte sie geschrien, doch sie brachte nur ein elendes Quieken heraus. Karan steckte das Messer wieder weg und versuchte einzuatmen; doch das Geschirr drückte die Luft sofort wieder heraus. Bunte Lichtpunkte tanzten vor ihren Augen. Karan stieß den Haken mit beiden Händen nach unten. Einer der Blutergüsse platzte dabei, aber das fühlte sie nicht. Langsam bewegte sich der Haken von vertikal zu horizontal. Jetzt zeigte er leicht nach unten. Der Ring triefte von Blut. Oh, wie das schmerzte! Karan konnte den Druck nicht aufrechterhalten.

Sie ließ mit einer Hand los, um das Blut wegzuwischen, und der Haken sprang sofort wieder in die alte Position zurück. Llian schrie etwas, doch die Worte ergaben keinen Sinn für Karan. Irgendetwas von wegen »runterkommen«.

Runterkommen? »Nein!«, kreischte Karan.

Sie sog eine Hand voll Luft durch ihre Zähne ein und drückte den Haken nach unten. Wild rüttelte sie an dem verdammten Ding und schmierte es mit ihrem Blut. Plötzlich rutschte das Seil ab. Karan war frei und baumelte an ihrer Sicherheitsleine. Sie tastete mit ihren Zehen, fand die beiden unteren Haken und ließ sich darauf nieder. Sie zitterte am ganzen Leib.

Die Stange fiel mit lautem Krachen den Turm hinunter und zog den Wurfhaken samt Seil hinter sich her. Karan beobachtete, wie sie mitten auf einer der Brücken aufschlug. Das Geräusch schien lange zu brauchen, um zu ihr heraufzudringen: ein gewaltiger Knall. Kurz darauf erschien eine Gruppe von Leuten, deutete nach oben und schrie.

Llian schrie verzweifelt: »Karan, bist du in Ordnung? Karan, sprich mit mir!«

Es war ihr vollkommen egal. Schweißdurchtränkt, wie sie war, wollte sie sich einfach nur noch hinlegen, sich zu einem Ball zusammenrollen und die Decke über den Kopf ziehen, wie sie es immer getan hatte, wenn sie sich als Kind mies gefühlt hatte.

Minuten vergingen. Llian schrie noch immer. Karan war kalt.

»Ja, es geht mir gut!«, brüllte sie nur, um ihn zum Schweigen zu bringen.

Aber das stimmte nicht. Ihre gesamte Brust pochte; ihr Kopf schmerzte, und sie hatte eine Beule an der Schläfe, obwohl sie sich nicht daran erinnern konnte, sich den Kopf angestoßen zu haben. Mühsam richtete sie sich auf den Kletterhaken auf und lehnte sich hinaus, sodass sie Llian sehen konnte.

»Die Stange war vollkommen durchgerostet«, sagte er. »Gut, dass du mich davon abgehalten hast …«

»Halt den Mund!«, schnappte sie.

»Wie willst du das letzte Stück hinaufkommen?«

»Ich weiß es nicht. Lass mich in Ruh!«

Karan lehnte sich wieder hinaus. Oberhalb des senkrechten Stücks schien ein kleiner Sims zu sein, über dem sich wiederum die Fenster befanden. Wenn sie zu diesem Sims gelangen könnte, wäre sie in Sicherheit. Als Karan das Lapislazuliband noch einmal untersuchte, kehrte die Panik erneut zurück. Es war viel glatter als das untere. In der Vergangenheit war Karan auch so etwas hinaufgeklettert, aber nicht, wenn sie am Ende ihrer Kräfte gewesen war.

Karan trat einen der unteren Haken raus und brachte ihn weiter oben an, kurz unterhalb des Überhangs. Dann trat sie auch den zweiten Haken heraus und versuchte, sich hinaufzuziehen. Es schmerzte fürchterlich. *Ich schaffe das,* sagte sie zu sich und hielt kurz inne, doch ihr Selbstvertrauen war dahin. Sie löste den Verschluss vom zweiten Haken und versuchte ihn in den Spalt zwischen Goldrand und Lapislazuli zu treiben. Sie schlug daneben, traf statt Metall ihren Daumen, und der Haken flog in hohem Bogen davon. Karan fluchte, doch das linderte weder ihren Schmerz, noch brachte es ihr den Kletterhaken wieder zurück.

Es dauerte eine halbe Stunde, bis sie die halbe Spanne des Überhangs überquert hatte und an ihren verbliebenen drei Kletterhaken hing. Ihr verletztes Handgelenk brannte und hatte keine Kraft mehr. Das Gewicht ihres Gürtels mit Hammer zog sie unbarmherzig nach unten. Karan ließ sich im Seil hängen, legte erschöpft die Wange an den blauen Stein und schaute zu Llian hinauf. Der arme Llian!

Und dieses eine Mal schien er zu verstehen, was sie dachte. »Warte!«, rief er und verschwand.

Karan schaute sich um und dachte darüber nach, einen Haken in den Spalt weiter oben zu schlagen, entschied sich dann jedoch dagegen. *Ja, ich werde warten, solange du willst. Ich werde hier einfach eine Weile herumhängen,* dachte sie. *Es ist so schön friedlich hier.* Sie schloss die Augen.

Kapitel achtzehn

Ein Wettbewerb von Wunden

Llian war einfach aus der Scharte geklettert und auf den Sims draußen, denn nur so konnte er Karan sehen. Es war schwer, sich dort zu konzentrieren, denn die Höhe ließ ihn schwindeln, und er hatte Angst, dass seine verschwitzten Hände am Stein abrutschen würden. Karan hatte nur noch ein paar Spannen vor sich, aber sie würde es nicht schaffen. Sie hatte schlicht keine Kraft mehr. Llian sah, dass auch sie das wusste.

Schließlich rührte sie sich wieder, bewegte sich aber nur von einem Kletterhaken zum nächsten; dann hielt sie wieder an. Selbst von seinem Aussichtspunkt aus konnte Llian sehen, wie stark sie zitterte. Ihre Muskeln gehorchten ihrem Willen nicht mehr. Karan schloss die Augen, als wolle sie schlafen. Das bereitete Llian wirklich Sorgen.

»Warte!«, schrie er nutzlos.

Er sprang wieder durchs Fenster hinein und schaute sich aufgeregt nach etwas um, das er als Seil benutzen konnte. Dabei wusste er sehr wohl, dass kein Seil hundert Jahre überdauern konnte, ohne an Kraft zu verlieren, geschweige denn tausend. Aber er fand nichts. Auch konnte er sich nicht daran erinnern, unten so etwas wie ein Seil gesehen zu haben. Also würde sein Mantel herhalten müssen.

Llian stieß sein Messer in den schweren Stoff und zwang es durch das zähe Gewebe, das zwar so leicht wie Tuch, aber fast unmöglich zu zerreißen und nur schwer zu schneiden war. Er hackte es in dicke Streifen, wobei er immer kurz rausging, um nach Karan zu sehen, bevor er mit seiner Arbeit fortfuhr. Schließlich hatte er genug grob geschnittenes Material, um daraus ein Seil von gut acht Spannen Länge zu machen. Er knotete die Streifen zusammen, knüpfte eine Schlinge an einem Ende sowie Knoten die gesamte Länge entlang und band das andere an den steinernen Fensterrahmen. Zu guter Letzt prüfte er seine Konstruktion noch einmal mit kräftigem Reißen.

Zufrieden damit, dass es hielt, warf Llian es über das Geländer. Nach alldem Knoten reichte es nur noch vier Spannen hinab. Das war nicht weit genug; zwei, drei Spannen fehlten.

Llian zog die Stiefel aus, und ohne auch nur an seine Höhenangst zu denken, oder an das, was er tun würde, wenn er erst einmal unten war, stieg Llian auf den Fenstersims hinaus. Er packte das Seil und ließ sich an dem gefliesten Band herunter, doch selbst aus dieser Nähe konnte er nichts erkennen, woran er sich hätte festhalten können. Das Runterkommen war einfach. Er stützte sich mit den Füßen an der Wand ab und ließ sich von einem Knoten zum nächsten gleiten. Plötzlich hatte er das Ende des Seils erreicht. Er hing mit beiden Händen an der Schlinge, und seine Zehen kratzten über den Stein. Er schaute nach unten, und da erst wurde ihm wieder bewusst, wie weit es wirklich hinunterging. Sollte er hier ausrutschen, würde er bis ganz nach unten stürzen. Die Steinspirale zog seinen Blick unbarmherzig hinab. In seinem Kopf drehte sich alles, und sein Magen zog sich zusammen.

»Aaah!«, schrie er.

Karan riss die Augen auf und starrte mit ihrem weißen Gesicht zu ihm hinauf. Sie war nur drei Spannen unter seinen Füßen.

»Geh wieder zurück!«, zischte sie.

Llian tastete mit den Zehen nach einem Halt. Deutlich spürte er schon den Zug an seinen Schultern und Armen. Das Seil wackelte. Llians Blick, der ziellos durch die Luft huschte, wanderte über Karan hinweg. Ihre Blicke trafen sich.

»Geh wieder rauf!«, schrie sie.

Llian sah den plötzlichen Schrecken in ihren Augen, und er wusste, dass sie um ihn Angst hatte. Seine verschwitzten Finger drohten, am Seil abzurutschen; dann fanden seine Füße einen Halt: den schmalen Sims über dem Lapislazuliband. Er ließ sich darauf gleiten.

»Nein!«, schrie Karan. »Lass das Seil nicht los!«

Zu spät. Die Schlinge glitt ihm aus den Fingern, und verschreckt kauerte er sich an die Wand. Er konnte einfach nicht glauben, in was für eine Situation er sich da gebracht hatte. Das Seil über ihm schwang sanft hin und her. Er saß auf dem Sims in der Falle: Weder hatte er den Mut runterzuklettern, noch das Können, wieder hinaufzugehen. Llian hatte sogar Angst aufzustehen, fest davon überzeugt, dass er dann stürzen würde. Überdies schien der Sims – falls man ein Stück Stein schmaler als ein Bücherregal denn so nennen konnte – unter seinen Füßen immer glitschiger zu werden. Er drückte die Zehen in einen Riss.

»Ich kann nicht mehr rauf!«, schrie er. »Ich werde stürzen!«

»Du bist zu nah an der Wand!«, schrie Karan zurück. »Lehn dich raus!«

Aber er konnte nicht; das sah sie, und sie hatte auch nicht damit gerechnet. Karan erinnerte sich noch sehr gut an den Bergpfad bei den Ruinen nahe Tullin und den Abstieg am Wasserfall von Shazmak. Llian litt unter furchtbarer Höhenangst. Karans Herz schlug so heftig in ihrer Brust, dass sie schon fürchtete, es würde platzen. Er würde sterben, und sie wäre schuld daran. Vor ihrem geistigen Auge sah sie ihn bereits abstürzen und seinen zerschmetterten Leib tief unten auf dem Pflaster. Das war es dann, was sie wieder zum Leben erweckte: das Wissen, dass er sich nicht selbst helfen konnte.

Plötzlich öffnete sich der Weg vor Karan, und sie fand einen letzten Rest Kraft, von dem sie bis jetzt noch nicht einmal etwas gewusst hatte. Sie machte sich von ihrem Seil los, trat den untersten Haken heraus und zog sich mit aller Kraft auf den höchsten hoch. Von dort griff sie dann nach oben und rammte den Haken in den winzigen Spalt zwischen den Lapislazuliblöcken. Blaue Edelsteinsplitter regneten auf sie herab. Sie versuchte, ihr Seil wieder festzumachen, doch der Verschluss wollte einfach nicht durch den Ring am Haken gehen. Der Ring war vom Hämmern verbogen.

Karan machte sich an dem Haken fest, auf dem sie stand, und versuchte, den untersten rauszuhämmern. Ein Schlag, und er brach ab – ein Materialfehler. Sie machte sich los, kletterte auf den obersten Haken und erkannte, dass sie in Schwierigkeiten steckte. Sie konnte den unteren nicht mehr erreichen, um ihn herauszuziehen. Sie würde das letzte Stück, das härteste und gefährlichste, frei klettern müssen. *Das kann ich nicht,* dachte sie, doch ein Blick auf Llian, der auf seinem Sims wankte, genügte, und ihr war klar, dass sie es schaffen *musste.*

Und so stieg sie weiter hinauf, erst allerdings ein Stück zur Seite, um einen weiteren Riss auszunutzen. Dann streckte sie sich nach einem Spalt, in den sie ihren Zeh klemmen konnte – wenn sie ihn denn erreichte. Irgendetwas betäubte ihre schmerzenden Arme und zitternden Finger lange genug, dass sie es gerade so schaffte. Sie bekam die Zehen tatsächlich in den Spalt und die Finger an den schrägen Sims, sodass sie sich so weit hochziehen konnte, dass ihr Gesicht in Höhe von Llians Füßen war. Ihre verschwitzten Finger rutschten von dem Sims ab.

Karan schlug die Hammerspitze in den Stein und versuchte, sich raufzuziehen; ihre Muskeln weigerten sich jedoch zu arbeiten. Llian stieß ein ersticktes Stöhnen aus. Karan versuchte es erneut, und schließlich gelangte sie mit krampfhaften Bewegungen neben ihn auf den Sims und packte ihn fest am Hemd. Sie griff nach oben, doch das Seil war außer Reichweite.

»Nimm das Seil!«, sagte sie drängend.

Llian schwankte gefährlich und wollte einfach die Augen nicht öffnen. Karan spürte einen brennenden Schmerz in der Brust. Sie drückte Llian an die Wand, schlug ihren Hammer in einen wunderschönen Riss und schlang ihr Seil darum – nicht dass sie das gehalten hätte, wären sie gestürzt. Fast gaben ihre Knie vor Erleichterung nach. *Nein, du kannst dich noch nicht entspannen! Rasch, bevor deine Kraft dich wieder verlässt.* Karan hielt Llian mit einer Hand fest und schlug ihm mit dem Rücken der anderen ins Gesicht.

»*Mach die Augen auf, du verdammter Idiot!*«, kreischte sie. »*Schnapp dir das verfluchte Seil!*«

Llian griff nach der Schlinge und klammerte sich daran fest wie an einer Rettungsleine.

»So, und jetzt lass auf gar keinen Fall los. Bleib stehen, wenn ich an dir raufklettere. Bist du bereit?«

»Ja«, flüsterte er.

Karan musterte ihn von oben bis unten und war nicht zufrieden. Sie schnitt ein Stück von ihrer Sicherheitsleine ab und band es ihm um die Brust. Das lose Ende klemmte sie sich zwischen die Zähne. Dann kletterte sie an einem Riss über ihn, wobei sie Griffe benutzte, die er noch nicht einmal sehen konnte und stellte einen Fuß auf seine Schulter. Schließlich hielt sie das improvisierte Seil in der Hand und gönnte sich einen Moment der Entspannung, doch wirklich nur einen Moment, denn mehr wagte sie nicht. Das Seil zwischen ihren Zähnen machte sie dann an der Schlinge fest und nahm das Gewicht von Llians Schulter. Sie stieg das Stoffseil hinauf wie ein Seemann, bis zu dem wunderbaren Fenstersims und schließlich in Sicherheit.

»Komm!«, rief sie nach unten.

Llian versuchte es, aber Seile hochzuklettern, war nicht seine Stärke. Halb kletterte er, halb wurde er gezogen, und zu guter Letzt wurde er einfach auf den Boden fallen gelassen. Schwankend stand Llian auf und lehnte sich keuchend an die Wand. Karan lag flach auf dem Boden und schnappte nach Luft. Lange Zeit konnte sie sich nicht mehr bewegen. Sämtliche Muskeln waren verkrampft.

Schließlich rollte sie herum, richtete sich auf die Knie auf und kroch unsicher zu Llian. Ihr Gesicht war kreideweiß, und sie zitterte am ganzen Leib, aber das Wunder war geschehen. Sie lebte, und er lebte auch, und endlich, endlich waren sie zusammen. Sie breitete die Arme für Llian aus.

»Das war das Dümmste, was du je getan hast«, sagte sie, »und das Tapferste.«

Llian schwieg. Er hatte keine Worte mehr, und er brauchte auch keine.

Schließlich rührte Karan sich wieder. Ihre Beine waren vollkommen schlaff.

»Geh runter, und hol mir etwas zu essen, Llian. Ich bin so schwach wie ein Baby …« Sie grinste plötzlich, ganz wieder sie selbst. »… oder wie ein Meisterchronist! Und versuch, unauffällig zu sein. Ich nehme an, Tensor wird sich nicht gerade freuen, mich zu sehen.«

Llian schlich die langen Treppen hinunter bis in die Kammer, wo Tensor immer noch arbeitete. Da er einen halben Tag nicht mehr hier gewesen war, hätte es eigentlich nur natürlich sein sollen, dass er sich etwas Proviant holte und zur Zisterne ging, um seine Wasserflasche aufzufüllen; doch Tensor hob den Kopf, als er an ihm vorüberging. Die Augen des Aachim funkelten.

»Dann ist sie also zu dir gekommen, ja? Gib nur acht, dass sie dich besser behandelt als ihresgleichen. Das war eine erstaunliche Kletterleistung – ich muss ihren Mut und ihr Können loben. Aber es gibt keinen Weg nach unten außer durch diese Tür, weder für dich noch für sie. Du musst nicht länger herumschleichen. Nimm dir einfach, was du brauchst. Sei aber versichert, dass ich zu dir kommen werde, wenn ich dich brauche.« Er wandte sich wieder seiner Arbeit zu.

Llian huschte mit seinen Proviantpäckchen, Wasser und einer großen Decke wieder zurück. »Er ... Er weiß, dass du hier bist«, keuchte er, als er atemlos oben ankam. »Er sagt, es gebe keinen Weg hinunter.«

Karan hatte sich auf den Lumpen von Llians Mantel ausgebreitet.

»Schließ die Tür«, sagte sie, und Llian zwang den Steinblock gegen die von der Zeit erstarrten Scharniere zu. Er fand jedoch keine Möglichkeit, die Tür zu verriegeln, und so verkeilte er sie nur mit ein paar Steinbrocken. Karan streckte Llian die gesunde Hand entgegen. Llian zog sie hoch, sodass sie saß.

Karan entdeckte das Jadeamulett um seinen Hals und zuckte unwillkürlich zusammen, als wäre sie gestochen worden. »Was ist das?«, fragte sie in scharfem Ton.

»Das Amulett von meiner Mutter.«

»Oh, zieh es rasch aus. Ich kann den Anblick nicht ertragen.«

Llian steckte es in seine Gürteltasche. Emmant, der Halbaachim, hatte es benutzt, um Karan zu verzaubern, bevor er versucht hatte, sie zu erwürgen. »Tut mir leid«, sagte Llian. »Wenn es nicht so wertvoll für mich wäre, hätte ich es schon längst weggeworfen. Aber Malien hat den Zauber entfernt.«

»Es macht mir nichts aus, dass du es hast, aber trag es nicht in meiner Gegenwart. Bitte.«

Karan öffnete eines der Essenspakete, wobei sie die linke Hand geschlossen hielt, damit Llian nicht die großen Blasen und blauen Flecke sah. In einem Paket war Trockenobst, in dem zweiten dunkles, hartes Brot und im dritten Ziegenkäse, den die

Aachim bei dem scheuen Waldvolk von Katazza eingetauscht hatten. Llian hatte auch eine Art Kuchen voller Obst und Nüsse mitgebracht. Karan schnitt sich von allem ein kleines Stück ab. Llian reichte ihr die Wasserflasche.

»Hast du keine Angst, dass er raufkommen könnte?«, fragte Llian, nachdem sie gegessen hatten.

Es war früh am Nachmittag. Die Sonne warf rechteckige Schatten auf den Boden. Llian streckte sich im Schatten auf der Decke aus. Karan lag auf den Lumpen mit dem Kopf auf der Brust. Sie öffnete ein Auge und schaute sich die Innenseite der Platinkuppel an.

»Ich habe keine Angst vor Tensor. Ich habe das Richtige getan, und das weiß er.«

Llian war sich dessen nicht so sicher, aber er packte die Pakete wieder zusammen und legte sie weg, ohne ein Wort zu sagen. Kurz trafen sich ihre Blicke; beide schauten weg. Es war schon lange her, seit sie zum letzten Mal sorglos zusammen gewesen waren, und nun wussten sie nicht mehr, wo sie beginnen sollten.

»Schau dich nur einmal an«, sagte Llian schließlich und starrte sie an. »Du bist richtig *dünn*!«

»Es gibt keinen Grund, grob zu sein! Bring mich wieder nach Gothryme zurück, und bevor du dich versiehst, bin ich so rund wie ein Ei.«

Karan versuchte aufzustehen, doch ihre Muskeln waren steif geworden. Sie ließ sich wieder auf den Boden fallen.

»Es tut zu weh«, sagte sie als Antwort auf Llians Stirnrunzeln. »So schlimm habe ich mich noch nie gefühlt.«

»Was tut weh?«

»Alles. Meine Füße, meine Beine, mein Rücken, meine Arme, mein Kopf.«

Llian ergriff ihre Hand, diesmal die zerschundene, und versuchte, sie hochzuziehen.

»Au! Aaah! Lass los!« Karan riss die Hand weg, schob sie sich in die Achselhöhle und drückte sie an sich.

»Tut mir leid! Was ist nur los mit dir? Lass mich mal deine Hand anschauen.«

»Die ist schon in Ordnung«, erwiderte sie stur. »Lass mich in Ruhe.«

Karan wollte nicht, dass er sah, wie schlimm sie tatsächlich verletzt war. Eingeschüchtert wollte Llian sich schon zurückziehen, doch dann riss er sich am Riemen.

»Nein, ich werde dich nicht in Ruhe lassen. Du hast dich selbst wieder in mein Leben gedrängt, und nun wirst du wohl mit mir zurechtkommen müssen. Zeig mir deine Hand.« Er kniete sich neben sie.

Ihre Blicke trafen sich. *Ich stoße ihn, aber er weicht nicht zurück*, dachte Karan. *Das ist neu.* Sie hielt ihm die Hand hin. Sie war blau und schwarz, ein einziger Bluterguss. Zwischen Daumen und Zeigefinger befand sich eine Blutblase so groß wie ihr kleiner Finger, und auf der anderen Seite der Hand war eine größere aufgeplatzt.

»Karan!«, rief Llian. Er nahm ihr Handgelenk, untersuchte die Hand von allen Seiten und führte sie dann an seine Lippen.

Wie zärtlich er war. Bei der Berührung sträubten sich Karan die Nackenhaare.

»Das ist nur *eine* der Wunden, die ich für dich davongetragen habe«, sagte sie mit einem Hauch von Lächeln auf den Lippen, »während du einen Wanderurlaub gemacht hast. Und jede einzelne ist eine Schuld, die du begleichen musst. Oh, wie du dich für mich wirst schinden müssen.« Sie grinste erwartungsvoll.

»Wanderurlaub!«, entgegnete er indigniert. »Ich habe mehr Narben, als ich zählen kann. Nennst du Entführung, Schläge auf den Kopf, Würgen, Todesdrohungen und Würfe Klippen hinunter ›Urlaub‹?«

»Oh, wie laut prahlt der Erzähler, doch wer vermag da Wahrheit von Legende zu unterscheiden? Ich will Beweise sehen. Schau her, hier ist ein weiterer von meinen, und du hast nichts vorzuweisen.«

Karan schob das Haar auf ihrer Stirn zurück. Llian drückte die Lippen auf die zerkratzte Beule. Karan versuchte, nicht zusammenzuzucken.

»Ich habe einen Kuss für jede. So werde ich die Schuld begleichen, von der du dauernd redest.«

»Ein Kuss! Dann kannst du ja unten anfangen«, lachte sie. »Meine Füße haben bestimmt hundert ...«

Llian setzte sich prompt auf und zog an ihrem Stiefel. »Nein!«, rief sie. »Nicht! Das war ein Scherz. Die sind dreckig.«

Der Stiefel glitt vom Fuß und enthüllte eine vollkommen verschlissene und ausgeblichene grüne Socke. Dann kam die Socke runter und auf der anderen Seite noch mal das Gleiche. Auf ihren Füßen waren Dutzende von Narben und blauen Flecken. Sie wackelte mit den Zehen, genoss die Freiheit und Kühle. Llian nahm ihren Fuß in die Hand und hob ihn an seine Lippen, und die winzigen Haare auf ihren Beinen sträubten sich. Er strich mit den Lippen ihren Fuß entlang, über die Zehen und wieder zurück in einem Kreis um den Knöchel. Karan schauderte.

»Ich sehe ein paar kleine Narben, von denen die meisten schon vor langer Zeit verheilt sind!« Er schaute sie schelmisch von der Seite her an, seine Wange auf ihrem Schienbein. »Das ist wohl kaum ein Beweis, trotz *deiner* Prahlerei.«

Karan zog ihren Fuß zurück. »Da sind noch andere. Die schlimmsten habe ich selbst noch gar nicht gesehen. Schau, wo der Skorpion mich gestochen hat.«

Llian inspizierte das harte, vernarbte Loch. »Das ist eine furchtbar große Narbe für so ein kleines Tier«, bemerkte er und streichelte es mit seinen Lippen.

Karan beschrieb Shands brutale Heilmethode mit dem glühenden Stock.

»Trotzdem, ich habe größere und bessere.« Er zeigte seine Handflächen, die von den vielen Stürzen im Basaltland vollkommen vernarbt waren, und den langen Schnitt am Unterschenkel.

»Über die eigenen Füße stolpern zählt nicht«, entgegnete Karan und stieß seine Hand mit der Nase weg. »Narben muss man sich verdienen.«

»Auch wenn man sie sich durch Sorglosigkeit ›verdient‹?« Er lachte und berührte erneut die Skorpionwunde. »Hast du nichts Besseres zu bieten?«

Karan zeigte ihm unzählige weitere Narben. Llian küsste jede einzelne von ihnen, während er Verachtung vorspielte.

»Ist das das Beste, was du zu bieten hast? Während mir Speere in die Seite gerammt werden, stößt du dir die Zehen an?«

Ihr Lächeln verschwand. »Speere in die Seite? Das hast du doch jetzt erfunden, oder?«

Llian zog sein Hemd hoch. Die Wunde war schon längst verheilt. Nur noch eine leichte hellrote Schwellung war auf der blassen Haut zu sehen, aber sie war eine gute Handspanne lang und in der Mitte dicker. »Das hat Malien genäht. Einen Hauch nach links, und ich wäre tot gewesen.«

Karan spürte förmlich, wie ihr der Speer zwischen die Rippen drang. Sie berührte die Narbe mit zitterndem Finger. »Das habe ich nicht gewusst. Ich habe es noch nicht einmal *gefühlt.*« Sie hatte das Gefühl, versagt zu haben. Sie legte die Wange auf Llians Seite und blinzelte die Tränen weg. Llians Herz pochte beruhigend, wenn auch sehr schnell.

»Es war ein paar Stunden nach dem Konklave. Ich weiß noch nicht einmal, was du zu diesem Zeitpunkt gemacht hast.«

»Ich war bewusstlos. Shand hat mir erzählt, dass es zwei Tage gedauert habe, bis ich wieder zu mir gekommen bin.«

»Du hast *zwei Tage* dort gelegen?«

»Nein. Shand hat mich in der Nacht gefunden. Aber ich will jetzt nicht darüber sprechen. Ich will wissen, wie es dir ergangen ist. Deine *Geschichte des Spiegels* muss doch schon ziemlich lang sein«, murmelte sie mit geschlossenen Augen und legte die schlanken Finger auf seine Wunde. Dann glitt ihre Hand unter sein Hemd und über seine Brust.

»Wie ist das passiert?«

»Ja, die Geschichte ist in der Tat lang genug, obwohl der Erzähler nur geringen Anteil daran hat, sodass ich das später rausnehmen werde. Außerdem ziemt es sich nicht, sich selbst in der eigenen Geschichte zu erwähnen. Ich habe die Tür von Tensors Villa geöffnet, um wieder zur Großen Halle zurückzukehren, als ein Speer auf mich zugeflogen ist. Wo wären wir nun, wenn ich entkommen wäre?, frage ich mich. Wie auch immer ... mehr gibt es nicht zu erzählen. Ich bin kein Held.«

»Ich habe noch eine«, sagte Karan und zeigte Llian eine winzige Narbe unmittelbar unter dem Haaransatz an der Schläfe.

Er inspizierte auch die mit gespielter Verachtung. »Jetzt ist sie wahrhaft verzweifelt«, spottete er. »Ich habe mir ja schon schlimmere Wunden beim Kämmen zugefügt.«

»Das fällt mir schwer zu glauben«, erwiderte Karan und fuhr sich mit den Fingern durch die Locken. »Aber dahinter verbirgt sich eine echte Geschichte.« Sie erzählte von den Ghâshâd und den Höhlen. Llian drückte ihr Gesicht an seine Brust, sodass das Ende der Geschichte nur noch gedämpft zu hören war. Zärtlich zupfte er ihr Lapislazulisplitter aus dem Haar und legte sie zu einer Spirale auf dem Boden zusammen. Das sollte Glück bringen.

»Nicht schlecht«, sagte er zu guter Letzt, »aber ich bin noch nicht mit meiner Narbe fertig.«

»Zwei Geschichten von einer Narbe?« Sie schnaubte verächtlich. »Und du nennst *mich* verzweifelt.«

»Siehst du die Beule hier? Da sind die Nähte geplatzt, als Tensor mich die Klippe hinuntergeworfen hat.«

Erneut brannten Karan die Tränen in den Augen. »Dann war das also doch kein Scherz, oder?«

Also erzählte ihr Llian auch von diesem Abenteuer sowie von den verschiedenen anderen. Karans Augen wurden immer größer. »Du bist nicht mehr der Mensch, den ich in Tullin gekannt habe«, sagte sie schließlich und drückte die Lippen auf die Narbe.

Gleiches galt auch für sie, aber das Spiel war noch nicht zu Ende. »Nun wieder zu deiner Leidensgeschichte ... Ich vermag noch immer nicht zu erkennen, dass du mich überbieten könntest.«

»Das kann ich aber, auch wenn ich ein wenig schüchtern bin.« Sie zögerte. Dann öffnete sie langsam ihr Hemd und ließ es von den Schultern fallen. Ihre weiße Haut war entsetzlich zerschlagen und in einem Ring an ihrer Hüfte und einem anderen über ihrer Brust vom Geschirr verbrannt. Vorne und hinten verbanden blaue Flecke die Bänder miteinander. Die Knoten hatten die größten hinterlassen, unmittelbar um ihre Brüste.

Entsetzt kniete Llian sich nieder und legte die Wange auf ihren Bauch. Karan strich ihm mit den Fingern durch das verknotete Haar.

»Schmerzt das sehr? Ich wage noch nicht einmal, dich zu küssen.«

»Ja, es schmerzt«, antwortete sie. »Meine Rippen fühlen sich an, als seien sie zerschmettert worden. Nichtsdestotrotz muss ich von dir verlangen, dein Versprechen zu erfüllen.«

Llian hob den Kopf und schaute ihr in die Augen. »Oh, wie ich dich liebe«, sagte er.

»Ich liebe dich auch«, entgegnete sie. »Und jetzt meine Bezahlung, wenn es dir beliebt.«

Llian untersuchte sie mit übertriebener Langsamkeit und neckte sie ob ihrer Ungeduld. Ihr sanft geschwungener Nacken, umrahmt von den roten Locken, das wohlgeformte Ohr, das aus dem wilden Haar lugte, ihre seidige Haut, auf der Brust fast durchscheinend … und die Schwellungen.

»Das bedarf einer schier unendlichen Menge von Küssen.«

Karan legte sich zurück und streckte die Arme hinter sich aus. Sie schauderte von Kopf bis Fuß. »Wir haben die ganze Nacht«, sagte sie.

Der Rest des Tages und die ganze Nacht wurden ihnen geschenkt. Obwohl es nach Sonnenuntergang rasch kühler wurde, wollte keiner von beiden etwas anderes, als allein mit dem jeweils anderen zu sein. Vielleicht respektierte Tensor diesen Wunsch, denn er kam ihnen nicht zu nahe, oder vielleicht war er einfach auch nur mit anderen Dingen beschäftigt. Sie machten sich ein Feuer aus Teilen der verrotteten, alten Möbel, und das reichte, um Teewasser zu kochen und sich aufzuwärmen. Llian benutzte für den Tee ein kleinblättriges graues Kraut, das die Aachim hier oben gesammelt hatten. Es ergab ein süßes, stark duftendes Gebräu, an das weder Llian noch Karan gewöhnt waren, aber es war heiß und schmeckte leidlich.

Llian hob seinen Becher an die Lippen. Es war zu heiß. Da war noch eine Sache, die zur Sprache gebracht werden musste. »Es gibt da eine Vorsichtsmaßnahme …«, begann Llian.

»Spät wie immer. Daran habe ich schon vor Wochen gedacht«, sagte Karan.

»Wie konntest du denn wissen, dass ich noch lebe? Du Intrigantin!«

»Schschsch! Komm her! Mir ist kalt, und ich bin müde. Hör auf, dich an diese Decke zu schmiegen. Komm, und hilf mir, das Bett zu machen.«

Karan schaute sich die Überreste von Llians Mantel angewidert an. Sie verteilten die Lumpen neu auf dem Boden, wickelten sich gemeinsam in die Decke und klammerten sich die ganze Nacht lang aneinander. Sie schliefen nicht viel, erlagen aber auch nicht dem Verlangen; sie genossen lediglich einander, dösten, wachten wieder auf, beobachteten die seltsamen Sterne des Nordens auf ihrer Wanderung und genossen den Frieden.

Doch wenn sie wach war, fragte Karan sich mehr als einmal, wie es sich nun mit ihrem Talent verhielt. Als Llian in Gefahr geschwebt hatte, war es so stark wieder zurückgekehrt, dass sie sich innerlich regelrecht davon verletzt fühlte.

In den frühen Morgenstunden humpelten sie Hand in Hand gemeinsam nach unten. Sie fragten sich, was Tensor wohl tun würde. Vorsichtig schlichen sie um die Ecke der großen Treppe, von wo aus sie in die Arbeitskammer blicken konnten. Der Raum war leer. Karan stand verwirrt da. Sie hatte sich auf eine Konfrontation vorbereitet, die nun nicht stattfand.

»Warum hast du ihm eigentlich geholfen, Llian?«, fragte sie vorsichtig, damit es nicht nach Kritik klang. Sie war zufrieden. Was sein würde, würde sein.

Llian schwieg. Oh, wie er seine Zusammenarbeit die letzten Monate über bereut hatte. Er war schlicht viel zu sehr in dem Projekt gefangen gewesen, hatte unbedingt herausfinden wollen, was als Nächstes geschah. »Ihm geholfen?«

»Ich habe dich über den Verdrehten Spiegel reden hören.«

»Oh, das! Er wollte das Tor mit mir testen. Ich konnte die Vorstellung nicht ertragen, wo ich enden würde, sollte er es mit dem Spiegel von Aachan lenken; deshalb habe ich ihm geraten, einen neuen Spiegel zu machen, wenn er die Wahrheit sehen wolle.«

Karan kannte Llian gut genug, um zu wissen, dass das nicht alles war, aber sie fragte nicht weiter.

Plötzlich ertönte ein Knall; ein kräftiger Luftzug wehte die Treppe herauf, und Tensor erschien in der Mitte des Pavillons. Er trat vor und geriet dann leicht aus dem Gleichgewicht, als wäre der Boden niedriger, als er erwartet hatte. Karan packte Llians Hand. Doch ihre Furcht war unbegründet; Tensor war viel zu sehr mit dem beschäftigt, woher er gekommen war.

»*Ich habe ihn gesehen!*«, sagte er.

Der ansonsten so harte Aachim konnte sich kaum beherrschen, und kurz sahen Karan und Llian das, was Tensor gewesen war, bevor die unbarmherzige Strenge der Aachim ihn seiner jugendlichen Leidenschaft beraubt hatte. Er musste einfach jemandem erzählen, was er getan hatte.

Tensors angeborene Vorsicht hatte ihn jedoch noch nicht ganz verlassen. »Als ich den neuen Spiegel getestet und festgestellt habe, dass er funktioniert, da habe ich das Nachtland nicht angegriffen. Stattdessen habe ich ein kleines Guckloch gebaut, ein winziges Tor, um die Wachzauber zu umgehen. Ein Spionagetor voller Sicherungen. Den ganzen Tag lang hatte ich die Nase im Riss des Nachtlandes.

Rulke war in einer großen Kammer«, fuhr er fort. »Er saß auf einem Stuhl, groß wie ein Thron. Teile eines *Konstrukts* lagen überall um ihn herum verstreut – ein armseliges Gerät, eines dieser überkomplexen Dinger, welche die Charon so lieben, voller Räder, Hebel, unbekannter Teile und seltsamer Energien. Er sah alt und müde aus. Obwohl ich selbst daran mitgearbeitet habe, hätte ich nie gedacht, dass das Nachtland ihn so auslaugen würde.«

»Lass dich nicht zum Narren halten«, mahnte Karan. »Ich habe mehrmals von ihm geträumt. Er ist mächtiger als du.«

Tensor lachte. »Träume zeigen nur, was *er* dich sehen lassen will«, spottete er. »Ich habe ihn *gesehen*, und meine Augen lü gen nicht. Er sitzt noch immer dort, spielt mit seinen Konstrukten herum und glaubt, dass er selbst einen Weg in die Freiheit finden könnte. Der Narr! Man kann nicht aus dem Nachtland fliehen, nur freigelassen werden. Und ich werde ihn *für immer* von allem befreien.«

Er lachte, und Karan und Llian erkannten, dass er von seinen eigenen Träumen vollkommen gefangen war.

»Du bist der Narr hier!«, schrie Llian. »Du hast dich von Rulke hinters Licht führen lassen. Er hat dir nur gezeigt, was du sehen wolltest.«

Tensor kniff die Augen zusammen. »Er ist zwar stärker, als ich gehofft hatte, aber auch schwächer als erwartet. Er ist gerissen, doch das bin ich auch. Und ich habe eine Waffe.«

»Tensor«, sagte Karan, »ich flehe dich an, im Namen unserer Verwandtschaft.«

»Dass du dich darauf nicht mehr berufen kannst, hast du selbst zu verantworten«, entgegnete Tensor und wandte sich ab. »Ich werde nicht wanken.«

Tensor kehrte wieder zu seinen Experimenten zurück, der Feinabstimmung des Tors. Mehrmals spielte er noch damit herum, verschwand mit einem Krachen und tauchte später mit einem Knall und einem Windstoß wieder auf. Manchmal blieb er Stunden fort, dann wieder nur wenige Minuten, während er die unfassbaren Grenzen der Welt und des Nachtlandes erkundete. Beim letzten Mal blieb er viel länger weg und kam bleich und schwitzend wieder zurück. Ohne ein Wort zu sagen, rannte er die Treppe hoch.

Llian döste auf dem Boden, während Karan ruhelos umherwanderte und die eine Frage immer wieder und wieder im Kopf durchging. Warum hatte Tensor Llian den ganzen Weg hierher gebracht? Was wollte er mit einem Chronisten?

»Llian!«, rief sie. »*Llian!*« Sie schüttelte ihn an der Schulter.

Llian wachte langsam auf, sah ihr Gesicht und lächelte sie an.

»Llian, wach auf.« Sie schüttelte ihn noch immer. Er legte die Hand auf ihre.

»Ich *bin* wach, Karan«, sagte er ruhig. »Was ist?«

»Was ist beim Konklave geschehen? Am Ende?«

»Als Tensor den Spiegel an sich genommen hat?«

»Ja. Sag mir, was dann geschehen ist.«

Llian sah das noch so deutlich vor seinem geistigen Auge, als wäre es gestern geschehen. »Er hat zu Maigraith hinaufgeschaut, und irgendetwas an ihrem Gesicht hat ihn furchtbar erschreckt. Er hat den Arm zu ihr gehoben, ihn dann aber wieder heruntergenommen, als brächte er nicht den Mut dazu auf. Irgendjemand hat geschrien: ›*Nein!*‹ ... Ich glaube, das warst du. Dein Haar stand vom Kopf ab, und du hast mit den Händen durch die Luft geschlagen. Tensor streckte den Arm aus; es gab einen Blitz, und Nelissa war tot, gegen die Wand geschleudert. Du hast auf dem Boden gelegen – zuerst habe ich geglaubt, du seist ebenfalls tot. Alle waren bewusstlos, selbst Faelamor, und dann hat Tensor sich den Spiegel genommen.«

»Aber du warst nicht bewusstlos?«

»Doch, war ich, aber nur ein paar Sekunden, und ich habe mich gefragt, warum ich verschont geblieben bin. Es war, als hätte sich ein Tor in meinem Geist geschlossen und ein anderes geöffnet. Ich habe dich dort liegen sehen, und Wut hat mich übermannt. Ich habe mir Nelissas Stab genommen und Tensor damit auf den Kopf geschlagen. Das hat jedoch keinerlei Wirkung gezeigt, und er hat so etwas gesagt wie: *Ich brauche dich.* Dann hat er mich am Arm gepackt, und ich konnte ihm nicht widerstehen; das kann ich noch immer nicht. Seine Macht über mich gleicht der, die Emmant gehabt hat, nur stärker, *viel* stärker – allerdings setzt er sie nicht immer ein.«

»Aber *was* braucht er? Den Chronisten oder den Zain? Ist das wirklich genau das, was er gesagt hat?«

Llian dachte nach. »Nein, nicht genau.« Das hier war ein Teil seiner Ausbildung, den er seit langer Zeit nicht mehr hatte verwenden können. »Was er gesagt hat – und das ist jetzt wirklich wortgetreu –, war: *Du allein bist nicht betroffen. Ich brauche so jemanden wie dich. Komm mit, damit du deine Schuld begleichen kannst, Chronist.*« Llian sprach mit tiefer Stimme, zwar nicht ganz so tief wie Tensors, aber doch ähnlich. »Dann nahm er mich an der Hand und führte mich weg. Es gelang mir, mich loszureißen und zu dir zu rennen, doch dann hat er seine Macht über mich angewandt, und ich vermochte ihm nicht zu widerstehen.«

Bedächtig sagte Karan: »Es gab nur eine einzige Waffe gegen Rulke, von der die Aachim je gesprochen haben: einen Machtzauber, den sie vor Jahrtausenden entwickelt haben. Um dagegen gefeit zu sein, sind die Zain überhaupt erst korrumpiert worden. Das hast du mir selbst erzählt. Du hast also doch Rulkes Gabe.«

»Ja«, bestätigte Llian. »Offenbar habe ich sie schon immer gehabt, und der Machtzauber hat sie freigesetzt.«

»Aber was er beim Konklave getan hat, war nicht geplant; also kann er das zu dem Zeitpunkt noch nicht gewusst haben.«

»*Du allein bist nicht betroffen*«, wiederholte Llian.

»Natürlich! Das hat dich verraten.« Es war schlimmer, als Karan sich vorgestellt hatte. Rulke sollte befreit werden und der dumme, wehrlose Llian Tensor als Schild dienen. Offenbar plante Tensor, die Gabe gegen Rulke einzusetzen … aber wie?

Just in diesem Augenblick kam Tensor wieder die Treppe heruntergerannt. Seine Augen brannten förmlich. Er sprang in den Pavillon, brüllte einen neuen Befehl, und der Spiegel antwortete. Sein bronzefarbenes Licht richtete sich auf Tensors Gesicht. Er wirbelte auf dem Absatz herum und schrie: »Llian! Llian von Chanthed! Komm! Die Zeit ist da!«

Llian begann, auf den Pavillon zuzugehen. Sein Widerwillen zeigte sich in seinem Gesicht, seinem hölzernen Gang, doch er kam. Karan klammerte sich an seinen Arm, konnte ihn aber nicht festhalten. Sie musste ihn gehen lassen.

Llian erreichte den Pavillon, stapfte die Stufen hinauf und stellte sich neben Tensor. Dieser nahm Llian am Arm, und das Bild auf dem Spiegel veränderte und stabilisierte sich dann wieder.

Karan schluckte.

Und Tensor öffnete das Tor.

Kapitel neunzehn

Die Geächteten Experimente

Sie hatten nun die Mitte des Bunce erreicht, des letzten Frühlingsmonats, doch in Thurkad war es glühend heiß wie im Sommer. Maigraith saß in Yggurs Arbeitszimmer wie schon vor so langer Zeit in Fiz Gorgo und beobachtete ihn bei der Ausübung seiner Kunst. Er arbeitete an einem Kohlebecken, warf Pulver und Metallspäne ins Feuer und führte dann verschiedene Dinge – ein Amulett, Ringe von verschiedener Größe, Farbe und Form sowie eine Glaskugel – durch die vielfarbigen Flammen. Maigraith schauderte. Magische Gerätschaften waren den Faellem verboten, und obwohl Maigraith nicht zu diesem Volk gehörte, hatte man auch ihr das Verbot eingebrannt.

An was arbeitete er? Maigraith wusste es weder, noch kümmerte es sie; es war allerdings offensichtlich, dass es nicht so funktionierte, wie es funktionieren sollte – was auch immer es sein mochte. Irgendetwas hatte der Ort an sich, das ihn behinderte – oder vielleicht mangelte es ihm auch an Können, das zu überwinden. Doch was für eine Macht das auch war, sie arbeitete gegen ihn. Yggur brauchte einen besseren Platz zum Arbeiten, doch den gab es in Thurkad nicht.

Obwohl ihre Liaison mit Yggur nie wieder so intim geworden war wie in der ersten Woche, so hatten sie beide im jeweils anderen doch etwas gefunden, das sie zusammenhielt. Die Beziehung war jedoch gereizt, gedämpft, ja stumm bisweilen, und keiner von beiden konnte darüber sprechen.

»Oh, wie ich diesen Ort hasse!«, rief Yggur vehement. »Ein

halbes Jahr lang schmilzt Thurkad förmlich dahin, und den Rest der Zeit friert es, und stinken tut es immer. Solch eine Stadt werde ich niemals zähmen können – nicht, solange ich sie nicht Stein für Stein auseinandernehme und von Grund auf neu errichte.«

Maigraith fragte sich, warum er das überhaupt versuchte. Die Bosheit und Verderbtheit von Thurkad war seinem Volk mit Sicherheit in Fleisch und Blut übergegangen, und solange es lebte, würde die Stadt ihren Charakter bewahren.

Yggur warf seine Werkzeuge hin, lief ein paarmal auf und ab und schnappte sie sich wieder. In dem Raum war es dunkel und so schwül, dass die Wände schwitzten. Yggur zog solche Plätze zum Arbeiten vor. Er schien seine Kraft nicht aus den Sternen, sondern aus der Feuchtigkeit und der Erde zu beziehen.

»Ich verstehe die Art einfach nicht, wie du die Geheime Kunst benutzt«, sagte Maigraith. »Dass meine Sicherheit auf irgendeinem *Ding* beruhen sollte, das ich weder verstehen noch kontrollieren kann ... Die Vorstellung ängstigt mich.«

Sie saß auf einer niedrigen Couch auf der anderen Seite des Raums neben einem weiteren, mit Holzkohle gefüllten Becken und wärmte einen Teller mit Jasminöl. Sie trug einen langen, cremefarbenen Rock und eine pflaumenblaue Seidenbluse, vorne normalerweise hochgeschlossen, aber im Augenblick bis zum dritten Knopf aufgeknöpft. Als sie sich auf ihren schlanken Arm stützte, strich ihr das gerade geschnittene, mahagonifarbene Haar über die Schulter. Ihre Haut war weich wie Seide, und ihr trauriger Mund – einst ihr Markenzeichen – war nicht mehr; einmal lächelte sie sogar schwach, als sie in Yggurs Richtung schaute.

»Doch dein ganzes Leben lang hast du zugelassen, dass dich eine andere kontrolliert – eine, die nicht größer ist als du selbst«, erwiderte Yggur. »Du hast diese Herrschaft erduldet, dich dagegen gewehrt und schlussendlich doch immer wieder nachgegeben und zugelassen, dass es dich zerreißt. Wenn Faelamor heute wieder zurückkehren und eine schwere Prüfung von dir verlangen würde, würdest du dann nicht gehen? In ihren Augen hast du keinen Wert, außer ihr zu dienen.«

»Mein ganzes Leben ist von der Pflicht Faelamor gegenüber bestimmt gewesen«, erklärte Maigraith. »Ich kenne nichts anderes. Wie soll mich dann etwas anderes erfüllen?«

»Schau dir diesen Ring an.« Yggur nahm ihn vom Finger, einen dicken Ring aus zwei Silberringen und einem goldenen in der Mitte, die miteinander verschmolzen waren. »Er verleiht mir Macht, und die kann er auch dir geben, wenn du lernst, sie zu akzeptieren. Aber nicht Faelamor. Wie soll sie dich lehren, was ihr verboten ist? Maigraith, du bist anders. *Du bist keine Faellem!* Auch du kannst meine Art von Macht führen, wenn du nur willst. Ich sage dir, eher würde ich meine Sicherheit in meinen eigenen Händen halten, wissend, dass sie nur so lange Bestand hat, wie meine Kraft und mein Wille ausreichen, als dass ich mich der Gnade eines anderen ausliefern würde.«

Maigraith senkte den Blick. Solches Gerede verwirrte und ängstigte sie: Rebellion gegen die Pflicht, Vorstoß ins Unbekannte, Spielen mit Verbotenem. Sie hatte sich tatsächlich schon einmal gegen Faelamor aufgelehnt, war aber alsbald wieder zurückgekehrt, denn sie kannte nichts anderes.

Und in der Tat *hatte* sie in Faelamors Abwesenheit ein gewisses Maß an Selbstvertrauen gewonnen. Trotz ihrer Vorbehalte in Bezug auf Yggur und seiner Nervosität in ihrer Gegenwart, war es gut, sich um jemanden zu sorgen und selbst das Objekt solcher Fürsorge zu sein. So etwas hatte sie sich bisher in ihrem Leben nie gestattet – in einem Leben, das schon viel länger war, als ihre jugendlichen Gesichtszüge erahnen ließen.

Doch Yggur hatte auch Eigenschaften, die sie wahrlich zutiefst beunruhigten: seine Härte, seine gelegentliche Grausamkeit und die Verachtung, die er seinen treuen Dienern entgegenbrachte. Und mehr noch, Yggur erfüllte sie nicht. Stets wollte sie mehr von ihm, wohl wissend, dass er ihr das nicht nur nicht geben konnte, er wusste noch nicht einmal *wie*. So war er seit jenem ersten Mal nicht wieder in ihr Bett gekommen. Also musste irgendetwas mit ihr nicht stimmen. Aber sie verzehrte sich förmlich nach seinem Leib.

Plötzlich wurde die Tür aufgetreten, und ein Whelm stapfte herein. Es war Vartila, deren knochige Knie beim Gehen aneinanderschlugen. Maigraith zog sich in die Schatten zurück. Sie war nie darüber hinweggekommen, wie Vartila sie in Fiz Gorgo beherrscht hatte.

Yggur lief rot an. »Was ist«, fragte er gereizt, »dass du mich bei meiner Arbeit störst?«

Vartila lächelte und entblößte ihre spitz gefeilten grauen Zähne. Die Whelm lächelten so selten, dass der Anblick ausgesprochen beunruhigend war. Maigraith erinnerte sich an andere Konfrontationen von Vartila und Yggur, Streitigkeiten, bei denen sie nur allzu oft die Oberhand behalten hatte.

Vartila schob ihm eine Ledertasche mit Depeschen zu; ihre Frechheit grenzte schon an Insubordination. Yggur forderte sie nicht heraus. Die Monate seit Faelamors Verschwinden waren so schlecht gelaufen, dass er es nicht wagte, sich die Whelm zu entfremden.

»Ich werde sie später lesen«, sagte er und versuchte, vor Maigraith das Gesicht zu wahren.

»Lies sie jetzt«, krächzte Vartila, »sonst gibt es vielleicht kein ›später‹ mehr.«

»Sag mir, was drinsteht«, knurrte Yggur.

»Wie du willst. Erstens.« Sie hielt ihren knochigen Zeigefinger mit dem langen Nagel in die Höhe. »Eine weitere Schiffsladung mit Nachschub ist gestern zwischen Kai und Kaistadt verschwunden. Das ist jetzt schon die dritte diesen Monat!«

Yggur ließ sich auf seinen Stuhl fallen. Sein Mund bewegte

sich, doch kein Ton kam heraus. »Sch …«, sagte er schließlich. »Schick sofort General Fwandi runter. Wenn nötig, lass die halbe Vierte Armee einrücken.«

»Du *hast* nur eine halbe Vierte Armee«, entgegnete Vartila. »Der Rest ist entweder gefallen, desertiert oder an den Pocken gestorben. Wenn die da reingehen, werden sie nicht mehr als Armee herauskommen … wenn überhaupt.«

»Was ist nur los mit diesem Ort?«, tobte Yggur. »Ich habe diese Jauchegrube gesäubert, ihnen Gesetz und Ordnung gebracht, und trotzdem verflucht mich die ganze Stadt.«

»Thurkad lebt von seiner Verderbtheit; alles hier ist durch und durch faul.«

»Warum erkennen sie nicht, dass sie jetzt besser dran sind?«

»Ha!«, schnaubte Vartila freudlos und hob den nächsten Finger. »Thyllan hat eine mächtige Armee aufgestellt. Mindestens dreißigtausend Mann sammeln sich jenseits des Meeres, und schon bald wird er genügend Schiffe für eine Invasion haben.«

»Ich habe fünf Armeen – einhunderttausend erfahrene Soldaten!«, spie Yggur.

»Verteilt über sechshundert Meilen! Es würde dir schon schwerfallen, zwanzigtausend ins Feld zu führen, ohne deine bisherigen Eroberungen zu riskieren. Außerdem ist die Moral schlecht, und es wird immer schlimmer.« Vartila schaute ihm in die Augen. Maigraith sah seine Unruhe. Ein dritter Finger wurde gehoben. »Und noch etwas … Die Ghâshâd kommen aus Shazmak heraus. Sie versuchen bereits, deine Zweite Armee in Bannador zu verführen.«

Yggur fühlte einen Hauch von Furcht. Er wusste, dass er gleich schreien würde, sollte Vartila nicht bald verschwinden. »Ich habe genug gehört«, sagte er angespannt.

»Da sind noch andere Probleme, und …«, begann Vartila.

»Dann kümmere dich um sie!«

Maigraith war entsetzt. Vor dem Konflikt mit Faelamor hätte er sich selbst um die kleinsten Kleinigkeiten persönlich gekümmert.

Vartila verneigte sich tief und ging hinaus. Yggur bemerkte Maigraith' kritischen Blick. Sie schickte sich an, ihre Brille auszuziehen, hielt dann jedoch inne, als sie sein Gesicht sah. Das war noch so ein Problem, ein unlösbares. Yggur vermochte seine Angst noch immer nicht im Zaum zu halten, wenn er ihre Augenfarbe sah; also trug sie die Brille nun ständig.

»Ich bin das Ganze leid!«, schrie Yggur und fegte Schüsseln und Tiegel vom Tisch. Er wollte sein Reich nicht länger, konnte es aber auch nicht einfach so aufgeben. Macht war nur ein Mittel zum Zweck, und der Zweck war seine lange gehegte Rache an Mendark und Rulke. Doch seit einiger Zeit zweifelte er nun schon, ob er die Fähigkeiten dazu hatte.

Maigraith fing seinen hin und her huschenden Blick. Er wandte sich ab und raufte sich die Haare. »Das funktioniert einfach nicht!«, schrie er und sah dabei so gequält aus, dass Maigraith sogar Mitleid mit ihm hatte.

»Was funktioniert nicht?«

»Meine Kunst ... Es läuft alles schief. Ich kann meinen Weg nicht länger sehen.«

»Du bemühst dich einfach zu sehr«, entgegnete Maigraith. »Komm her.«

»Aaah!«, stöhnte er. »Ich kann das einfach nicht länger sehen!«

Was nicht sehen? Sie? »Komm zu mir!«, sagte sie in befehlendem Tonfall.

Yggur kam zu ihr. Sein Humpeln war schlimmer denn je. Er nahm ihre warme Hand. Seine Finger waren kalt. Maigraith schauderte bei der Berührung, legte den Arm um ihn und zog ihn herunter. Schaudernd widersetzte er sich ihr. Maigraith überkam eine plötzliche Wut. *Bin ich so armselig, dass ich* betteln *muss?*, dachte sie wütend auf sich selbst, weil sie das so lange mitgemacht hatte. *Eher will ich verdammt sein, bevor ich das tue! Wenn hier jemand zu Kreuze kriechen muss, dann er, nicht ich.*

Sie lenkte all ihren Zorn in die Kräfte, die nun schon seit vielen Monaten in ihr schlummerten – tatsächlich hatte sie sie seit Fiz Gorgo so gut wie gar nicht mehr benutzt. Maigraith sandte einen Gedanken, verwandelte ihn in einen Zwang und schleuderte ihn in Yggurs Geist.

Tu mir dieses eine Mal den Willen! Umarme mich. Nimm meinen Trost an, und tröste auch mich – jetzt und heute Nacht!

Yggur erzitterte wie ein Baum im Wind. Maigraith kämpfte darum, seinen Widerstand zu überwinden, bis sich Schmerz in ihren Schläfen ausbreitete. Plötzlich rollte er die Augen und fiel hin; seine Wange landete auf ihrer Brust. Maigraith war erstaunt. *Er hat sich mir unterworfen, erfüllt mir doch noch meinen Willen!*

Sein drahtiger Bart kratzte sie, doch das war ihr nicht unangenehm. Sie legte den Arm um ihn und drückte ihn an sich. Schließlich bemerkte sie, dass er sie mit verwundertem Gesichtsausdruck beobachtete. Sie streichelte ihm über die Stirn und schloss seine Augen. Dann ließ sie ihre Finger auf seinen Lidern ruhen und sandte eine wunderbare Wärme durch seinen Leib; es war ein beruhigender Kontakt. Der Duft ihrer Haut drang durch den dünnen Stoff der Bluse und brachte Harmonie, Frieden und Zufriedenheit. Maigraith schaute ernst und königlich drein.

So lagen sie für mehr als eine Stunde da, und das Heben und Senken ihrer Brust war wie eine sanfte Welle für ihn, die beruhigend über ihn hinwegspülte, seine Sorgen vertrieb und ihn schließlich sanft einschlafen ließ. Maigraith schlief nicht, versank jedoch in einer verträumten Zufriedenheit, in einem Frieden, der keine Pflicht kannte, keinen Zwang und keine Angst vor Versagen. Auch sie schloss die Augen und trieb in eine Einheit des Geistes, die Zeit und Raum vergessen machte.

Die Nacht brach herein. Das Kohlebecken verlosch, bis nur noch ein paar orangefarbene Punkte übrig waren. Die beiden träumten weiter, obwohl es inzwischen recht kalt war – seltsam kalt für die Jahreszeit im schwülen Thurkad. Und die Kälte und die Dunkelheit drangen in ihre Träume ein, wo sie düstere Visionen von dunklen Palästen heraufbeschworen, die von Eis bedeckt waren; Bilder rot erleuchteter Hügel und eines wirbelnden Nebels schwärzer als die Dunkelheit. Der Nebel umschlang sie und teilte sich dann kurz. Ein edles, schier unglaublich schönes, aber auch grausames Gesicht wurde enthüllt – ein Gesicht mit indigoblauen Augen, in denen ein lebendes Feuer brannte.

Der Traum weckte Maigraith. Sie hatte Angst vor der Kraft der Vision, und doch fühlte sie sich zu dem Gesicht hingezogen. Sie schlug die Augen auf. Der gelbe Mond, zu drei Vierteln voll, schien durch das hohe Fenster. Sofort erzitterte Yggurs schwerer Kopf in ihrem Schoß; dann flog er in die Höhe und starrte mitten durch sie hindurch.

»Hast du das gefühlt?«, fragte er mit heiserer Stimme.

»Ich habe eine Vision gesehen. Einen Traum der Aachim, glaube ich, durchsetzt mit Bildern von Aachan, und zum Schluss ein furchterregendes Gesicht.«

»Rulke!«, sagte Yggur. Er hatte die Augen weit aufgerissen, und sein Atem ging schwer. Er versuchte, sich zu beherrschen, um nicht das Gesicht zu verlieren.

»Aber du hast schon oft von Rulke geträumt. Das hast du mir selbst gesagt.«

»Aber nie so! Nie ist er mir so bewusst erschienen, so wartend, so selbstbewusst ob seiner Stärke. Und da war noch etwas ... ein Zittern in Zeit und Raum, als versuche jemand, die Entfernung zwischen hier und dort zu verkürzen.«

»Tensor!«

»Ich fürchte, dass er den Spiegel eingesetzt hat, aber wie? Und zu welchem Zweck?« Sein Gesicht wurde vollkommen starr, während er sprach, und dementsprechend kamen die Worte nur noch gepresst hervor, bis seine gesamte rechte Gesichtshälfte sich in Stein verwandelt hatte.

»Was können wir tun, um ihn aufzuhalten?«

»Nichts. Tensor ist nach Faranda gegangen und von dort in den Sand. Ich kann ihn nicht finden. Ich kann ihn nicht aufhalten. Hier bin ich, der mächtigste Kriegsherr auf ganz Santhenar, und doch kann ich nichts tun.«

Er rappelte sich auf und humpelte auf und ab. An dem schmalen Fenster angelangt, starrte er auf die vom Mond erhellten Dächer von Thurkad hinaus, und den silbernen Hafen dahinter, wo es selbst um diese Zeit noch von Booten wimmelte.

Maigraith blieb, wo sie war. Bis sie vor nunmehr fast vier Monaten hierhergekommen war, war ihr Leben geradezu rasend schnell verlaufen. Stets war sie einem Ziel entgegengeeilt, das ihr ein anderer vorgegeben hatte. Dann hatte das Konklave all das beendet. Das war einer der Gründe, warum sie trotz ihrer Vorbehalte bei Yggur geblieben war – es war eine Rebellion gegen Faelamor. Nun hatte sie den Freiraum, ihr Schicksal selbst in die Hand zu nehmen. Aber je stärker sie wurde, desto mehr schien Yggur an Kraft zu verlieren.

Später in jener Nacht öffnete sich leise die Tür. Faelamor stand dort. Sie war zurückgekehrt von was auch immer sie die letzten Monate gemacht hatte. Faelamors Stimme war so kalt wie ihre Augen. Sie kreuzte den Blick mit Maigraith, und Maigraith spürte, wie sie die Kraft verließ. Ihr Aufstand war nur eine dumme Narretei gewesen, die Faelamor ihr für kurze Zeit zugestanden hatte. Doch jetzt nicht mehr.

Faelamor wandte sich direkt an Yggur. »Tensor bedroht uns alle, indem er versucht, auf diese Art ins Nachtland vorzudringen.«

Yggur war entsetzt, sie sagen zu hören, an was er noch nicht einmal zu denken gewagt hatte. »Woher weißt du das so sicher?«

»Es ist schlicht eines der Dinge, die ich *weiß*. Was wirst du dagegen unternehmen?«

»Ich weiß nicht, wo er ist, oder welche Macht er benutzt. Was soll ich da tun? Ich kann mich nur weiter gegen Rulke wappnen für den Fall, dass Tensor scheitert.«

»Für den *Fall*, dass Tensor scheitert?« Faelamor klang spöttisch. »Tensor hat den Verstand verloren. Er wird einen zweiten Kataklysmus über uns bringen, und du tust *gar nichts*!«

Yggur wurde wütend. »Deine Abstammung ist größer als meine. Warum greifst du da nicht auf deine eigenen Fähigkeiten zurück?«

»Das tue ich, obwohl man Macht mit Macht begegnen muss, und wir Faellem verfügen nicht über diese Art von Macht. Wäre das anders, kannst du dir sicher sein, dass es mir nicht an Mut fehlen würde, sie anzuwenden. *Siehst du das denn nicht*, du, der du dafür berühmt bist, sich an die Geächteten Experimente gewagt zu haben? Oder hat dich dieser jugendliche Mut inzwischen verlassen? Setze diese Fähigkeit noch einmal ein, und finde ihn … sonst sind wir erledigt.« Ohne ein weiteres Wort verschwand sie wieder.

Yggur ließ den Kopf in die Hände sinken. Maigraith sprang auf. »Könntest du das wirklich tun? *Könnte* man ihn so finden?«

»Vielleicht, obwohl mein Geist instinktiv vor den Geächteten Experimenten zurückschreckt. Jede Zelle und jeder Nerv ist voll von der Erinnerung an jenen letzten Versuch. Es fühlt sich an, als hätte Rulke einen vergifteten Dorn in meinem Kopf hinterlassen, und wann immer er an mich denkt, beginnt das Gift zu wirken.

Mein ganzes Leben lang bin ich alles mit Vorsicht angegangen, Maigraith. Nie habe ich etwas unternommen, ohne vorher alle Möglichkeiten bedacht und mich dagegen gewappnet zu haben. Das jugendliche Genie, das ich vor Rulkes Gefangennahme gewesen bin, ist für immer fort. *Dieser* Yggur hätte es vielleicht gemacht, aber der methodische, fantasielose Mann, der ihn ersetzt hat...? Ich glaube nicht, dass *der* das könnte. Bei solchen Dingen ist Selbstvertrauen von allergrößter Bedeutung, und seit ich nach Thurkad gekommen bin, habe ich meines verloren.«

Er machte sich erneut an seine Arbeit, doch es dauerte nicht lange, da warf er wieder wütend die Werkzeuge auf den Tisch.

»Ich kann mich einfach nicht konzentrieren. *Die Geächteten Experimente!*« Er dachte darüber nach. »Es gibt da eines, das vielleicht Erfolg versprechen würde. Falls Tensor in der Tat ein Tor zum Nachtland gebaut haben sollte, dann könnte man das benutzen, um ihn aufzuspüren, ja ihn sogar gefangen zu nehmen. Wenn ich doch nur mehr über dieses Tor wüsste.«

»Lass dich nicht von Faelamors Spott zu irgendwelchen Torheiten treiben«, sagte Maigraith. »Ich habe diesen Spott schon lange ertragen, und ich weiß, wie er verletzen kann. Aber du musst auch wissen, dass sie nie ohne Grund oder aus Wut spottet.«

»Das verstehe ich«, erwiderte er mit undeutlicher Stimme.

»Wie auch immer ... Es ist jetzt schon zu spät, um darüber nachzudenken. Komm mit nach oben. Der Morgen eignet sich eher für solche Gedanken.«

Zu ihrer Überraschung kam Yggur tatsächlich in ihr Bett, und sie umarmten sich mit einer Leidenschaft und einem Drängen, wie sie beide es noch nie empfunden hatten. Hinterher schlief Yggur rasch ein. Maigraith lag noch wach und starrte in dem trüben Licht an die bemalte Decke. Sie dachte darüber nach, welche Ziele Tensor und auch Faelamor verfolgten – und was mochte erst in Rulkes Kopf vorgehen? Vielleicht war das ja der Grund, warum das Liebemachen sie nicht befriedigt hatte; sie empfand jetzt ein anderes Verlangen.

In ihrem vorherigen Traum hatte sie einen Moment lang gefühlt, wie ihr Geist mit Rulkes verschmolz. Sein Gesicht hatte geradezu wehmütig gewirkt, als er sie angeschaut hatte. Und sie hatte sein brennendes Verlangen gefühlt, endlich wieder frei zu sein – frei vom Nachtland und den Jahrhunderten der Gefangenschaft. Maigraith fühlte diese Qual plötzlich in sich selbst, ob ihrer eigenen Unterwerfung. Rulkes wissende dunkelblaue Augen weckten einen Hunger in ihr – einen Hunger, den sie zum ersten Mal empfunden hatte, als sie in Fiz Gorgo in den Spiegel geschaut hatte. Sie war aus einem ganz bestimmten Grund hier.

Maigraith schlief ein und träumte, dass Rulke ihr Liebhaber sei. Der Traum war so wild und leidenschaftlich, dass ihr Stöhnen Yggur weckte. Später, im Schlaf, spürte sie das Fehlen von Wärme an ihrer Seite, und sie war sicher, dass Yggur sie wieder den furchtbaren Whelm überantwortet hatte. Ab da wurde der Traum zu einem Albdruck, aus dem – so hatte sie das Gefühl – sie nicht mehr aufwachen konnte.

In der Nacht hatte sich aus Yggurs unzusammenhängenden Gedanken ein Plan entwickelt. Wenn er das nächste Mal fühlte, wie Tensor sein Tor ausprobierte, würde er es mit einem ganz bestimmten Experiment versuchen – aber nur mit dem Beschwörungsteil davon –, um das Tor vom Nachtland weg und zu sich zu ziehen. Dann würde er sich das Tor zu eigen machen, um durch es hindurch und in Tensors Zuflucht zu gehen. Vor dem nächsten Schritt scheute er allerdings zurück. Er hatte keine Ahnung, was er tun würde, wenn er erst einmal dort war.

Yggur arbeitete die Sequenz im Geiste aus, sodass alle Teile des Experiments nahtlos ineinander übergehen würden, wenn die Zeit gekommen war. Maigraith wimmerte neben ihm, drehte sich um und klammerte sich an seinen Arm. Er berührte sie an der Schulter. Sie murmelte etwas vor sich hin und lag dann wieder still, und auch er schlief wieder ein.

Bei Sonnenaufgang schlich sich wieder dieses seltsame Gefühl in seinen Traum, das er schon früher gehabt hatte: das Gefühl, alles würde sich irgendwie verändern. Nur diesmal war es stärker und zielgerichteter. Maigraith warf sich neben ihm wild hin und her und stöhnte mit einer Leidenschaft, die sie ihm gegenüber nie gezeigt hatte. Dann setzte sie sich unvermittelt auf. Sie hatte ihre furchtbaren Augen weit aufgerissen, schlief aber immer noch. Yggur starrte sie entsetzt an. Sein Feind war überall. Er musste jetzt etwas tun! Yggur sprang aus dem Bett, warf sich einen Mantel über und lief noch immer halb im Schlaf in sein Arbeitszimmer hinunter. Auf Art des Experiments, das er vor so langer Zeit schon einmal versucht hatte, griff er hinaus und veränderte das Gewebe der Wirklichkeit. Yggur spähte durch den Vorhang von Zeit und Raum und erkannte, dass es Tensor war, und dass er mit dem Tor Erfolg gehabt hatte. Hier war nun also die Gelegenheit, wenn er es denn wagte, aber es musste *jetzt* geschehen.

Yggur sah deutlich sein Ziel ... und die Unwahrscheinlichkeit seiner Rückkehr. Rasch suchte er die Instrumente zusammen, die er benötigte. Seine Hände zitterten. Die Veränderungen wurden immer stärker, drängender; sie bogen das Licht im Raum und brachen Formen auf, sodass noch nicht einmal mehr die Tür zu erkennen war. Yggur griff hinaus und packte diesen suchenden, körperlosen Faden, den Tensor an den Barrieren des Nachtlandes anzubringen gedachte. Oh, wie das schmerzte! Es war fast so schlimm wie zurzeit des Experimentes damals; wie Rasierklingen schnitt es durch sein Gehirn. Yggur zog den Faden sanft zu sich, verankerte ihn, und das Tor folgte.

Mit einem Knall flog das Tor auf, und sog die Luft in einem weißen Wirbel aus dem Raum. Die Papiere wurden von Yggurs Tisch gerissen und zusammen mit allem anderen durch einen schwarzen Tunnel ins Nirgendwo geschleudert. Der Vortex versuchte, auch ihn hineinzuziehen. Yggurs nackte Füße rutschten über den feuchten Boden, und verzweifelt klammerte er sich an dem Kohlebecken fest, doch das fiel in einer Aschewolke um.

»Nein!«, schrie er. Yggur war noch nicht bereit, würde es nie sein. Er fühlte sich wie ein Mann, der in dem Glauben, schwimmen zu können, ins Meer gesprungen war, nun aber feststellen musste, dass seine Fähigkeiten dem wilden Ozean nicht gewachsen waren. Wenn er durch dieses Tor ging, dann würde er darin ertrinken und von dem Leid umschlungen werden, das Rulke ihm vor so langer Zeit zugefügt hatte. Schon jetzt spürte er, wie der Skorpion den Stachel hob, um ihn zu stechen.

Dann erschien jemand in der verzerrten Tür: eine große Frau, schlank und hart, mit grauem Haar und angespitzten Zähnen. Es war Vartila, die Whelm! Sie stieß Yggur aus dem Weg und rannte an ihm vorbei.

»Du Narr!«, schrie sie und warf sich ins Tor.

Doch als sie hindurchging, versagte die Illusion einen Augenblick lang, und Yggur sah dort eine viel kleinere Frau. Das war nicht Vartila, sondern Faelamor. Das Tor wurde heller, als sie hindurchging, und verblasste dann zu nichts.

Yggurs Papiere regneten wie Konfetti herab. Gedankenverloren hob er sie auf, ordnete sie auf seinem Tisch und stolperte wieder ins Bett zurück. Ironischerweise war das der einzige Ort, an dem er sich nicht wie ein vollkommener Versager fühlte.

Kapitel zwanzig

»Komm heraus, komm heraus.«

Kaum hatte sich das Tor geöffnet, da erkannte Karan, dass irgendetwas furchtbar schiefgelaufen war. Es öffnete sich mit einem Brüllen begleitet von einem gewaltigen Wirbel, der ihr den Magen umdrehte und sie leicht benommen machte. Dann kam ein warmer, feuchter Windstoß, der sie in die Höhe hob, sodass sie auf ihrem Hintern landete. Nebelfetzen bildeten sich, verschwanden jedoch rasch in der trockenen Luft von Katazza.

Tensor stand vor der Öffnung, die großen Beine gespreizt, mit flatterndem Mantel und eine Hand um Llians Arm geschlossen. Frost schlug sich auf Tensors Bart und Haaren nieder, sodass er vor Karans Augen sichtlich alterte. Die andere Hand hatte er vor sich ausgestreckt. Er griff in das Tor hinein, in die Leere. Die Erde zitterte, und der gesamte Turm erbebte. Der Boden schien heißer zu sein, als zuvor.

Das Tor war in die falsche Richtung gezogen worden, und nur Karan wusste es. Es war der Geruch, der ihr das verriet. Ihre Sinne waren eng mit der Erinnerung an Orte und Dinge verbunden, und die Luft, die durch das Tor kam, hatte einen feuchten Geruch an sich, den sie sofort erkannte. Thurkad! Sie war noch an keinem anderen Ort gewesen, der diesen besonderen Geruch aufwies, diese Mischung aus Gewürzen, feuchtem, verrottendem Abfall und dem Dreck unzähliger Menschen, die übereinander lebten, so vollkommen anders als die kalte, salzige Luft von Katazza.

Tensor wusste es jedoch nicht, und das erstaunte Karan. *Er wusste es nicht!* Denn er griff hinaus, stand auf den Zehenspitzen und war fast außer sich vor Erwartung.

»Komm heraus! Komm heraus!«, schrie er, und der Frost in seinem Bart begann zu schmelzen.

Einen langen Augenblick lang geschah gar nichts. Dann, ohne Vorwarnung, ließ der Luftzug nach, und Vartila die Whelm erschien im Tor: rennend, stolpernd, die Augen weit aufgerissen in ihrem knochigen Gesicht und die bleichen, langen Füße in losen Sandalen. Tensor schien so entsetzt zu sein, dass er nicht mehr zu denken vermochte, denn es dauerte lange, bis er reagierte und ihm bewusst wurde, dass das Tor seiner Kontrolle entrissen worden war.

Der Anblick von Vartila weckte Erinnerungen, die Karan lieber vergessen hätte. Vergangenen Winter hatte sie lange Stunden in Narne verbracht. Gefesselt an ein eisernes Bett hatte sie dieses scharfkantige Gesicht über sich beobachtet und die knochigen Hände, die ihr leidenschaftslos Gewalt angetan hatten. Llian kannte Vartila auch von jener Nacht, als er das alte Haus niedergebrannt und Karan befreit hatte.

Vartila duckte sich unter Tensors ausgestreckter Hand hindurch und sprang an ihm vorbei aus dem Pavillon. Tensors Gesicht war voller Wut und Hass.

»Ghâshâd!«, schrie er irrigerweise und riss den Arm hoch, um sie zu vernichten.

Vartila löste eine Illusion aus, die sie bereits vorbereitet hatte. Der Raum drehte sich mit derart machtvollen Unmöglichkeiten, dass Karan das Gefühl hatte, ihre Eingeweide wollten zum Mund heraus. Sie schloss die Augen und klammerte sich an eine Bank, um nicht den Verstand zu verlieren. Tensor drückte den Kopf in die Hände in dem Versuch, wieder einen klaren Gedanken fassen zu können.

Vartila kam rutschend vor Karan zum Stehen und starrte sie konsterniert an. »Wie bist du …?«, schrie sie.

Tensor wirbelte erst zu ihr und dann wieder zum Tor herum, unfähig, Realität von Illusion zu unterscheiden. Das Tor verblasste bereits; der Luftzug ließ nach. Vartila hob die Hand zu Karan; dann schienen sich ihre Gesichtszüge zu verändern. Karan war auf die Knie gesunken und hob schwach den Arm. Sie konnte nicht verstehen, warum Vartila sie würde töten wollen.

Einen Augenblick lang standen sie dort wie erstarrt; dann schrumpfte die große Frau zusammen, und Faelamor stand da. Tensor schwankte. Faelamors Erscheinen hatte sein Selbstvertrauen unterminiert – jene Frau, die das Verderben über Shazmak gebracht hatte.

Faelamor machte eine schnelle Handbewegung, und was Karan sah, war zu viel, als dass ihr Geist das alles hätte aufnehmen können. Ihre Augen rollten Übelkeit erregend schnell, und sie stürzte in einen Strudel hinab. Faelamor zog ein Messer. Llian riss sich von Tensor los, stürzte sich auf sie und warf sie zu Boden.

Tensor hob die Hand, um den Machtzauber loszulassen. Dann zögerte er jedoch, und Llian wusste warum. Einmal eingesetzt würden die Nachwirkungen ihn stark schwächen. Was, wenn der schlimmste aller Feinde auftauchte, solange er hilflos war? Er wagte nicht, das zu riskieren.

Bei seiner Bewegung zuckte Faelamor wie eine Puppe. Der Machtzauber fraß an ihrem Geist, bevor er ihn auch nur ausgelöst hatte. Dieses Mal würde der Zauber sie töten. Sie kreischte, »*Keiollellioullallillime!*«, und jeder Gegenstand im Raum zerbrach in zwanzig Bilder. Es war unmöglich zu sagen, was real war und was eine Illusion.

Zwanzig Tensors bewegten sich mit großer Langsamkeit, hoben die Hand, streckten sie aus, erstarrten und fielen wieder zurück. Nichts war mehr wirklich. In Llians Kopf drehte sich alles. Er schloss die Augen und kroch zu der Stelle, wo Karan lag. Sie stießen mit den Köpfen aneinander; dann hoben zwanzig Llians ebenso viele Karans hoch.

Offensichtlich war der Kampf vor der Tür zu hören, denn die Angriffe wurden mit neuer Energie wieder aufgenommen. Llian zog sich die breite Treppe hinauf zurück und ertastete dabei jede Stufe mit dem Fuß. Als sie um die Ecke bogen, begannen die Illusionen zu verblassen.

»Ich bin wieder in Ordnung«, flüsterte Karan. »Lass mich runter.«

Llian stellte sie auf die Füße, doch ihre Knie waren weich, und so hielt sie sich an seinem Arm fest. Sie hörten Schritte auf den Stufen unten.

»Rasch! Weiter rauf«, sagte Karan und tastete sich an der Wand entlang.

»Bist du sicher, dass du wieder in Ordnung bist?«

»Ich bin nur ein wenig benommen; es wird allerdings schon besser. Versteck dich vor ihr«, flüsterte Karan und legte den Kopf zwischen die Hände. »Oh, ich habe das Gefühl, als würde ich gleich umkippen.«

Es war ein langer Weg die Stufen hinauf bis in die oberste Kammer. Karan musste sich mehrmals ausruhen, aber sie hörten keine Schritte mehr. Einmal oben angelangt, verkeilte Karan die Tür und lehnte sich mit dem Rücken dagegen.

»Was ist passiert?«, fragte Llian zitternd.

»Das Tor ist aus Thurkad gekommen. Wie hat Tensor so weit vom Weg abweichen können?«

»Vielleicht hat Faelamor es dorthin gezogen. Warum hasst sie dich so?«

»Ich weiß es nicht! Haben wir noch etwas zu essen übrig? Ich verhungere.«

Sie hatten noch zwei Pakete Kuchen mit Obst und Nüssen. Karan brach einen davon entzwei und bot Llian die eine Hälfte an.

»Wie kannst du jetzt nur essen?«, rief Llian.

»Wenn ich Angst habe, esse ich«, antwortete sie und schlang den Kuchen hinunter. »Hast du ihr Gesicht gesehen? Was habe ich ihr nur getan?«

Just in diesem Augenblick erbebte die Tür, öffnete sich knarrend ein Stück und blieb dann stecken. Sie erbebte erneut, als würde sich jemand mit der Schulter dagegenwerfen.

»Das ist sie!«, flüsterte Karan. »Was sollen wir jetzt tun?«

Llian stieß die Tür wieder zu, doch Faelamors Stimme konnte er nicht aufhalten. Klar und deutlich hallte sie in den Raum, und da war Magie in ihr – eine Magie, für die Karan besonders empfänglich war. Wie ein sterbender Schwan sank sie in den Staub; nur ihre flatternden Augenlider verrieten, dass sie noch immer bei Bewusstsein war.

Faelamors Worte hatten auch eine starke Wirkung auf Llians Geist. Langsam kam er zu der Erkenntnis, dass sie eine Geschichte spann, um sie in ihren Bann zu schlagen; sie legte all ihr illusionistisches Können hinein. Wie kühn sie war, die Erzählkunst ausgerechnet gegen Llian einzusetzen. Sie musste wahrlich großes Vertrauen in ihre Fähigkeiten haben. Llian konnte nicht anders, als sie dafür zu bewundern.

Vielleicht konnte Llian dem verzweifelten Drang deshalb widerstehen, sich ihr zu unterwerfen, weil seine eigene Erzähl*stimme* so mächtig war. Doch nun wandte sie sich direkt an ihn, und er bekam Angst. Aber nein! Das hier war ein Duell, das sie nicht gewinnen *durfte*.

Um sich selbst abzulenken, begann er ebenfalls, eine Geschichte vorzutragen. Es war eine lange und tragische Geschichte, vorgetragen in einem antiken und formellen Rhythmus, der außergewöhnlich hypnotisierend wirkte. Llian schmückte sie aus, wie nur wenige andere es vermocht hätten. Er erzählte mit all seiner Kraft und seiner *Stimme*, und einmal geriet Faelamors Stimme aus dem Takt, wenn auch nur bei einem einzigen Wort.

Dann kehrte ihre Stimme stärker denn je wieder zurück. Llian hob seine nicht, aber er wob nun all seine Hoffnungen, Ängste und Träume in Bezug auf Karan in die Geschichte. Erneut brach Faelamors Stimme; dann herrschte Stille auf der anderen Seite der Tür.

Llian erzählte weiter, bis er von seiner eigenen Schöpfung in eine selbstvergessene Ekstase getrieben wurde. Es war, als wäre der Raum, in dem er stand, ein Marmorblock, und als wäre jedes Wort ein Meißelschlag, der die wunderbare Form zum Vorschein brachte, die sich im Stein verbarg.

Karan setzte sich auf, voll Staub und zerzaust, und schaute zu Llian hinauf. Noch nie hatte sie etwas gehört, das so sehr von Verzweiflung inspiriert gewesen war.

Die anderen Male, als sie ihn hatte erzählen hören, waren die Worte der puren Freude an der Meisterschaft seiner Kunst entsprungen. Nun redete er um ihr Leben und ihre Liebe. Doch seine Geschichte handelte nicht von der traditionellen Erzählerliebe, die einen wie ein Blitz traf. Es war mehr wie eine reife Leidenschaft, die stetig anschwillt, bis sie stark genug ist, die Erde zum Beben zu bringen. Auch erzählte er von der gegenteiligen Seite: dem Schrecken zu wissen, dass alles durch einen Zufall in die Brüche gehen kann, durch die gleichgültige Brutalität des Schicksals.

Llians Erzählen war weniger Trotz als vielmehr ein Flehen. Trotz hätte Faelamors erbarmungsloses Herz nicht gerührt, Llians Flehen aber schon. Karan fühlte die Tränen, die auf der anderen Seite der Tür flossen, den Regen im Herzen des Feindes. Denn Faelamor war nicht immer so gewesen wie jetzt. Sie war noch sehr jung gewesen, als sie nach Santhenar gekommen war, und sie hatte das Leben geliebt, wie nur die Faellem es können.

Schließlich endete die Geschichte, eine der schönsten, die je erzählt worden waren. Vollkommen erschöpft ließ Llian sich gegen die Wand fallen. Er konnte nichts mehr tun, selbst wenn Faelamor sich just in diesem Augenblick einen Weg herein erzwingen würde.

Übermannt von einem Gefühl der Zärtlichkeit schlang Karan die Arme um ihn. Das Schweigen schien sich schier unendlich hinzuziehen. Die Sonne sank immer tiefer. Schräg fielen ihre Strahlen durch die Westfenster, ließen Karans Haar kupfern schimmern und betonten die winzigen Härchen ihres Unterarms auf Llians Schulter.

Faelamor versuchte einen weiteren Zauber, um ihn zum Schlafen zu bringen, und über den hatte Llian keine Macht. Er war ohnehin schon halb eingeschlafen. Der Zauber stieß ihn nun über den Brunnenrand. Er stürzte auf den Boden, landete auf einem Bett aus Daunen und schlief ein. Karan wurde ebenfalls wieder müde, aber sie konnte nicht schlafen, *durfte* nicht schlafen.

Die Stille schien sich in die Unendlichkeit hinein zu erstrecken. Dann zeigte ihr Talent Karan die andere Seite der Tür, und sie sah, wie ihre Feindin sich langsam erhob. Sie fühlte einen entfernten Traum, Erinnerungen an ein anderes Leben auf Tallallame und an eine große Liebe. Doch rasch verblasste das alles, und nur eine bittersüße Nostalgie blieb zurück.

Karan fühlte Faelamor an der Tür, fühlte, wie sie sie aufstieß und in ihr Refugium trat. Sie sah kurz alles mit Faelamors Augen: ein großer Raum, helle, offene Fenster und zwei Menschen, die klein vor der Wand wirkten. Ein Mann träumte mit offenen Augen, und eine Frau hatte schützend die Arme um ihn geschlungen; sie hatte schreckliche Angst.

Karan schaute zu ihrer Feindin hinauf – und Faelamor auf sie hinunter. Das Schweigen zog sich in die Länge. Karan drückte Llian ein letztes Mal, schüttelte ihn dann und stand auf. Sie war genauso groß wie ihre Feindin. Llian rieb sich verschlafen die Augen.

»Geh«, sagte Karan leise zu ihm. »Das hier ist meine Schlacht. Ich weiß nicht warum, oder was ich getan habe; ich weiß nur, dass es jetzt erledigt werden muss.«

»Bleib, Llian von Chanthed«, sagte Faelamor. »Du hast deinen Wert als Erzähler bewiesen. Nun brauche ich den Meisterchronisten, um mir etwas zu erzählen.«

»Das hat seinen Preis, und den kennst du«, flüsterte Llian.

Der Augenblick zog sich in die Länge wie Spinnenseide. Llian stand auf; er hielt noch immer Karans Hand.

»Mein Preis«, sagte er erneut und blickte Faelamor in die Augen.

»Aaah! Du weißt nicht, was du verlangst.«

»Warum hasst du Karan so sehr? Was hat sie dir angetan?«

»Sie ist tapfer, und ich ehre sie, *aber ich hasse und fürchte, was sie ist.* Glaub mir, wenn ich dir sage, dass ich um meiner selbst willen nicht einen Finger gegen sie erheben würde. Was kümmert mich mein Leben? Ich habe schon lange genug gelebt, länger, als ich je gewollt habe. Aber Tallallame ruft nach uns, und wir kommen nicht. Es ist vorhergesagt worden: Sie ist die Eine!«

»*Die Eine?*«

»Mehr sage ich nicht.«

»Nichtsdestotrotz ist sie der Preis.«

Faelamor atmete schaudernd ein. Sie bekam Gänsehaut auf den nackten Armen, sodass es aussah, als würden sich die kleinen Bläschen durch die durchscheinende Haut drücken. Sie stieß einen leisen Seufzer aus. »Ich war eine stolze Närrin, dass ich geglaubt habe, diese Waffe gegen dich einsetzen zu können. Mein Zauber ist als reine Illusion entlarvt, aber deine Geschichte war *real.*« Sie legte die Hände aufs Gesicht. Dann teilten sich ihre Finger, und sie starrte Llian aus kalten, uralten Augen an. »Ich kann mich dir nicht verweigern.«

Llian beobachtete sie schweigend und prägte sich Faelamors typische Faellem-Merkmale an: die durchschimmernde Haut, die tief liegenden, katzenhaften Augen und die Art, wie sie sprach und sich bewegte. All das brauchte er für seine Geschichte. Er hatte nun zwei der drei fremden Menschenvölker kennengelernt: die Aachim und die Faellem. Seit sehr langer Zeit hatte kein anderer Chronist mehr solch eine Gelegenheit gehabt. Doch Llian war nicht sicher, ob er auch das letzte Volk treffen wollte: die Charon!

»Behalte sie gut im Auge«, sagte Faelamor kalt, »denn ich sage dir: Weitere Leben werden nicht mehr gegeben.«

Sie schlüpfte zur Tür hinaus, und Llian und Karan hörte, wie ein Riegel vorgelegt wurde. Sie standen gar nicht erst auf, um nachzusehen, ob die Tür wirklich verschlossen war.

Die Nacht brach herein. Die Sterne kamen hervor und schienen heller, als Karan und Llian sie je gesehen hatten. Sie tranken den letzten Rest Wasser, teilten sich das letzte Proviantpaket, leckten die Krümel auf und wünschten, sie hätten mehr mitgenommen. Dann klammerten sie sich in der Kälte der Nacht aneinander und später im Wind der Morgendämmerung, der durch die offenen Fenster hereinwehte. Sie redeten mit gedämpften Stimmen miteinander, obwohl es niemanden gab, der sie hätte belauschen können. Später in jener Nacht stieg der Skorpionnebel hoch in den Himmel, brannte heller und wilder denn je zuvor, und sein zum Stich erhobener Schwanz hätte überall im Meer der Trockenheit oder in den Ländern jenseits davon zuschlagen können.

Kein Geräusch drang die lange Treppe herauf oder durch die dicke Tür. Karan und Llian spekulierten darüber, was dort unten wohl vorgehen mochte. Vielleicht hatte Faelamor ja das Tor benutzt. Vielleicht war Tensor wieder auf Erkundung gegangen. Sie konnten es nicht wissen. Karan lief auf und ab, unfähig, die Stille und Tatenlosigkeit noch länger zu ertragen.

Schließlich setzte sie sich neben Llian und nahm seine

Hand. »Ich habe Angst«, sagte sie. »Wie das alles enden wird ... Ich habe einfach ein schlechtes Gefühl, was das betrifft.« Sie betrachtete seine breite, starke Hand und erinnerte sich daran, wie er sie damit gestreichelt hatte. Sie hatte jetzt alles, was sie wollte; nun mussten sie nur noch sicher nach Hause kommen. Doch vor ihrem geistigen Auge sah sie nur Düsternis: eine Wirbelwind von Dunkelheit, der sie in die eine und Llian in die andere Richtung riss.

Llian lächelte sie schwach an. »Tore bedeuten Ärger; solche Dinge dürfen einfach nicht sein.« Und er konnte nicht anders, als unablässig darüber nachzudenken, dass Tensor ohne seine Zusammenarbeit vermutlich nie Erfolg gehabt hätte.

Seit Tensor sich im oberen Teil des Turms verbarrikadiert hatte, hatten die Aachim unablässig versucht hineinzugelangen. Doch egal, wie sie es versuchten – von oben, unten oder außen –, Kandor hatte schon vor langer Zeit alle Möglichkeiten vorausgesehen und sich darauf vorbereitet. Trotzdem, was ein Ingenieur konstruieren konnte, konnte ein anderer wieder auseinandernehmen, und seit dem ersten Bericht über Tensors Versuche mit dem Tor hatten die Aachim ihre Bemühungen verdoppelt. Sie arbeiteten nun Tag und Nacht.

Shand war wieder in dem Gewölbe, das als Küche diente, und kochte sich erneut einen Kessel Chard. Plötzlich ertönte ein Schreien von oben, so laut und in die Länge gezogen, dass er einzelne Stimmen nicht voneinander unterscheiden konnte. Er wusste bereits, was das Problem war. Seit Tagen diskutierten sie nun schon darüber. Von Selial waren immer nur verzweifelte Mahnungen zur Vorsicht zu hören, während eine kleinere Gruppe von Aachim – größtenteils Überlebende aus Shazmak – immer brutalere und fremdartigere Methoden vorschlug. Mendark und Malien wiederum versuchten, die Tauben aufzustacheln und die Falken zu beruhigen; allerdings hatten sie nur wenig Erfolg damit.

Mendark hatte sich im Augenblick mit drei, vier von Selials Gruppe zurückgezogen. Sie arbeiteten an einem neuen Plan, bei dem ein Explosionspulver eine große Rolle spielte, das sie aus Kristallen fertigen wollten, die sie in den Dunggruben der alten Ställe gefunden hatten. Die wollten sie dann mit Schwefel aus den Fumarolen weiter unten am Berg mischen und noch mit einigen anderen, geheimen Zutaten. Tallia hatte den ganzen Tag mit den Zwillingen Xarah und Shalah verbracht und die Materialien mit äußerster Sorgfalt gemahlen und in verschiedenen Kombinationen gemischt. Dann testete sie draußen jede Mixtur, was von einer furchtbaren Knallerei und schwarzem Rauch begleitet war. Würste aus dem jeweils ausgewählten Pulver wurden an bestimmten Stellen ausgelegt, um dann in der richtigen Reihenfolge gezündet zu werden.

»Rechnet noch einmal nach, nur um sicherzugehen«, sagte Mendark, und die Aachim liefen los, um dem Folge zu leisten. Mendark hatte keine Angst davor, Befehle zu erteilen, aber sie sahen auch, dass er die Risiken vorsichtig abwog. Im Augenblick waren sie froh darüber, ihm folgen zu dürfen.

Shand ging wieder in die Küche zurück. Bevor er fertig war, schob Mendark seinen Kopf durch die Tür.

»Shand, komm mal raus! Sag mir, was du davon hältst!«

Shand nahm seinen Becher Chard und ging nach oben, um sich den neuen Plan anzusehen. Er ging herum und begutachtete Größe und Platzierung der neuen Ladungen. Tallia wankte mit einem weiteren Stapel Sprengwürste herein. Sie sah ausgesprochen fröhlich aus, obwohl ihre Augen rot und sie schwarz von Ruß war.

»Nun?«, fragte Mendark ungeduldig, als Shand mit übertriebener Gelassenheit einen Schluck aus seinem Becher trank. »Ich schwöre, du bist so schlimm wie Nadiril.«

»Danke für das Kompliment. Es könnte funktionieren, obwohl diese Ladung hier ihren Stopfen genau in eure Richtung schießen wird.« Er klopfte mit einem wettergegerbten Finger darauf. »Und die hier ... damit werdet ihr vermutlich den ganzen Turm zum Einsturz bringen. Aber ihr seid die Ingenieure; ich bin nur der Teejunge.«

Mendark und die Aachim berieten sich, stellten eine neue Berechnung an und arbeiteten Veränderungen ein, wie Shand sie vorgeschlagen hatte. Als Shand sich wieder dem Kochen zuwenden wollte, nahm Osseion ihn am Ärmel.

»Sobald die Tür da auffliegt, wird es Ärger geben«, flüsterte Osseion und rieb sich das Kinn mit der vierfingerigen Hand. »Wir sollten uns besser darauf vorbereiten.«

»Was für Ärger?«

»Nun, seit unserer Ankunft habe ich nichts anderes zu tun gehabt außer ein Auge auf den alten Magister zu haben. Deshalb hatte ich auch genug Zeit, um über alles nachzudenken. Fünf, sechs dieser Aachim – du weißt vermutlich welche – haben sich ziemlich in Rage gesteigert. Basitor und Hintis sind die schlimmsten. Ich habe so etwas auch früher schon gesehen. Berserker! Das sind die schlimmsten Feinde von allen in einer Schlacht, denn außer dem Tod hält sie nichts auf.«

»Mir war gar nicht klar, dass es schon so weit gekommen ist.«

»Das ist es auch nicht – bis heute. Aber sie haben sich einen großen Vorrat an fermentiertem Obstsaft gebraut – dem Wein der armen Leute –, und sie kippen ihn schon den ganzen Tag über in sich hinein. Manchmal reicht dieses Zeug aus, um einen verrückt zu machen. Du solltest besser aufpassen. Diese beiden werden als Erste reingehen, sobald die Tür offen ist.«

»Karan und Llian? Daran hatte ich gar nicht gedacht. Wo ist Tallia?«

»Wieder rausgegangen. Ich werde sie holen.«

Während er wartete, nahm Shand Malien und Selial beiseite.

»Das habe ich schon befürchtet«, sagte Malien, nachdem Shand die Lage erklärt hatte. Sie fuhr sich mit den Fingern durch das dicke rote Haar. »Jetzt ist die Zeit gekommen, Selial. Wir müssen uns zum Kampf stellen oder untergehen.«

»Llian ist der Schlüssel«, sagte Selial, die absolut furchtbar aussah: kreidebleiches Gesicht, eingefallene Wangen und hervorquellende Augen.

»Ja! Sobald die Tür aufgeht, müssen wir ihn wegbringen. Wir sind fünfzehn, aber nur sieben sind Tensor treu ergeben – wenigstens hoffe ich, dass es nur so wenige sind. Er würde es nicht wagen, ohne Llian zu handeln.«

»Wie lautet der Plan?«, flüsterte Selial und klammerte sich an die Tür.

Shand gefiel das alles ganz und gar nicht. Selial stand kurz vor dem Zusammenbruch; man konnte sich nicht auf sie verlassen. Aber davor konnte er Malien ja wohl schlecht warnen, wenn Selial danebenstand.

»Ich werde mir Llian schnappen«, sagte Malien. »Du musst mich unterstützen und ihnen den Weg versperren, während ich ihn wegbringe.«

Kurz darauf ertönte eine Serie von Explosionen so kurz hintereinander, dass sie zu einer verschmolzen, gefolgt von einem mächtigen *Buuumm!* Staub wirbelte durch die Luft, und Trümmer krachten auf Metall.

»Das ist es«, flüsterte Malien. »Unsere Zeit ist gekommen, Selial, meine Freundin. Aachim gegen Aachim. Was für ein furchtbarer Tag. Lass uns jetzt nicht im Stich.«

Kapitel einundzwanzig

Eine schreckliche Kraft

»Was willst du von mir?«, fragte Llian, als Faelamor wieder zurückkehrte.

»Es hat etwas mit der Düsternis zu tun«, antwortete Faelamor, »die uns so sicher auf Santhenar festhält, wie Rulke gefangen ist, und die nichts zwischen den Welten hindurchlässt. Nichts, *außer meiner Feindin Yalkara!* Du glaubst, *du* seist mein Feind ... Ha! Llian, ich möchte, dass du mir erzählst, was nach dem Tod von Shuthdar geschehen ist. Und mach schnell.«

Llian zuckte unwillkürlich zusammen. Wusste Faelamor, dass er das vergangene Jahr über nach diesem Geheimnis geforscht hatte?

»Da gibt es nicht viel zu erzählen«, sagte Llian. Er erzählte ihr das Ende der *Geschichte der Düsternis*, sagte aber weder etwas von seinen Forschungen seit seiner Abreise aus Chanthed noch von dem seltsamen Mord an dem verkrüppelten Mädchen, der seine Aufmerksamkeit erst geweckt hatte.

»Da muss es doch noch mehr geben«, sagte Faelamor.

»Es gibt noch jede Menge Einzelheiten«, antwortete Llian, »die sich mit den Bewegungen von Armeen beschäftigen, der Zahl und Aufstellung von Truppen, den Kämpfen und den Verlusten. Ich kann dir sogar die Farbe ihrer Banner sagen, wenn du das wissen willst.«

Faelamor winkte barsch ab.

»Ich kann dir außerdem noch erzählen«, fuhr Llian fort, »wie sie Shuthdar gefunden haben, wer dort war, von der Erstürmung des Turms und wie es drinnen aussah, als alles vorüber war.«

»Wer war dort am Ende?«, fragte Faelamor. Sie vermochte ihre Aufregung nicht zu verbergen.

»Da waren ganze Armeen geführt von den Größten jener Zeit. So viele Könige, Königinnen, Autarchen, Diktatoren und Generäle waren dort, dass man ein Spielbrett mit ihnen hätte füllen können. Natürlich Rulke, und auch Kandor und Kwinlis, der erste Magister des Rats sowie noch andere Aachim ...«

»Tensor?«, unterbrach sie ihn.

»Er war am Anfang dort, aber nachdem die Flöte zerstört war, haben die Aachim in die Leere geblickt und sind voller Schrecken geflohen. Und es waren noch unzählige andere dort, obwohl die Auflistungen der Niederen widersprüchlich sind. Die Zerstörung der Flöte hat einen fast vier Meter breiten Kreis des Todes um den Turm herum gezogen, seltsamerweise aber nicht im Inneren. Während dieser Zeit hat die Düsternis dann den Weg zwischen den Welten versperrt.«

»Sprich weiter!«

»Es vergingen Stunden, bevor es jemand wagte, das Leichenfeld zu überqueren und hineinzugehen. Ich glaube, zu den Ersten, die den Turm betraten, gehörten: Rulke, Vance (ein niederer Adeliger), Baggus, Yalkara ...«

»Yalkara! *Yalkara*!« Faelamor schien an dem Wort förmlich zu ersticken. »Das habe ich noch nicht gehört. Erzähl mir alles.«

»Der Bericht ist auch nicht weit verbreitet worden. In den Aufzeichnungen der größeren Armeen wird der jeweilige General als Erster genannt, doch in einem anderen Bericht, dem der Prinzessin Nangaiya, fand sich die andere Liste. Sie war eine zuverlässige Berichterstatterin. Obwohl die Außenmauern des Turmes glühten und der Stein schmolz, gingen sie hinein. Niemand sonst wagte das, so verändert war dort die Realität, so albtraumhaft. Yalkara wurde schwer verbrannt, doch sie fanden nichts. Das tat niemand, obwohl sie den Turm später Stein für Stein auseinandergenommen haben. Die goldene Flöte muss zerstört worden sein, denn es ist nie eine Spur von ihr gefunden worden.«

»Ist Yalkara durchsucht worden?«

»Jeder, der den Turm betreten hatte, musste sich vor dem Rest nackt ausziehen. Selbst Rulke hat sich dem unterworfen, aber natürlich ist nichts gefunden worden. Es gab auch nichts zu finden.«

Faelamors Gesicht war vollkommen ausdruckslos. Hatte sie irgendetwas von Wert erfahren? Llian vermochte es nicht zu erkennen; sie hatte wieder ihre Maske aufgesetzt. Unvermittelt ging sie hinaus und versperrte hinter sich wieder die Tür.

»Ich kann das nicht ertragen«, sagte Karan. Sie schrie fast vor Frust. »Was geht da unten vor?«

Llian hatte keine Antwort darauf. Seite an Seite standen sie am Südostfenster und schauten aufs Meer hinaus. Es war ein strahlend heller Morgen und so klar, dass man in der Ferne einen Berggipfel sehen konnte, spitz wie ein Zahn, als die Sonne den Horizont dahinter berührte. Ein-, zweimal erbebte der Turm, doch das war nicht überraschend; die Erde bebte hier oft. Sie schauten aufs Meer hinunter, wo die Nacht noch immer auf den Obsidianteichen verweilte, und sie sahen, dass die kleinen Kegel am Fuß von Katazza wieder Feuer spien. Der Dampf glühte, und Asche wurde halb den Berg hinaufgeschleudert.

»So«, sagte Karan, »es läuft also immer wieder auf deine *Geschichte der Düsternis* hinaus. Sie war der Anfang, und vielleicht ist sie auch das Ende von allem. Was hast du gelernt, seit du versucht hast, mich aus der Zitadelle zu befreien?«

Llian hatte diese sinnlose Flucht durch die Gänge der Zitadelle und ihr grausiges Ende fast vergessen. Er erzählte Karan von Kandors Brief.

»Die Geschichte kommt in der Tat immer wieder hoch, aber ich finde nur Sackgassen. Allmählich glaube ich, dass bei meiner Suche der Wunsch der Vater des Gedankens war.«

»Ich nicht«, erwiderte Karan. »Ich habe so ein *Gefühl*, genau wie beim ersten Mal, als ich deine Geschichte gehört habe. Oh, was für eine Nacht das für mich war!«

»Ich ...«, begann Llian.

Just in diesem Augenblick sah Karan Faelamor in der Tür.

»Schschsch!«, sagte sie, schlang die Arme um Llian, stellte sich auf die Zehenspitzen und brachte ihn mit ihren Lippen zum Schweigen.

Faelamor verkeilte die Tür, setzte sich auf den Boden und holte eine Rolle aus einem Behälter, die sich entfaltete und dann hart wurde. Mit zitternder Hand hielt sie sie hoch. Tensor hatte ihn sorglos auf seiner Werkbank liegen lassen und war wieder auf Erkundung gegangen. Endlich hatte Faelamor den Spiegel.

»Ich dachte, du dürfest keine magischen Gerätschaften benutzen«, sagte Llian in der Hoffnung, mehr über die Faellem zu erfahren.

»Es ist mehr als nur verboten. Es ist unser ältestes Tabu.«

»Dann ...«

Die Anspannung war Faelamor nun deutlich anzusehen. »Ich habe dieses Tabu gebrochen«, schnappte sie, »und ich werde teuer dafür bezahlen. Jetzt lasst mich in Ruhe!«

»Was ist das?«, schrie Faelamor zitternd. »Diese Schrift war noch nicht da, als ich zum letzten Mal mit Yalkara gekämpft habe!«

Fasziniert spähte ihr Llian über die Schulter. Der Spiegel war leer abgesehen von dem feurigen Mondsymbol und den Silberglyphen am Rand. Faelamor zählte die Glyphen mit der Fingerspitze.

»Das sind neunundneunzig«, erklärte Llian, »aber nur dreiunddreißig verschiedene. Einige werden häufiger wiederholt, andere nicht.«

»Dann ist das also keine Verzierung«, sagte Faelamor. »Es hat etwas zu bedeuten.«

»Ich habe diese Schrift noch nirgendwo anders gesehen«, sagte Llian.

»Mir ...« Ihre Stimme wurde heiser. »Mir gefällt das nicht. Ich fürchte, das ist eine Falle.« Faelamor war angespannt wie ein Bogen. Das blaue Blut unter ihrer durchscheinenden Haut pulsierte ruckartig, und ihre Muskeln zogen sich immer wieder krampfhaft zusammen, während sie sich zwang, ihre Angst zu überwinden.

»Kannst du den Spiegel benutzen?«, fragte Llian. Der Erzähler in ihm beobachtete sie so eifrig wie Tensor vorher.

»Er ist verschlossen, und der Schlüssel ist in Thurkad.« Sie hob nicht den Blick. »Doch ich habe oft gesehen, wie Yalkara ihn benutzt hat.«

Eine ganze Zeit lang geschah gar nichts. Karan ging wieder ans Fenster, um die Explosionen unten zu beobachten. Eine dieser Explosionen schleuderte Splitter fast so hoch wie Katazza.

Just in diesem Moment öffnete sich der Spiegel mit einem grellen weißen Licht, das Faelamors Gesicht von unten beleuchtete. Worte und Szenen blitzten mit schwindelerregender Geschwindigkeit auf. Llian versuchte, etwas zu sehen, doch Faelamor schlug mit ihrer kleinen Faust nach ihm.

»Das ist nur für meine Augen bestimmt, Chronist«, krächzte sie.

Llian gesellte sich zu Karan ans Fenster. Sie schauten hinaus, bis sich ihre Mägen wieder leer anfühlten.

»Wo bist du, meine Feindin?«, rief Faelamor, sprang auf und hielt den Spiegel vor sich. »Wo bist du, Yalkara?« Doch das Bild jener, der der Spiegel mehr als jedem anderen enthüllt haben musste, wollte er nicht zeigen.

Faelamors Arm zuckte krampfhaft, und der Spiegel zitterte wie ein Blatt im Wind. »Komm hervor, oh du meine Feindin! Zeig dich mir. Ich werde dem Spiegel dein Geheimnis entreißen.«

Karan und Llian fragten sich, was genau Faelamor von dem Spiegel wollte. Was für eine uralte Macht hatte sie in den unzähligen Jahren des Wartens geschärft wie eine Sichel? Welche Kraft konnte sie hoffen, gegen einen Feind zu lenken, der nur ein Schatten auf dem Glas war?

»Wo bist du?«, wiederholte Faelamor und tobte, ob der Vorstellung, dass Yalkara sie abermals geschlagen haben könnte. Die Maske auf Faelamors bemerkenswertem Gesicht bekam erste Risse. Sie hielt den Spiegel näher vor sich; ihre Hand zitterte. Dann wurde der Spiegel von Aachan in seiner Perversion zu einem ganz normalen Spiegel und zeigte ihr wahnsinniges, von Hass erfülltes Gesicht.

Einen Augenblick lang starrte Faelamor das an, was aus ihr geworden war; dann warf sie den Spiegel weg. Er rutschte über den Boden, und kurz erschien ein lächelndes Gesicht, bevor er wieder ein Spiegel wurde, der nur die Decke reflektierte.

»Lach nur«, sagte Faelamor leise. »Ich weiß, was du zurückgelassen hast. Ich habe es gefunden und zerbrochen und mit ihm all deine Hoffnungen und Pläne. Aber aus den Überresten habe ich ein neues Werkzeug geschmiedet, das uns alle befreien wird. *Du* wirst mir nicht trotzen!«

Plötzlich erinnerte Faelamor sich an die Gefangenen und wirbelte herum. Llians Mund stand weit offen, doch Karan war tödlich schnell. Sie hatte die Hand hinter den Kopf gehoben, und das kleine Messer funkelte dort.

»Jetzt *kenne* ich dich«, sagte Karan. »Dein Bild hat sich mir zusammen mit dem all meiner anderen Feinde eingebrannt, und jedes Mal, wenn du auch nur an mich denkst, brennt es in mir. Zuck auch nur mit einem Muskel, und dieses Messer wird sich mit solcher Wucht in dein Auge bohren, dass es hinten wieder herauskommt. Und dann werden die Faellem wirklich etwas zu weinen haben, denn sie werden *nie mehr* nach Tallallame zurückkehren.«

Faelamor erstarrte. Ihre Augen zuckten zu Llian, und Karans Finger zitterten.

»Tu das nicht«, zischte sie. Und plötzlich war die Gefahr vorüber. Faelamor machte auf dem Absatz kehrt und ging die Treppe wieder hinunter. Die Tür ließ sie auf.

»Das war ein tödlicher Augenblick«, sagte Karan und schaute Llian in die Augen. »Ich glaube, sie hat etwas preisgegeben, was sie noch bereuen wird.«

Llian stieß einen erstickten Fluch aus.

»Was?«

»Ich grübele schon eine Ewigkeit über diese Glyphen am Rand des Spiegels.«

»Was ist mit ihnen?« Karan lief ein eisiger Schauder über den Rücken.

»Ich wette, dass Faelamor die Sprache kennt. Ich hätte mit ihr verhandeln sollen.«

»*Llian*...«, sagte Karan mit gefährlichem Unterton. »Du kannst es einfach nicht lassen, oder?«

Rasch wechselte er das Thema. »Die Welt könnte dort unten untergehen, und wir würden es noch nicht einmal bemerken.«

»Doch, ich würde es bemerken«, entgegnete Karan. »Also gut... Lass uns runtergehen, aber vorsichtig.«

Sie schlichen die lange Wendeltreppe hinunter. Es war sehr still.

»Warte«, sagte Karan auf halbem Weg nach unten. Sie humpelte stark. Llian setzte sich auf die Treppe, während sie ihren Schenkel abtastete und immer wieder zusammenzuckte.

»Bist du in Ordnung?«, fragte er.

»Meine Muskeln sind noch immer übersäuert. Ich muss es langsam angehen lassen.« Sie zog die Hose bis zu den Knien hoch, legte sich auf der kalten Stufe zurück, schloss die Augen und genoss Llians Berührung. Die Stufe vibrierte unter ihr.

»Das ist seltsam«, sagte sie verträumt.

»Was?«

»Es fühlte sich an, als würde die Stufe zittern. Siehst du? Da ist es wieder.«

Nun bebte die gesamte Treppe. Karan setzte sich auf.

»Ein Erdbeben?«

Das Beben wurde heftiger. Karan hatte das Gefühl, als würde eine gewaltige Welle durch den massiven Stein fahren. Wieder bebte es; dann folgte ein mächtiger Knall und ein metallisches Klirren, bevor Steintrümmer laut herabregneten. Ein staubiger, verrauchter Wind wehte die Stufen herauf. Karan packte Llians Hand.

»Sie haben die Tür von Tensors Kammer durchbrochen«, sagte er.

»Endlich! Noch nicht einmal Tensor vermag sich gegen sie alle und auch noch Mendark zu wehren. Bald ist es vorbei. Lass uns runtergehen.«

Hand in Hand setzten sie ihren Weg fort, doch ein paar Windungen von unten entfernt, hörten sie rennende Schritte, und zwei Aachim kamen die Treppe heraufgestürzt: Hintis und Basitor. Llian schnappte hörbar nach Luft, rutschte aus und versuchte, auf allen vieren davonzukriechen.

»Was ist los?«, schrie Karan.

»Sie wollen mich tot sehen ...«

Die Gesichter der Aachim waren so grimmig, dass selbst Karan, die beide kannte, unwillkürlich zusammenzuckte.

»Nein! Lasst ihn in Ruhe!«, schrie sie, doch Hintis packte ihre Handgelenke mit seiner gewaltigen Hand, und sie war hilflos.

Basitor drehte Llian die Arme auf den Rücken, band ihn

und schleifte ihn die Treppe hinunter. Rasch waren sie außer Sicht verschwunden. Hintis stieß Karan auf die Stufe hinunter.

»Bleib hier!«, knurrte er. »Misch dich nicht ein.« Er sprang davon, nahm fünf Stufen auf einmal.

Karan blinzelte die Tränen aus ihren Augen und folgte ihm. Die Luft war hier voller Rauch; es war schwer, etwas zu sehen. Sie bog um die letzte Treppenkurve und schaute in Tensors Arbeitszimmer. Die Tür war nach außen gefallen. An ihrer Stelle befand sich nun ein doppelt so großes Loch voller Trümmer. Dort, wo Teile der Innenwand eingestürzt waren, sah man einen gezackten Riss. Die staubige Luft wurde noch immer umhergewirbelt, und irgendetwas brannte im Mauerwerk. Eine wabernde weiße Rauchfahne zog an der Decke entlang, bevor sie über der Treppe verschwand.

Karan schob ihren Kopf um die Ecke. Die Zerstörung war auf den Durchgang beschränkt. Der Rest des Raums war unbeschädigt geblieben, obwohl überall Steinsplitter herumlagen, und auch die Papiere von Tensors Tisch waren verstreut. Tensor selbst stand im Pavillon, die kräftigen Beine gespreizt, einen Arm erhoben. Davor hatte sich eine Wache von sechs Aachim aufgebaut, die Gesichter zur Tür gewandt. Offensichtlich hatten sie sich der Rebellion angeschlossen. Hintis band Llian gerade an eine der Säulen, und Basitor sprang aus dem Pavillon, um seine Position einzunehmen. Karan humpelte zum Fuß der Treppe. Dort sah sie Malien im Kreis um die andere Seite des Pavillons gehen; sie schlich zwischen den umgestürzten Tischen und Bänken umher. Der Rest der Aachim, mit Selial an der Spitze, hatte sich zwischen dem Pavillon und der zerborstenen Tür verteilt, aber sie zögerten; sie wollten keinen Krieg gegen ihr eigenes Volk führen.

Malien schaute zurück, als erwarte sie, dass die Aachim ihren Teil erfüllten, aber sie waren weiterhin wie erstarrt. Sie war sehr angespannt. Plötzlich blitzte ein Messer in ihrer Hand auf, und sie sprang auf die Plattform. Tensor wich zurück, als sie sich mit dem Messer vorbeugte; dann trat Hintis mit beiden Füßen zu und traf Malien brutal an Brust und Schulter. Irgendetwas brach hörbar. Malien stieß einen leisen, erstickten Schrei aus und fiel aus dem Pavillon wie eine Marionette, der man die Fäden durchtrennt hatte.

Tensor wurde so weiß und starr wie Marmor, und er kreischte, als hätte man ihm die Verletzung zugefügt. Dennoch kam er ihr nicht zu Hilfe. Hintis stapfte zu den anderen Wachen. Selial schickte sich an, zu Malien zu gehen, doch die abtrünnigen Aachim hoben ihre Waffen, und abermals verließ die alte Frau der Mut.

Karan lief tief getroffen hinüber. Malien atmete, aber Blut sammelte sich in ihrem Haar, auf ihrem Ohr und ihrer Schulter. Ihr Hemd war blutdurchtränkt, und ein Knochen ragte aus ihrer Haut. Karan wurde übel. Sie versuchte, Malien hochzuheben, musste aber feststellen, dass sie erstaunlich schwer war, und das Gewicht ließ sie vor Schmerz das Gesicht verziehen.

Karan schnitt einen Ärmel ab und presste den Stoff auf die Wunde, um die Blutung zu stoppen. Sie hatte keine Ahnung, wie sie solche Verletzungen behandeln sollte. Malien würde sicherlich sterben. Dann teilte sich der Staubvorhang, und wie ein Wunder erschien Shand neben ihr. Karan weinte vor Erleichterung. Shand wusste immer, was zu tun war.

Als er sich hinunterbeugte, wirbelten Hintis und Basitor herum und kamen auf ihn zu. Beide hatten den typischen Berserkerausdruck im Gesicht. Hintis hackte wie wild mit einem Krummsäbel, der länger als Karan war, um sich. Die Luft hätte genauso gut ein Leichnam sein können, den er zu verstümmeln suchte.

Shand rappelte sich auf; seine Arme hingen schlaff herab. Der Aachim war über einen Kopf größer als er. Hintis sprang, und das Schwert beschrieb einen weiten Bogen, der Shand entzweihauen würde. Karans Hand flog zu ihrem Messer, doch sie kam viel zu spät.

Shand schaute zu seinem Angreifer hinauf. »Nicht«, sagte er leise, doch seine Stimme jagte ihr einen Schauder über den Rücken, so eisig und drohend war sie. Er hob eine Hand in die Luft.

Hintis lange Haare sträubten sich senkrecht von seinem Kopf, und seine Pupillen erweiterten sich, bis seine Augen nur noch schwarze Löcher waren, die sich für immer nach innen richteten. Er stolperte über seine eigenen Füße und stürzte zu Boden. Das Schwert fiel ihm klirrend aus der Hand. Basitors Mund klappte so weit auf, dass Karan eine Schaufel hätte hineinstecken können.

»Geh weg«, sagte Shand jetzt sogar noch leiser.

Hintis versuchte so verzweifelt zu entkommen, dass er auf allen vieren davonkrabbelte und sein Schwert einfach liegen ließ. Basitor sprang mit gesenktem Kopf zurück und ruderte dabei entsetzt mit den langen Armen. Shand wandte sich wieder Malien zu. Nun sah er erneut wie der alte Shand aus, abgesehen von dem Gletscher in seinen Augen, der nur langsam schmolz. Er sagte kein Wort, und auch Karan schwieg; aber er erhob sich langsam und schmerzhaft wieder, und gemeinsam trugen sie Malien über die Trümmer hinaus, vorbei an einer leichenblassen Selial. Draußen legten sie Malien dann auf eine Bahre, auf der schon Tallia mit geschlossenen Augen und einer groben Bandage um den Kopf lag.

»Oh, was ist denn mit Tallia passiert?«, fragte Karan.

Shands Gesicht hatte eine grüngelbe Farbe angenommen, und sein Blick war glasig. »Sie ist von einem Trümmerstück getroffen worden, als die Tür rausgeflogen ist«, flüsterte er. »Ich glaube aber, dass sie wieder in Ordnung kommen wird.«

»Und bist *du* in Ordnung, Shand?«

»Ich habe mich überanstrengt«, antwortete er heiser, »und dafür werde ich leiden.«

Er versuchte, Malien das Hemd von der Schulter zu ziehen, doch seine Hand zitterte so sehr, dass er den Stoff nicht packen konnte. Karan erledigte das für ihn und enthüllte die hässliche Wunde. Sie schaute zur Tür, hin und her gerissen zwischen ihrer Pflicht Malien gegenüber und ihrem Verlangen, nach Llian zu sehen.

»Geh«, sagte Shand. »Er hat jetzt nur noch dich.«

»Aaah!«, heulte Karan. »Malien ...«

Shand berührte sie am Arm. »Frag dich selbst, was du tun willst, dann lauf. Ich habe schon auf einem Dutzend Schlachtfelder aufgeräumt. Das hier ist nicht so schlimm, wie es aussieht.«

Malien stöhnte und öffnete die Augen. Karan weinte. »Karan«, flüsterte Malien. »Du musst ihn aufhalten, sonst sind wir alle erledigt.«

»Wofür braucht er Llian?«

»Die Gabe ...«

»Ja, aber wofür?«

»Tensor will die Gabe nutzen, um seinen Zauber ... zu verstärken.« Malien versuchte, den Kopf zu heben, konnte es aber nicht. »Er will ihn so stark machen, dass noch nicht einmal Rulke ihm zu widerstehen vermag. Er will Llian wie eine lebende Linse benutzen.«

»Llian ...«

»Es wird die Linse zerbrechen. Rasch, Karan.«

Karan küsste Malien auf die Stirn, tropfte sie mit Tränen voll und rannte dann los. Von der Spitze des Trümmerhaufens sah sie, wie Selial Tensor anflehte, doch Tensor war ebenfalls dem Wahnsinn verfallen. Nachdem er solche Verbrechen geduldet hatte, gab es kein Zurück mehr. Er stieß mit einem schwarzen Stab nach ihrem Gesicht. Hintis, der seine Kühnheit und sein mächtiges Schwert zurückgewonnen hatte, schlug mit der Waffe wild durch die verrauchte Luft und zwang Selial so zurück in den Haufen hilfloser Aachim. Im Pavillon hing Llian in seinen Fesseln. Er war fest davon überzeugt, dass sein Untergang nur noch Minuten entfernt war.

In Thurkad hatte Yggur den Tag eingeschlossen in seinem Arbeitszimmer verbracht. Er war starr von Furcht. Sein Versagen am Tor hatte ihn entsetzt; aber die Vorstellung, sich wie Faelamor in diesen Strudel zu stürzen und seine Kehle der Leere zu entblößen, das war ein Schrecken, den er nicht ertragen konnte. Er versuchte, sich mit Arbeit abzulenken. Er werkelte weiter an seinen magischen Geräten – Steinen, Ringen und anderen Dingen, in denen seine Macht lag (hoffte er zumindest) –, bis seine Hände zitterten, doch wirkliche Ablenkung fand er so nicht. Schließlich holte er die gefährlichsten Geräte aus seinem Arsenal: einen ungeschliffenen Smaragd – ein achtseitiges Prisma so lang wie seine Hand – und einen perfekten Rubin so groß wie eine Orange. Das waren Gegenstände, denen zu befehlen er bis jetzt nie gewagt hatte, aber es war Zeit für verzweifelte Maßnahmen.

Was war das für ein Lärm da draußen? Yggur erkannte, dass das schon lange so ging. Er schluckte seine Furcht herunter und riss die Tür auf, doch es war nur Maigraith, die ihm Essen und etwas Kühles zu trinken brachte. Jeder andere wäre erschrocken vor ihm zurückgewichen, doch sie schaute einfach nur unter ihren Wimpern zu ihm hinauf und lächelte auf ihre komische Art, als wäre das Servieren etwas Neues, das sie lernen wollte.

Sie trug ihre Brille nicht. Das Licht betonte ihre Augenfarbe, und Yggur schauderte. Ihr Lächeln verblasste.

»Komm rein«, sagte er in grobem Tonfall und riss ihr das Tablett aus der Hand.

Er erzählte ihr, was in der Nacht passiert war. »Faelamor ist durch das Tor gegangen, und ich hatte Angst, ihr zu folgen.«

Maigraith zog sich von ihm zurück. »Faelamor ist gegangen, weil sie keine andere Wahl hatte, und sie kämpft keine anderen Schlachten außer ihren eigenen. Du kannst dich auf sie nicht verlassen.«

Yggur sah, dass Maigraith von ihm enttäuscht war. Das tat weh. Das Schicksal hatte sich wahrlich gedreht.

»Wenn du dich vielleicht nicht ganz so sehr in deinen Ängsten suhlen würdest«, sagte sie mit einem Hauch von Gift in der Stimme, »dann wärst du womöglich in der Lage, sie zu überwinden.«

Yggur vergrub das Gesicht in den Händen.

»Sag mir, was ich tun soll«, forderte Maigraith ihn in der Hoffnung auf, dass das vielleicht helfen würde. »Hol das Tor hierher, und ich werde hindurchgehen.«

»Das wäre dein Ende.«

»Vielleicht. Ich habe keine Angst davor.«

»Ich schon«, stöhnte er.

»Nun, dann werden wir es später tun«, sagte sie. »Komm hoch!« Und wieder folgte er ihr.

Schließlich wurde die Angst, was passieren würde, wenn er nichts tat, so groß, dass sie alle anderen Ängste auslöschte, und in der finsteren Stunde vor Sonnenaufgang erreichte er den Punkt, da er diesen Albtraum einfach loswerden musste – so oder so. Er konnte nie wieder zu dieser Zeit der Qualen zurückkehren, als er von Rulke besessen gewesen war und der Charon in seinem Kopf gehockt hatte wie ein riesiger Skorpion, der ihn immer wieder und wieder stach.

Da war es erneut! Dieses Verdrehen der Schatten der Nacht, dieses Verzerren der Realität, sodass man Traum und Wirklichkeit nicht mehr voneinander unterscheiden konnte. Yggur erwachte mit einem Schrei, das Gesicht starr und in Schweiß gebadet. Der Smaragd auf seinem Nachttisch glühte. Maigraith saß aufrecht neben ihm und starrte in die Nacht hinaus. Sie legte ihm die Hand auf die feuchte Stirn. Mit einem Stöhnen vergrub Yggur sein Gesicht an ihrer Schulter. Sie drückte ihn an sich.

Die Sonne kroch gen Himmel. *Nein,* dachte Yggur, *ich muss mich dem stellen!* Blind griff er nach seinem Smaragd und suchte erneut nach dem Tor. Diesmal fiel es ihm weit schwerer denn zuvor. Kurz darauf waren die Verzerrungen bereits so stark, dass die Dinge auf der anderen Seite des Raums schon nicht mehr zu erkennen waren. Die Wände zitterten und zerbrachen wie Bilder in einem Zerrspiegel. Die Luft wurde winterlich kalt. Nebel bildete sich, formte Spiralen und trieb in die Mitte des Raums.

Jetzt! Es muss jetzt geschehen! Yggur löste sich von Maigraith, um ein Gewand, Mantel und Stiefel anzuziehen. Der Rubin steckte in der Tasche seines Mantels; den Smaragd hielt er in der Hand. Die bleierne Luft musste bewusst geschluckt werden, aber sie klebte wie Brei in seiner Lunge. Yggur zwang sich zu atmen, sich zu konzentrieren und das Tor aus dem Äther in seine Hand zu holen. Einen Moment lang war er wieder die Beute des Skorpions, und das Nicht-Bild in seinem Geist begann, zur Seite zu gleiten, doch er drückte den Smaragd und hielt es fest.

Plötzlich krachte die versetzte Luft, als ein Tor vor ihm erschien. Es war größer als das vorherige: ein Pavillon, eine von schlanken Säulen gestützte Kuppel, und der Nebel wirbelte hinein und strömte brüllend ins Nirgendwo. Yggurs langes Haar flatterte und schlug ihm gegen die Wangen. Yggur steckte den Smaragd in eine Tasche und trat vor. Das verletzte Bein brannte wie Feuer. Sein Mantel blähte sich und versuchte, ihm durch das Tor vorauszueilen.

Wieder zögerte er. Die Luft zog ihn hinein, doch seine Füße wollten nicht. Er hatte das Tor hierher gebracht, fürchtete sich jedoch davor, es zu kontrollieren. Er hatte Angst, dass es ihn überwältigen würde. In seiner Panik riss er den Smaragd wieder aus der Tasche heraus. Er stieß ihn in Richtung Tor und schrie einen Befehl. Grünes Licht strömte zwischen seinen Fingern hervor. Yggur fühlte, wie sich eine Tür öffnete, und eine wilde Macht strömte in den Smaragd. Einen Augenblick lang hatte Yggur das Gefühl, als könne er alles tun, jeden überwinden; dann verblasste es wieder. Das Tor brüllte und öffnete seinen Schlund. Es sog Decken und Laken vom Bett, packte alles im Raum, was nicht befestigt war.

Ein Heulen ertönte hinter Yggur. Es war Maigraith. Sie saß nackt im Bett; ihr braunes Haar flatterte wild, und sie hatte die Hände um den Mund gelegt und schrie: »Nein, Yggur! Benutz das nicht!«

Er konnte sie über das Tosen des Windes hinweg kaum hören. Ihr Bild waberte, und der Hintergrund löste sich auf. Maigraith wurde verzerrt, bis sie nur noch aus einem Schädel und starrenden Augen zu bestehen schien. Ein seidenes Nachtgewand riss sich vom Haken los und schlug Yggur ins Gesicht. Yggur schüttelte den Kopf. Das Gewand streichelte seine Wange und fiel ins Tor.

»*Maigraith!*«, schrie er entsetzt und griff hilfesuchend zu ihr hinaus.

Sie streckte ihm ihren wunderschönen Arm entgegen. Einen Augenblick lang wankte Yggur. Er vermochte sich nicht zwischen den beiden Schicksalen zu entscheiden; dann stach ihn der Skorpion erneut. Das konnte er nicht einen Moment länger ertragen, selbst wenn es ihn töten würde. Die eine Seite seines Gesichts war vollkommen verzerrt, doch die andere starr wie Stein. Yggur drehte sich um, atmete vielleicht zum letzten Mal tief durch und warf sich ins Tor. Seine Abschiedsworte waren zu leise, als dass sie gegen das Tosen des Windes angekommen wären. Er löste sich in Nichts auf.

Maigraith richtete sich auf und trat einen Schritt auf das Tor zu. Es trieb zur Seite. Noch ein Schritt. Wieder wich es vor ihr zurück. Sie sprang auf es zu, doch das Tor begann, sich zu bewegen. Es glitt durch den Raum, drehte sich und prallte an der gegenüberliegenden Wand ab. Stuck regnete herab, und die Tapete wurde heruntergerissen und in die Leere gesaugt.

Maigraith rannte auf das Tor zu, und fast hätte sie es schon berührt, da zuckte das Tor abermals vor ihr zurück. Abgestoßen von ihr schloss es sich und verschwand mit einem derartigen Knall, dass der Putz von der Decke fiel. Das Tosen der Luft verstummte augenblicklich. Schließlich legte sich der Staub, und das Zimmer erstrahlte im Morgenlicht.

»Geh nicht«, sagte Maigraith leise, doch es war viel zu spät. Sie war allein zurückgeblieben, nur sie und die Whelm. Maigraith drehte sich um, zog sich gedankenverloren an und legte sich wieder aufs Bett. Es war weiß von Gips. Maigraith zog die verbliebenen Laken unters Kinn und wartete in stummer Verzweiflung. Sie war sicher, dass ihr Spott ihn zu dieser Torheit getrieben hatte.

Er kehrte nicht wieder zurück.

Als Karan in der Tür stand und Llian so hart anstarrte, dass es überraschend war, dass er nicht den Kopf hob, kroch Mendark mit gebeugtem Rücken und hängenden Schultern die Treppe hoch. Mit leeren Augen schaute er sie an, und Karan bemerkte entsetzt, wie alt und ausgelaugt er aussah, bis sie sich daran erinnerte, dass das eine seiner Fähigkeiten war. Gleichzeitig geisterte Faelamor auf der anderen Seite herbei, gefühlt, aber nicht gesehen. Beide suchten sie nach dem besten, sichersten Ausgangspunkt für den kommenden Kampf, was auch Karan tun sollte.

Plötzlich sprang Tensor nach seinem Spiegel und rief Basitor etwas zu. Irgendetwas stimmte nicht: Das Tor hatte von selbst angefangen zu arbeiten. Der Rauch glühte; der Staub in der Luft funkelte, und heiße, feuchte Luft wallte nach außen. Wieder roch Karan den nassen Gestank von Thurkad. Diesmal war es Yggur, wusste sie instinktiv. *Yggur!* Schatten der Erinnerung an ihre Begegnung in Fiz Gorgo sträubten ihr die Nackenhaare.

Der Nebel wallte weiter aus dem Tor hervor und mischte sich mit dem Rauch und Staub, bis die Aachim nur noch Schatten im Dunst waren. Der Boden wurde feucht. Karan blinzelte Tropfen von ihren Wimpern und kroch weiter. Sie versuchte, sich mit dem Gedanken zu beruhigen, dass sie für Yggur nicht länger von Interesse war.

Als sie sich am Rand durch den Raum bewegte, bebte erneut die Erde. Zuerst glaubte sie, es handele sich um eine weitere Explosion, doch da war kein Knall, sondern nur ein Zittern im Boden. Dann, als sie an einem der Kamine vorbeischlich, wankte der Turm, und sie hörte das furchtbarste Kreischen, als hätten alle Banshees der Welt plötzlich gequält aufgeschrien. Der Boden neigte sich leicht zu einer Seite und dann wieder zurück; dann ruckte der Turm nach oben, regte sich nicht mehr und ruckte erneut. Das Kreischen hörte auf, und die sich bewegenden Fundamente kamen wieder zur Ruhe. Dann sackte plötzlich der Boden durch, und Stein scharrte über Stein.

Karan schaute sich verzweifelt um. Ein paar Schritte entfernt versank ein Steinkreis im Boden; er war bereits so tief wie eine Treppenstufe hoch. Ein beleuchteter Halbmond erschien, der rasch immer größer wurde, bis sich das Loch vollends geöffnet hatte – ein kreisförmiges Loch, wo einst ein Herd gewesen war. Heiße Schwefeldämpfe trieben herauf. Karan sprang nach hinten auf festen Grund und spähte vorsichtig über den Rand. Das Loch ging durch alle Ebenen des Turms, denn sie konnte jedes Stockwerk sehen, Kreis auf Kreis. Sie zählte eine ganze Menge.

Von außen gesehen befanden sie sich nur im fünften Stock; also ging der Schacht offenbar noch tief in die Erde hinein. Am Grund glühte es orange – der Spalt? Nun, was auch immer dort unten sein mochte, Llian war wichtiger.

Ohne Vorwarnung öffnete sich hinter ihr das Tor mit einem Knall, der durch den ganzen Raum hallte. Pergament- und Stofffetzen wirbelten durch die Luft, zerrissen vom Tor. Es war in der Tat Yggur. Wie groß er war! Sein Mantel tanzte um seine Schultern, als hätte das Tor ihm Leben verliehen.

Tensor erstarrte mitten in seinem Machtzauber. Gegen *diesen* Feind war der Zauber nutzlos. Sie trieben aufeinander zu, zwei große, dunkelhaarige, breitschultrige Männer, und flogen dann wieder auseinander. Yggur rutschte aus dem Pavillon und über den mit Steinsplittern bedeckten Boden. Dann kam er von Angesicht zu Angesicht vor Mendark, der vier Stufen erhöht auf der Treppe stand, zum Stehen.

Mendark hätte nicht entsetzter sein können. Damit hatte er nicht im Traum gerechnet und sich somit auch nicht darauf vorbereitet.

Yggur, der ebenso überrascht war, erholte sich rasch und brach in Lachen aus. Er trat zur Seite, sodass er mit dem Rücken zur Wand stand und Tensor und Mendark gleichzeitig sehen konnte. Als Yggur die Hand hob, zuckte Mendark unwillkürlich zusammen.

Yggur spürte erneut diese Welle der Macht. Sein Selbstvertrauen war wieder zurückgekehrt. Thurkad gehörte Mendark. Die Stadt und – so erkannte er plötzlich – Maigraith hatten ihm das Leben ausgesaugt. Doch hier, das wusste er, war er Mendark mehr als ebenbürtig.

Er ließ seinen Blick durch den Raum schweifen und schätzte die Gefahren ab: Mendark, Tensor und irgendwo in den Nebeln Faelamor. Er sollte besser herausfinden wo. Dann bemerkte er ein seltsames Glühen an einem der Herde. Er hielt den Atem an. *Kann das sein?*, dachte er mit wachsender Aufregung. *Kann das* der Ort *sein?*

Und als er näher schlich, war er sich sicher. Ja, es war der *Spalt*, jener Ort, an dem Kandor so lange gearbeitet hatte – einer der mächtigsten Orte auf ganz Santhenar. Er musste sich geöffnet haben, als er dem Tor befohlen hatte. Wagte er es hinunterzugehen? Seine Finger glitten über den Smaragd in seiner Tasche. Er fühlte sich wieder tot an, doch da unten konnte er ihn mit Kräften aufladen, denen noch nicht einmal Rulke zu widerstehen vermochte. Dieser Gedanke ernüchterte ihn eine Sekunde. Wenn Rulke kam, würde es einer Waffe von außergewöhnlicher Macht bedürfen, um ihn zu überwältigen. Und das war sie. Jetzt wusste Yggur, dass er es schaffen konnte.

Er schaute sich um. Keiner seiner Feinde war in dem Nebel zu sehen. Er ballte die Faust um den Smaragd, ließ sich über den Rand des Loches hinab und begann den Abstieg.

Der Pavillon war leer abgesehen von Llian, und Karan konnte ihn durch die mit Staub gesättigte Luft hindurch kaum sehen. Sie legte sich auf den Bauch und kroch die Stufen hinauf. Wasser hatte sich in kleinen Pfützen auf dem Boden kondensiert.

»Bist du in Ordnung?«, flüsterte sie und schaute vom Boden zu Llian hinauf. Wasser tropfte von seinem Kinn auf ihre Wange.

»Bis jetzt, ja. Was für eine Geschichte ich erzählen werde!« Er lächelte sein vertrautes, schiefes Lächeln, auch wenn es nur eine Sekunde anhielt. Der arme Llian. Auch wenn er sich mutig gab, sie wusste, dass er Angst hatte. Am liebsten hätte sie ihn in die Arme geschlossen.

Karan sägte an den zähen Fesseln um seine Füße. Ihr Messer

war stumpf; es schien eine Ewigkeit zu dauern. Sie stand auf, glitt an ihm hoch und hielt ihn und die Säule zwischen sich und Tensor. Die Berührung war ihr ein Trost. Sie hackte auf seine Handfesseln ein. Eine löste sich, doch die andere widersetzte sich dem Messer.

Ein Blitz zuckte nahe der Treppe, und die Sicht verbesserte sich ein wenig, sodass die Aachim wie Säulen aus dem Nebel hervortraten. Es folgte ein Donnerschlag, und Steinsplitter regneten von der Decke. Ein größeres Bruchstück schlug auf die Kuppel des Pavillons. Einen Moment lang fühlte Karan sich benommen; dann klärte sich ihr Blick wieder, und durch eine Lücke im Nebel sah sie Yggur über Mendark aufragen. Der Nebelschleier schloss sich wieder, und mit einem Schrei stürzten sich Selial und ihre Aachim auf die Pavillonwachen.

Die abtrünnigen Aachim hielten stand. Waffen klirrten, und Tensor brüllte: »*Haltet sie auf!*« Dann sprang er mit seinem schwarzen Stab aus dem Nebel in den Pavillon. Als er Karan sah, stieß er mit dem Stab nach ihr wie mit einem Speer. Sie wich aus. Der Stab schoss zwischen ihr und Llian hindurch, doch Tensor packte sie und warf sie die Stufen hinunter wie einen Ballen Heu. Llian kämpfte, konnte die letzte Fessel aber nicht zerreißen.

Tensor versetzte ihm mit der freien Hand einen Schlag hinters Ohr, ließ den Stab fallen und schrie: »Haltet sie um jeden Preis auf!« Dann erweckte er den Spiegel mit einer Berührung wieder zum Leben und versuchte, das Tor erneut seinem Willen zu unterwerfen.

Sofort erstarb der tosende Wind, und kein Nebel strömte mehr hinaus. Das Innere des Pavillons wurde dunkel, bis alles nur noch ein blauschwarzer Schatten war. Schwerter klirrten im Hintergrund und verstummten dann, als ein hoher, kaum hörbarer Ton von der Stelle ertönte, wo bis dahin noch das Tor gewesen war. Karan, die noch immer auf dem Boden lag, drückte die Hände auf die Ohren. Der Ton heulte weiter, schmerzte in den Ohren, bis er schließlich so hoch geworden war, dass ein Mensch ihn nicht mehr wahrnehmen konnte. Der ganze Pavillon erbebte und verschwand. Alle starrten in den leeren Raum. Eine Sekunde später war der Pavillon wieder da, nur umgedreht, denn nun schaute Llian von der anderen Seite zu Karan hinüber. Dann war er wieder weg, und die Musik stöhnte und schluchzte. Als der Pavillon wieder auftauchte, wankte er auf seinen Fundamenten, und eine leichte Bö wehte aus ihm hervor. Das Tor war wieder offen.

Doch diese Brise war nicht in Thurkad geboren. Die Luft war bitterkalt und besaß einen harten, metallischen Geruch. Die Dunkelheit im Zentrum wurde weggeweht. Karan schaute einen so langen Gang hinunter, dass er kein Ende zu haben schien. Das Licht in dem Gang war von einem eisigen Blau wie in einer Gletscherspalte.

Der Wind wurde stärker, bis er aus dem Portal heulte. Eiszapfen wuchsen vom Dach des Pavillons. Karans Finger schmerzten vor Kälte, und winzige Schneeflocken wirbelten an der Decke der Kammer herum.

Ein unheimlicher Schatten kristallisierte sich aus der eisigen Ferne heraus. Tensor stieß einen Triumphschrei aus, sprang vor und hob Llian am Hemd hoch. Die halb durchgesägte Fessel riss. Tensor hielt ihn in die Höhe und schrie seinen Trotz heraus.

»Komm hervor! Komm zu mir! Pitlis, erhebe dich, und sieh, wie ich dich räche!«

Langsam hob er die rechte Faust. Eine goldene Aura erwachte um ihn herum zum Leben. Karan spürte, wie sich ihr die Nackenhaare sträubten. Faelamor heulte und wurde plötzlich sichtbar, wie sie sich in wilder Flucht hinter der eingestürzten Wand in Sicherheit brachte.

Shand erschien in der Tür und schrie: »Sucht euch Deckung!« Dann verschwand er wieder.

»Ja, sucht euch nur einen Unterschlupf«, sagte Tensor in sanftem Ton. »Was ich beim Konklave getan habe, ist nichts im Vergleich zu dem, was ich hier tun werde.«

Die Aachim wichen langsam zurück. Hintis hatte sich auf die Zehenspitzen aufgerichtet. Seine Augen wirkten, als wären sie in den Schädel hineingesaugt worden.

»Nein, Tensor!«, rief er. »Du hast es geschworen!«

»*Ha!*«, schrie Tensor wahnsinnig, und das Strahlen quoll wie Rauchschwaden aus seiner Faust.

Im ganzen Raum war zu spüren, wie sich der Machtzauber aufbaute. Llian presste die Hände auf die Schläfen; sein Kopf fühlte sich an, als würde er gleich explodieren.

Tensor hob Llian noch höher und formte mit dem Mund die unhörbare Formel. Der Schatten im Tor kam näher, bis er nur noch wenige Spannen entfernt war, aber er schien ängstlich zu zögern. Tensors Faust flammte auf; Llian schrie, und der Schatten wankte. Llian schrie erneut, trat und schlug um sich und biss sich auf die Zunge, bis blutiger Schaum aus seinem Mund trat.

Karan spürte jenes leichte Gefühl der Verwirrung, unter dem sie auch beim Konklave gelitten hatte. Tensor spielte mit Rulke, aber es blieben nur Sekunden zum Handeln. Karan wusste, dass sie und alle anderen im Raum sterben würden, wenn Tensor den Machtzauber verstärkt und fokussiert durch Llians Gabe losließ. Zu dem Zeitpunkt würde Llian bereits nur noch ein Fleck auf dem Boden sein. Gegen solch eine Macht würde ihn auch seine Immunität nicht schützen.

»Hilfe!«, schrie Karan und rappelte sich mühsam auf. Osseion, der bis jetzt bei Mendark gestanden hatte, rannte auf sie zu und stieß mit seinen riesigen Fäusten brüllend die gelähmten Aachim aus dem Weg. Die Ablenkung reichte. Karan packte einen Marmorbrocken so groß wie ein Ziegelstein, sprang die Stufen hinauf und schleuderte ihn Tensor mit voller Wucht ins Gesicht.

Ein groteskes Knacken ertönte, und Tensor wirbelte herum und ließ Llian fallen. Wie Windmühlenflügel schlugen seine Arme durch die Luft, und Blut spritzte aus seiner Nase. Der Schatten brüllte. Ein eisiger Windstoß löste sich aus der glühenden Faust. Tensor rutschte auf dem blutigen Boden aus, sank auf ein Knie und hielt die Arme vor sich, während der Schatten im Tor immer größer wurde. Karan versuchte, den benommenen Llian aus dem Weg zu rollen, doch Wellen von Schmerz strömten durch ihren Kopf und blendeten sie. Dann hob Osseion, der aus einem Schnitt über dem Auge blutete, Llian mit einem Arm hoch und Karan mit dem anderen und sprang aus dem Pavillon.

Auf halbem Weg durch den Raum stellte er sie ab und schrie: »Lauft!« Sie flohen in den fragwürdigen Schutz der Treppe.

Tensor zwang seine nur noch schwach glühende Faust in die Höhe und ließ die Bruchstücke seines Machtzaubers los. Eine Schockwelle strömte hinaus, wirbelte die Schneeflocken umher und stieß die Aachim um wie Kegel. Dunkelheit breitete sich in dem Raum aus.

Ein rötliches Glühen sickerte aus dem Kamin. Der Schatten schwoll an und schrumpfte wieder in der nachlassenden Dunkelheit. Tensor rang nach Luft; der Machtzauber versagte. Plötzlich wurde die Düsternis im Pavillon von einem Blitz zerrissen, und ein dreifaches Donnern ertönte wie das Lachen eines Riesen. Tensor taumelte zurück und fiel die Stufen hinunter. Der Pavillon, der von dem Kampf unversehrt gewesen war, wurde kurz durchsichtig, verblasste dann und wurde wieder fest.

Die Luft in der Kammer wurde noch kälter und brannte den Schutzsuchenden mit jedem Atemzug im Hals. Das Tor war leer. Dann, begleitet von Donner und tosendem Wind, erschien eine dunkle Gestalt im Zentrum. Ihr schwarzes Haar flatterte; der schwarze Bart sträubte sich, und die karmesinroten Augen glühten. Er war mehr als nur riesig – ein wahrer

Gigant von Mann, dessen Kopf bis zur Kuppeldecke des Pavillons reichte. Er hatte Fesseln um Brust und Beine, schwere Ketten, die nun hinter ihm flatterten wie Schals im Wind. Er trat vor, zerbrach seine Ketten und warf sie weg. Dort, wo sie aufschlugen, fing der Stein Feuer.

Rulke kam, mächtiger denn je, und niemand vermochte ihn zu beherrschen. Ein zweiter Blitz spaltete den Pavillon genau in der Mitte. Der vordere Teil fiel in Trümmer um Rulke herum; nur drei Säulen und die Metallkuppel blieben stehen und rahmten ihn von hinten ein.

Tensor schaute sich panisch um. Sein Bart klebte von Blut, und seine Nase war platt geschlagen. Der Machtzauber hatte versagt; Llian war verschwunden, und nun verlangten die Nachwirkungen der Magie ihren Tribut. Das war mehr, als Tensors Mut ertragen konnte. Tensor zerbrach. Er krallte sich durch den Raum und versuchte verzweifelt zu fliehen.

Rulke ging auf sie zu, eine unwiderstehliche Macht. Er war ganz in Schwarz gehüllt mit Ausnahme eines scharlachroten Mantels, der an seinen Schultern flatterte. Ebenholzfarbene Stiefel schützten ihn bis zu den Knien. Auf der Suche nach seinen Feinden schaute er sich in dem Raum um.

Karan hörte ein leises Pfeifen wie von einem kochenden Kessel, und dieses Pfeifen wurde immer lauter und lauter, bis es den Boden zum Beben brachte. Unvermittelt verlosch das Glühen im Herd, als eine dunkle Gestalt aus dem Loch im Boden schoss und durch die Luft flog, als wäre ihr Mantel gigantische Schwingen. Yggur landete auf seinen Füßen, prallten noch einmal vom Boden ab und stieß dann die Faust gen Himmel. Lichtsplitter brachen aus dem Smaragd hervor, Splitter, die ihnen in den Augen schmerzten.

»Stell dich deinem Schicksal, Rulke!«, schrie Yggur. Er grinste so breit, dass es sein Gesicht zu spalten drohte, und dann schleuderte er seinem Feind den Stein entgegen.

Rulke stand wie erstarrt da, während der Stein auf ihn zuflog. Dann, im letzten Moment, fing er den Smaragd aus der Luft. Das Licht wurde so hell, dass es in trübem Grün durch seine Finger schien. Rulke umschoss den Stein mit seinen riesigen Fäusten und wand sich, als wäre der Smaragd glühend heiß. Er drückte noch fester zu, klappte zusammen und presste die Hände auf den Bauch.

»*Thar ng Caxit!*«, brüllte Yggur in einer vergessenen Sprache. »Verbrenn ihn! Verbrenne meinen Feind zu Asche!«

Der Smaragd flammte so hell auf, dass man die Knochen von Rulkes Skelett sehen konnte. Er kreischte, er weinte, er wurde fast von der Macht des Smaragds zerrissen, aber er ließ nicht los.

Yggur stand da wie ein zu Eis erstarrter Läufer, einen Arm vorgestreckt, einen Fuß in der Luft. Blind griff er an seinen Gürtel auf der Suche nach einem Messer, um seinem Gegner den Gnadenstoß zu versetzen. Dann schwoll Rulkes Stimme an, als er die Worte zu einem Gegenzauber fand. Sein Gesicht war entsetzlich verzerrt, und Rauch stieg aus seinen Händen. Das Grinsen verschwand aus Yggurs Gesicht.

Ein Knirschen und Krachen ertönte. Rulke öffnete die Hände. Smaragdsand rann auf den Boden. Rulke richtete sich auf die Zehenspitzen auf und schrie seinen Schmerz und seinen Triumph hinaus.

Yggur ließ das Messer fallen und wich zurück. »Es hat nicht funktioniert«, sagte er verständnislos. »Warum hat es nicht funktioniert?«

»Dies ist ein Ort der Charon«, entgegnete Rulke ungeduldig. »Kandor hat den Spalt gefunden, den Großen Turm darüber errichtet und zweitausend Jahre lang die Macht der Erde angezapft. Wie arrogant du doch bist, *Altmensch*, dass du glaubst, einfach hier reinkommen und ihn benutzen zu können! Wie ignorant!«

Er ballte die rauchende Faust. Yggur stieß einen gequälten Schrei aus und wand sich zuckend auf dem Boden, während er versuchte, sich zu einem Ball zusammenzurollen. Er krümmte den Rücken und riss an seinem Haar, als wolle er etwas loswerden, das sich an seinen Schädel klammerte, doch das Etwas verstärkte seinen Griff um ihn, zog den Stachel zurück und stach ihn in den Hals.

Kapitel zweiundzwanzig

Geburtsrecht

Karans Kopf schmerzte. Alle im Raum litten unter den Nachwirkungen der Macht, die hier freigesetzt worden war. Niemand hatte den Mut, sich Rulke entgegenzustellen: nicht Mendark, nicht Yggur, nicht Faelamor, nicht Tensor. Jenseits des Raums standen die Aachim dichtgedrängt beisammen und stützten einander ob der Nachwirkungen von Tensors Machtzauber, so schwach er auch gewesen sein mochte. Gemeinsam beugten sie sich nach vorne, als würden sie sich einem Sturm entgegenstemmen. Verzweifelt und voller Angst hatten auch sie keine Antwort auf Rulke; sie warteten nur auf seinen Schlag. Wie viele Male hatten die Charon schon über sie triumphiert?

Yggur wand sich auf dem Boden. Karan erinnerte sich an das erste Mal, als sie ihn getroffen hatte. Das war vor einem halben Jahr in Fiz Gorgo gewesen, als sie den Spiegel gestohlen hatte. Damals hatte Yggur keine Gnade gezeigt, seine Macht war furchtbar gewesen. Noch nie hatte sie irgendetwas so sehr gefürchtet. In einem Anflug von Einsicht sah sie Maigraith weinen. Sie waren Liebhaber. Also musste auch etwas Gutes in ihm sein.

Karan sprang aufs Treppengeländer und rief mit laut hallender Stimme: »Gemeinsam! Wir müssen ihn gemeinsam angreifen. Uns allen zusammen kann er nicht widerstehen.«

Rulke wirbelte herum, um zu sehen, woher dieses neue Ärgernis kam. Als er das tat, stand Faelamor auf. Das schien ihn zu erschrecken. Er hatte nicht gewusst, dass *sie* hier war, wollte den Kampf gegen *sie* nicht riskieren. Er zögerte.

»Gemeinsam!«, echote sie.

Sie rannte die Stufen hinunter und rief etwas in der melodischen Sprache der Faellem. Rulke schaute hierhin und dorthin, unsicher, welcher Feind als Erster zuschlagen würde. Faelamor rannte direkt vor ihm vorbei, und Karan hielt den Atem an. Sie glaubte schon, dass Faelamor ihn ohne Mühe überwältigen würde. Konnte das wirklich so einfach sein?

War es auch nicht. Faelamor rannte mit schnellen, kurzen Schritten an Rulke vorbei, in einer Hand den Spiegel. Sie erreichte den zerborstenen Pavillon, der daraufhin sofort in geisterhaftem Feuer erglühte. Das Tor blieb offen! Alle starrten sie an, wollten einfach nicht glauben, dass Faelamor sie im Stich lassen würde. Tensor schüttelte den Kopf und richtete sich auf die Knie auf.

»Der Spiegel gehört mir!«, schrie er mit belegter Stimme. »Du wirst ihn nicht bekommen.« Er griff mit seinen langen Fingern nach ihr, und der Spiegel fiel klappernd zu Boden.

Faelamor sprang ihm hinterher, doch er entglitt ihr, und so sehr sie sich auch bemühte, sie konnte ihn nicht erreichen. Sie kreischte in ihrer Verzweiflung, den Spiegel wieder zurückzubekommen, aber auch wenn sie sich streckte, bis ihre Schulter aus dem Gelenk zu springen drohte, entglitt ihr der Spiegel; dann stellte Rulke den Fuß darauf. Zitternd von den Nachwirkungen des Zaubers begann Faelamor, die Silben einer neuen Illusion zu sprechen. Tensor hob die Hand, und sie entflammte in giftigem Grün.

»Nein!«, schrie er und spie Blut. »Ich werde dich in deine Einzelteile zerlegen. Kein Faellem vermag dem zu widerstehen.«

Faelamor war geschlagen – das sah Karan. Tensor konnte sie niederstrecken, bevor ihre armselige Illusion vollständig war, und diesmal würde Faelamor sterben. Rulke beobachtete sie mit zusammengekniffenen Augen. Ihr Fuß rutschte über einen Stein, ein Bruchstück des Pavillons. Faelamor schnappte ihn sich, blickte in den neuen Spiegel in seiner Halterung, riss das Tor in die von ihr gewünschte Richtung und war verschwunden.

Rulke hatte die Uneinigkeit seiner Feinde mit schmerzverzerrtem Lächeln beobachtet. »Drei erledigt!«, sagte er leise. Eine rosafarbene Flüssigkeit tropfte von seinen verbrannten Fingern.

Dann riss er den Arm hoch. Die Kuppel des Pavillons begann, rot und blau zu glühen, flog davon und schlug mit lautem Krachen auf den Boden, wo sie sich auf der Spitze drehte. Eine der verbliebenen Säulen stürzte ein; jetzt waren es nur noch zwei. Rulke drehte sich um, ballte die ausgestreckte Hand zur Faust und verzog das Gesicht vor Schmerz. Yggur, der die ganze Zeit stumm auf dem Boden gelegen hatte, schrie vor Schmerz. Dann richtete Rulke die andere Hand auf Tensor, der daraufhin auf die Knie sank und den Mund aufklappte, als brächte er keinen Ton mehr heraus. In einer Geste der Demut streckte er die Arme aus.

Niemand wagte es, sich zu rühren. Yggurs hilfloser Schrei traf Karan wie ein Schlag. Wie verachtenswert waren doch die Aachim, die noch nicht einmal den Mut aufbrachten, sich gegenseitig zu verteidigen? *Wenn es sonst niemand wagt, dann muss ich es wohl tun*, sagte sie zu sich und tastete an ihrem Gürtel. Mit einer Bewegung von schwindelerregender Schnelligkeit schleuderte sie ihr Messer nach Rulke.

Rulke wirbelte ob der plötzlichen Bewegung herum und riss die Hand hoch, doch er war zu lange im Nachtland gewesen. Seine Reflexe hatten nachgelassen. Das Messer ging mitten durch seine Hand hindurch und verkeilte sich zwischen den Knochen. Sein Gesicht nahm einen schier unglaublich kalten Ausdruck an, doch ob aus Schmerz, wie er ihn seit tausend Jahren kaum hatte empfinden können, oder ob aus Demütigung, das war schwer zu sagen.

Er schauderte, ließ die blutige Hand sinken und drückte sie

sich auf die Seite, als hätte das Messer ihn dort getroffen. Er starrte durch Karan hindurch und schaute mehr als vierzig Jahrhunderte zurück.

»Zwei Wunden, Elienor! Jeder, nur du nicht.« Er war verloren; dann fokussierten sich seine Augen wieder. »*Wer bist du?*, flüsterte er. »Du bist nicht Elienor. Du bist noch nicht einmal eine Aachim.«

»Ich bin Karan Elienor Melluselde Fyrn, und ich komme aus Gothryme«, antwortete Karan. »Ich bin keine Aachim, und doch stamme ich aus ihrer Linie.«

»Karan.« Rulke lächelte, wenn auch nicht freundlich. »Das ist gut. *Elienor* war stets sicher vor mir. *Das* ist also die, die dir so ähnlich ist. Als ich dir zuvor gefolgt bin, habe ich dich für groß und dunkel mit Hakennase und Füßen wie Flossen gehalten. Ich kannte dich von innen, doch nie hätte ich vermutet, dass du *ihr* von außen ähnelst. Hätte ich das gewusst, ich hätte dich nicht benutzt. Aber getan ist getan. Ich habe noch größeren Nutzen für dich. Komm her!«

Er schüttelte das Handgelenk; das Messer fiel zu Boden, und Blut spritzte in den Raum. Wenn ein Tropfen Fleisch berührte, verbrannte es. Dann rief Rulke ein Wort, und die Stufen, auf denen Karan und Llian standen zerfielen zu Staub, sodass sie herunterstürzten. Er trat einen Schritt auf sie zu. Karan war wehrlos. Hätte Rulke gewollt, er hätte sie in die Wand schmettern können.

Sein Fuß stieß gegen den Spiegel, den Faelamor zurückgelassen hatte. Rasch bückte sich Rulke, um ihn aufzuheben. Er schaute ihn lang und hart an, während Karan den Atem anhielt und sich fragte, was er dort sah. Und es war klar, *dass* er etwas sah, denn die Spiegelung flackerte auf seinem Gesicht. Dann warf er ihn beiseite.

»Ein Spielzeug – Plunder der Aachim!«, sagte er verächtlich. »Was brauche ich solch unbeholfene Geräte? Ich habe etwas

Besseres. Ach, aber es ist gut, dass ich gekommen bin. *Du* bist genau das, was ich für mein Projekt brauche.« Er starrte Karan und Llian an, und beide hatten Angst um den anderen.

»Was habe ich doch für ein Glück, dass ich dich nicht erschlagen habe, kleine Karan. Ich kann dich brauchen.« Rulkes Augen glühten genau so, wie Karan es aus ihren Träumen von vor langer Zeit in Erinnerung hatte.

Er trat auf sie zu, und Karan wich zurück. Verzweifelt schaute sie sich nach Llian um. Der hatte sich an einen Steinblock hinter ihr gelegt und hielt sich das Knie, das er sich beim Sturz aufgeschlagen hatte. Karan ergriff seine Hand; sie rappelten sich auf, und gemeinsam krochen sie durch die Trümmer zur Wand. Es herrschte vollkommene Stille im Raum; nur das Scharren ihrer Füße auf dem verdreckten Boden war zu hören. Rulke rückte immer weiter vor. Er ragte hoch über sie auf, war zweimal so breit und dreimal so schwer. Seine Hände waren riesig. Wenn er die Finger spreizte, konnte er ihren Schädel ganz umfassen. Er bewegte sich vollkommen geräuschlos; nur sein Atmen drang dann und wann zu ihr hinüber.

Karan hatte furchtbare Angst. Dann stieß ihr Stiefel gegen irgendetwas. Sie schaute nach unten und sah, dass sie auf ihre Klinge getreten war. Sie sprang nach dem Messer.

Fast hätte sie es gehabt. Das blutige Heft verbrannte ihre Fingerspitzen, doch eine unsichtbare Kraft ließ es ihr wieder entgleiten. Llian zog sie erneut hoch, und sie setzten ihren Rückzug fort.

»Bleib stehen!«, sagte Rulke. »Was soll dieses Spiel? Du gehörst mir.«

Karan blieb nicht stehen. Sie sah eine schwache Aura zwischen den beiden Säulen, die als Einzige von dem Pavillon übrig geblieben waren, und Karan hatte eine Idee. Wenn es keine andere Fluchtmöglichkeit gab, würde sie nach Thurkad fliehen, wie Faelamor es getan hatte.

»*Bleib stehen!*«, donnerte Rulke, und Karan war wie erstarrt. Was konnte sie tun? Sie bemerkte, dass Tensor sich unmittelbar zu ihrer Linken befand. War noch irgendetwas von ihm übrig?

»Tensor!«, schrie sie. »Erinnerst du dich an den Tag vor zwölf Jahren, als in Shazmak alle magischen Wächter zugleich Alarm geschlagen haben? Du bist ans Tor gekommen und hast ein schäbiges, stolzes Mädchen auf deiner Schwelle gefunden. Damals hat sie zu dir gesagt, ›Ich bin nach Hause gekommen‹, und du hast sie hochgehoben und in deinen Armen gehalten. Ich bin dieses Mädchen, Tensor, und ich liebe dich noch immer. Kümmert dich denn gar nicht, was mit mir geschieht?« Sie streckte ihm die Arme entgegen.

Rulke schaute ihr amüsiert zu, und er lachte. »Das hättest du ihn besser gefragt, bevor du ihm die Nase eingeschlagen hast«, dröhnte er.

Karans Flehen drang durch die Nachwirkungen des Zaubers und weckten Tensor, sodass er seine Torheit und Schande erkannte. Plötzlich sprang er zwischen Karan und Rulke und schwang den Arm, doch die Übelkeit war zu viel; er war geradezu tödlich langsam.

Rulke stieß ihn mit verächtlicher Wildheit beiseite. Tensor fiel auf die Knie, seine mächtige Gestalt von dem Schlag zerbrochen. Er versuchte, sich wieder aufzurappeln, und es gelang ihm sogar, Rulke am Bein zu packen, doch erneut wurde er wie ein angreifender Hund beiseitegetreten. Karan weinte, wollte Tensor zu Hilfe eilen, blieb dann jedoch stehen. Rulke versperrte ihr den Weg. Sie saß in der Falle! Tensor lag regungslos da. Er schaute zu ihr hinauf, konnte sich aber nicht bewegen. »Lass mich«, flüsterte er. »Rette dich!«

Karan schaute sich verzweifelt um. Alle standen wie gelähmt da und kamen weder ihr noch Tensor zu Hilfe. »Bitte! Irgendjemand!«

Nach Tensors grausamem Schicksal wagte niemand, sich

auch nur zu bewegen. Karan packte Llians Hand und zog ihn weiter zurück. Ihr Blick flog unstet umher. Sie konnte nirgends hin. Sie sah Shand in der Tür. Der alte Shand, der stets geleugnet hatte, über irgendeine Macht zu verfügen, aber immer mit einem Notfall zurechtkommen konnte.

Doch nun sah Shand geschlagen aus. Er stützte sich neben die herausgerissene Tür, vollkommen erschöpft von vorhin, als er Karan verteidigt hatte. Wie sollte sie da von ihm verlangen, noch mehr für sie zu tun? Aber irgendjemand musste etwas tun.

»Shand«, flehte sie. »Hilf mir!«

Shand stieß sich von der Wand ab. Rulke drehte sich um, zog die Schultern zurück, spreizte die Beine und lächelte verächtlich.

»Hilf ihr, alter Mann, wenn du es wagst. *Zerschmettere mich!*«

Shands Gesicht brach vor Anstrengung und Schmerz fast entzwei. Schließlich brachte er etwas mit seinen Händen zustande. Der Boden vibrierte, aber sonst geschah nichts.

»Versuch es noch mal, du alter Narr!«, rief Rulke und lachte spöttisch. Er wandte sich wieder Karan zu.

Rulke hätte sie ohne weiteres berühren können, aber er schien die Jagd zu genießen. Es machte ihm Spaß, sie zu locken und dorthin zu treiben, wo er sie haben wollte. Karan trat auf die Plattform und kam zu der Aura, die sich noch immer an die Trümmer klammerte. Sofort flammte ein helles Licht zwischen den Säulen auf.

Warum nicht?, dachte Karan. *Sonst kann ich nirgendwo hin.*

»Karan! Nicht!«, schrie Shand von der anderen Seite des Raums.

Er sprach zu spät. Rulke stürzte sich auf Karan, und sie sprang nach hinten in das wartende Tor und zog Llian mit sich. Das Tor pulsierte zweimal und trug sie mit einem Knall davon, bevor es sich in Nichts auflöste.

Einen Moment lang rührte sich niemand. Dann begann Rulke wieder zu lachen, ein tiefes, volles Geräusch.

»Hätten sie gewusst, wohin das Tor sie bringt, wären sie wohl nicht so bereit gewesen, es zu betreten«, sagte er und wischte sich die Augen.

»Waffenstillstand, Mendark!«, flüsterte Yggur gleichzeitig. »Jetzt kannst du dein altes Verbrechen wiedergutmachen. Hilf mir!«

Mendark hatte sich bemüht, schwach und unbedeutend auszusehen und auf eine Gelegenheit gewartet, da Rulke nicht mehr so wachsam war. Jetzt sah er diese Gelegenheit. Mendark wusste, wie er Rulkes Griff um Yggur lösen konnte; tatsächlich hatte er das schon immer gewusst, und das war der Kern ihres Hasses aufeinander. Doch sie hassten einander nicht so sehr, wie sie Rulke fürchteten.

Mendark schlich sich hinter Yggur und legte ihm die Finger an die Schläfen. Die Finger schienen in den Schädel zu gleiten. Yggurs Gesicht nahm einen leeren Ausdruck an. Er sackte in sich zusammen und murmelte Unsinn.

Mendark griff auf lange vergessenes Wissen zurück, auf Mächte, die seit der Zeit der Experimente nicht mehr benutzt worden waren. Er griff tief in Yggurs Geist hinein und tat, was er schon damals hätte tun sollen: Er riss den Giftstachel heraus und durchtrennte die Geistfesseln, die Yggur seit damals gefangen hielten.

»Yggur!«, flüsterte Mendark. »Das ist deine Chance!«

Benommen und schwach schüttelte Yggur den Kopf. Endlich war er frei. Aber er rührte sich nicht. Jetzt konnte ihn nichts mehr zurückhalten außer seinen eigenen Ängsten, und das taten sie auch – die Albträume konnte er nicht so leicht überwinden. Er zitterte in Mendarks Armen.

Mendark, der erkannte, dass die Gelegenheit fast vorüber war, ließ Yggur fallen und sprang auf. Er war vollkommen verängstigt, aber er zeigte es nicht. Rulke war ihm um ein Vielfaches überlegen, falls er dann für den Konflikt bereit war ... aber vielleicht war er das ja nicht.

Mendark trat über Yggur hinweg, um sich seinem Feind zu stellen; das war das Tapferste, was er je getan hatte. Er atmete tief durch, hob die Hand und rief mit rauer Stimme: »Rulke! Komm, und teste deinen Mut an mir! Du zögerst? Dann spür *das*!«

Rulke wurde herumgerissen. Er stolperte, und Mendark entfesselte einen Stoß, der ihn zurücktaumeln ließ. Rulke erholte sich jedoch rasch, sprach ein Wort, und Mendarks Arme und Beine begannen wild zu zucken. Seine Füße tanzten immer schneller und schneller, bis sie kaum noch zu sehen waren.

Er schrie, kreischte, und mit einem mächtigen Ruck erlangte er die Kontrolle über seine Gliedmaßen wieder. Er formulierte einen Gegenzauber, der Rulke den Schweiß ausbrechen ließ. Rulke bemühte sich so sehr zurückzuschlagen, dass er sich gequält ans Herz griff.

Mendark wurde kreidebleich vor Anstrengung. Er geriet ins Taumeln und sank auf ein Knie. »Kommt schon!«, schrie er den anderen zu, als er sich langsam wieder aufrappelte. Er trat einen weiteren Schritt auf Rulke zu und sah so befehlend aus, wie er in der Blüte seiner Jugend ausgesehen haben musste.

Bei diesem Anblick fühlten die anderen, dass sich die Waagschale zu ihren Gunsten geneigt hatte, und sie rückten um Mendark zusammen. Der verkrüppelte Tensor schaffte es nur bis auf die Knie, aber auch er hob den Arm. Yggur, noch immer benommen, zwang sich auf die Beine. Mendark hob ihn hoch, während Osseion sich auf der anderen Seite platzierte, fast so groß wie Rulke. Selbst die verängstigten Aachim schienen ein wenig Mut zurückgewonnen zu haben. Shand stützte sich an die Trümmer der Tür, beobachtete und wartete.

Rulke zögerte. Alles entwickelte sich zu seinen Ungunsten.

Er durfte nicht zulassen, dass man ihn unvorbereitet stellte, umgeben von *all* seinen Feinden. Er begann zurückzuweichen; vielleicht verstand er, dass sie keinen Plan hatten. Vielleicht waren sie ja noch nicht bereit für die große Konfrontation; vielleicht konnte er ja noch entkommen, bevor sie erkannten, dass sie im Vorteil waren. Das Nachtland war zerbrochen. *Er war frei.* Das war alles, was zählte. Die Schlacht würde zu einer anderen Zeit und an einem anderen Ort stattfinden. Rulke sprang zu dem zerstörten Tor.

»Er ist schwach!«, schrie Shand. »Greift ihn an! Alle zusammen!«

Mendark war der schnellste. Er riss den neuen Spiegel aus der Wand und warf ihn so hart gegen die Wand, dass er zerbarst. Ohne ihn war das Tor nutzlos.

Rulke duckte sich zwischen den zwei verbliebenen Säulen hindurch, stieß sie seinen Verfolgern entgegen, sprang über die Trümmer und floh die Treppe hinauf. Wieder übernahm Mendark das Kommando. »Ihm nach!«, rief er. Nur knapp wich er einer der umstürzenden Säulen aus und rannte los wie ein junger Mann. Die anderen folgten ihm: Yggur und Osseion, ein Schwarm von Aachim und dann Shand. Zwei Aachim kamen langsamer hinterher; sie trugen Tensor auf einer improvisierten Bahre.

Auf halbem Weg nach oben begann Rulke zu wanken. Das Nachtland hatte ihn geschwächt. Im zwölften Stock hatten sie ihn fast, doch er brachte einen Teil der Wand zum Einsturz und rannte weiter nach oben.

Osseion kletterte über die Trümmer. »Halt!«, rief Mendark und rang nach Luft. »Allein kannst du es nicht mit ihm aufnehmen. Wir müssen zusammenbleiben.«

Tausend Stufen später erreichten sie die Turmspitze – ein torkelnder, schlurfender Haufen. Die Tür war von innen verkeilt. »Schlagt ... Schlagt sie ein!«, keuchte Mendark. Acht Schultern warfen sich mit solcher Wucht dagegen, dass sie aufflog. Rulke war an einem Fenster auf der anderen Seite des Raums und schaute hinaus. Seine mächtige Brust hob und senkte sich wie ein Blasebalg.

»Es gibt keinen Weg hinab«, rief Mendark. »Du sitzt in der Falle! Ergib dich!«

Rulke lachte verzweifelt und spie Flüche, die die Wand erzittern ließen. Die Platinkuppel sackte durch, als wäre sie aus Gummi.

Sie hielten sich zurück, bis Tensors keuchende Träger in der Tür erschienen. »Alle zusammen!«, schrie Mendark. »Jetzt!«

Diesmal ließ ihr Mut sie nicht im Stich. Sie fanden Kraft in ihrem Hass und ihrem Zorn und bündelten ihre gemeinsame Macht zu einem Lichtstrahl, der Rulke mitten auf der Brust traf und zum Fenster hinausschleuderte.

Sie stießen einen heiseren Jubel aus, wie benommen von ihrem plötzlichen Erfolg. »Als wir zusammengestanden haben, war es einfach«, bemerkte Yggur.

»Er kann das nicht überleben«, sagte Mendark, und Triumph zeigte sich auf seinem Gesicht. Der Sieg gehörte ihm, und er schmeckte sehr, sehr süß. Sollten sie ihn ruhig noch einmal einen Versager nennen! »Der Sturz wird ihn töten, auch wenn er ein Charon ist.«

»Das war zu leicht«, sagte Shand und humpelte durch den Raum.

Auch die anderen eilten zum Fenster, um den Sturz zu beobachten und Zeugen von Rulkes Tod zu werden, doch sie mussten feststellen, dass das ganz und gar nicht sein Ende war. Rulke hielt sich mit einer Hand an einer der großen Fahnenstangen fest. Sein Gesicht leuchtete vom Schmerz in den verbrannten Händen, und seine Arme und Beine waren verdreht, aber er schaute seinen Feinden in die Augen, einem nach dem anderen.

»Hört noch einmal die Prophezeiung«, sagte er so leise, dass sie sich anstrengen mussten, um ihn über den pfeifenden Wind hinweg zu hören.

Wenn der dunkle Mond am Mittwintertag voll ist, dann werde ich zurückkehren. Ich werde die Düsternis zerbrechen und den Weg zwischen den Welten öffnen. Niemand hat die Macht, mich aufzuhalten. Die Drei Welten werden für alle Zeit den Charon gehören.

Sie schauten alle in den Himmel, doch der Mond war bereits untergegangen. Es waren nur noch ein paar Tage bis Vollmond, doch im Augenblick war von der dunklen Seite nichts zu sehen. Shand erwiderte:

Zerbrich das gold'ne Horn,
Wünsch dir das Glas zerstört,
Fürchte den dreimal Geborenen,
Doch hüte dich vor dem, der dreimal verraten.

Rulkes Gesichtsausdruck war nicht zu deuten. Mendark streckte den Arm aus. Er war so schwach, dass er den Ellbogen mit der anderen Hand stützen musste. Er deutete auf die Verankerung der Fahnenstange, die Rulke über dem Abgrund hielt, und stöhnte ein Wort. Die Stange knirschte und brach wie die andere nur wenige Tage zuvor.

Rulke ließ los und hing kurz mitten in der Luft; einen Augenblick lang schien er der Schwerkraft zu trotzen. Dann fiel er immer schneller und schneller, und alle blickten ihm hinterher bis zu dem harten Metallgeländer der Brücke tief unten. Doch bevor er dort aufschlug, streckte er die Arme aus; die geballten Fäuste trafen sich über seinem Kopf, und so bildete er ein »O«. Die gleiche blauschwarze Finsternis, die sein Kommen angekündigt hatte, breitete sich in alle Richtungen aus, und Rulke verschwand.

Mendark spähte nach unten. »Was ist passiert?«, fragte er. »Ich sehe ihn nicht mehr.«

»Er ist weg«, sagte Tallia, deren Augen besser waren.

»Das ... Das Nachtland hat ihn wieder zurückgeholt«, krächzte der schwer verletzte Tensor.

»Dann hast du mit deiner Torheit gar nichts erreicht«, sagte Selial verbittert.

»Weniger als nichts. Er ist stärker geworden; wir sind am Ende. Von nun an soll ich den Namen til-Pitlis tragen. Ich will mich nach dem schlimmsten Verräter nennen und dem größten Narr aller Zeiten.«

Sie starrten einander an; dann wandten sich alle Shand zu. Sie wunderten sich über Rulkes Prophezeiung und Shands Antwort. Das dunkle Gesicht des Mondes, schwarz, purpurn und rot gefleckt, war ein böses Omen. Nur selten war es am Mittwintertag, dem Hythe, Santhenar zur Gänze zugewandt. Ein *dunkler* Vollmond zum Hythe ... niemand vermochte sich daran zu erinnern, wann das zum letzten Mal geschehen war. Und niemand wusste, was Rulkes Worte oder Shands Antwort zu bedeuten hatten, und Shand schwieg.

»Lasst uns gehen!«, rief Mendark. »Katazza ist am Ende.«

Sie machten sich auf den Weg die schier unendliche Treppe hinunter und litten furchtbar unter den Nachwirkungen des Zaubers. Unten angelangt stöhnte Tensor auf seiner Bahre, als sie an dem zerstörten Tor vorbeikamen. »Bringt mir den Spiegel. Lasst ihn nicht hier. Ich muss ihn haben.«

»Du Narr!«, schrie Selial und bebte vor Zorn. »Willst du denn nicht endlich sterben? Eher werde ich dich mit eigener Hand erwürgen, ehe du ihn wieder in die Finger bekommst.«

Es war der alte Shand, der den Spiegel dort aufhob, wo Rulke ihn hingeworfen hatte. »Ich werde ihn in meine Obhut nehmen«, sagte er, »in Erinnerung an jene, deren Geburtsrecht er war.«

Er steckte ihn in die Tasche, und obwohl alle sich über seine Worte wunderten, forderte ihn niemand heraus.

Glossar der Namen, Orte und Begriffe

Aachan: eine der Drei Welten, die Welt der Aachim und, nach der Eroberung, der Charon.

Aachim: das menschliche Volk, das von Aachan stammt und von den Charon erobert worden ist. Die Aachim sind ein intelligentes Volk von Kunsthandwerkern und Ingenieuren, aber melancholisch und mit einer Neigung zur Hybris. Nachdem sie nach Santhenar gebracht worden waren, gediehen die Aachim, wurden im Kataklysmus jedoch verraten und in den Ruin getrieben. Schließlich zogen sie sich aus der Welt zurück und lebten fortan in ihren riesigen Bergfestungen.

Aachimning: ein Freund der Aachim.

Alcifer: die letzte und größte von Rulkes Städten, entworfen von Pitlis dem Aachim.

Almadin: ein trockenes Land jenseits des Meers von Thurkad.

Altmenschen: das auf Santhenar einheimische Menschenvolk und bei weitem das zahlreichste.

Aoife: die Meisterformerin, die den Spiegel erschaffen hat. Sie gab ihn dem jungen Tensor zum Abschied von seiner Lehre als Belohnung für seine Leistung.

Aschenstadt: eine uralte Stadt über dem Meer der Trockenheit.

Asper der Heiler: einer der Aachim aus Tensors Trupp.

Asrail: Tochter von Ulice, einer Wirtin in Thurkad und alten Freundin von Shand.

Aufzeichner, der: die Person, die neben vielen anderen die Geschichten der vier großen Schlachten zwischen Faelamor und Yalkara niedergeschrieben hat. Es heißt, er habe den Spiegel genommen (nachdem Yalkara Faelamor schließlich geschlagen hatte und von Santh geflohen war) und ihn für die Zukunft versteckt. Sein Name war Gyllias.

Bannador: ein langes, schmales und hügeliges Land auf der Westseite von Iagador.

Basitor: ein verbitterter Aachim, der den Untergang von Shazmak überlebt hat.

Berenet: der zweite von Mendarks Stellvertretern, ein Stutzer.

Berg Tisane: ein von Geistern heimgesuchter Ort.

Bibliothek der Historien, die: die berühmte Bibliothek im Kollegium der Historien in Chanthed.

Bibliothekar, der: Nadiril der Weise. Er ist auch ein Mitglied des Rates von Iagador.

Blase: Mitglied von Tensors Aachim.

Blustard: ein Säufer, der alles weiß, was in Thurkad vor sich geht.

Booreah Ngurle: der »Brennende Berg« oder »Feuerberg«, ein Vulkangipfel in den Wäldern östlich von Almadin. Die Charon hatten dort einst eine Feste.

Chaike: einer von Yggurs Offizieren, ein dünner, nervöser Mann.

Chanthed: eine Stadt im Norden Meldorins, an den Ausläufern der Berge. Das Kollegium der Historien befindet sich dort.

Chard: eine Art Tee.

Charon: eines der vier Menschenvölker, das Herrenvolk der Welt Aachan. Sie flohen aus der Leere, um sich Aachan von den Aachim zu nehmen. Ihren Namen gaben sie sich nach dem kalten Mond am äußersten Ende der Leere. Sie haben seltsame Augen, indigoblau oder karmesinrot, manchmal auch beides zusammen, je nach Licht.

Chert: Angehöriger von Penders Mannschaft auf der *Tanzenden Gans.*

Chronist: ein Historiker, ein in der Kunst und Wissenschaft der Aufzeichnung und Bewahrung der Historien Geschulter.

Dirhan: Zöllner in Sith und Freund von Pender und dessen entfremdeter Frau Hassien.

Dolodha: ein Kuriermädchen, eine von Yggurs Dienerinnen.

Drei Welten, die: Santhenar, Aachan und Tallallame.

Düsternis, die, siehe: *Geschichte der Düsternis.*

Elienor: eine große Heldin der Aachim aus der Zeit der Invasion von Aachan durch die Charon.

Elludore: ein großes Waldland nördlich von Thurkad.

Emmant: ein Halbaachim, Bibliothekar in Shazmak, der ein gewalttätiges Verlangen nach Karan entwickelt und sie angegriffen hat. Sie hat ihn in Thurkad getötet.

Erzähler: jemand, der das rituelle Erzählen der Historien von Santhenar gemeistert hat.

Faelamor: Anführerin des Volkes der Faellem, die kurz hinter Rulke nach Santhenar gekommen sind, um ein Auge auf die Charon zu haben und das Gleichgewicht zwischen den Welten zu wahren. Maigraith' Herrin.

Faellem: das menschliche Volk von der Welt Tallallame. Es sind kleine und mürrische Menschen, die keine Maschinen verwenden dürfen, besonders keine magischen Geräte; allerdings sind sie Meister der Illusion und Verkleidung. Faelamors Gruppe saß nach der Düsternis auf Santh fest und sucht ständig nach einem Weg nach Hause.

Festival von Chanthed: ein jährlich stattfindendes Fest, das im Herbst in Chanthed abgehalten wird. Dort werden die Historien von den Meistern und Schülern des Kollegiums vorgetragen.

Fiz Gorgo: eine Festungsstadt in Orist, in uralter Zeit geflutet und jetzt wiederaufgebaut; Festung von Yggur.

Flöte, auch: **goldene Flöte, die:** ein auf Rulkes Geheiß von dem genialen Schmied Shuthdar in Aachan hergestelltes Gerät. Sie wurde von Shuthdar gestohlen und nach Santhenar gebracht. Wenn sie von einem Empfindsamen benutzt wird, kann sie den Weg zwischen den Welten öffnen. Sie wurde von Shuthdar in der Zeit der Düsternis zerstört.

Fyrn: Familienname Karans von Bannador, mütterlicherseits.

Gabe von Rulke, die, auch: **Rulkes Fluch:** Wissen, das Rulke den Zain gegeben hat, um ihren Widerstand gegen die den Geist zerstörenden Machtzauber der Aachim zu erhöhen. Sie hinterließ Stigmata, welche die Zain als solche identifizierte.

Galardil: ein Waldland östlich von Orist.

Galliad: Karans Vater, ein Halbaachim. Er wurde getötet, als Karan noch ein Kind gewesen ist.

Gannel: ein Fluss, der nahe Chanthed entspringt und durch die Berge bei Ganhafen ins Meer fließt.

Garr, Garrflut: der größte Fluss von Meldorin. Er entspringt westlich von Shazmak und fließt östlich von Sith ins Meer von Thurkad.

Geächtete Experimente: magische Prozeduren, um einen Fehler in der Düsternis zu finden, den man dann benutzen konnte, um Rulke auf immer zu verbannen. Sie sind ungewöhnlich gefährlich, da Rulke die Kontrolle über den Experimentierenden erlangen kann.

Geheime Kunst, die: die Verwendung magischer Kräfte (Wirken). Eine Kunst, die nur wenige verwenden können und dann auch nur nach langer Ausbildung. Zu den bemerkenswertesten Wirkern gehören Mendark, Yggur, Maigraith, Rulke, Tensor und Faelamor, obwohl alle unterschiedliche Stärken und Schwächen haben. Tallia besitzt ebenfalls große Fähigkeiten, ist aber schlecht ausgebildet.

Gellon: eine Frucht, die wie eine Mischung aus Pfirsich und Mango schmeckt.

Geschichte der Aachim, die: eine uralte Zusammenfassung der Geschichte der Aachim, das *Nazhak tel Mardux*. Sie wurde kurz nach der Gründung von Shazmak geschrieben. Llian hat sie in Shazmak gelesen und sich eingeprägt, um sie später übersetzen zu können.

Geschichte der Düsternis, die: größte der Großen Geschichten. Sie berichtet von der schlussendlichen Zerstörung der Flöte durch Shuthdar vor mehr als dreitausend Jahren und erzählt, wie die Düsternis Santhenar von den anderen beiden Welten abgeschnitten hat.

Ghâshâd: die uralten Todfeinde der Aachim. Sie wurden korrumpiert und haben Rulke die Treue geschworen, nachdem die Zain vor zweitausend Jahren rebelliert haben. Doch als Rulke tausend Jahre später ins Nachtland verbannt worden ist, vergaßen sie ihr Schicksal und nahmen einen neuen Namen an: Whelm. Kurz vor dem Konklave haben sie Shazmak erobert und geplündert.

Gothryme: Karans verarmtes Landgut in der Nähe von Tolryme in Bannador.

Granewys: eine armselige Küstenstadt nördlich von Thurkad.

Große Berge: der größte und höchste Gebirgszug von ganz Santhenar. Er umschließt den gesamten Süden des Kontinents Lauralin.

Große Bibliothek, die: gegründet in Zile von den Zain zurzeit des Reiches von Zur. Die Bibliothek ist mehrmals geplündert worden, wurde aber jedes Mal neu eingerichtet.

Große Geschichten: die größten Geschichten innerhalb der Historien von Santhenar. Traditionell werden sie beim Festival von

Chanthed vorgetragen sowie bei wichtigen zeremoniellen Anlässen auf ganz Santhenar. Eine Geschichte kann nur durch einstimmigen Beschluss aller Meisterchronisten zu einer Großen Geschichte erklärt werden. In viertausend Jahren sind so nur zweiundzwanzig Große Geschichten entstanden.

Großer Verräter: Rulke.

Großes Projekt: ein Weg, den der Rat gesucht hat, um die Charon für alle Zeiten von Santhenar zu verbannen.

Gyllias: der Aufzeichner.

Hakasha-ka-najisska: ein verbotener Machtzauber (ein den Geist zerstörender Zauber), den die Aachim zum Einsatz gegen die Charon entwickelt haben. Zain mit der Gabe von Rulke sind dagegen immun.

Hassien: Penders Frau, die ihn in Sith verlassen hat.

Heimatlose, die: Penders drittes Boot, einst ein Schmugglerschiff unter dem Namen *Schwarzer Opal*.

Hennia: eine Zain. Sie ist Mitglied des Rates von Iagador.

Hintis: ein extrem großgewachsener Aachim mit wolligem Haar.

Historien, die: die riesige Sammlung von Aufzeichnungen, die mehr als viertausend Jahre der Geschichte Santhenars erzählt. Die Historien bestehen aus historischen Dokumenten, gesammelt und bewahrt von den Chronisten wie auch die Geschichten, Lieder, Legenden und Mythen der Völker von Santhenar und der Eindringlinge von anderen Welten, wiedergegeben von den Erzählern. Die Kultur von Santhenar ist untrennbar mit den Historien verwoben, und die größte Ehre, die jemand erreichen kann, ist, in ihnen erwähnt zu werden.

Hlune: das schlaksige Volk, das die Kaistadt von Thurkad beherrscht und den Seehandel kontrolliert.

Hulings Turm: der Ort, an dem die goldene Flöte zerstört worden ist.

Hythe: der Mittwintertag, der vierte Tag der Endre, der Mittwinterwoche. Der Hythe gilt als Unglückstag.

Iagador: das Land zwischen den Bergen und dem Meer von Thurkad.

Idlis: der niederste der Whelm, ein Heiler und lange Zeit Jäger von Karan und dem Spiegel. Er wurde ein Ghâshâd und ging nach Shazmak.

Iennis: einer von Tensors Aachim.

Jark-un: Anführer eines Trupps von Whelm, einst Rivale von Vartila, doch nun ein Ghâshâd.

Jepperand: eine Provinz auf der Westseite der Berge von Crandor. Heimat der Zain und Llians Geburtsort.

Jevi (Jevander): Lilis' Vater, der vor sieben Jahren auf ein Schiff verschleppt wurde.

Kandor: einer der drei Charon, die nach Santhenar gekommen sind. Er wurde irgendwann nach dem Kataklysmus getötet und ist der einzige Charon, der auf Santh gestorben ist.

Karama Malama: das Meer der Nebel, südlich des Meers von Thurkad.

Karan: eine Frau aus dem Hause Fyrn, aber mit dem Blut der Aachim von Seiten ihres Vaters, Galliad, und Altmenschen- sowie Faellemblut von ihrer Mutter her. Das macht sie zu einer Triune, auch wenn sie das nicht weiß. Sie ist auch eine Empfindsame und lebt in Gothryme.

Kataklysmus: eine Reihe von Kriegen zwischen den Charon und den Aachim, die vor gut 1500 Jahren ihren Anfang genommen und in der fast vollständigen Vernichtung von Santhenar geendet haben.

Kette von Tychid, die: ein Band von sieben ungewöhnlich hellen Sternen und vielen schwächeren. Zu sehen am Winterhimmel in südlichen Breitengraden.

Kollegium der Historien: das älteste der Kollegien zur Unterweisung der Chronisten und Geschichtenerzähler der Historien oder auch niederer Barden. Kurz nach der Zeit der Düsternis ist es in Chanthed eingerichtet worden.

Konklave, das: ein Forum in Thurkad, das zur Bewältigung einer Krise einberufen wird. Es wird von den »Gerechten« geleitet, einer ausgewählten Gruppe von Richtern und hohen Würdenträgern. Das letzte Konklave wurde einberufen, um die Eigentumsrechte am Spiegel zu klären, doch Tensor hat einen Machtzauber eingesetzt und ihn gestohlen.

Lauralin: der Kontinent östlich des Meers von Thurkad.

Leere, die: die Räume zwischen und jenseits der Drei Welten. Ein Ort, wo das Leben brutaler und flüchtiger ist als sonst irgendwo. In der Leere wimmelt es nur so von exotischem, unvorstellbarem Leben, denn nichts überlebt dort, ohne sich ständig selbst neu zu erschaffen.

Lilis: ein Straßenkind und Führerin in Thurkad, deren Vater Jevi auf ein Schiff verschleppt worden ist.

Llian: ein Zain aus Jepperand. Er ist ein Meisterchronist und Geschichtenerzähler, ein großer Student der Historien.

Magister: ein Wirker und Oberhaupt des Rates. Mendark war tausend Jahre lang Magister mit Ausnahme einer kurzen Zeit, da Thyllan in unrechtmäßigerweise gestürzt hat.

Maigraith: eine Waise, aufgezogen und ausgebildet von Faelamor für einen unbekannten Zweck. Sie ist eine Meisterin der Geheimen Kunst.

Malien: eine Aachim, Raels Mutter; einst die Gefährtin von Tensor.

Malkin: kurzzeitig Vorsitzender der Versammlung von Thurkad, ein armseliger Feigling.

Mantille: eine Aachim, Karans Großmutter väterlicherseits.

Meer von Thurkad: das langgestreckte Meer, das Meldorin vom Kontinent Lauralin trennt.

Meister von Chanthed: gegenwärtig Wistan. Der Direktor des Kollegiums der Historien ist nominell auch das Oberhaupt von Chanthed.

Meisterchronist: jemand, der das Studium der Historien gemeistert und mit den höchsten Ehren am Kollegium graduiert hat.

Meldorin: die große Insel unmittelbar westlich des Meers von Thurkad und des Kontinents Lauralin.

Mendark: Magister des Rates von Iagador, bis er von Thyllan gestürzt worden ist. Ein Wirker von großer Macht und ebenso großem Geschick, obwohl er in letzter Zeit ein wenig unsicher ist aufgrund des Aufstiegs seines langjährigen Feindes Yggur.

Menschenvölker: es gibt vier, klar voneinander zu unterscheidende Menschenvölker: die Aachim von Aachan, die Faellem von Tallallame, die Altmenschen von Santhenar und die Charon, die aus der Leere gekommen sind. Mit Ausnahme der Altmenschen sind alle sehr langlebig. Verbindungen zwischen den unterschiedlichen Völkern bringen nur selten Nachwuchs hervor.

Nachtland: ein Ort weit jenseits der Realität, wo Rulke gefangen gehalten wird. Rulke hat versucht, die Macht des Stadtkonstruktes Alcifer zu benutzen, um die Düsternis zu durchbrechen, doch er ist gescheitert.

Der Rat hat die Geächteten Experimente benutzt, um Rulke in eine Blase zu zwingen, geformt aus der Außenhaut der Düsternis. Daraus entstand das Nachtland.

Nadiril: Oberhaupt der Großen Bibliothek und Mitglied des Rates.

Narne: eine Stadt und Hafen an einem schiffbaren Seitenarm des Garr.

***Nazhak tel Mardux*:** ein Buch mit Geschichten der Aachim, das Llian sich in Shazmak eingeprägt hat.

Nelissa: Mitglied des Rates und Oberste der Gerechten im Großen Konklave, getötet von Tensors Machtzauber.

Neydsee: ein See im Sumpfwald nahe Fiz Gorgo, wo sich die halb versunkenen Ruinen der Stadt Neyd befinden.

Nilkerrand: eine befestigte Stadt jenseits des Meers von Thurkad. Thyllans Zuflucht.

Orist: ein Land der Sümpfe und Wälder auf der Südwestseite von Meldorin. Yggurs Festungsstadt Fiz Gorgo liegt dort.

Orstand: eine Richterin und Mitglied des Rates. Mendarks älteste Freundin.

Osseion: Hauptmann von Mendarks Garde, ein großer, dunkler Mann.

Pender: ein meisterlicher Seemann, der Karan und Llian den Fluss hinunter nach Sith und von dort nach Thurkad gebracht hat.

Perion, Reich von: Kandors Reich, das zusammenbrach, nachdem die See von Perion ausgetrocknet ist.

Pitlis: ein großer Aachim der fernen Vergangenheit, durch dessen Torheit die große Stadt Tar Gaarn an Rulke verraten wurde, was die Macht der Aachim brach. Er ist der Architekt von Tar Gaarn und Alcifer und von Rulke ermordet worden.

Port Cardasson: der Hafen von Thurkad.

Rael: ein Aachim, Halbvetter von Karan, Sohn von Malien und Tensor. Er ertrank, als er Karan bei der Flucht aus Shazmak geholfen hat.

Rat; auch: **Rat von Iagador, Rat von Santhenar, Großer Rat, Hoher Rat:** eine Allianz der Mächtigen. Zusammen mit den Aachim schuf er das Nachtland und warf Rulke hinein. Danach diente er zwei Zielen: der Fortsetzung des Großen Projekts und der Wacht über Rulke.

Rula: vor Mendark Magister. Sie wurde als die größte von allen betrachtet.

Rulke: ein Charon von Aachan. Er entführte Shuthdar nach Aachan, damit dieser ihm dort die Goldene Flöte herstellte, und so nahm all der Ärger seinen Anfang. Nach dem Kataklysmus wurde er im Nachtland gefangen gesetzt, bis ein Weg gefunden wird, ihn nach Aachan zurück zu verbannen.

Rustibel: einer von Penders Seeleuten auf der *Heimatlosen.*

Santhenar, Santh: die geringste der Drei Welten, ursprüngliche Heimat der Altmenschen.

S'Courcy: ein Verbrecher, der die labyrinthartigen Gassen und die Unterwelt von Thurkad beherrscht. Eine kränkliche, aufgedunsene Spinne von einem Mann.

Selial: eine Aachim, Oberhaupt der Syndikatoren von Shazmak, die nach dem Fall der Stadt entkommen ist.

Shalah: eine junge Aachim, Zwillingsschwester von Xarah.

Shand: ein alter Mann, der im Gasthof von Tullin arbeitet und mehr ist, als er zu sein scheint.

Shazmak: die vergessene Stadt der Aachim in den Bergen westlich von Bannador. Sie wurde von den Ghâshâd eingenommen, nachdem sie aus ihren langen Jahren als Whelm erwacht waren.

Shuthdar: ein Altmensch von Santhenar, Erschaffer der goldenen Flöte. Nachdem er die Flöte und sich selbst vernichtet hatte, kam die Düsternis und schloss den Weg zwischen den Welten.

Siftah: eine Fischerstadt an der Nordostküste von Meldorin.

Sith: eine freie Stadt und Handelsnation auf einer Insel im Fluss Garr in Süd-Iagador.

Skeet: ein Botenvogel, grau oder blaugrau. Groß, hässlich und übellaunig.

Spiegel von Aachan: ein von den Aachim auf Aachan hergestelltes Gerät, um Dinge aus der Ferne zu sehen. Auf Santhenar hat er sich verändert. Hier verdreht er die Realität, und so haben die Aachim ihn versteckt. Außerdem hat er ein »Gedächtnis« entwickelt und bewahrt Abdrücke der Dinge, die er gesehen hat. Nachdem Yalkara den Spiegel gestohlen hatte, hat sie ihn benutzt, um die Düsternis zu verformen und wieder nach Aachan zu fliehen.

Stassor: eine Stadt der Aachim im Osten Lauralins.

Sunias: eine Aachim aus Shazmak.

Syndikatoren, die: der regierende Rat der Aachim, manchmal auch als Gericht tätig. Niemand kann sie bei einem formalen Prozess belügen.

Tallallame: eine der Drei Welten, die Welt der Faellem. Eine schöne, gebirgige Welt, von Wäldern bedeckt.

Tallia bel Soon: eine von Mendarks zwei Stellvertretern. Sie ist eine Wirkerin und Meisterin im Kampf mit und ohne Waffen. Tallia stammt aus Crandor.

Tanzende Gans, die: Penders zweites Boot.

Tar: eine Silbermünze, die in Meldorin weit verbreitet ist. Genug, um eine Familie mehrere Wochen lang zu ernähren.

Tar Gaarn: Hauptstadt der Aachim in der Zeit des Kataklysmus. Sie wurde von Rulke zerstört.

Tell: eine Goldmünze im Wert von zwanzig Silbertar.

Telt: ein kleines, schüchternes Volk, das in der Kaistadt von Thurkad lebt und den Hlune lebenslang verpflichtet ist.

Tensor: Anführer der Aachim. Er betrachtet es als sein Schicksal, die Macht der Aachim wiederherzustellen und schlussendlich Rache an Rulke zu üben, der sie verraten und in den Ruin getrieben hat. Er ist so stolz, dass es schon an Torheit grenzt.

Tess, Tessariel: Kapitänin eines Fischerschiffs, das von Ganhafen aus operiert.

Thel: einer von Tensors Aachim.

Thurkad: eine uralte, bevölkerungsreiche Stadt am Fluss Saboth und dem Meer von Thurkad. Sie ist sowohl für ihren Wohlstand wie auch für ihre Verderbtheit bekannt. Sitz des Rates und des Magisters.

Thyllan: Kriegsherr von Iagador und Mitglied des Rates. Er hat gegen Mendark intrigiert und ihn kurzzeitig als Magister gestürzt.

Tirthrax: Hauptstadt der Aachim in den Großen Bergen.

Tolryme: eine kleine Stadt in Nord-Bannador, in der Nähe von Karans Familiensitz Gothryme.

Torgsted: einer von Mendarks Gardisten. Ein fröhlicher, verlässlicher Kerl.

Triune: ein doppelter Mischling. Jemand mit dem Blut aller drei menschlicher Völker. Triune sind außergewöhnlich selten und fast immer unfruchtbar. Sie können über bemerkenswerte Fähigkeiten verfügen. Karan ist eine.

Troix: ein Fluss nördlich von Thurkad.

Trule: ein männlicher Aachim aus Tensors Gruppe.

Tullin: ein winziges Dorf in den Bergen südlich von Chanthed. Shand lebt dort.

Ulice: Eigentümerin einer Kellerschenke in Thurkad. Für einen gewissen Preis kann sie so gut wie alles besorgen.

Vartila: Anführerin einer Gruppe von Whelm. Sie blieb eine Whelm und diente Yggur, nachdem die meisten von ihrem Volk wieder Ghâshâd geworden waren.

Vuula Fyrn: Karans Mutter, eine Dichterin. Sie hat kurz nach der Ermordung von Karans Vater Galliad Selbstmord begangen.

Versammlung, die: die Marionettenregierung von Thurkad, dominiert vom Magister auf der einen und dem Statthalter auf der anderen Seite.

Wahn Barre: die Krähenberge. Yalkara, die Herrin der Täuschung, hatte dort eine Festung, Havissard. Ein übler Ort.

Weg zwischen den Welten, der: die geheimen, sich auf ewig verändernden und ätherischen Pfade, welche den schwierigen Übergang zwischen den Drei Welten gestatten. Er ist durch die Düsternis versperrt worden.

Whelm: Diener von Yggur, seine Schreckensgarde. Siehe auch: Ghâshâd.

Wirker: ein Zauberer oder Hexer, ein Meister der Geheimen Kunst.

Wistan: vierundsiebzigster Direktor des Kollegiums der Historien in Chanthed und damit zugleich Meister der Stadt.

Xarah: eine junge Aachim, Zwillingsschwester von Shalah.

Yalkara: die Dämonenkönigin, die Herrin der Täuschung. Die letzte der drei Charon, die nach Santhenar gekommen sind, um die Flöte zu finden und sie wieder nach Aachan zu bringen. Sie hat den Spiegel gestohlen und ihn dazu benutzt, die Düsternis zu manipulieren; dann ist sie von Santh geflohen und hat den Spiegel zurückgelassen.

Yetchah: eine junge Whelm, die Llian von Chanthed nach Tullin gejagt hat.

Yggur: ein großer und mächtiger Wirker. Einst ein Mitglied des Rates lebt er nun in Fiz Gorgo. Seine Armeen haben den größten Teil von Süd-Meldorin überrannt.

Zain: ein Volk von Gelehrten, das einst in Zile lebte. Vor ungefähr dreitausend Jahren haben sie die Große Bibliothek gegründet. Sie haben einen Pakt mit Rulke geschlossen, und nach seinem Sturz sind sie größtenteils niedergemetzelt worden. Die Überlebenden sind ins Exil gegangen. Heutzutage leben sie in Jepperand und verbünden sich mit niemandem.

Zareth der Hlune: einer von Yggurs Stellvertretern.

Zile: eine Stadt im Nordwesten der Insel Meldorin. Einst die Hauptstadt des Reiches von Zur ist sie heute vornehmlich für die Große Bibliothek bekannt.

Zitadelle, die: Palast des Magisters in Thurkad, eine gewaltige Festung.

Zureanisches Reich: ein Reich aus alter Zeit im Norden von Meldorin. Seine Hauptstadt war Zile.

Erster Teil des neuen Zyklus
DIE DRACHEN-NIMBUS-HISTORIE

Irene Radford
DER PRÜFSTEIN
DER DRACHEN
Roman
480 Seiten
ISBN 978-3-404-20570-7

300 Jahre vor der Zeit, über die in DER GLASDRACHE berichtet wird, ist Coronnan ein aufgewühltes Reich. Viele Magier arbeiten nur für die eigenen Ziele. Am Höhepunkt dieses chaotischen Zeitalters erkennen die Drachen, dass sie eingreifen müssen. Ihre verbündeten Menschen sind Nimbulan, ein Magier, und Myrilandel, eine Hexe und Heilerin, die zwischen Menschen und Drachen vermitteln soll. Doch selbst die Magie der Drachen reicht vielleicht nicht aus, um ihren Hauptgegner zu bezwingen – einen fanatischen Blutmagier …

Bastei Lübbe Taschenbuch

*»Senstationelle epische Fantasy!
DIE GABE ... ist erfüllt vom Geist Tolkiens.«*

KIRKUS REVIEWS

Alison Croggon
DIE GABE
Roman
496 Seiten
ISBN 978-3-404-28514-3

Maerad ist eine Sklavin in einer kleinen, unwirtlichen Siedlung. Hier lebt sie schon, seit ihre Familie im Krieg ums Leben gekommen ist. Über ihre Herkunft weiß sie nicht viel. Als eines Tages ein geheimnisvoller Fremder in die Siedlung kommt, ändert sich Maerads Leben für immer. Der Mann bietet ihr an, sie zu befreien, und das nicht ohne Grund. Maerad weiß nicht, dass eine mächtige Gabe in ihr schlummert und dass ihr Name in einer schrecklichen Prophezeiung erwähnt ist. Sie tritt eine gefährliche Reise an, einem unbeschreiblichen, namenlosen Grauen entgegen ...

Bastei Lübbe Taschenbuch